推理⑬

億万長者の究極ブレンド

クレオ・コイル　小川敏子 訳

Billionaire Blend

by Cleo Coyle

コージーブックス

BILLIONAIRE BLEND
by
Cleo Coyle

This edition published by arrangement with
The Berkley Publishing Group,
a member of Penguin Group (USA) LLC,
a member of Penguin Random House Company
through Tuttle-Mori Agency,Inc.,Tokyo

挿画／藤本将

億万長者の究極ブレンド

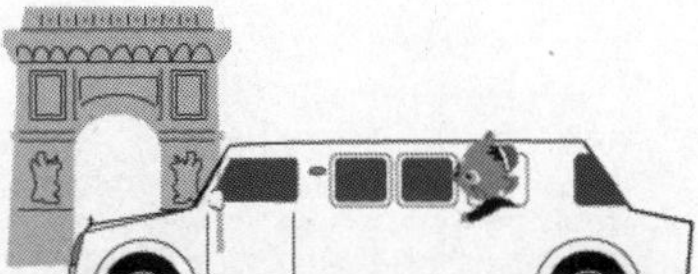

アントニオ・A・アルフォンシに――
娘があなたの膝からいなくなっても、
あなたの胸からいなくなることは決してないでしょう。
愛しています、パパ。
安らかに眠ってください、また会えるときまで。

お金には、なにかとお金がかかるものだ。

ラルフ・ワルド・エマーソン

主要登場人物

クレア・コージー……………………………ビレッジブレンドのマネジャー
マテオ・アレグロ……………………………同店のバイヤー。クレアの元夫
マダム…………………………………………同店の経営者。マテオの母
ジョイ…………………………………………クレアとマテオの娘。シェフ
マイク・クィン………………………………連邦捜査官。クレアの恋人
エリック・ソーナー…………………………ソーン社CEO。IT業界の億万長者
ビアンカ・ハイド……………………………エリックの元恋人。女優
アントン・アロンソ…………………………エリックの個人秘書兼社長補佐
イーデン・ソーナー…………………………エリックの姉。ソーン社ニューヨーク事務所長
ガース・ヘンドリックス……………………エリックのメンター
ウィルヘルミーナ（ミノウ）・トーク……ソーン社創業メンバー
ダレン・エングル……………………………同社のインターン
グレーソン・ブラドック……………………IT企業経営者
ドニー・チュー………………………………ソーン社の元社員
ネイト・サムナー……………………………マダムの元恋人。大学教授
チャーリー・ポラスキー……………………ニューヨーク市警の元警察官
ジョー・ポラスキー…………………………チャーリーの元夫
エマヌエル・フランコ………………………ニューヨーク市警の巡査部長。ジョイの恋人
デニス・デフォシオ…………………………ニューヨーク市警の警部補。爆弾処理班の責任者

プロローグ

自殺しようか、それともコーヒーを一杯飲もうか

アルベール・カミュ

「遅いじゃないの！」

悲鳴のような甲高い声だ。ビバリー・パームス・ホテルの静かな廊下にビアンカ・ハイドの金切り声が響く。幼稚園の園庭や小学生のサッカーの試合会場ではあるまいし。

いや、そういう場が似つかわしい相手なのだと思えば、いっそ気が楽だ。

時刻は午後一時。ビアンカのくちびるには、どす黒いほどの赤い口紅がべったりとついている。プラチナブロンドの髪は寝癖がついてぼさぼさ、ブランド物のホルタードレスはシミが点々とついてしわだらけだ。（また）飲んでいたのか……。

「入って！」ビアンカはくるりと向きを変えて、オートロックのドアから手を離した。

閉まりかけたドアの端に手をあて、ぐっと押し開ける。アメリカ北西部産のメープル材のドアはずっしりと重く、厚い。これなら外に悲鳴が漏れる心配はないだろう。頭のなかで

着々と段取りをつけていく……。

豪華な室内で二言三言、言葉を交わし、並んでいるボトルを脇に退《の》け、コーヒーを注文。それを届けにきたルームサービスのウェイトレスがいなくなると、ようやく本題に入った――。

「このままでいいとは思えない。こうなれば、〝オッカムの剃刀《かみそり》〟の法則で一気に解決を」

「剃刀で剃《そ》れってこと？」

「無駄な手間を省くための法則」

「つまり？」

「アルコール依存のリハビリ・プログラム。それ以外ない。それで元通りになったら、なにもかもうまく……」

だがビアンカは承知しない。自由を手放したくないから。そしてもっとお金が欲しいから。もっともっとたくさん。ひとしきり泣いて、甘えて、やがて本音が出た。涙はすっかり乾き、要求ではなく脅しになっていた。

「破滅させてやる！　ちゃんと証拠があるわ。全部ばらして破滅させてやる！」

「そうなったら道連れにする……」

理性的に話を進めたいところだが、ビアンカにそれを求めても無駄だ。華やかな世界に身を置きながら、甘やかされ弄《もてあそ》ばれてきた彼女は理性的な人格を育てることができなかった。

ビアンカは脅しが通用しないとわかって、迷わずボトルに手を伸ばした。ミニバーのベビーサイズのボトルではなく、大きなお姉さんサイズだ。その首を握りしめてゴルフクラブのようにふりあげた。

身をかわしてボトルを避け、ビアンカを押し返す。その拍子に彼女がよろける。バランスを崩したまま、ビアンカはコーヒーテーブルにぶつかった。正確には、額が激突した。なにもかもが赤く染めあげられていく——プラチナブロンドの髪も、陶磁器のような滑らかな肌も、ホルタートップに包まれた完璧な乳房も、クリーム色のカーペットも、長い茎のブルー・ベルベットも。美しく咲き誇っていた希少な花は無惨にも花びらがこぼれ、トゲが刺さっている……。

殺してしまったのか。一瞬、パニックに襲われ、九一一番で救急車を呼ばなければという思いがよぎった。いや、これこそオッカムの剃刀だ。結果的に、コーヒーにかわってコーヒーテーブルがやってくれた——。

彼女をおとなしくさせた。

むろん、リスクはある。こんな中途半端な状態では証拠だって残るだろう。それはきっとどうにかなる。きれいさっぱり片付けるのに、さして時間はかからないだろう。だがそこで新しい戦略を思いついた。数時間以内になにもかもケリがつく。いっさいなにも手をつけない。それが最善の方法だ。

1

この世にコーヒーがある限り、最悪の事態にはならないでしょう?

ジュディス・ルメルト

「いまどこにいると思う? あなたの想像もつかないところよ……」

携帯電話を耳に押しつけ、マイク・クィンのざらついた声が東海岸を北上するのを待った。

「いや、想像してみよう……」

いかにも彼らしい反応だ。マイケル・ライアン・フランシス・クィンは麻薬捜査に関して腕利きの刑事で勲章を授与されている。制服警官としてスタートした彼がニューヨーク市警のなかでめきめきと頭角をあらわしたのは、抜群の想像力が買われたからにちがいない――それに加えて「知的好奇心、洞察力、細部に目を凝らす能力」(ニューヨーク市警ではこれを四つの『I』と呼ぶそうだけれど、最後のひとつは『I』では始まらないからちがうのではと、わたしはマイクに異を唱えたことがある)。

半年前からマイクはワシントンDCで勤務している。連邦検事に引き抜かれて特別な任務に就いているのだ。司法省での業務は機密事項で、マイクの口からきくことはできない。ただ、フェデラル・トライアングルの彼のデスクの電話にはナンバーディスプレー機能がついていることは見当がついた。なぜなら、かならず彼がとるし、第一声はわたしだけにきかせるいつものかすれた声だから。

今夜これからのことを思って緊張していたので、彼の声をきくだけで気分が落ち着く。なにが待ち受けているのか、わたしにはなにもわかっていなかった。もしわかっていたなら、自宅に直行してふとんを頭からかぶっていただろう。

これからほんの短い間に爆弾処理班の警部補に賄賂《わいろ》を贈り、十七桁の数字のパスワードを突き止め、億万長者の持ち寄り《ポットラック》パーティーのメニューづくりに知恵をしぼるなんて、思いもよらなかった。それだけならまだ手に負える範囲かもしれない。けれども巨大なタコと闘い、立ち入りが禁じられているコーヒーのプランテーションに侵入し、ニトログリセリンが詰まったナップザックを処理し、殺人を食い止め（その合間に仕事をこなし）、娘の恋愛問題を解決するとなると、００７だって尻込みするだろう。

しかしいまこの時点では、まだましな状態だ。かなり快適といってもいい。自家用リムジンの車内で、革張りのシートに座っている。手仕事で仕上げられた高級レザーのシートだ。そして耳元では誠実な警察官の心地よい声。

「そうだな……」マイクが推理を始める。「きみはコーヒーハウスの上階の自宅にいる。シャワーを浴びたばかりで、わたしはきみのバスローブをつかんでいる。身体が火照《ほて》って、一目散に寝室に向かう。シャンパンが注がれ、いよいよ――」

「マイク！」

「どうした？」

シートと運転席を隔てるガラスの仕切りにちらっと視線を走らせた。上の部分に隙間がある。

聴衆を前に（といっても、ひとりだけれど）恥ずかしげもなくテレフォンセックスをするなんて、人生に疲れた都会人がいかにも好みそう――シングルマザーとして長いことビッグ・バッド・アップルで暮らしてきたわたしも、そろそろ中年の域にさしかかって人並みに疲れてきた。でもいざとなると、わたしを育ててくれた祖母ナナの価値観が邪魔をする（「だからわたしたちは〝セクスティング〟をするのよ、ママ！　テキストでメッセージを送信すればプライバシーの問題も安心！」娘ならきっとそんなふうにいうだろう。そうね、サイバー空間に保存しておけば勝手にシェアされる心配はないわね）。

「自宅ではないわ。ディナーに向かっているところ。行き先がどこなのか、あなたは絶対に当てられない――」

「さっさと教えてくれ、クレア。あと二十分で会議だ」

もはや「恋人の声」ではない。それまでとは裏腹の冷ややかな口調は、ストイックで感情をあらわにしない、わたしがよく知っている警察官の声だ。

こういうときには、彼の心をくすぐるような言葉をささやくべきなのかもしれない。「あなたに会えなくて寂しい」（これはほんとうだ）「あなたといっしょにいられたらよかったのに」（これもほんとう）あるいは……「つぎにあなたが帰ってくるときには、トリプルチョコレート・イタリアン・チーズケーキを焼くわ。大晦日に、あなたがぺろっとたいらげたケーキ」（ほんとうに焼くつもりだった）

けれども、そういう言葉はひとつも出てこない。あまりにも興奮していたせいで、ずばりといってしまったのだ――。

「運転手つきのリムジンで、ソース・クラブでのディナーに行くとちゅうよ！」

長い長い沈黙が続き、あまりにも反応がないので、電話が切れてしまったのかと思った。

「マイク？」

「わたしを引っ掛けようという魂胆だな」

「魂胆だなんて」

彼が信じようとしないのも無理はない。わたしも自分のほっぺたをつねりたいくらいだ。ソース・クラブはマンハッタンでも指折りの超高級レストランだ。いまのわたしの乏しい預金残高では、サムズ・クラブの会員になるのだってむずかしい。まして超がつく億万長者御用達のクラブは夢のまた夢だ。

「なにかわけがあるんだろう？　元の姑がついにギブアップしてビレッジブレンドを全米チェーンに売り渡したのか？」

「ひどい発言ね」

「親戚の遺産を相続したのか？　こんなことならさっさと神の祭壇の前にきみを引っ張っていけばよかった――手錠をつけてでも」彼のうめき声がきこえる。

「おおはずれ。手錠はあなたのベルトにつけたままでいてね。あの手錠にはもうこりごり。氷で冷やすほど痛い目にあいましたから」

「謝罪のしかたが足りなかったか？　それとも花束の追加を催促されているのかな？」

「どちらでもないわ……でも、あの水仙と白いチューリップはすてきだった」

「それはよかった」ふたたび彼の声にぬくもりがもどってきたので、わたしもうれしかった。

一月下旬の風の強い夜には、ひたすらぬくもりが恋しい。

外は凍てつくように寒く、ちらほらと雪が舞い始めている。わたしのコーヒーハウスの温かい光はもう視界から消えてしまった。グリニッチビレッジの居心地のいいパブ、気取らないビストロも見えなくなった。歴史地区の金色の輝きに代わって、ダウンタウンの銀色の摩天楼がまばゆいばかりに光を放っている。

「彼が迎えによこしてくれたリムジンよ。あなたも気に入るでしょうね。アンティークのロールスロイス――あら、ベントレーだったかしら？」

「ベントレーはロールスロイスだ。その彼というのは？」

「すごく英国的よ。いかにも亡きダイアナ妃が乗っていそうな車。でも彼は車内を改造して、いろいろな装置をつけてすっかり現代的な仕様にしているわ――」

「もう一度くりかえす、彼とはなにものだ？　そして、彼のリムジンにきみが乗ることになったいきさつは？」

「それを話すと、長くなるわ」

「短く要約してくれ」

「途中まではあなたも知っている。わたしが助けた、あの気の毒な若者のことはもちろん憶えているでしょう？」

「気の毒といっても、彼は億万長者だ」

「またそんなことを。今回のスペシャルディナーは彼なりのお礼なのよ」

そこでまたもや、反応がなくなった。携帯の電波はこの車内とワシントンDCを結んでいるはずなのに、マイクの声はしばらく途絶えた。

「もう一度よく思い出してみよう。最初から」ようやく声がきこえた。

「二十分以内に会議が始まるのではなかった？」

「ロサンゼルス郡地区検事長は待たせておく」

まあ。

「すべてはコーヒー・ドリンクの注文から始まったわ」

「コーヒー・ドリンクの注文？」

「そう、それも二十種類を軽く超えるくらいの注文……」

2

「いやに早いわね、彼……」

早朝からのシフトを終え、これから上階の自宅にもどって熱いシャワー（ちゃんと熱いお湯が出ますように）をたっぷり浴びてリフレッシュしようと思っていたところに、エスター・ベストが憎々しげにいうのがきこえた――。

「ほんとうにしつこい。露店のまずいホットドッグの後味みたい！」

〝彼〟とは、二週間ほど前からやってくる風変わりな客だった。話にはきいていたものの、じっさいに本人を見るのは初めてだ。

時計仕掛けのように正確に毎日午後にあらわれ、バリスタに謎めいたコーヒー・ドリンクを注文する。知らないとこたえるとつくり方を指南する。そんな彼のことを〝クイズ王〟とバリスタたちは呼ぶ。

店内は昼食時のラッシュでまだ混み合っている。長い列のいちばん後ろにいる人物をエスターが指さす。〝クイズ王〟の姿を見て、驚いた。はた迷惑な行動から憶測して、てっきりむっつりと不機嫌そうな中年の男性だとばかり思っていた。髪はアインシュタイン博士のようにぼうぼうで、紙袋を提げているような人物。ところが、そうではなかった。わたしの恋人のマイクと同じくらい長身の〝クイズ王〟は、少年っぽさを宿す整った顔立ちで頬にはえくぼまである。きりっとして落ち着き払った面持ちで風格すら漂わせているところも、刑事をしているマイクに似た雰囲気だ。

年齢は二十歳というよりも三十歳にちかい。だから学生とは考えにくい。知的なまなざし（スマートフォンからひとときも目を離さないのは、彼の年齢から下のお客さまに共通している）から想像して、博士課程に在籍しているのかもしれない。エスターはキャンパスで彼を見かけたことはないらしいが。

よく鍛え上げられた体格だとひとめでわかる。街なかで暴れてつけた筋肉ではなく、パーソナル・トレーナーについて築いたアスリートの体つきだ——水泳選手のようによく発達した肩、引き締まったウエスト、特殊な技術で色褪せた加工をしたブランドものらしきデニムにおおわれたヒップには贅肉《ぜいにく》というものがついていない。

ありふれたヤンキースのキャップを目深にかぶり、その下からサーファー風のシャギーカットにした金髪がのぞいている。前髪は横分けだ。まったくありふれていないのは、彼が着ているムートンカラーのボンバージャケットだ。いかにも使い込んだ風合いのみごとな加工をほどこしたディストレスト・レザーは、まちがいなくフィレンツェ製のはず。

きわめつけは彼の肌。こんがりと日に焼けて健康的に輝いている。たいていのニューヨーカーは、こんな真冬には歩く屍《しかばね》みたいに血色の悪い顔をしているものだ。地下鉄で長距離移動するホワイトカラーも、大学の狭苦しい執務室で仕事漬けの研究者も、誰も彼も。

ひとことでいうと、鼻持ちならないタイプだ。

「落ち着いて」彼の順番がちかづくにつれて、バリスタたちのあいだに動揺が広がるのがわかる。

「むずかしいお客さまの対応はいまに始まったことではないでしょう?」

「ぜひ、じきじきに接客してみてください」エスターは懇願する口調だ。

「ひとまず、じっくり観察させてもらうわ」

この半年で西海岸の大手コーヒーチェーン二社が東部に進出した。消費者という宝の山をめざして、いわばゴールドラッシュの逆バージョンが起きている。彼らが直面している大きな問題は、レベルの高いバリスタの確保だ。

この〝めかしこんだ若者〟は全身からカリフォルニアの匂いをプンプン発散させている。それに加えて、二週間前から彼が続けている〝コーヒー・クイズ〟。誰がどう見ても、目的はあきらかだ。わたしのもとで働くバリスタの実力を値踏みして引き抜こうとしている。

そんな勝手な真似はさせない。それを阻むためにも、ひとまず腰掛けることにした(エスターはうれしくないだろうけれど)。

カウンター前のスツールが空いたので、ぐっと奥歯を噛《か》み締めながら座った。エスターはため息ともうめき声ともつかない声を洩らしながら黒ぶちメガネの位置を直し、抽出したばかりのエスプレッソをわたしの前に置くと、豊満なヒップを揺らしながら離れていった。

「エスターはなにをイライラしているんだ？」隣から声がかかる。

こたえに詰まっていると、マテオ・アレグロはスマートフォンを操作していたすらりと長い親指を止めた。エスプレッソと同じ濃い色の彼の目が、もじゃもじゃの黒い髪の毛の下でこちらを見つめている。

「なるほど。問題はエスターじゃないな。イラついているのはきみか」

「わたし？」

「またストレスがたまっている顔をしている」

マテオとわたしはコーヒーの事業をいとなむパートナーという間柄だ（そしてもともとは、結婚という一大事業のパートナーでもあった）。コーヒーの事業はマテオの曾祖父が百年前に始めた。ここ数年、マテオとわたしは〝新しい関係〟の維持になんとか成功している——わたしたちの離婚、彼の再婚、わたしがニュージャージーからマンハッタンに戻って店に復帰し、経営者のひとりとして事業にかかわるなど、いろいろあった。

夫としてのマテオにはつらい思いをさせられることもあったけれど、コーヒー・ハンターとしての彼はまちがいなく一流だ。もちろん、この店のコーヒーはすべて彼が買いつけている。

昨夜、コーヒーを調達するための出張からもどってきたばかりだ。南米の難民を扱ったドキュメンタリーに登場しそうな風体で帰国した彼だったが、今朝は最先端のソフトウェアを駆使して大量の緑色の生豆を出荷する手はずを整えている。クライアントは世界中にいる。

マテオ・アレグロという人は極端にちぐはぐな要素に満ちている。いまも、無造作に伸ばした無精ヒゲはいかにもニューヨーカーといった風情だけれど、この冬のさなかに肌は濃い褐色に焼けている。東アフリカでたっぷり太陽を浴びたおかげだ。右手と左手で支えているのは最上位機種のコミュニケーションデバイスだ。エジプト綿のオープンカラーのシャツの胸元には、年期の入ったレザーの紐に小瓶がくくりつけられている。これはペルーのアヤクチョ地方のもの。こうした一つひとつの要素があつまると、独特の魅力となる。たとえていうと、カウンターカルチャー志向で流行の最先端をいくヒップスターに、アイビーリーグの人類学の教授（かなり先住民の影響を受けている）を足して二で割ったような感じだ。

「わたしがイラついているわけを本気で知りたいの？　それとも、単に話をそらそうとしているだけ？」

（じつは、話をそらそうとしているのはわたしのほうだ。マテオは短気な性分なので、いらぬ騒動を起こしてもらいたくない。密猟者のように侵入してきた金髪の若者の魂胆を知ればカッとなるにちがいない。そしてここにはカメラつきの携帯電話がいったい何台あるだろう。フェイスブックにどんな書き込みがされるのか、目に浮かぶ。「ビレッジで喧嘩勃発！　コーヒー・ハンターが西海岸からきた客に一撃！」）

マテオが眉をしかめる。「なんの話だ？　今朝きみがいっていた、あのＤＩＹの件か？」

「今朝話した件は、むしろ大規模修繕……」

二階の電気の配線系統は故障が多く、建物全体の厚板張りの床も煉瓦造りの外壁も修理が必要だ。店のエスプレッソ・マシンの調整作業はほとんど悪夢のような状態で、わたしが使っている焙煎用の機材は一刻も早くオーバーホールが必要だ。

「この店は街のランドマークですからね。日曜大工で済ませるわけにはいかないわ。できることなら、魔法でいっさいがっさい直したいところだけど、それは不可能でしょうね。とにかくわたしとしては、あなたとの結婚生活の二の舞だけはごめんなの」

「なにがいいたいんだ？」

「価値あるものはメンテナンスが必要だということ」

「説明したはずだ、クレア。ぼくはいま返済能力以上の債務を負っている。海外の顧客からこの四半期の船積み分の入金があるまではすっからかんだ。それにレッドフックの倉庫がハリケーンで大打撃を食らったのを忘れたか？」

「いいわけを重ねても屋根の雨漏りは直らない。短期のローンを借りてみたら？」

「銀行の融資限度枠があるだろう？」

「あれは店の在庫の仕入れとスタッフの給与の資金繰りのためよ。設備の改良の資金としては足りない」

「店のオーナーはまだおふくろだ。相談してみよう」

「とっくに相談したわ……」

マテオのエレガントな母親は、毎月決まった収入で暮らしている。今は亡きふたりめの夫のおかげで相当な額の年金が支払われているとはいえ、じっさいの資産となると不動産がらみのものだけだ。亡き夫から相続した五番街のペントハウスも、このコーヒーハウスをいとなむかたわら生涯かけて収集した芸術作品も、売り渡すつもりはないだろう——あったとしても、わたしがそうはさせない。店のメンテナンスのためにそういう芸術品を現金に換えるなんて、わが子のベビー靴にブロンズめっきした思い出の品を、トイレの修理代のために売り払うようなものだ。

妥当な選択肢は小規模事業向けの融資だ。銀行側は不動産担保融資を提案した。つまり、街のランドマークであるこのタウンハウスを抵当に入れろということだ。

それをきいてマダムは怖気をふるった。

『借りる側にも貸す側にもなってはだめよ。なぜだかわかる？　借り手になると、貸す側に支配されることになるわ。ビレッジブレンドはわたしが人生を懸けて守ってきた遺産なのよ。そしていずれあなたとマテオに譲ると決めているの。ゆくゆくはあなたたちの、かわいい愛娘のジョイに——わたしのだいじな孫娘にね。そんな家族の貴重な宝物を質屋に持っていくなんて、絶対にありえませんよ！』

「マダムに説得は試みたわ。そんなに警戒心を募らせることはないと説明した。でも、いまさらいうまでもないけれど——」

マテオがうなるような声を出す（そう思うならいうな、と彼は伝えているのだ）。

マテオの母親は幼少期をパリで過ごした。ドイツ軍の戦車が凱旋門を通過する日が来るなどとは夢にも思っていなかった。しかしそれが現実のこととなり、殺伐とした状況のなかであっという間に母親と妹を失い、家庭は跡形もなく消えてしまった。

それでも彼女は勇気を奮い起こし、前を見据え、移り住んだアメリカで新しい人生を築き始めた。花壇が踏み荒らされて花をめちゃめちゃにされてもなおあきらめない、そんな明るさと強さを発揮してふたたび愛と幸せをはぐくむまでになった。けれども、なにもかもあっという間に失った衝撃はあまりにも強く、丹精こめて育てた花が咲きほこる庭を脅かすものは、風であろうとなんであろうと必死に防いだ。だから仕事上でもプライベートでも、人を見る目はかなりシビアだ。

そのいっぽうで、わたしはいますぐにでも現金を必要としている。それに、わたしが知る限りいまは、ドイツ軍の装甲車がワシントン・スクエアの凱旋門をくぐるような状況ではない（マダムにもそう伝えた）。

「で、おふくろはなんてこたえた？」マテオがたずねる。

「あなたに相談しろと」

3

「どうする？」

マテオは無言のまま、視線はふたたびスマートフォンに向いている。それはまるで、小槌《こづち》で台を叩いて「この議題は終了」と宣言しているみたいな感じ。

彼にとっては終了かもしれない。

そうはさせまいと口をひらこうとしたとき、エスターがこちらにちかづいてきた。

「クイズ王がカウンターに接近しています」小声でささやいているつもりなのだろうけれど、少しも小さな声ではない。「彼、今日はわたしたちにどんな屈辱を用意しているのかしら？」

「誰の話だ？」マテオはスツールに腰かけたまま身体をひねる。

「ヤンキースのキャップをかぶった、あの男性ですよ」

「見たらだめよ、ふたりとも」わたしが小声で止めた（ほんとうのささやき声で）。

マテオは奇妙な表情をしてわたしのほうを見た。「なんだ、彼のこと知らないのか？」

「知らないわ。あなた、知っているの？」

マテオは肯定も否定もしないで、こうたずねた。「彼はなにかをたくらんでいるのか？」

エスターがぐっと上体を傾けて顔をちかづけた。「二週間前から姿を見せるようになったんです。《バリスタをへこませろ》という、いけすかないゲームを搭載しているらしくて、連日、メニューにのっていない謎めいたコーヒー・ドリンクを注文して――それからダブル・エスプレッソを注文する」

「なんのために？」

「わたしたちに屈辱を味わわせるため。でも……」エスターがそこでぱちんと指を鳴らす。「そんな彼がかわいそう。クールなつもりでクールじゃない――」

「ラップは勘弁してくれ」

「彼は精神衛生上の問題を抱えていますね、あくまでもわたしの見解ですが。つまり、つねに優越感を味わっていたいという慢性的な欲求がある」

エスターがそういいたくなるのも理解できる。エスターは、昨日クイズ王に完敗させられた痛手からまだ立ち直っていない、というのがわたしの〝見解〟だ。彼女だけではない。たとえば、いちばん若手のバリスタ、ナンシー・ケリーが逃げるようにトイレの掃除に向かったのも、同じ理由にちがいない。

三つ編みに結ったナンシー・ケリーの小麦色の髪が揺れるのをエスターが親指で示す。

「ナンシーがあんなふうに走るのも無理ないですよ。クイズ王の初日の犠牲者が彼女だったんです」

「彼になんていわれたんだ？」マテオがたずねる。

「ノルウェー式エッグ・コーヒーのつくり方を知っているかと」

マテオがちらっとわたしに視線を向ける。「きいたこと、あるか？」

「ええ、もちろん。カウボーイ・コーヒーに卵を割り入れたものよ」

エスターはぽかんとした表情だ。「完璧にいれたコーヒーに卵を割り入れる？　どうして？」

「正しい方法でおこなえば、卵のタンパク質の働きで粉が塊になるのよ――」

「塊に？」

「ぎゅっと固まるんだ」マテオが言葉を添える。

「わかります。でも、良質なコーヒーにどうしてそんなことを？」エスターがなおもいいつのる。

「良質なコーヒーにはしないわ。もっと安くて大量にいれたコーヒーの場合だけ。卵はポリフェノールと結合することで苦みをとりのぞく作用があるの――」

「ちょっと待った！」エスターは自分のエドガー・アラン・ポーのタトゥを指さす。「このわたしが化学の専攻に見えますか？」

「レディの皆さん」タッカーが興奮した様子で話に入ってきた。「彼がじりじりと接近してきている！」

ひょろっとした体格のタッカー・バートンはルイジアナ出身で、わたしのアシスタント・マネジャーを務めている――少なくとも、日中は。月明かりの時刻ともなればキャバレーの演出家、脚本家、オフ・オフ・ブロードウェイのエキスパート、時折は公共広告のアナウンサーもこなす。タッカーはショービジネスの発想から、クイズ王はリアリティ・ショーの新番組のキャストを発掘するための覆面スカウトだと睨んでいる——さもなければ、フード・ネットワークのプロデューサーにちがいないと。どちらにしてもビレッジブレンドの看板役者であるタッカーは、オーディションに合格する気満々だ。

エスターが彼に向かって指をふる。「そんなに自信過剰で大丈夫かしらね」

「このわたしをやりこめることなど、彼にはできないさ」

「あいつは全能を気取っているんだから、きっととんでもない罠を仕掛けてくるに決まっている」

「黙れ、ＤＪジェーン！」

マテオが肘でわたしを小突いた。「よく見てみろ、クレア。彼を知らないはずないだろう？」

彼をしげしげと眺めてみた。「知っていて当然みたいないい方ね」

マテオが説明しかけたところで、タッカーが手をふって注意を引いた。「どこもおかしくないですか、ＣＣ？」彼はモップみたいにもじゃもじゃの茶色い髪を揺らし、エプロンを伸ばしてみせる。「マイクロカメラでひそかに撮影されているかもしれませんからね」

エスターはあきれたという表情だ。

クイズ王が列の先頭にきたときには、いつもと変わらないビレッジブレンドの光景だった

(そう見えるように、わたしたちは必死にふるまっていた)。エスターはデミタスカップを静かに重ねている。マテオは背中をまるめるようにしてスマートフォンの明るい画面に見入っている。そしてタッカーは野球帽をかぶった謎の男性に輝くような笑顔で応対する。

「ようこそ、ふたたびビレッジブレンドへ！」ピーカン・プラリーヌよりも甘ったるい節まわしだ。続いてこれまでにクイズ王がリクエストした謎のドリンクをタッカーは列挙し始めた。

「チョコレート・ダルメシアンはいかがですか？　それともリリールー？　いや、きっとグリーン・アイかカフェ・ノワゼットをお望みですね？　すばらしいペパーミント・アフォガートもご用意できますとも……」

それに対しクイズ王は淡々とした表情で微笑み、意外なリクエストを出した。

「つくってもらいたいものがあるんだ——つくり方がわかるなら」

「もちろんですとも。さあどうぞ！」

「鴛鴦茶《ユンヨン》をひとつ」

自信満々だったタッカーの表情から笑みが消えて、細い肩ががっくり落ちる。またもやクイズ王の勝ちだ。彼のせいで、ついにわたしのアシスタント・マネジャーもへこんでしまった。

タッカーはいままでとは打って変わって情けない表情でわたしのほうをちらりと見る。

マテオが肘で軽くわたしを突いた。

「心配しないで」マテオにささやいてから、わたしはスツールから立ち上がった。「わたしが対処する」

「きみなら大丈夫だ」マテオはなぜか楽しげな様子だ。

彼を無視してタッカーにこくりとうなずいてみせ、うちの店の基準でいうと、いわゆる要求度の高いお客さまへとちかづいた。

今度はクイズ王が勝負を挑まれる側だ。

4

「失礼します」とっておきのおもてなしの声で話しかけた。「わたしがうかがいましょう。こちらへどうぞ」奥歯をぐっと嚙み締めながら、わたしは彼の前に立ち、誘導するようにカウンターから離れていく――つまりマテオから離れた。

「ユンヨンはコーヒー・ドリンクのひとつですが、あいにく当店のメニューにはのせていません」彼に説明した。

クイズ王の年齢はおそらく三十代。でも一瞬にこっとしたときの勝ち誇った表情は、思春期の少年の不敵な笑みそのものだ――思わずぴしゃりとひっぱたいてやりたくなった。

新人を一人前のバリスタに育てるために、わたしは最低でも三カ月かけている。長年の経験で培った知識を伝授し、マンハッタンの顧客はどんなものを愛し（音楽からマフィンに至るまで）どういうことを嫌がるのかをしっかりと身につけてもらう。そういうすばらしいバリスタはどこにもいない。だから狙われる。

せっかくの投資の成果をかっさらっていかれたら、たまったものではない。しかし、そういう損得で腹を立てているのではない。スタッフが大好きだからだ。わが子のようにかわいがっている彼らを絶対に失いたくない。

「では、インヨンは？」クイズ王の表情は、どうせわからないんだから、さっさと降参しろ、といわんばかりだ。

「そのふたつは同じドリンクです。ご存じなのでしょう？」

「まちがいない？」

「ええ。コーヒーと香港式ミルクティーを三対七の割合で混ぜたものです。それからついでに申し上げておきますが。この店のメニューにはコーヒー紅茶も紅茶エスプレッソものっていません。どれも同じ飲み物ですから」

わたしは肩をすくめた。

彼が声をあげて笑う。「エリックです」

「わたしはクレアです」

彼の握手は力強かった。冷ややかで傲慢そうな表情がゆるんで、すこしやわらかくなっている。といっても、にこやかという表現にはほど遠い。

「では、クレア」少し間を置いて、彼がたずねた。「コーヒーと紅茶を混ぜたドリンクを出していないということは、ゼブラ・モカもつくってもらえないということかな？　それとも――」挑むようなにやりとした表情がふたたび浮かぶ。「そんなものはきいたことがない？」

彼の目をしっかり見据えた。このわたしにクイズで宣戦布告というわけね。受けて立つわよ。わたしが勝ったら、どうせ引き抜きにかかるんでしょうね――そうしたら、ブランドもののデニムに包まれたそのお尻を思い切り蹴っ飛ばして外に追い出してやる。そして二度と店の敷居はまたがせない！

「ゼブラはカフェ・モカを混ぜただけのもの。良質なダークチョコレート・モカをつくり、そこにホワイトチョコレート・モカを混ぜる」淡々とこたえる。

「楽しいドリンクだ。昔ながらのデリのカウンターにでてくる白黒のまだらのミルクシェーキのようで――ただし、こっちはエスプレッソの味わいが楽しめる」

「ペンギン・モカ、マーブル・モカと呼ぶお客さまもいらっしゃるわ。ラズベリー・シロップを加えればレッド・タキシードになる」

「ありがとう、クレア。でも、ぼくとしてはボンボンを試してみたい。つくり方は？」

「エスプレッソに甘いコンデンスミルクを加えたドリンク」

「アントチーノは？」

「エスプレッソを一ショットと同量のスチーム・ミルクを混ぜたもの――味と舌触りはダブルショット・ラテとそっくりだけれど、カフェインの量は抑えられる」

「ほんとうに？」

「ほんとうに」

彼がニコニコしている。生き生きと目を輝かせてよろこびを隠さない。さらにクイズは続き、ジブラルタル、コルタード、シェケラートと続き、ついにギジェルモが登場した。

「これはエスプレッソ一ショットまたは二ショットとスライスしたライムでつくるドリンク。

甘くするととてもおいしいわ。氷を加えたりミルクを少量加えたりするのもおすすめ」

彼が顔をしかめた。「コーヒーにライム？　ぞっとするね」

「アグアパネラを知らない？」

彼が首を横にふる。

「コロンビアを代表する飲み物といってもいいわ――沸騰したお湯に茶色くて硬いサトウキビをすりおろして入れる。冷まして飲んでもおいしいし、コーヒーやホットチョコレートにも使える。ライムもよく加えるわ。わたしは夏にこれをうんと冷やして飲むのが好きよ。ライムシャーベットを使ってアイスカフェみたいにしてもいいわね」

「アイスコーヒー？」

「アイスカフェよ」

あれほど自信満々だった彼が弱気な表情を浮かべた。「きいたことがないな――」

「ドイツでよく飲まれているコーヒー・ドリンクで、アイスクリームが入っているの」

「ドイツ人？　彼らはイギリス人と同じで紅茶党だったはずだが」

「ひとり当たりのコーヒーの消費量を比較すると、ドイツ人はアメリカ人よりも多いのよ。でも世界のトップではない。いちばん多く飲まれているのは、どこでしょう？」

エリックはきょとんとして瞬きをする。

「北欧」正解を告げた。

彼はわたしを見つめたままだ。こちらがきまり悪くなるほど、長い時間。幼い男の子が新しいチョウチョの標本をパネルにピンで留めようとするときに、こんなふうにうっとりとした表情を浮かべそう。「こういうのは、得意？」ようやく彼が口をひらく。

「こういうの？」

「既存の飲み物をもとに新しいドリンクをつくり出すこと」

「レシピの開発としては、ごく標準的な手法だと思うわ」

彼が片方の眉をあげる。「バリスタ的オッカムの剃刀か」ひとりごとのような調子だ。「おもしろい……」

どうしたの？　いよいよ引き抜きの交渉に入るんでしょう？　切り出せるものなら切り出してごらんなさい。自分のところで働いてくれと、いってごらんなさい、エリック。そうしたら壁にピンで刺して動けないようにしてやる。

しかし彼は引き抜きの話を持ちかけてこない。スマートフォンを取り出し、「ちょっと失礼……」と断わった。

わたしはにこやかな表情をつくって待った。一分……二分……。

「そろそろドッピオをつくりましょうか？」彼に声をかけた。

「なんですか、それは」

「いつも注文しているでしょう？　ダブル・エスプレッソを……」バリスタとしての基本を試しているつもりなのかしら？　そうとしか考えられない。

「ちょっと待って……」

「あいにく今日はエスプレッソ・マシンの調子が少しばかり不安定で」相手の反応を引き出すために、あえていってみた。「スレイヤーさえあれば……」

うつむいていた彼がぱっと顔をあげた。「いまなんと？」

「ちょっとひとりごと――スレイヤーがあればという気持ちが強すぎて、つい口にしてしまうわ」

彼はとまどっている。そして怪訝そうでもある。「退治する者《スレイヤー》？　ヒーローのこと？」

「それをいうなら、ヒーロー級のエスプレッソ・マシン。ハンドメイドなの。飛びきりのエスプレッソができるマシンよ」コーヒーのプロなのにスレイヤーを知らないのかしら？

「ああ、なるほど……」彼は心底ほっとしたような様子だ。「スレイヤーというのはエスプレッソ・マシンの名前か」

「しかも、ドリームマシン」

「というと？」

「ひじょうに細かく調整できるので、同じコーヒー豆を使っても、抽出のしかたでいろいろな味わいを引き出すことができるわ」

ふたたび彼がこちらをじっと見つめる。「ききたいことがあります、クレア。シングルオリジンの希少なコーヒーについて。アンブロシアを知っていますか？」

この人はからかっているの？　その名前をつけたのは、このわたし――マテオが極上のチェリーを調達し、世界で彼だけが独占的に取引できた。残念なことにその豆は……。

「〝アンブロシア〟は、一生に一度出会えるかどうかというすばらしいコーヒーです。でも、栽培していた農園はブラジルの関係当局と米麻薬取締局《DEA》によって封鎖されてしまったわ。残念なことにね」

彼はがっかりするどころか、よろこんでいるような表情だ。

「クレア、辛抱強くつきあってくれたことに感謝します。じつをいうと……いろいろ質問をしたのには訳があって」

やっぱりね！　とうとう口を割ったわ！

「じつは、オファーしたい件が……」

ええ、ええ、そうでしょうとも！　わたしのスタッフをさらっていこうとしているのね！

さあ、どんなオファーをするつもり？

けれども、彼のオファーの内容をきくことはかなわなかった。その瞬間、全身にすさまじい衝撃を受け、身体ごと揺れたからだ。爆風がマイクロ秒の単位で筋肉を通過し、続いて爆音が耳に刺さった。テーブルがガタガタと揺れて椅子は倒れ、ハドソン通りに面した窓のガラスは内側に向かって割れ、凍るように冷たい冬の空気とともに鋭い破片が飛び散った。

頭よりも先に身体が反応した。身体を二つ折りにして、両手で顔と頭をかばった。厚板張りの床が衝撃で揺れるのを感じながら、ぞっとする考えが浮かんだ。この原因は地下の焙煎機？　店の古いガスの本管がとうとう爆発したの？

マテオの叫びで、そうではないとわかった。

「車が爆破された！」

わたしのビジネスパートナー、つまりマテオは出張先でさんざん修羅場をくぐってきただけあって、瞬時に判断できたのだ――そして、これだけで終わらない可能性についても。二度目の爆発、それも一度目と同じだけの威力がある爆発がいつ起きてもおかしくない。

「全員、床に伏せろ！」マテオが叫んだ。「伏せてそのままでいろ！」

もちろん、異論はない。

即座に厚板張りの床に伏せた。

5

店のスタッフはマテオの指示にしたがった。お客さまも。ただひとりを除いては。

なんと、エリックはぶつぶつとひとりごとをいいながら歩き回っている。

「なにしているの、伏せて！」彼に向かって大声を張り上げた。「床に伏せなさい！」

彼はわたしの言葉を無視して粉々に割れた窓ガラスのほうへとよろめくように進んでいく。

だめよ！

反射的に立ち上がって彼のところに行った。

「なにしているの、通りにちかづいてはだめよ！　わからない？　外はまだ危ない――」

彼の肩をつかもうとして、温かい水のようなものが顔にかかった。指で頬にふれてみると、ベタベタした感触だ。血だった。でもわたしが出血しているのではない。

とつぜん、エリックの顔から血の気が引いて濃いグレーの目が大きくみひらかれる。

「チャーリーが……ぼくのチャーリーが車のなかに――」

それに返事をする余裕はなかった。わたしはエリックの身体に突き刺さったギザギザのガラスの破片を凝視していた。首のつけ根、頸動脈から三センチ足らずの皮膚から飛び出すようにキラッと光っている。ほんの少しの衝撃でも、ガラス片が動いて血管を切ってしまうだろう。

どうしよう。「よくきいてちょうだい、エリック。あなたはひどい傷を負っている。動いてはだめ。このまま絶対に動かないで」

痛みを感じるらしく、エリックが手をのばす。

「まずい……」危険な状態を理解したとたん彼は動揺し、いまにも倒れてしまいそうな様子だ。

このまま倒れたら死んでしまう。「落ち着いて、いい？　わたしにもたれて……」

彼の重たい腕を自分の肩にそっとかけた。ぐったりとしたエリックの体重がずしりとのしかかり、こらえきれずそのまま床に倒れ込んでしまった。

彼の肌はとても冷たく、あきらかにショック状態に陥ろうとしている。注意を払いながら彼の重い身体の下からなんとか抜け出したが、なにより心配なのは二度目の爆発だ。負傷したこの人を爆発の衝撃からどうしたら守れるのか。

助けをもとめてあたりを見まわすと、ナンシーがトイレからよろよろと出てきた。水をボタボタ垂らしながら、両手で耳を押さえている。

「ああびっくりした。いったいなにが爆発したの？」

「ぼくの車だ」エリックがぼそぼそとつぶやいた。

バリスタのなかでいちばん若いナンシーをマテオが強引に床に押さえ込んだ——と、そのとき。

二度目の強烈な爆発。今回は轟音《ごうおん》というよりも光と熱の塊が襲いかかってきた。とっさにエリックに覆い被さって守った。

粉々になったガラスと木と金属が宙に舞う。金属片が肌に突き刺さる。頬を嚙んでこらえた。痛みのあまり叫んだり騒いだりすれば、エリックはすぐに身動きするだろう。それでは死んでしまう。だから目をぎゅっと閉じて何十匹ものハチに刺されるような痛みをぐっと呑み込んだ。続いて煤《すす》のような色の黒煙がガラスのなくなった窓枠から流れ込んで店内に充満し、息が苦しくなった。

膝をついたままの体勢で、なにが燃えているのかを確かめようとふりむいた。カットガラスがはめこまれた正面のドアはいまや蝶番《ちょうつがい》ひとつで不安定にぶらさがっている。外の様子が見えた。エリックの車は燃え盛る赤く熱い炎に包まれ、かろうじてシルエットが見える。爆発のショックで感覚を失っていた耳が、ようやく音をとらえ始めた。店内のお客さまのうめき声と泣き声、通りで飛び交う叫び声と怒号、区画一帯に響きわたる車の盗難防止用の警報機の音。

「チャーリー、チャーリー」エリックはずっとうめいている。「チャーリーはどうなった?」

「じっとして。いま助けてもらうから。とにかく、絶対に動いてはだめ……」

助けを求めてマテオ、エスター、ナンシーの姿をさがしたが、負傷したお客さまの手当てに追われている。誰の助けも借りずにエリックの長い足をそうっと持ち上げ、ひっくり返った椅子にのせた。

血行がよくなってきたように見える。カウンターの向こう側にたたんで積んであったタオルをつかんだ。エリックの頭の下に数枚押し込み、一枚は圧迫するために手元に残す。深呼吸を一度してから、傷に清潔なタオルを押し当て、この方法がまちがっていませんようにと祈った。

「クレア……」エリックがふたたび少年のようなまなざしでこちらをじっと見つめる。さきほどとはまったくちがう素直な表情で怖い、と訴えている。

彼の右手を取ってしっかりと握った。「わたしがあなたを守る。約束する。心配いらない……」

エリックの目に涙が浮かび、わたしの手をぎゅっと握り返す。なにかをつぶやくが、声がとぎれてききとれない。左手を弱々しくあげて、まだ握っているスマートフォンをわたそうとしているように見える。

「九の一の二乗」彼がいう。

ちょうどそのとき、タッカーが隣にやってきた。緊急通報の電話をかけながら、いまの状況を――そしてエリックの負傷を――オペレーターに伝えている。

「九の一の二乗」エリックがもう一度くり返す。

わたしは彼のほうにかがんだ。「九一一には連絡したわ。もう少しがんばって。いま、助けがこちらに向かっているから」

かった。

「そうじゃない……」エリックが首を横にふる。なにかをわたしが取り違えているといいげだ。「九の一……」そこで彼の手からスマートフォンがぽとりと落ち、全身の力が抜けてぐったりとなった。呼吸は浅い。両手が氷のように冷たい。ショック状態に陥ったのだとわた

そこに、物悲しげなサイレンがちかづいてくるのがきこえた。数分後には壊れたドアがぶらさがっている戸口から救急隊が入ってきた。表で燃えている車の煙で咳き込んでいる。

救急隊員がエリックの処置に取りかかり、わたしは脇に移動した。彼らはただちに止血し、点滴を開始し、四人目の救急隊員が運び込んだストレッチャーにのせてベルトで固定した。いちはやく到着した救急隊員たちはあっという間に出発し、二台目の救急車でやってきた救急隊員が店内のお客さまの容態のチェックに取りかかった。

マテオのほうに行こうとして一歩踏み出すと、制止された。

「どこに行くつもりですか？」女性隊員だった。短めにカットして内巻きスタイルにした髪が揺れている。彼女は手袋をした手でわたしの背中を押さえた。チクッと痛みが走り、思わずキャッと声をあげた。彼女が手を離すと血がついている。今回はわたしの血だ。

「これはひどい」

彼女は椅子に積もった残骸を払い、わたしを座らせた。ふらついて吐き気にも襲われたので、おとなしくしたがった。数秒後には上半身裸にされ、わたしはブラウスとセーターとブラジャーを抱えてわが身をかばっていた。背中の裂傷を救急隊員の彼女がそっと調べている。

「深い傷はないわ、さいわいにも。破傷風の予防接種を最後に受けたのはいつでしたか？」

「去年の夏です――痛っ！」

「傷の消毒をしています。チクチク痛むと思います」説明が後まわしになった。消毒後は背中じゅうに小さな絆創膏を、そして右肩には大きな絆創膏を一枚貼って処置は終わった。

「貼り替えるのは誰かにやってもらう必要がありますね――」

「だいじょうぶです」

「救急救命室《ER》に行きませんか？」

「いいえ、それはできません……」わたしは奥歯をぐっと嚙み締め、周囲の混沌とした様子をみまわした。「ここにいます」

「怪我人がいるので、誰か早く手当てを！」エスターがナンシーのパンツの裂け目を調べながら叫ぶ。「ガラスの破片で膝が切れているわ」

「タオルもお願い！」さらにナンシーが叫ぶ。「爆発の瞬間に便器の水が噴き出して顔にかかってしまったの」

「げっ」エスターがぱっと退いた。

「だいじょうぶよ。水以外なにもなかったから」

エスターがわたしを見る。「小売業の最前線にいるわたしたちはクソみたいな目にあうのも仕事の一部かもしれないけれど、これは限度を超えてますよ」

「同感よ」わたしは服を着て絆創膏だらけの背中側を引っ張りながらこたえた。「ナンシー、次のお給料はボーナスをたっぷりはずむわね」

「わあ、ありがとうございます！　苦労が報われます……」

タッカーがペーパータオルの束をナンシーにわたす。「これはとびきりの奇跡だ。切り傷や打撲は負っているが、どうやら全員無事だったみたいだ」

全員ではないわ。あの車のなかで犠牲になった命がある。エリックが気にかけていた人物が。

けれど、お客さまに関していえばタッカーのいう通りだ。さいわい、ほとんどがかすり傷程度ですんでいる。そして大部分のお客さまは店の前の通りに移動して雑談やツイート、炎上している車に消防隊員が大量の白い泡をかけて消火作業をしている様子を携帯のカメラで撮ったりしている。

わたしたちの店は幸運だった（そのいい方がふさわしいかどうかは別として）。爆発が起きたエリックの車は二重駐車していた。縁石沿いに停めてあったＳＵＶが爆風の大半を防いでくれたので、店は直撃をまぬがれたのだ。

炎が消し止められると、煙が店内に入ってきた。マテオ、タッカー、エスターは協力してお客さまたちを外に誘導した。スタッフをのぞいてビレッジブレンドが空っぽになるとマテオがわたしのところにやってきた。深刻な表情だ。

「大丈夫なのか？　救急隊員に処置を受けていたようだが」

「何カ所か切り傷があっただけ。狂犬病のおそれはないわ」痛みを悟られないようにこたえた。

「そうか。ところで彼はきみになんていった？」

「誰のこと？」

「例のクイズ王だ」

「え？」

落ちていた野球帽をマテオが拾い上げた。「この帽子の持ち主だ」

「エリック？」

「そうだ。きみになにかいったんだろう？」

「たいしたことはなにも。彼が外に出ようとするから止めたの。それだけ。その後、彼はショック状態になってほとんど口をきかなかった。ただ『チャーリーはどうなった？』とだけ」

　マテオの髪の生え際から血が一筋すうっと流れ落ちる。彼は眉をしかめ、店内の惨状を見回す。

「億万長者の車を爆破したのがどこのどいつか知らないが、いったいこのビレッジブレンドになんの恨みがあるんだ」

「待って。誰のことをいっているの？　億万長者って？」

「クレア、救急車で搬送されたのはエリック・ソーナー。ソーン社の創業者で最高経営責任《CEO》者だ」

二度目の爆弾が炸裂したときのような衝撃だった。

アップル、グーグル、フェイスブック、ソーン。誰もが――もちろん、わたしも――知っている有名企業だ。

「あのクイズ王はインターネット界の神童で、桁外れの成功をおさめた億万長者だ。そしてきみは彼の命の恩人だ」

「なんですって？」

それ以上はいえなかった。ガシャーンという音がしてわたしの声はかき消された。たくましい男たちが三人、手に斧《おの》を持ってドアがぶらさがる戸口から飛び込んできた。よほど気が動転していたのか、先住民が集団でマンハッタンを襲撃してきたのかと思った。しかしヘルメットをかぶった男たちはバイキングではない。ニューヨーク市消防局の隊員だ。

「この地区は立ち入り禁止区域となっています！」ひとりが告げる。「全員外に退避してください。ただちに！」

6

正面のドアの蝶番がはずれたままなのでマテオは用心のために残り、わたしはスタッフを引き連れて近所のパブに避難した。みんなで固まって熱々のアップルサイダーを何杯もおかわりしながら、店に入れるまで待った。ようやく許可が出たので、割れたガラスをガシャガシャ踏みながら荒れ果てた店内の片付けに取りかかった。

何台も停まっている緊急車両に加えて、ニューヨーク市警爆弾処理班の青と黒の箱型のトラックが駐車している。消火作業が終わり、爆弾処理班の専門捜査官たちが証拠の収集にあたっているのだ。

正面のドアの目と鼻の先で起きたすさまじい爆発の片付け作業に、しばらくは黙々と打ち込んでいた。やがて、エスターが声をあげた。壊れた窓からちらちらと降り込んでくる細かな雪片から身を守るように、ぎゅっと腕を組んでいる——。

「外の光景はまるで映画の『ハート・ロッカー』の一場面みたい！」

エスターのいう通りだ。表では爆弾処理の専門家が詰め物がたくさん入った防爆防護服と宇宙飛行士のようなヘルメットという装備で、エリック・ソーナーの豪華なリムジンの残骸を調べている。残骸からたちのぼる焦げ臭いにおいがあたりに漂っている。そして店の内部は、映画『TRASHED――ゴミ地球の代償』に出てくる光景そのものだ。フレンチドアのガラスは粉々に割れてあたり一面に散乱し、割れた陶器の破片も散っている。テーブルと椅子はひっくり返り、鎧戸《よろい》は焦げ、ハドソン通りに面したファサードの木造部分も焼け焦げている。まるでカンダハルみたいな光景だ。そのがれきに妖精の粉のように雪がうっすらとかかっている。

追い打ちをかけるように、電線に破損が生じているからという理由で電気会社は電気の供給を打ち切ってしまった。店の修理は保険でかなりまかなえるだろうけれど、これから待ち受ける煩雑な事務手続き、資金繰り、工事のことが気にかかってひとときも気が休まらない。そしてわたしの住居は店の上階にある――電気が止められて明かりはないし、冷蔵庫も使えないのだ。

なにか希望の片鱗はないかと懸命に考えたが……。

ない、なにもない。

マテオが正面のドアを蝶番に取り付けながら、さきほどの話の続きを始めた。「まさかきみがソーナーを知らなかったとはな」

「正直なところ、たとえビル・ゲイツとマーク・ザッカーバーグが腕を組んでビレッジブレンドにやってきたとしても、気がつかないと思う」

「ゲイツはもはや神童とはいえない。そしてザッカーバーグは《マネーとファイナンス》誌が選ぶ〝今年もっとも結婚相手にふさわしい独身男性〟には入っていない。選ばれたのはエリック・ソーナーだ」

「悪いけど、その《マネーとファイナンス》誌は見ていないわ」

「わたしも、見逃したわ」エスターが加わった。「《インベスターズ・デイリー》《ヘッジファンド・ファン》《ファット・キャッツ・アー・アス》も」

ほうきで床を掃いていたナンシーが、いきなり手を止めた。「それどころじゃないわ！《ハトの糞》でしょ！」

ハトの糞？　わたしは眉をひそめた。「壊れた窓は板で覆うからだいじょうぶよ、ナンシー。鳥が入ってくる心配は――」

「実物のハトじゃないんです！　ゲームアプリですよ！」

エスターが自分の頭を叩いた。「そうよ！　どうして思いつかなかったんだろう！　ボリスが《ハトの糞》をプレーするたびに、有刺鉄線で描いたみたいな『ソーンE』というへてこなロゴを見ているのに。しかも年がら年中見ている。彼はあのゲームにとことんハマっちゃって」

ナンシーが激しく首を縦にふる。「同じようにはまっている人は十億人くらいいると思う。あのアプリはまさしく最高のエンタテインメントだもの」

「なぜいままで耳にしたことがなかったのかしら」誰にともなく、わたしはいった。「《ハトの糞》のゲームというのは、いったいどういう仕組み？　どうやって勝敗をつけるの？」

「自分のハトの糞を人間に命中させると得点になるんです」説明するのはナンシーだ。「うまく当たらないこともあります。人間が傘を広げると糞がびしゃって跳ね返って得点を失うんです。すごくおもしろいんですよ。プレミアム版では、携帯電話で撮った自分の写真や友達の写真を取り込んで、そこに糞を落としていくこともできるの」

エスターが鼻を鳴らす。「まさにフォトボムね」

フォトボム？　そして糞が爆弾みたいに落ちてくるゲームアプリ？　なにがなんだかさっぱりだわ。

「憶えてませんか、ボス」タッカーだ。「去年の夏、コーラルというアパレルショップで騒動が起きたでしょう？　子ども向けに《ハトの糞》の絵柄と品のないスローガンがついたTシャツのシリーズを売り出した件ですよ」

わたしはパチパチと瞬きした。「『品のないスローガン』？」

「うーん、たとえば……」タッカーが顎をトントンと叩いて思案する。「『先生に糞を』『ふたことめには糞』。わたしが好きなのは、『糞だもの』」

「品がないどころか、下品ね」

「親たちも同じ意見でしたよ」タッカーはゴミ箱の中身をビニール袋にあける。「教師もカンカンに怒り――」

「そしてエリック・ソーナーは富を築いた」エスターが続ける。

マテオはようやくドアの修理を終え、わたしは鎧戸を閉めて風が吹き込むのを防いだ。ドアについていた鈴がまだ見つかっていない。五十年間ずっと店の正面のドアに下がっていたものだ。みんなも注意して見つけてね、と声をかけた。

マテオとわたしはひっくり返ったカフェテーブルをもとに戻す作業にとりかかる。脚が一本曲がってぐらぐらしているのを見つけて、マテオはパントリーから道具箱を持ってきて、年代物のボルトの調整を始めた。

「爆発の前にきみとソーナーはなにを話していたんだ？」マテオがたずねる。

「コーヒーについて。ほかのバリスタにしたように、彼はわたしにクイズを出した。てっきりライバル店の人間がうちのスタッフを引き抜きにきたのだと思ったわ」

タッカーが耳をそばだてる。「ほんとうですか？」

「心配しないで。あなたたちをエリック・ソーナーには絶対にわたさない」

「さすが、われらがボスだ。しかし億万長者のエスプレッソ・カウンターでエスプレッソを抽出するのも悪くはないな。なにしろ、チップの額がべらぼうだ！」

「どうかしらね」ナンシーが加わる。「彼のゲームはおもしろいけれど、うちのカウンターでは嫌なやつだったわ。毎日毎日、へんてこな注文をして！　どうして？　なんのために？」

「考えたって始まらない」マテオがいう。「それにあんな爆発が起きたんだから、クイズ王はとうぶんは来ないだろう」

「コーヒーがはいりました」エスターがカウンターから呼びかけた。

奇跡的に（というよりも、皮肉なことに）、わたしにとって最大の心配の種だった百年もののガス管は爆発に持ちこたえた。おかげでフレンチプレスのポットのためのお湯が沸かせた。

エスターがポットからコーヒーを注ぐあいだ、わたしはペストリーケースに入っていたものをひとつ残らず取り出した（どうせこの先しばらくは売ろうにも売れない）。そしてマテオはわたしたちがもっと暖をとれるように暖炉でさかんに火を燃やす。全員が集合した。お腹を空かせたみんなの手がクッキー、マフィン、タルトに伸びた。猛然と咀嚼《そしやく》して呑み込む音だけが数分間続き、やがてわたしは好奇心を抑えられなくなった。

「エリック・ソーナーについて、どうしてそんなにくわしいの？」シナモン・グレーズがかかったフレンチアップルケーキ・スクエア（当店のペストリーケースの新顔だ。これはシェフとして武者修業中のわが娘ジョイのレシピでつくった）を頰張って口いっぱいに幸福を感じながら、マテオに質問した。

「去年の秋に彼の新製品のお披露目パーティーに出席した」マテオはパンプキンスパイス・ラテ・バーを食べながらこたえる。

「そうなの？　ひとこともきいていなかったわ」

マテオがこくりと首をかしげる。

「どうして彼はあなたに気づかなかったのかしら？」

「パーティー会場はヴェルサイユ宮殿だったんだ。彼の親しい友人が千四百人もあつまっていた」

「でも招待されていたのだから、彼だってあなたの名前は知っているはず」

「ぼくの妻の名前ならね。それからヨーロッパからきたトレンドエディターの名前も知っていただろう。正式に招待されたのはブリーと彼女のボスで、ぼくはゲストとしてついていった」

「で、その豪華なパーティーの目的というのは？　まさか、鳥の糞のゲームの第二弾？」

「ちがう……」マテオはスマートフォンの画面にタッチしてからわたしに手わたす。「これがソーナーの最新作だ」

ロゴが目に入る。「アペタイト？」

「右側に郵便番号を入力してごらん。ドロップダウン・メニュー三種を使って食事、具体的な料理、店までの距離を選んだら、希望にぴったりの飲食店すべてについての詳細を知ることができる」

「レストラン・ガイド？」

「ガイド以上だ。予約ができる、レビューを読める、レビューを書き込める、飲食店のウェブサイトにリンクしている、グーグル・マップにリンクを張っているので道順がわかる、メニューに関する質問ができる。エスニックな料理、風変わりなカクテル、高級ワインについて知りたければ、ソーナーのアプリでたちまちエキスパート並みの知識をものにできる」

「ソーン社についてなにか読んだ気がするな。確か、有名なガイドブックを出している会社を買収したのでは？」タッカーだ。

マテオがうなずく。「《マーカス・ガイド》――フランスに本社があり、ヨーロッパ全土の食と旅行のガイドを出している。彼はそのコンテンツを自分のヨーロッパのアプリに加えた。ほかにも《アペタイト・アジア》《アペタイト・ラテンアメリカ》がある」

「でも、それにしてもやはりレストラン・ガイドでしょう！」

「クレア、なにがいいたいんだ？」

「ソーン社は軍需産業のメーカーでもなければ、コンピューター・デザインをしている会社でもない。彼はグルメのためのアプリをつくっているだけ――」

「それからゲームのアプリと学習用アプリもだ。彼の会社と子会社は独立系のアプリ制作会社としては世界最大だ」

「そんな彼に、いったい誰が爆弾を仕掛けるの？」

わたしの問いかけは、こたえのないまま宙に浮かんでいる。

タッカーはこの店きってのセレブのゴシップ通だ。その彼がスマートフォンを手に、推理を披露した。「TMZ.comには過去の記事のアーカイブがあります。以前の記事をざっと閲覧しているところです……彼は引きこもりであると書いてある。典型的なコンピューターおたくでテクノロジーおたくである。でもソーナーにはもうひとつの顔がある。以前に交際していたビアンカ・ハイドはビキニ・モデルからインディーズの映画女優に転身した人物。いま彼女はひじょうに注目を浴びている――」

「彼女は、ビバリー・パームス・ホテルで自殺したんじゃなかったか？」マテオだ。

タッカーの指が小さなスクリーンの上で動く。「この電子版タブロイド紙の見出しによると、事故と判定されていますね」

「事故？」そういいながら、鳥肌が立つ。「不審な点はなかったの？」

「というと？」タッカーがきき返す。

「彼女の死に関与したと思われる容疑者はいなかったの？」

「容疑者か？　それなら——ウォッカ二パイント、ミニバーの酒の大半、コーヒーテーブル、そして重力だな」マテオだ。

「いつ起きたことなの？」

「一年ほど前——」

「ビアンカ・ハイドの友人や家族は？　彼女の死に関してエリックの責任を追及しそうな人物はいるの？」

「こたえなくていい」マテオがタッカーに命じる。それからわたしをじろりと見た。「きみが首を突っ込む必要はない」

「首を突っ込む？　わたしはただ質問をしているだけ」

「わたしも興味津々」エスターがわたしの側に立ってくれた。「だって、凶暴なラッパーというのはきいたことがあるけれど、凶暴なアプリ制作者なんてきいたことないもの」

「さあ、どうだろう……」タッカーが片方の眉をあげる。「フェイスブックの創業者はフード付きのスウェットを愛用して、やばそうな香りがする」

「エリックみたいに影響力のある人は狙われる、ということよね」ナンシーだ。「でも、なぜ車を爆発させたのかしら。だって、相手を撃てばすむ話でしょう。なんの関係もない人たちを巻き添えにしなくてもすむわ」

マテオが首を横にふる。「人殺しで頭がいっぱいのイカレた人物にそんな思いやりの心が期待できると思うかい？　〝人殺し〟と〝イカレた〟がそろっているんだから、こたえはあきらかだ。わかるだろう、クレア？　なんたって警察官の恋人を持つきみのことだ……」

わたしは返事をしなかった。爆発が起きてから初めて、エリック・ソーナーや爆弾以外のことを考えていた。窓枠の向こうに、よく知っている人物の顔をみつけたのだ。以前は足しげく店に通ってきていたけれど、去年の十二月以来ぷっつりと姿を見せなくなった。その理由が知りたかった。

空になったカップを置いてコートをつかんだ。

「どこに行く？」マテオがきく。

「銀行に。保険会社から補償金の支払いがあるまでに修理の費用をつなぎ融資で支払えるかどうか、与信枠を確認したいの」嘘をついた。

マテオがうなずき、ペストリーのおかわりを取りに立った。わたしがソーナーの話題を切り上げたのでほっとしているにちがいない。とりあえず、よかった。これからわたしが誰と話すつもりなのかを元夫が知れば、もう一発爆弾が炸裂することになるだろうから。

7

マフラーをきつく巻きつけて寒い歩道を歩き出した。

警察がハドソン通りを封鎖して、ひどい渋滞になっている。自動車爆破事件を抜きにしても、じゅうぶんニュースになりそうだ。バリケードの向こうでは車が延々と連なりアイドリングしている。ハンドルを握る人々は丸焼けになったエリック・ソーナーのリムジンをニューヨーク市警の職員がトラックの荷台に積み込むのを興味深そうに見ている。

身を切られるように冷たい空気のなかに焼けたゴムと焦げた金属のにおいが混じる。雪をザクザク踏んで進み、犯罪現場を保全するために張られた規制テープに沿って延々と歩き、めざす人物のところにようやくたどり着いた。

エマヌエル・フランコは隣の区画に配置されていた。レモンイエローのベストを身につけた若い巡査部長はいやでも目立つ。フレンチのビストロの前をぶらついている彼には早くもファンができているらしい——洗練された女性がふたり。当然といえば当然か。六分署の警察官のなかで、交通整理用の安全ベストをこんなに格好よく着こなせるのはエマヌエル・フランコ以外にいない。

「ねえ、いったいなにがあったの？」こぎれいな服装で革の手袋をしたブルネットの女性がたずねる。「どうせ今夜のニュースで報道されるんでしょう。それまで絶対にだれにもいわないから」

ブロンドの女性はもっと大胆だ。「会社が閉まってしまったから午後は暇なのよ。その理由すらわからないなんて！　あなたに一杯ごちそうしたら、教えてくれる？」

フランコは首を横にふる。「きみたち、なぜわたしがなにか知っているなんて思うのかな？」

ブロンドの女性が怪しむような目つきになる。「だって、よく知っていそうに見える」

「ただの制服警官だ」

「制服を脱いだあなたを見てみたいわ」ブルネットの女性が甘い声を出す。

フランコは一歩退いて両手のひらをあげた。「さあ、もういいだろう。チャーミングなきみたちと話ができて楽しかったよ。しかし、もう移動してもらわなければならない」

ふたりの若い女性はつまらなそうな様子で地下鉄の駅のほうに向かう。その姿が見えなくなるのを待って、ようやくフランコに合図をおくった。

「やあ、コーヒー・レディじゃないか」誠実そうな笑顔だ——でも、こころなしか緊張気味。

いまの状態では無理もない。「覆面捜査を担当しているものとばかり思っていたわ」

「あの頃が懐かしいね」しみじみとした口調だ。「最近じゃ、薬物過剰摂取捜査班はすっかり静かだ。静かすぎる」

「信じられないけど……」

ＯＤ班はマイク・クィンがニューヨーク市警で指揮をとっていたタスクフォースだ。フランコはそのメンバーに抜擢《ばってき》されていた。ＯＤ班はニューヨーク市全域で麻薬に関連する死者が出た場合に徹底捜査する。マイクが指揮をとるまでは地味な存在だった。彼が引き継いでからは大事件を立て続けに解決し、全米で報じられた。それがきっかけでマイクは連邦検事の目に留まり、引き抜かれたのだ。

「偉大なクィン警部補は手がかりを追うとなると徹底していた。だらだらした役所仕事も、彼にかかればみごとなまでにはかどる。しかし、いま暫定的にリーダーを務めているサリヴァン刑事は……」フランコはそこで間を置いて、帽子が風で吹き飛ばされないように引っ張る。「彼にはイニシアティブが欠けている、とだけいっておこう」

「あなたにしては持ってまわったいい方ね」

「誤解しないで欲しい。サリーは優秀な刑事だ。しかし彼にとってＯＤ班の業務は、あくまでも仕事であって冒険ではない」

すぐそばで警笛が鳴り響いたので、フランコはドライバーに冷ややかな視線を向けた。

「ともかく、ＯＤ班の活動が停滞しているから、六分署の雑用を引き受けている。今日みたいにてんてこ舞いのときには分署長の号令一下、こうして懐かしい任務にもつく」

「マイクはノータッチなの？　そしてあなたはまた制服姿に？」

「クィン警部補はかれこれ一カ月以上、職務離脱《ＡＷＯＬ》が続いている」

「ＡＷＯＬの定義をもっとくわしく」

フランコが肩をすくめる。「ワシントンＤＣでの勤務を開始した当初は、ほぼ毎日彼から連絡がきた。しかしフェデラル・トライアングルは、しだいにバミューダ・トライアングルと化したんだ——誰も彼もが消えてしまう謎の場所だ……」

知らなかった。不吉な予感がする。

クィンは副官と頼む人物を日々の業務の責任者に据えた。しかしチームの士気が下がっているときに、われ関せずという態度であれば、ニューヨーク市警の上層部が彼を班からはずす可能性がある。そうしたらどうなる？　司法省での一年間の任務が終了した後、そのままワシントンＤＣに留まることになる？　そうなったら、わたしたちの将来はどうなるの？

「くだらないことをきかせてしまったな、コーヒー・レディ。そろそろ消えるとするよ」封鎖された通りをフランコが身ぶりで示す。「まもなく通行止めが解除される」

「あわてなくてもいいでしょう、巡査部長さん」彼の胸を軽く突いた。「まず、きかせてもらいたいのは、パリにいるわたしの娘に会いに行ってからというもの、あなたはわたしのコーヒーハウスにぱったりと来なくなった。それはなぜ？」

「それは……」彼は困ったようにしきりに身体の重心を変える。「行くつもりではいた……」

「カフェインを摂りたくならなかったの？」

「じつは、こいつにはまっている」彼が取り出したのは、光沢のある袋だ。ロゴが光っている。

「パーキー・ジャーキー？」

「ターキー・パーキー・ジャーキーだ」フランコはいきおいよくうなずく。「昔ながらのミートジャーキーに強力なエナジードリンク風味が加わっている。ビーフが評判だが、ターキーが好みだな」

「パーキー・ジャーキーにとつぜん夢中になったことと、店に来なくなったことにはなんの関連もない。それはおたがいによくわかっているわよね。フランスでなにがあったの？　白状しなさい。わたしの娘の心を傷つけたのだとしたら、ただではすまない――」

「ちょっと待ってくれ！　おれは絶対にジョイを傷つけたりしない。そういうことではない」

「じゃあ、なにがあったの？」

フランコがため息をついて顔を横に向ける。「彼女にきいてくれ」

はて、どういうことだろう。「なにを？」

「こっちの問題ではないからな。ジョイに直接きけばいい」

なにがなんだかわからない。わたしが知るかぎり、ジョイはフランコにべた惚れで、真剣に愛しているはず。ジョイ自身、そう認めている――むろんわたしに対してではなく、祖母に対して（そういうプライベートなことは母親であるわたしには決して打ち明けない）。

「でもね、せっかくこうして話をしているのだからきかせて。なにがあったの？」

「ジョイから、『葛藤している』といわれた。警察官と交際することに迷いがあるそうだ。

ニューヨークにもどるかどうかすら、迷っているそうだ。パリにいるほうがいいのかもしれないと……」

一瞬でフランコの苦しみを理解した。

ジョイはこれまでの交際相手に散々な目にあわされてきた。けれどもエマヌエル・フランコはすばらしい人だ。ただただジョイを幸せにしたいと考えている。そして娘も彼に夢中で、結婚や将来の計画もにおわせていた。それなのに、いきなり彼と距離を置こうとしているの？　なぜ？

娘の本音をきき出すのはかんたんではなさそうだ。この数カ月、彼女とはもっぱら携帯メール、携帯電話での写真のやりとり、ソーシャルメディアでつながっているだけだ。

娘と話がしたかった――ほんとうの会話を。彼女のしぐさや身ぶりを見て、目の表情を確かめ、彼女が一方的に切り上げるようなことなく、ちゃんと本音をききたい。たったいまパリまでチャーター便を出すお金があればいいのに。いますぐに！　心の底から強くそう願った。でも願うだけ。そんな旅費は捻出できないし、いまここで負っている責任を思えば、叶わない夢だ。

「彼女にはもう一度会って、よく話し合いたい」フランコが打ち明けた。「といっても彼女の帰国はいつになるのかわからないし、こちらには再度国際便を予約するだけの経済的余裕はない――だからこうしてもとの業務に復帰しているわけでもあるんだが」フランコがやるせない表情で安全ベストの胸元を合わせる。「クレジットカードの限度額に達した。前回の旅費の支払いをするために超過勤務手当が必要なんだ」

大きなエンジン音がして会話が遮られた。エリック・ソーナーの焼け焦げた車をのせた警察の平台トラックが走り出すのを、わたしたちは見つめた。フランコが眉をしかめるようにしてわたしを見下ろす。

「店のみんなは無事だったのかな？　至近距離での爆発だったからな」

ようやく、おたがいに気兼ねなく話せる話題になったわね……。

被害状況を説明し、狙われたと思われる人物の名前を告げた。わたしと同じくフランコも若い億万長者についてはほとんど知らなかった。

「ニューヨーク市警の爆弾処理班はあなたの分署に本部があるんでしょう。爆発について、なにかわかっているの？」

「Aチームのふたりが話しているのを小耳に挟んだ。ダイナマイトもトリニトロトルエン《TNT》も使われていないようだ――」

「信じられない。そんなはずないわ！　この耳で爆発音をきいたのよ。二回起きたわ。大きい爆発と、それから――」

「火炎瓶だった。爆弾処理班は薬品が入っていたアルミ缶の破片を回収した」

「爆弾の破片から指紋を採取できる可能性があると、前にあなたからきいたことがある」

「すばらしい記憶力だ。そう、その通り」

「でもわたしが知っているくらいだから、犯人にもその程度の知識はあるでしょうね」

「爆弾処理班の連中はそうは考えていない」

「というと？」

「犯人が本物の爆発物を入手できたなら、それを使ったはずだ。つまり犯人は素人ということだな。そして素人であれば、指紋を採取されてしまう可能性があるとは知らないだろう。運がよければ、採取できる」フランコがいったん言葉を区切り、また続ける。「ほかにも、耳にしたことがある」

「教えて」

フランコがあたりに目を配り、声をひそめた。

「ある捜査官は犯人が単にソーナーを殺そうとしただけではないと考えている。深い憎しみを抱いていたにちがいないと。おれも同感だ」

「それはどうして？」

「あの装置は車を吹き飛ばすためだけではなく、なかにいる人物を生きたまま焼こうという狙いでつくられている。焼死は、もっともおぞましい死に方のひとつだ」

8

数時間後、わたしはふたたび炎を見つめていた。燃えさかる炎は（ありがたいことに）爆弾によるものではない。わたしの快適な寝室の暖炉で燃える火だ。けれど、今日の凶暴な一件について考えれば考えるほど、快適とはほど遠い心地になる。なによりも気がかりなのはフランコの最後の言葉だ。

エリック・ソーナーを生きたまま焼き殺したいほど憎んでいる人物がいるの？　それほどまでの激しい憎悪を、いったいなにが引き起こしたの？　エリックの仕事に関係している？　それとも仕事以外の人間関係？

確かに、あの若い億万長者はふてぶてしい態度だった。爆発が起きるまでわずか数分話しただけなのに、こちらを試すようなにやにやした表情は人をいらだたせるものだった。それでも殺意が湧くなどということはない。たとえ何十回同じ経験をしても、殺人の動機とはならないだろう。

どういう事情で殺意を抱いたとしても、爆発を起こした犯人は今夜のニュースをきいて激しく憤慨するだろう。エリック・ソーナーは緊急手術を受けて無事に回復することが見込まれている。

失敗したと犯人が知ったら、彼は――あるいは彼女は――もう一度狙うだろうか？　そんなことを考えると気持ちがふさぐ。今日は一日ずっと気が重かった。冬のマンハッタンは夜の訪れが早い。太陽が地平線の下に沈んだとたん、そびえたつ鋼鉄と石の摩天楼のスカイラインはたちまちトワイライトブルーから漆黒へと色を変えた。太陽の仕事を電気が引き継いで、街は電球の金色の光で明るく照らされる。無数の街灯とアパートの窓に、何百万もの光が輝いている。残念ながら、わたしのこの住まいには、そういう明かりがひとつも灯っていない。

電気も電話線も使えない。ふたつの階にまたがるこの空間を照らす明かりといえば、ふたつの暖炉の火、ハリケーンに備えた非常用の電池式ランプ、何十本もの小さなキャンドルだけだ。

マテオはここにいっしょに泊まるといってくれた。彼の母親はペントハウスの自宅に招いてくれたけれど、どちらの申し出も断った。ここはわたしの家。だから離れたくない。それにニューヨーク市警のパトロール警察官がひとりこの区画に配置されているし、緊急の事態となれば携帯電話がある。

そうはいってもいざ電気がつかないまま夜が更けていくと、どうにも心もとない気分になる。でもそんな気分のままでいたくはないので、電池式のラジオでクラシック音楽をみつけて流し、夕飯をつくった（さいわいにも年代物のガス管はあの爆発に耐えた）。ほんの少し食べて、立ち上がって部屋のなかを歩き出す。何度も窓辺に寄って外をのぞき、マイクの姿をさがした。

十一時になり、あきらめてベッドに入った。三十分後、ベートーヴェンのピアノソナタのすすり泣くような音が流れるなか、はっと目をさました。奥の階段に人の気配がする。四柱式のベッドの上でがばっと身を起こし、手ざわりのいいベッドカバーを脇に押しやった。

わたしが取り乱してバタバタしているのに合わせるように愛猫ジャヴァとフロシーがふわふわの尾を立てて足元で跳ねる。カーペットを敷いた階段をいそいでおりて寄せ木張りの寒い廊下を進んでいく。手にはしっかりと携帯電話を握って——九一一番は短縮ダイヤルに登録してある。

けれども警察に通報する必要はない。戸口には警察官が立っているのだから。

ドアののぞき穴から見て、思わず身体の力が抜けた。暗い踊り場に見える肩幅の広いシルエットを見てわかった。マイクだ。ドアのカギをあけた。

「駆けつけてくれたのね！　お腹は空いていない？」

彼はそれにはこたえず、鋭く息を呑んだ。北極圏の氷のように冷たそうな彼の青い目に、温かそうな光が宿っている。そういえば、絆創膏だらけの身体にピッツバーグ・スティーラーズのよれよれのシャツを一枚着ているだけだった。

次の瞬間、彼の両腕に包まれた。こうされるのをなによりも望んでいた。とはいえ、思った以上に強く抱きしめられた——肺がぺちゃんこになるほど、そして背中の傷がキリキリと痛むほど。それでもうれしい。彼が腕をほどくと、痛みなどどこかに吹き飛んでしまっていた。

「そろそろコートを脱いだら？」わたしは微笑んだ。微笑み返す彼のコートのボタンを一つひとつはずしていく。

コートを掛ける間もなく、ふたたび彼に抱きすくめられた。ようやくお互いの身体が離れ、あらためてマイクを見るとネクタイは乱れて疲労の色が濃いが、目はらんらんと輝いている。

ざらついた彼の頬にふれる。「落ち着いて、夜は長いわ」

「だといいんだが」

「どういう意味？」

「いや、なんでもない……」

気になる。前回、週末をこちらで過ごしたとき、マイクはワシントンDCに呼びもどされた。日曜の朝のブランチのさなかに――「事件に進展があった」ということだったが、後に誤報と判明した。おかげで、子どもたちと過ごすはずの午後の予定が台無しになった。彼のぶんまでなんとか盛り上げようとがんばったが、しょせん代役だ。モリーは五番街のウィンドウ・ショッピングを楽しんでいたけれど、ジェレミーはふくれっ面だった。父親と過ごしたかったのだ。

「上司にプレッシャーをかけられっぱなしだ」マイクは携帯電話でメールチェックしながら、ぽつりともらす。

「私生活は認められていないの？」

「こうしてここにいるじゃないか、そうだろう？」

「ほんとうはいたくないみたい」

「クレア、国土安全保障省の警報がデスクに届いたときには生きた心地がしなかった。きみの声をきくまでは心配でならなかった。むろんここに、きみのそばにいたかった。だからすっ飛んできた」

それをきいたら、申し訳なくなってしまった。この週末はわたしが会いにいく番だった。金曜日の午後のいつものワシントンDC行きの列車に乗るつもりでいたのに、爆破事件の後ではそういうわけにはいかない。しかたなくマイクに電話でその旨を伝えたのだ。それで彼が予定を変更して急遽、遅い時刻の飛行機に乗った。

「夕飯はいかが？」彼のウエストに片手をまわしてキッチンに向かって歩き出す。「時間がなくてラザニアは焼けなかったけれど、フライパンで時間短縮バージョンをつくってみたの。われながらすばらしいできばえ。電気がないとミキサーが使えないからトリプルチョコレート・イタリアン・チーズケーキはあきらめたわ。でもね、ベイリーズ・アイリッシュ・クリームとカラメル・ナッツ・ファッジであなたをあっといわせてみせる。アイルランドの味に癒され――」

「それは名案だ。さっそく癒しを提供しよう――キッチンではない場所で」マイクがわたしをキッチンとは正反対の寝室へと引っ張っていく。「暖炉の火のそばで横になろう……」

求められるのはうれしい。ただ、彼があまりにも急ぎすぎるので、それが少し気になる。

マイクはもともと思慮深い質《たち》だ。なにごとにも落ち着いて反応し、事をいそがない。彼自身、待つことは刑事にとってゲームのようなものだと口癖のようにいっている――証人から話をききだす、容疑者に罪を認めさせる、事件解決の決め手となり得る結果が鑑識のラボから伝えられるのを待つ。

マイクの警察学校時代の教官は、やる気にあふれた警察官の卵たちにそのことを徹底的に叩き込んだ。「各自、車庫内の車に単独で十二時間待機しろ」その教官は金曜日の晩に学生たちに指示を出した。車を所有していない学生たちは各自の寝室で起きているように指示された。「つねに警戒態勢を維持し、わたしから疑似の遭難通報が出た場合には、ただちに応じるように」

早朝というより深夜にちかい時間帯に、警察官の卵だったマイク・クインのもとにその通報が入り、警戒態勢を維持していたのはもちろん、指示された集合場所に一番乗りを果たした。

こんなふうに不屈の精神を発揮してマイクはニューヨーク市警のなかで頭角をあらわした。彼が事件に取り組み、何週間も何カ月も、ときには何年もかけてコツコツと捜査を続けて解決に導くのをわたしは見てきた。けれどもそれは、彼がワシントンに行く前のことだ。

最初のうちは順調だった――むしろそれ以上だった。彼に会いにいくのは楽しかったし、メリーランド州とヴァージニア州に足を延ばしてロマンティックな週末をふたりきりで過ごしたりもした。そんな甘い気分が消えたのは先月のこと。マイクの酒量は増えて、つねにいらだったそぶりを見せるようになった。

　自分なりになんとか納得しようとしていた。それでもフランコから実態をきかされて、あることに合点がいった。マイクの上司が交替したのは、およそ一カ月前。彼がＯＤ班への定期的な連絡を欠かすようになった時期と重なる。ふたつの事柄になにか関連があるのだろうか？　わたしにはあるとしか思えない。

　それについてマイクと話をしたいのは山々だったけれど、ベッドまであと少しというときにふたりの間に仕事が入り込むことだけは嫌だった。それは彼も同じなのだと思う。

　わたしたちの思いなど、残念ながら彼の新しい上司はまったく意に介さないようだ。

　わたしのうなじにマイクのくちびるが触れたかどうかというとき、彼の携帯電話の着信音が鳴った。

「くそ」彼が動きを止め、目を閉じる。

「真夜中過ぎているのに」わたしはつぶやく。

　マイクはストイックな表情を保っているけれど、顎にぐっと力が入っているのがわかる。彼の葛藤が伝わってくる。携帯電話を窓から放り捨てたい気持ちと闘っているのだ。けっきょく、警察学校で鍛えられた精神と、現場での仕事を通じて養われたプロ意識が勝利した。

「クィンです」彼は電話に出ながら身体の向きを変え、片方の背中をこちらに見せる。

　肩をすぼめるような体勢で相手の話を延々ときいた後、マイクが反論を口にした。

「いまはニューヨークです。今週のわたしの更新分をトムがケース・ファイルに入れていないのは確かに問題ですが、ここに着いたばかりなのでとんぼ返りするつもりは――」

相手に遮られ、ふたたびマイクがきく番だ。彼の眉間のしわが深くなる。ファイルの不備というだけの理由で、この上司は本気でワシントンDCにマイクをとんぼ返りさせるつもり？　ばかげている……。

マイクも同じように受け止めた。だから両肩をいからせ、反論したのだ。

「いいですか、状況報告書の内容にとくにこれといったものはありません。盗聴防止機能のある回線であらためて電話をいただければばかいつまんで説明します。直接トムに電話してもらえれば、朝一番に彼が金庫をあけます。あるいはわたしがワシントンにもどる月曜の朝まで待ってください」

またもや相手が長々と話し出し、マイクはいらだった様子でそれをきいたあげく冷ややかな調子でこたえた。

「今後こういうことをくり返さないようにトムと話をします。報告書は月曜日の朝一番にデスクに届けます」

彼は通話を終えて電話をドレッサーに叩きつけた。

しばらく、おたがいに無言のまま座っていた。「あなたの上司は深夜に電話してくるの？」

わたしはつぶやいた。「書類のことで？」

彼はベッドに横になり、わたしに顔を向けた。「いいんだ、もう。忘れよう」彼がわたしの頬にふれる。「週末はずっといっしょだ。誰がなんといってもそうする」マイクに抱きしめられたとたん、悲鳴が出てしまった――彼の腕が切り傷を思い切り押さえつけたのだ。

「クレア、どうしたんだこれは？」肩の絆創膏に彼が気づく。

「今日の爆発で散った細かな破片が刺さったの。ガラスが飛んできて」

マイクがわたしの身体をくるりとまわして後ろを向かせ、Tシャツを首まで引っ張り上げて、裸の背中を調べた。

「絆創膏の下でまだ出血している傷があるじゃないか！」

「ええ。確か、救急隊員は絆創膏を貼り替えるように――」

最後までいい終わらないうちにTシャツをすっかり脱がされてしまった。

「動くんじゃないぞ」

彼はバスルームから救急箱を持ってきた。すぐに彼の力強い手がそっと絆創膏をはがし、新しいものに替えてくれた。

「これでよし」彼がふうっとため息をつく。「今夜はゆっくり休んだほうがいい。身体を動かすのは禁止だ」

その一言にがっかりして、わたしはぱっとふりむいた。彼の視線がわたしの身体の曲線をとらえ、表情が変わっていく。心配そうな表情がゆるみ、別の表情があらわれる。思わず彼の目をみつめ、微笑んだ。

「本気でいっているのね？」念を押してみた。「身体を動かすのは禁止？」

「きみは仰向けで寝るわけにはいかない――」

「ええ、できないわ。でも――」彼のネクタイをぎゅっとつかんでベッドの上でこちらを向かせた。「あなたはできる」

マイクの笑顔は、暖炉の炎に負けないほど輝いていた。

9

「そこにいる？ きこえる？」

闇のなかでささやく声。

背中が傷だらけなので、わたしはマットレスに腹這いになり片腕をベッドの脇にだらりと下げた状態で寝ている。

「マイク？」あくびをしながら目をこする。「あなたなの？」

しんとしている。

室内が寒く感じられるのは、暖炉の火がごくごく小さくなっているからだ。だらりと垂らした腕をぐるりと反対側にまわし、マイクのがっしりした体軀《たいく》にふれてみる。わたしの傍らで岩のように横たわっている。昏睡状態といってもいいような規則正しい呼吸だ。マイクが眠っているのであれば、いったい誰がささやいたの？

「ママ、電話に出て！」

ささやき声ではない。娘が叫んでいる。ナイトスタンドに置いたわたしの携帯電話からきこえてくる。どうしてこんなことが？ いや、そんなことはどうでもいい（母親の微積分学では、わが子が呼んでいるときには疑問など持たない。ひたすら電話に突進するだけ)。

「ジョイ、どうしたの？　なにかあったの？　いまどこにいるの？」

「空港よ」

「シャルル・ド・ゴール空港？」

「ニューヨーク。来て。爆弾があるの」

「なんですって!?」

「わたしの飛行機に爆弾が」


「ただいま91番ゲートから搭乗を……」

わたしは着替えてタクシーを呼んだにちがいない。具体的に説明はつかないけれど。ともかく、一瞬のうちに暗い寝室はジョン・F・ケネディ国際空港の明るい空間に変わり、ざわめきに包まれていた。わたしは第一ターミナルの中央通路の人ごみを掻き分けながら走っていた。

「エールフランス九一一便、最終案内です……」

ジョイが乗る便！

ゲート番号をいちいち声に出して確認し、セサミストリートのマペットみたいに両腕をバタバタさせながら、右に左に身体を傾けながら懸命に通路を走っていく。

「51……52……53……」

旅行者の集団の間を強引に突っ切り、リュックサックを押しのけ、スーツケースを蹴散らす。人々がこちらをふりかえり、じろじろ見て悪態をつく。

「爆弾があるの！」わたしは叫ぶ。「娘の飛行機に爆弾が！」

そして、なおも走り続ける。60番台、70番台、80番台。89番ゲートで、手に持った携帯電話がふたたび振動して着信を伝える。

「ママ？　いまどこなの？」

「ここにいるわよ！　あなたはどこ？」

「飛行機のなか。シートベルトを着用させられている。この電話も切るようにと――」

「切らないで！　ねえきいて、ジョイ、お願いだから……」

91番ゲートに到着した。が、搭乗口に続く通路の扉はすでに締め切られている。ターミナルの大きな窓のそばに駆け寄ると、ジャンボジェット機が動き出すのが見えた。

客席の窓越しにジョイの顔を見つけ出した。望遠鏡のレンズのような丸い窓ガラスが、ぎゅっと圧力を加えられるみたいに小さくなっていく。飛行機が一ヤード移動するごとに彼女の顔は小さくなり、そして（どういうわけか）若くなっていく……。

あれはハイスクールの卒業式のときのジョイ。帽子とガウン姿でにこにこしながら卒業証書を模したフォーチュンクッキーを差し出している。さらに一ヤード移動すると、十六歳の華やかなバースデーケーキのキャンドルの火を吹き消している。そのケーキをジョイは自分で焼くといい張り、一人前のレディのように父親とダンスをした。さらに一ヤード遠ざかり、彼女は十五歳。男の子のいじめっ子のきつい言葉に傷ついて泣いている。飛行機はどんどん遠ざかり、ついに彼女がトライステート（ニューヨーク州、ニュージャージー州、コネティカット州）・ジュニア・ジンジャーブレッドハウス・コンテストで優勝したときの姿になった。地元のスーパーマーケットの前で薄いミント色の制服を着たガールスカウトの仲間とともにステージ上で大活躍している。そして、髪を三つ編みにして歯列矯正用のブリッジをしているおてんば盛りのジョイがあらわれた。わたしの小型のホンダに乗って、ふたりで郊外へと引っ越しをしたときと同じ姿。母娘ふたりきりで生きていくため――新しくニュージャージーでの暮らしを始めるための引っ越しだ。

「止まって！」わたしは握りこぶしで窓ガラスを叩く。「もどって！」

けれども娘が乗った飛行機は遠ざかるばかり。

「どうかしましたか？」男性の係員がちかづいてきた。金髪が伸びてクシャクシャの、その若者の微笑みはとても魅力的で、誰かによく似ている――エリック・ソーナーに。

彼の腕をつかみ、引き寄せた。「あの飛行機、見えるでしょう？　止めなくては！」

「あいにくですがクレア、乗り遅れましたね。あなたは早い」

「早い？　早いってどういう意味!?」

エールフランスの制服を着たエリックは肩をすくめて指をさす。彼が指し示した方向を見ると、ターミナルの壁に巨大な時計がかかっている。二本の針は逆回りに動き、カチカチと針が進む音がしだいに大きくなっていく。

「ママ！　どうしたらいいの？」

カチ、カチ……。

「飛行機で行くのはやめて、ジョイ！　もどってきて！」

カチ、カチ、カチ……。

そしてついに、まさかの事態が起きてしまった。すさまじい威力の爆発でジェット機はぱっくり割れ、固い銀色の機体が無惨にもまっぷたつになっている。炎が噴き出し、断ち切られた機体の両方が燃え、乗客はなすすべもなく火に巻かれている。

「あああっ！」

破壊的なエネルギーが、舗装された駐機場からこちらに向かってくるのを感じた。次の瞬間、天井ちかくまである窓が揺れてわたしは床に投げ出された。窓ガラスが粉々に割れて無数の小さな破片が背中に降ってくる。

わたしは目をぎゅっと閉じて悲鳴をあげた。

10

目をあけてみた。

痛い。

マイクのがっしりした胸に当たって夜中に寝返りしたらしい。傷だらけの背中が圧迫されている。痛みをこらえながら身を起こした。悪夢のなかのできごとは壮大な妄想にすぎないとしても、痛みはまちがいなく現実のものだ。

目覚ましの数字が光っている。午前三時五十五分。深く息を吸って吐き出し、無理矢理目を閉じた——。

『あいにくですがクレア、乗り遅れましたね。あなたは早い』

『早い？　早いってどういう意味!?』

カチ、カチ、カチ……。

その場面がしつこくよみがえる。激しい恐怖も消えない。神経が高ぶったせいで、いままで記憶のどこかに押し込んでいた断片的なイメージが脈絡もなく浮かんでくる。エリック・ソーナーの目に浮かぶ恐れ。彼の傷から滲《にじ》む血。街のランドマークであるわたしのコーヒーハウスがめちゃくちゃに破壊されている光景。火炎瓶によって真っ黒に焼け焦げた車。そのなかに閉じ込められたままの遺体。

わたしにとって「チャーリー」はただの名前にすぎない。見知らぬ遠い存在だ。テレビのニュースで報道されるような、戦争や無差別な暴力で命を失った犠牲者と変わらない。それでもエリックの運転手はれっきとした人間だ。わたしたちの仲間だ。その人物が意味もなく殺されたのだから、平然としていられるはずがない。それなのに、そこまで感じていない自分を恥じた。

『ママ！　どうしたらいいの？』

カチ、カチ、カチ、カチ！

自分の娘が同じ目にあって苦しむ夢を見たのは、たぶんそのせいだ。あの車に乗っていたのがわたしの娘だったなら、救急隊員たちはわたしに鎮静剤を処方していたにちがいない。

視線を横にずらしてマイクを見る。まだ眠っている。そっとベッドから降りた。

ジョイに電話しなければ……。

あれは悪夢であって現実ではないとわかっているのに、まだ動悸はおさまらない。娘が無事だと確かめるまではとても眠れやしない。ローブのひもを結び、スリッパを履いてすり足でキッチンに向かった。

「ミャーオ……」

足元で小さくてふわふわの二匹の猛獣がじゃれている。

「いいえ」たしなめるようにいい聞かせる。「夜は明けたけれど、まだ朝ごはんの時間ではありません」

ジャヴァとフロシーは異を唱えて大きな鳴き声をあげる——ステレオ効果で、しかたなく戸棚をあさって香味サーモンの大きな缶詰を手に取った。

ラベルを読むだけでお腹がグーグー鳴り始めてしまい、マレーズのベーグルサンドが頭に浮かんだ。トーストしたベーグルにピンク色のスモークサーモンと真っ白なクリームチーズをたっぷりのせたら、さぞやおいしいだろう。高級なスモークサーモンの缶詰とキャットフードはまったく別物だ（じっさいに試したことがあるから知っている）。そうはいっても、皿に盛りつけながらよだれが垂れそうになってしまった。

狂おしいほどの空腹を無視してテーブルに向かって腰掛けると、携帯電話の短縮ダイヤルの最初の数字を叩いた。ジョイの留守電につながり、メッセージをどうぞという音声が流れる。わたしはなにも吹き込まずに、もう一本電話をかけた——ジョイの親友に。

「ボンジュール！」

「イベット？」

「ウィ？」

イベットという名前はいかにもフランス風だけれど、彼女は正真正銘のアメリカ人だ。彼女の一族はアメリカでソフトクリームを大量生産して成功した。ジョイとイベットは料理学校に入学した初日からずっと仲良しだ。ふたりはいま、パリのアパルトマンで共同生活をおくっている。

「英語でお願い、イベット。ジョイの母親よ。ジョイの携帯電話にかけてみたんだけれど、出ないものだから――」

「ジョイは仕事です、ミズ・コージー。彼女、仕事中は絶対に電話に出ません。ガリア人にこっぴどく叱られますからね。時差のこと、忘れていませんか？　ニューヨークはこちらよりも六時間遅れで――」

「ジョイはディナー担当のはずよ。だからシフトが始まるのは午後二時以降よね、パリ時間で」

「いまは、もっと早く仕事に取りかかっているんです」

「そういうことね、わかった。ジョイは元気なのかしら？」

「メ・ウィ！　さっき、レストランに立ち寄って彼女と話をしたところです。とても元気ですよ――あんなひどい目にあったのに」

思わずびくっとした。「ひどい目？」

「先週、スーシェフが、かなりイカレてしまって」

「どういうこと？　精神に変調を来したの？」

「ブレス地方の業者がレストランに納めた〝プーラルド〟が足りなかったんです。それも、この六週間で三回目。だからシェフはブルゴーニュまでわざわざ自分で車を運転していって、鶏の飼育家と激しくやり合ったんです。ライバルのレストランから賄賂を受け取ったのか、こちらの店の営業妨害をもくろんだのかと責め立てたんですよ。それで相手もカッとなってひどい罵り合いになって、野菜や鶏が飛び交い、収拾がつかなくなってしまった」

「ジョイは彼に同行していなかったんでしょう？」

「ええ、後からくわしくきいたそうですよ。罵り合いが高じて憲兵まで呼ぶ騒ぎになったんです。ふたりを四人がかりで引き離したとか。それでスーシェフはいまもブルゴーニュに留置されています。憲兵への暴行と鶏への虐待の罪で告発されています。ブレスでは鶏に対する虐待は大罪ですからね」

「そのこととわたしの娘とはどう関係しているの？」

「とんだ騒ぎのあとでエグゼクティブ・シェフは、半分のシェフの業務を変更したんです。ソーシエはスーシェフに昇格して、ジョイはいまレストランの新ソーシエです。少なくとも、例のスーシェフが釈放されるまでは――なにしろ告発されていますからね」

「鶏への虐待ね」

「鶏への虐待は大問題ですよ。ジョイはもちろん、昇格におおよろこびです。一時的なものであっても昇格ですからね。ボーナスも弾んでもらっているし。でも仕事に入る時間は早くなってしまったわ」

「彼女に伝言をお願いするわね。できるだけ早くわたしに連絡するようにって」

「はい、ミズ・コージー。伝えておきます」

電話を切ろうとして、ふと、ハドソン通りでフランコ巡査部長と会話をかわしたときのことを思い出した。ジョイは恋愛問題について容易に打ち明けようとはしないだろう（そして私立探偵を雇うには口座の残高が足りない）から、この際、きいてみようか……。

「イベット、最後にひとつだけ、ちょっとした謎解きに協力してもらえるかしら？　フランコ巡査部長がこの前そちらを訪れたとき、なにかがあったみたいね。心当たりがある？」

反応なし。

「イベット？　きこえている？」

「はい、大丈夫です、ミズ・コージー。でも……どうしてそんな心配を？」

「え？」

「どうしてそんな心配――」

「きこえているわ。ただ、あなたからそんな質問が出たことに驚いているだけ。ジョイはわたしの娘よ。心配するに決まっているでしょう。フランコのことも好きだから」

「ああ、そうでしたね。恋人が警察官――それなら無理もない」

「それはどういう意味かしら？」

「悪く受け取らないでください。ミズ・コージーの場合は離婚経験者だし、問題はないでしょう。それに年齢だって……」

まあ、なんてことを――。

「……でもジョイの人生はまだまだこれからなんです。彼女は失敗したくはない。わかりますよね？」

「いいえ。わからないわ。どうしてフランコが失敗なの？」

「またまた、そんなことを。だって彼のお給料って冗談みたいな額ですよね」

「冗談？」

「ええ。もしもジョイがフランコのような男性と結婚したら、いまの厨房みたいな職場で生涯汗水垂らして働くのが関の山でしょう。警察官の給料で若いカップルがニューヨークで生活するなんて、とうてい無理ですよ」

「『生活する』という定義があなたとわたしとでは大きくちがうようね」

「みたいですね」

「わたしの娘には志があるわ。夢を持っているの。いつの日か自分のレストランを経営したいと願っているから、いまの厨房で働くことを望んでいるのよ」

「そう、その通りです！　たっぷりとした資産を所有する恋人の協力があれば、彼女の夢だってうんと早く実現できるはず。フランコは魅力的だし、それについてはわたしも同意します。ジョイを笑顔にできるし、腹筋だってすごい。でも彼といっしょでは将来はひらけない。ジョイにはもっともっと可能性があるのだから」

「この話題は、このへんにしておきましょう」

「そうおっしゃるのなら」

「娘に伝言をお願いね。できるだけ早くこちらに連絡するようにと」

「かならず伝えます。さよなら《オルヴォワール》！」

携帯電話をいきおいよくパチンと閉じたけれど、そんなことではおさまらない。昔の電話なら、受話器を思い切り叩きつけてやれたのに！

腹立ちまぎれにテーブルの脚を蹴った（布製のスリッパで蹴ったのは失敗だった）。つま先に強烈な痛みが走った。はらわたが煮えくり返る思いでテーブルを睨みつけていると、低い声がして現実に引きもどされた——。

「それで？　なにが冗談だって？」

マイクが腕組みをして戸口にもたれている。少しまごついたような表情だ。上半身は裸で下はパンダ柄のパジャマのズボン（子どもたちから贈られたパジャマ）という格好で立っているマイクを見ると多少はなごむものの、激しい怒りはそうかんたんには消えない。

「きいていたの？」

「きみの側だけ。冗談がどうこういっていたな」

「フランコのお給料が……らしいわ」

「ジョイはフランコの給料が冗談だといっているのか？」

「いいえ。彼女のルームメイトが」

マイクはあくびしながら、無精ヒゲが伸び始めた顎をごしごしこする。「それは、朝になってからでは間に合わない話なのか？」

「嫌な夢を見たの。ジョイが無事かどうか、どうしても確認したくて」

「どうだった？」

「イベットによると、無事だそうよ」

「いったいどんな夢だったんだ？　そんなにカッカするなんて」

「夢のなかみとは関係ないの——電話のことでカッカしているだけ」

「話してごらん」

「ええ、話すわ。でも、手つかずのままだった夕飯を温め直すのが先ね」ジャヴァとフロシーはまだサヴォリー・サーモンに舌鼓を打っている。「栄養補給が必要なのはこの子たちだけではないわ。わたしもお腹ぺこぺこ」

「わたしもだ……」マイクはゆっくりとした足取りでキッチンに入ってきて、テーブルにつく。彼の足元にフロシーが小さな白い身体をまるめると、彼はフロシーを抱き上げて耳を掻いてやる。「わたしもミャオと鳴かないといけないか？」

「ネコのおもちゃが欲しいのなら」

11

夕飯用にフライパンでつくったラザニアをようやく味わうことができた。すばらしくおいしい。再加熱したら一段と味わい深くなっていた――温め直す際にはソースとチーズを少し足した。最初に加熱したときに溶けて泡が立ったモッツァレラは冷えて少し硬くなっていたが、パリッとした表面の下にはトロトロに溶けた軟らかい食感が待ち受けていた（考えてみれば、マイク・クインとわたしとの長年の関係はこれにそっくりだ）。

「なんていいにおいなんだ」マイクはトマトとフローラルなオレガノの香りを吸い込む。そしてフォークを取り上げると、一心に食べ始めた。

建物はまだ停電が続いているので、暖をとるためにオーブンの温度をあげ、キャンドルをいくつかともして明かりにした。狭いキッチンは快適で、ロマンティックにすら感じる。リコッタチーズの滋味あふれるパスタを、ふたりで黙々と味わうしあわせなひととき。数分後、ようやくわたしは話を始めた。フランコとの会話、パリのイベットとの電話の内容についてマイクにきかせた。

「これではっきりしたわ。フランコとジョイの仲がおかしくなった原因は、イベットよ。彼女がフランコを中傷してジョイにあれこれ吹き込んだ――」

「ルームメイトにいわれたくらいで、ジョイの気持ちが揺らぐか？」

「イベットとはとても仲がいいの。実の姉妹みたいにね」

二十年のキャリアを持つ刑事であるマイクは、当然のように質問を重ねる。

「具体的には？」

「ふたりはニューヨークで料理学校に通っていたときにアパートをシェアしていたわ。だから楽しいこともつらいこともふたりで分け合っていた。パーティー、ピラティス、片思い、別れもなにもかも――」

「そこまでわかっているなら、なぜいまさらカッカするんだ？　いままでとはなにかちがうのか？」

「ええ、イベットが変わってしまったのよ！　あんなふうに生意気な口をきいたりする子ではなかったのに。これまではずっと礼儀正しい態度でわたしに接していたし、ジョイに対しては寛大だったのよ」

「『寛大』の見返りを求められる場合もある」

マイクの言葉の意味を考えてみた。「ジョイもそうだといいたいの？　裕福な女友だちのごきげんを取るためだけにフランコを振ったというの？」

マイクがほんの少し肩をすくめる。

「やめてちょうだい。自分の娘のことは、よくわかっている。うわべだけで人を判断するような子には育てていないわ。友だち――男女問わず――がお金持ちかどうかなんて、あの子は一度だって気にしたことはない。お金に目が眩《くら》むような人間ではないのよ」

「変わったのはイベットだけではないのかもしれない」フォークを持ったまま、わたしは手を止めた。そしておろした。「そんなふうに考えるだけでもゆるせない」

マイクがわたしの目をぐっと見据える。「では、フランコからきいた話はどうだ。どう説明する？」

椅子に座ったまま身体をずらす。質問にこたえたくない。「わざといっているの？　イベットが警察官のお給料についてあんなことをいったから？　それがあなたの気にさわったの？　わたしは彼女には共感していないわ」

「だがジョイはちがうようだ――ルームメイトの意見に合わせて、そう思おうとしているのかもしれない」

「これではらちがあかない。ジョイと話をして、確かめなくては――」

「なにを確かめるんだ、クレア？」容赦ない口調だ。「きみは確かめた。確かめた内容が気に入らないだけだ」

テーブルを挟んでマイクを見つめる。マイクの表情が曇る。部屋の温度が急に下がったように感じ、キャンドルの明かりはもうロマンティックには見えない。

「あなたは誰の味方なの？」

マイクが緊張感を解くように息を吐き出し、暗がりからこちらに身を乗り出す。

「きみの味方だ。いつだってきみの側にいる。これまでに山ほど取り調べをおこなってきてわかったのは、事実ば変えられないということだ——変えたいとどれほど強く思っても」

「そんなふうにいわないで。とにかく、ジョイとよく話し合ってみるわ」

「そうだな……」彼はまた後ろにもたれ、フォークを手に取る。「ただ、フランコを売り込むようなことだけはしないでくれ。彼の後押しをするような真似はやめてもらいたい」

「なぜ？　これまでジョイが出会った相手のなかで、彼は最高の人よ——あの子だってそういっている。あなたは彼が気に入らないの？」

「彼を気に入っているからだ」

「意味がわからないわ」

「警察官はやりがいのある職業だが、きつい仕事でもある。それを理解して支えることに誇りを持つ女性とフランコは生涯をともにすべきだ。相手の職業——そして収入を——を見下すような結婚相手など、誰だってごめんだ」

「やっぱりあなたの個人的な感情がまじっている」

その通りだといわんばかりの表情で、マイクがこちらを見た。

マイクの結婚生活を思えば、しかたないのかもしれない。彼の元妻レイラは夫の職業を徹底して嫌っていた——多忙さも、犠牲にするものの大きさも、給料の額も。そもそも、ふたりは結婚すべきではなかった……。

レイラは郊外のめぐまれた環境で少女時代を過ごし、マンハッタンに出てモデルとしてのキャリアをスタートさせた、といっても、家族のコネがおおいに力を発揮していた。写真の撮影がないときにはバーやクラブに出かけては派手に遊んでいた彼女がストーカーに狙われるようになる。相手は悪質で、殴られてレイプ未遂にまでエスカレートしていった。そのとき彼女を救ったのが、当時、制服警官だったマイクだ。彼は犯人を逮捕して刑務所に送った。

襲われた恐怖からレイラはマイクにしがみつき、短い交際期間の後にふたりは結婚した。結婚式ではマイクは分署の同僚たちからさんざん羨ましがられ、宝くじに当たったみたいな気分だった。なにしろ妻は魅力的なモデルであるばかりか、彼に夢中だったのだ――輝きがあせていくまでは。

きらびやかなパーティーやマンハッタンでショッピング三昧だったレイラの暮らしは一変し、ブルックリンの〝場違いなところ〟でおむつを替える日々が始まった。ブランドものの服も、わくわくする撮影も、ナイトクラブのパスも、トレンディなバーで男たちからもてはやされて法外な値段のドリンクをおごられたのも、もはや過去のこと。

レイプしようとしたストーカーの記憶が薄れるにつれて、自分がなぜ結婚したのかもよくわからなくなった。青い制服をまとった騎士だったはずのマイクは、顎の張ったつまらない男にしか見えない。警察官としての献身的な仕事ぶりを理解することもなく、裏社会の人間と渡り合うむさ苦しい仕事の話などにはレイラは興味もなかった。ぜいたくなバカンスも高級レストランも、彼の収入ではまかなえない。帰宅時間すら当てにならない。

レイラにいわせれば、自分はマイクに騙《だま》されたということになる。だから彼を裏切るようになっても、罪悪感は皆無だった。

最初からマイクは気づいていた——なんといっても、本職の刑事なのだから。何度か妻を尾行し、行動のパターンを見抜いた。彼女は理由をつけてマンハッタンに行き、セクシーな服を購入し、それを身につけて金融マンがあつまるバーに行っては、若くて幸せだった頃を取りもどそうとしていた。

初めて彼女に裏切られたときの気持ちを、以前にきいたことがある——腹のなかで核爆発が起きたようなものだとマイクはいった。二度目、三度目、四度目となると、衝撃の規模は少しずつ小さくなった——手榴弾、銃弾、爆竹へと。

さらに五度目、六度目……。

数えるのをやめたとき、彼はなにも感じなくなった。

レイラを直接問いただしても無駄だった。彼女はしらを切り、仕事のせいでマイクが被害妄想になっているのだといい張った。彼はクレジットカードの請求書を見せ、彼女の行動を一つひとつ挙げていった。あなたはわたしを支配しようとしているといってレイラはマイクを責めた。

マイクは結婚の失敗という事実に向き合いたくなかった。だからレイラがもうやめると約束すると、見て見ぬふりをした。彼女にとって外出がどうしても必要であるなら、それで以前のように、若く美しく特別な存在であると感じられるのなら、ある種のセラピーだとみなすことにしたのだ。レイラの望みを叶えられないという負い目を感じ、毎回自分のもとに戻る決断をくだしてくれるだけで「幸運」なのだと考えることにした。

やがて、マイクとわたしは出会った。ある殺人事件をきっかけに、捜査の過程で知り合ったのだ。事件解決後、彼はわたしがマネジャーをつとめるコーヒーハウスの常連客になった。

わたしが結婚で苦労した経験者だと知ると、彼はレイラについて打ち明けるようになった。長いこと、彼は妻とのトラブルをいっさい人に話していなかった。友人や身内や同僚からはいつも幸運な男だといわれていたので、どうしてもいえなかったのだ。

わたしは彼のためにコーヒーをつくり、よろこんで話をきいた。プライベートなことばかりではなく、担当している事件についても。ニューヨーク市警の「ストップ・アンド・フリスク（不審人物を警察官が呼び止め、身体検査をおこなう）」政策、交通違反カードのノルマ、無実の人を陥れて有罪をでっちあげた事件など、報道を通じてつねに一般人から厳しい批判を浴びていただけに、マイクは自分の仕事に敬意を表する一般人がいると知ってよほど意外だったようだ――警察の具体的な業務についてきくのを、心底楽しむ人間がいるのかとびっくりしていた。

わたしは彼と過ごすひとときを心待ちにするようになり、彼も同じように感じていた。そしてようやく、自分は卑屈になっていたのかもしれないと気づいた。

金銭的な価値しか認めない妻との泥水を飲まされるような結婚生活は彼に、じっさいの負債以上のものを与えていた。レイラは夫であるマイクに対し、あなたはだめだという決定的な烙印《らくいん》を押してしまったのだ。

「いいか……」マイクは大きく息を吐き出してから、ようやく話し始めた。「基本給についての指摘に過剰反応しているのだときみが思いたいなら、それを否定はしない。わたしがワシントンDCでの仕事を始める前にきみの元夫からいわれた皮肉を憶えているか――公務員としての給与についてのコメントだった」

懸命に思い出そうとした。「マテオがなんていったのかしら――」

「アレグロは心底鼻持ちならないやつだが、そんなことをいいたいわけではない。彼はまちがってはいなかった」

「わたしにはさっぱりわからない」

「いまは連邦政府の職員として、かなりの収入を得ている。格段にいい給料だ。そしてとても満足している」

「待って。まさかあなた……」彼をじっくりと見つめた。「約束だった一年が過ぎても、ワシントンDCに残ることを考えているんじゃないでしょうね」

マイクが身を乗り出し、手を伸ばしてわたしの手にふれようとする。わたしはさっと手を引いた。

「質問にこたえて」

「こたえられない――どうこたえたらいいかわからないからだ。いまはまだ」

「はぐらかさないで」

「はぐらかしてはいない。新任の上司が作戦を変更し、捜査の範囲を拡大しろという指示が出た。もっと広範囲で展開するようにと」

彼をじっと見つめる。「いつまで続くの？」

「期限は設定されていない。決着がつきしだいボーナスがでる」

「ボーナス？　それはどういうこと？」

「新しい上司のレーシーとわたしとの間で協定を結んだ——捜査範囲を拡大してレーシーのキャリアに貢献すれば、解決後にボーナスを受け取る——たっぷりと」

「いったいいつから、金銭を基準にものごとを決めるようになったの？」

「そろそろ潮時だろう。きみの元の亭主は鼻持ちならないやつだが、わたしの基本給に関しては正しい指摘だった。子どもたちを大学に進学させたいんだ。わたしは父親だ。小切手を切っているのはわたしであって、投資銀行家の新しい養父ではないと、子どもたちに知らせておきたい。きみならわかってくれるだろう？」

「あなたの言葉を借りれば、それだけのお金を得るには〝見返りが求められる〟のではないの？」

彼はしばらく無言のまま、期待するようなまなざしをわたしに向ける。

「やはり、そうだろうか？」

まあ！「どうしてわたしにきくの？」

「いまの業務に就いたとき、きみは確かいったはずだ。わたしと離れないと——どんなことがあっても。あれはその場のでまかせだったのか？　それとも心変わりか。思った以上に森が深くて、職務離脱《AWOL》したくなったのか」

　もうたくさん！　思わず立ち上がっていた。「あなたこそ、AWOLでしょう！　フランコからきいたわ。OD班にはこの数週間まったく連絡を入れていないそうね！」

　マイクは不意をつかれたような表情を浮かべる。「連絡は入れている。サリーからは、すべて順調だときいている」

「サリーにとってはそうなのかもしれない。フランコによれば、事件の捜査はライバルに横取りされそうになっているらしいわ。あまりにも事がスローペースだから、フランコは制服警官の業務を買って出て残業代を稼いでいるのよ」

　マイクが顔をしかめる。「直接出向いて事件についてフォローしていなかったのは確かだ。サリーが力をつけて、管轄のことはうまく対処するだろうと思っていた。彼のことは信頼している」

「ええ、確かに信頼はできるわ。フランコも、ほんとうのナイスガイだといっている。あまりにも人柄がよすぎて、新しい事件の捜査をがむしゃらに進めることができない。だって危険を冒す必要などないもの。あなたのチームなのだから。彼はただの子守役」

　マイクがふうっといきおいよく息を吐き出し、眉間をもむ。「そこまで悪化していたとは」

「捜査班、わたし、子どもたち……徐々に積み上がってきているわ。問題のすべては、ひと月前にレーシーという人物が上司になったときから始まっている。あなたは重いプレッシャーをかけられた。どうしてそういうことになったのか、わたしにはわかる」

「ほう。きみが司法省に勤務していたとは知らなかった」

「わたしは上司だからわかるの。優秀な人材を手元に置いておくことがどれほど重要なのか、ボスとしてよくわかっている。期限を設定されずに約束されたボーナスは、計画のごく一部よ」

「計画だと？」

「もちろんよ！　目をさまして、マイク。ニューヨークで過ごしているときにたびたび妨害が入れば、わざわざここに戻る意味がなくなる。ワシントンＤＣに留まるしかないとあなたが覚悟を決めれば、上司の思うつぼよ」

室内はしんと静まり返っている。マイクは座ったままわたしをしげしげと見ている。とうとう、わたしは両手をあげた。降参だ。「なにかいうことはないの!?」

「ある」

「なに？」

彼は身を乗り出して、声を落とした。「きみは神経が高ぶっているようだ」

「神経が高ぶっている!?」

「十八時間前から置かれている状況を思えば、いつもより少々感情的になったり、やや被害妄想的になったりしても不思議ではない。だから――」

「だから？　わたしがおかしくなったとでもいいたいの？」

「よくきくんだ。さっきもいった通り、まだなにも決定したわけではない。時間が解決してくれる。いまは休息をとるべきだ。眠るんだ。さあベッドに戻ろう」

彼は立ち上がり、わたしは椅子にどさっと座り込んだ。

「あなたは行けばいい。わたしは眠れないの」

「どうして？　ここで座ったまま、暗がりのなかで悶々《もんもん》としてもしかたないだろう？」

「わかっている――だから、眠らない理由はほかにあるの」（くやしいけれど、『神経が高ぶっている』というマイクの指摘は当たっているのかもしれない――）「目を閉じると、また空港に逆もどりするから」

「空港？」

悪夢のとんでない結末をマイクに話した。娘が乗っているジェット機が爆発し空港ターミナルの窓が粉々に割れ、ガラスの破片が降り注ぎ、背中に感じた痛みはとうてい夢のなかとは思えない。

次の瞬間、マイクはわたしを椅子から立たせ、額と頬とくちびるに強く自分のくちびるを押しつけた――背中の傷にはいっさい触れないようにして（ああ、だからやはりわたしはこの人と死ぬまでいっしょにいたい）。

「もう喧嘩はやめよう、いいね？」彼がささやく。

「魅力的な提案――しかも、仲直りすればいいことがありそう」

彼はにっこりしてわたしの頬にふれる。両腕を彼の首にまわしてキスのお返しをした。目を閉じると、またもや——。

カチ、カチ、カチ……。「いまいましい時計!」

「どの時計だ?」マイクがキッチンのなかを見回す。

「夢のなかで爆発が起きる前に巨大な時計が逆回りしていた。その音が耳から離れないのよ。つじつまがまったく合っていないのに!」

「夢はいつだってつじつまが合っていない。頭のなかのパズルのピースが散らばっているんだ。ほかになにか憶えていることは?」

「エールフランスの係員がいたわ。時計を指さして、ジョイの飛行機にわたしが乗り遅れたといった。だからわたしは爆発を止められなかった。早かったから」

マイクが顔をゆがめた。「遅かった、ということか?」

「いいえ。早かったの」

「早かったから飛行機に乗り遅れたというのか?」

「いったでしょう、つじつまが合わないって」

「行こう」彼はわたしを連れてゆっくりとキッチンのドアへと向かう。「きみには休息が必要だ――」

わたしは彼を引きもどす。「ほかにも早いものはない?」

「さあ、どうだろう。いまは早いな」マイクが窓のほうを指さす。「とても……」

窓の外は寒く、暗い。夜明け前の一月の空気。真っ黒なガラスを見て、ふるえがきた。

「夢では、空港の航空会社の係員がエリック・ソーナーそっくりだった。それはもうあなたにいった？」

マイクが顔をしかめる。「なにか意味がありそうだな」

わたしもそう思う——そう、マイクのいう通り、夢は頭のなかのパズルだ。真っ黒なガラスを見つめながら、夢のピースを分類した。

爆弾が爆発する。

針が逆回りしている時計。

わたしは早いとエリック・ソーナーがいう。

間に合わなかったから……。

さらに分解してみた。〝爆弾。時計。エリック。早い。間に合わなかった……〟。

そこではっとして、思わず口が少しあいた。「そうよ……」

「どうした？」

間に合わなかったのではない。

「エリック・ソーナーは早かった」

12

十五分後、わたしたちは着替えて通りに出ていた。

「あなたの友だちはほんとうに勤務中なの？」くちびるが凍ってうまく話せない。全身もぶるぶるふるえている。「こんなに暗くて寒い夜中なのに」

正確にいうと午前四時四十五分――この寒さは尋常ではない。グリニッチビレッジの界隈は人っ子ひとりいない。空には渦を巻くような雲が低く垂れ込め、北極圏からの強い風が混じる冬の空気が痛い。マイクはわたしをそばに引き寄せ、吹きつける突風の風よけになってくれた。ありがたい。彼にしっかりつかまり、もう一方の手に持ったトートバッグ（いざというときのためのおいしい保険）を身体にくっつけて彼のぬくもりで少しでも温まろうとした。

「デファシオは爆弾処理班の責任者だ」マイクは長い腕でわたしを抱き寄せたまま、説明する。「だからまちがいなくいるはずだ。ビレッジブレンドの前での事件が起きた後だから、彼の〝イタリア班〟は真夜中でもナパーム弾並みの熱気に満ちているだろう」

マイクの言葉通りでありますように。

数週間前からエリック・ソーナーは時計仕掛けのような正確さでビレッジブレンドに通うようになった。いつも同じ時刻に店にやってきた。ただ、爆発が起きた日だけはちがっていた。だからバリスタのエスターは驚いて「いやに早いわね、彼……」といったのだ。でも車で爆発が起きた後の混乱のなかで、そのことの重要性には誰も（わたし自身ですら）思いがおよばなかった。

しかし、これはとんでもなく重要だ。

「エリック・ソーナーがふだんと同じスケジュールで移動すると爆弾事件の犯人が想定していたなら、車の爆弾は別の場所で爆発していたはずよ」さきほどキッチンでマイクに説明した。「別のターゲットがあったのかもしれない――特定の建物かオフィスビル。あの車には別の人物が乗っていたのかもしれない。あの車がどこにいる予定だったにしても、その地点にいる人たちには警告する必要があるわ。予防措置をとる必要がある」

マイクはあえて異を唱えた。爆発はタイマーで仕掛けられていたとは限らないと指摘したのだ。ボストン・マラソンの爆破事件の犯人たちは携帯電話を使い、圧力鍋を利用した起爆装置を作動させている。ともかく、ひとつだけ確かなことがあった。犯人の狙いがはずれて誰かの命が今も脅かされているとしたら、わたしたちはなんとか手を打たなくてはならない。

ハドソン通りを急いで歩きながら、マイクが「イタリア班」と呼んだ人々について、知っていることを思い出してみた。あだ名はふざけてつけられたものではなく、ニューヨーク市の歴史と深く関わっている。かつてマフィアがダイナマイトを使って脅し、移民の商人と住人をゆすっていた時代、こうした凶暴な行為を阻止するためにイタリア系アメリカ人の警部補が班を結成した。これが街で最初にできた爆弾処理班だった。

やがて爆破事件を起こすのはマフィアという時代ではなくなり、班のニックネームも「アナーキスト班」「過激派班」と変わった。結成以来、一世紀の歴史を誇るこの捜査班はいまやテロリストの脅迫、犯罪組織の破壊行為、多数の不審な荷物など幅広い分野の仕事をになっている。

彼らの拠点はわたしのコーヒーハウスにちかいので、店で見かけたこともよくある。かならずふたり一組でやってきて互いに離れることはなく、ほかのお客さまとはほとんど交流しない。常連の警察官はつねに周囲に注意を払っているように見えるのに対し、爆弾処理班の刑事たちはいつでもなにかに没頭しているような感じだ——そして彼らのタトゥやジャケットについているワッペンは（率直にいって）気味のいいものではない。ニューヨーク市警の特殊部隊には、むろんそれぞれ独自のワッペンがあるのだけれど、こんなに奇妙な柄は見たことがない。氷点下の突風にさらされながらそんなことを思い出していると、ふたたび歯の根が合わないほどのふるえに襲われた。

「つ、着く前に、も、もうひとつ教えて」

「なんだろう」

「あなたの友だちだというAチームの責任者のこと。どんな感じの人？」

「危険人物デニス・デファシオか？」マイクが鼻を鳴らす。「友だち、といういい方はふさわしくないな。同僚と呼ぶのが適切だ。デファシオにはおそらく友だちと呼べる相手はいないだろう」

かなり厄介な相手というわけね。「でも、いっしょに仕事をしていたのでしょう?」

「一度だけ。数年前だ……」

マイクの説明によれば、車の爆破事件の際に初めて彼と出会ったそうだ。当時、マイクはブロンクスで麻薬組織の捜査に取り組み、情報提供者を組織に潜入させていた。ある朝、その情報提供者が自分のキャデラックのエンジンをかけたところ車内に煙が充満して火が燃え上がり、危ういところで彼は脱出した。燃え尽きた車体を警察が調べると、エンジン装置に爆弾が固定されているのがわかった。

「その装置が計画通りに爆発しなかったのはリロイにとって幸運だった。だが、それですんだわけではない。彼が密告屋であると何者かが知って命を狙っていたのだからな……」

次々に車に爆弾が仕掛けられた――麻薬のディーラーのバン、内装も外装も派手に仕立てたSUV、組織のボスのBMW。そうした爆破装置のうちのひとつだけがじっさいに爆発し、情報提供者は命を落とした。その死亡事件をきっかけに、マイクは初めてデファシオと出会うことになったのだ。

「すでにデファシオは不発に終わった装置を調べており、そのすべてに安物の緑色のワイヤーが使われ、爆発物と時限装置が接続されているのを確認していた。こうしたワイヤーは一般的に教材として使用されているものだったから、デファシオは専門学校の学生のしわざだと推測していた……」

ふたりは学校をしらみつぶしにあたり、まったく同じタイプの安い緑色のワイヤーを使用しているところを見つけた。そこではワイヤーをリールに巻いた状態で学生に渡していたのだ。マイクは学生名簿を逮捕歴の記録と照合し、二十四時間以内に一ダースもの手がかりを得た。次の二十四時間で彼は容疑者をひとりに絞った。

「デファシオは最高の手がかりを与えてくれた――爆弾そのものから手がかりをさぐりあてた。犯人は、ギャングの一味の友人だった。麻薬売買のなわばりが荒らされたことでそのギャングたちは腹を立てていた。彼らのアジトに踏み込んだところ、爆破装置が多数見つかり、そのすべてに爆発物がすでに仕掛けられていた。ひじょうに未熟な技術でつくられていたので、信管を安全に取り除く方法がなかった。デファシオは班の部下とともに防弾スーツを着込んで危険物輸送用のトラックに爆破装置をのせた」

マイクが首を横にふる。「わたしは汗びっしょりだったが、デファシオはその間ずっと浮かれていた。その理由は、彼に同行して班の演習場に行ってようやく理解できた。そこで爆破装置を次々に爆発させていったんだ。爆竹で遊ぶ子どものようだったよ。一つひとつの爆発を録画し、すぐに再生して部下たちとクスクス笑いながら見ていた。楽しい催しが終わるとデファシオたちに誘われてセント・マリガンズ・パブという彼らの行きつけの店に行ってフリート・シェパーズパイ――それは一皿目だ――を夕飯に食べて、アイリッシュ・カー・ボムの長い夜を過ごした」

「アイリッシュ・カー・ボム？　まさかそれは――」

「ギネス・スタウトからつくった強い酒で、ベイリーズ・アイリッシュ・クリーム、ジェムソンというウィスキーだ」マイクはそこで一度言葉を切り、それから続けた。「あのころは若かった」

そして、幸福だった。

そんなことをいっている場合ではない。それはわかっている。でもマイクの話をきいていると、当時の彼がどれほど生き生きとして、明るく陽気であったのかがいやでも伝わってくる。ワシントンで活躍する苦渋に満ちたFBI捜査官はこの数分間だけ姿を消し、生命力あふれるニューヨークの警察官がそこにいた。わたしが知っている彼、わたしが愛している彼がもどってきていた。

それをマイクにいっておこうと心に誓った――後で。いまわたしたちは角を曲がって西十丁目に入ったところだ。閑静な住宅地の並木道沿いに、六分署の明かりが煌煌《こうこう》とともっている。煉瓦造りのバウハウス建築の建物は二二八班（Aチームの正式な呼称だ）の本部も兼ねている。

「爆竹で遊ぶ子どもね」わたしはつぶやく。「少なくとも、あなたはわたしの疑問のひとつにはこたえてくれた」

「どういうことかな？」

わたしは分署のガレージのドアのひとつを指し示した――地下室への入り口の隣にあるド

だ。『爆弾処理班』という表示がある。スカイブルーに塗った地には班の徽章《きしょう》が描かれアている。中央には口ヒゲを生やした男性が黒い服に身を包み、アイパッチをして、長いスカーフをたなびかせ、両足でロケット型の爆弾をはさむようにしてストレンジラブ博士みたいにまたがって跳んでいる。その下には午前零時五分前の時計が描かれている。背景に描かれているのはマンハッタンを象徴する摩天楼だ（倒壊した世界貿易センタービルも）。

死と隣り合わせの状況を逆手に取るような大胆不敵なふるまいを描いたこの柄を見ると、わたしは——そしておそらく、たいていの一般人は——当惑してしまい、心穏やかではいられない。が、じつはまさにこれこそ、爆弾処理班の世界観だったのだ。

しかし、この奇妙なロゴマークのことはすぐに忘れてしまった。騒がしい声がして気を取られた。しかもその声は徐々に大きくなっていく。

13

「お願いしますよ巡査部長、少しは憲法の修正第一条に敬意を払ってくださいよ。国民には知る権利があるんです！」

そういい募っているのは、若い報道記者だった。小柄な体格には大きすぎる緑色のモッズコートを着て、首からは記者証を下げている。彼を分署の正面玄関のドアから外に見送って——正確には押し出して——いるのはでっぷりと太った内勤の巡査部長で、こちらはコートを着ていない。

「すまんな。デファシオ警部補から追っ払われたら、とっとと出ていくしかないんだ！」

この寒さのなかで巡査部長はワイシャツ姿のまま、去っていく若い報道記者をじっと見つめ、その姿が見えなくなるとこちらを向いてマイクに目を留めた。

「マイク！　お帰りなさい」巡査部長は笑顔でマイクと握手をかわした。

「なにかトラブルか？」マイクがたずねる。

「いやいや。ポパイの記者会見に先駆けて特ダネをものにしてやろうという新聞記者ですよ。新顔ですがね。ところで、今日はどういう用件で？」

「あの記者と同じだ」凍るように冷たい空気に吐き出されるマイクの息が白く見える。「デファシオと話をする必要がある」

巡査部長はうなずいて、ガラスのドアのなかにわたしたちを通した。

ロビーには清掃用の洗剤と芳香剤のにおいが漂っている。この街の古い建物はたいていそうだが、大昔のスチーム暖房設備がいまも現役だ。分署の建物の奥のどこかで、熱くなりすぎたラジエーターがガチャガチャと絶えず音を立てている。

巡査部長の後をついて彼のデスクまで行き、彼が電話に手を伸ばしたところでマイクが制止した。「頼みがある。わたしたちが来たことを知らせないで欲しい。彼を驚かせたいんだ」

巡査部長は肩をすくめた。「わたしのゲストということにしましょう」

すぐそばにいたパトロール警察官に巡査部長が話しかける。「デファシオ警部補にもいったんだが、連邦捜査局はきっとまた割り込んでくるだろう。時間の問題だな」

マイクは表情ひとつ変えない。でもわたしは、さきほど記者が強引に追い出された光景をぱっと思い出してしまった。

「警部補がいまは来客を拒否するといったら、どうするの？」キャビネットが並ぶ廊下を歩きながらマイクにたずねてみた。

マイクはわたしの心配など意にも介さない。「彼はわたしに会う。単なる元同僚ではないからな。米国司法省の職員は、それなりの影響力を発揮する立場だ」

きっとそうね。わたしはトートバッグをぎゅっと抱え込んだ。でも、万が一に備えて、おいしい保険を用意してきてよかった。

煌煌と照明がともる廊下の突き当たりまできて防火扉を見ると、『ニューヨーク市警爆弾処理班』というプレートの上に、『入室禁止』と書かれたテープが貼ってある。門前払いだ。

マイクは足を止め、そのテープをしばらく見つめていたかと思うと、手をこぶしに握って思い切りよくドアを叩いた。ガチャガチャと音を立て続けるラジエーターが、いきなり静かになった（つまり、ラジエーターの音ではなかったということか）。

そして低い声がとどろいた。「おれのドアを叩いているのは誰だ？」

「あけろ、放火魔め」マイクが大きな声で呼びかける。「連邦捜査局だ！」

「やつらとはもう会った。ポリスプラザ一番地で仲間と合流するといい」

「マイク・クィンだ――同行者は一般市民一名」

カチャリという音とともにカギが解除されてドアが内側にひらいた。あらわれたのは、ずんぐりした体格で肩幅の広い男性だ。身体にぴったりしたニューヨーク市警のTシャツを着ている。ツンツンと立っているごま塩頭を片手でなでまわし、筋肉質の腕を組む。そのまま重いドアにもたれてわたしたちの行く手をさえぎる。

「クィンか」警戒するような表情でうなずく。「なるほど」

バリケードみたいに頑として動かない彼はローマ彫刻のように鼻梁が高く、その下には大きな口。見たところ四十歳くらいで、肌はごつごつした感じだ。瞳の色は黒く、目と目の間はちかい。怪しむような表情を浮かべていた彼は、じっと注目しているわたしの緑色の目に気づき、大きく目を見開く。

「そしてこちらは？」好奇心を隠そうともしないでたずねる。

マイクが前に進み出た。「クレア・コージー。紹介しよう、デニス・デファシオ警部補、またの名を危険人物デニス・デファシオだ」

「ボナセーラ、ミズ・コージー」デファシオの握手は紳士的だった。彼の視線はわたしからマイクへと移り、またわたしにもどる。「自分の所有物を見るようなこの男の目つきから判断して、ふたりは親密な仲にちがいない。さては、消防一族の血統に美を加えようとしているな」

「言葉を慎しめ。民族差別を助長するような発言をこれ以上続けるなら、感受性訓練研修に強制的に出席させる」

「ごめんだな。そういう女々しいことは連邦捜査局の得意なジャンルだ。すっかりあっちの水に慣れたようだな」

「そのへんにしておけ。口論しにきたわけではない――」

「ではなぜここに？　ＦＢＩは来たが、帰っていった。今回はあきらかにテロではない。これは共通の見解だ」

「なぜだ？」

「装置の種類、内偵捜査のてごたえ、犯行声明がない、それ以外にも一ダースほど、おれの口からは話せない根拠がある。こっちは年間に何十回も車やトラックから爆弾を取り外しているからな。仕掛けるのは敵対する犯罪組織、恨みを抱く従業員、怒りを燃やす事業のパートナー、腹黒い配偶者だ。あきれたことに、そういう連中のほうがジハードをおこなおうとする連中よりもはるかに多いときている。だがやつらの爆竹はほとんど爆発しない——したとしても、新聞では報じられない。だからおまえもダウンタウンにトコトコ歩いていって、ほかの連中と同じように本部で警察委員長の状況説明を待つんだな」

影響力というものが音を立てて消えていくのを見るのは初めてだ。無惨だ。マイクは両手をあげて降伏した。

「ちょっといいか？　わたしは公的な立場でここに来たわけではない。が、クレアには資格がある。彼女は昨日の爆発の目撃者だ。役に立つ情報も提供できるかもしれない」

デファシオの反応は鈍い。「目撃者はフォルダーがパンパンになるほどいる。朝一番で捜査官に引き渡すつもりだ。氏名と住所を内勤の巡査部長に——」

「でも」わたしは彼を遮った。「その目撃者のなかで、車が爆発したときにその持ち主と話をしていた人は、どれくらいいるかしら？　わたし以外に」

「そうだ」マイクもすかさず加わる。「しかもクレアは捜査に関連する情報を持っている。こういう証言は一刻を争うものだ。他の被害者に影響するかもしれない」

デファシオはにべもない。「巡査部長に話してくれ。捜査官につないでくれるはずだ」彼が腕時計を見る。「数時間後にはな」

「失礼ですが、警部補」わたしは前に出てデファシオにぐっとちかづく。「わたしたちはこうしてここにいます。わたしの証言をききたいとは思いませんか？　損をするわけでもないでしょう？　それに、手づくりのファッジを味わうチャンスを逃していいのかしら？」

「ファッジ？」石壁の強度が揺らいだ。デファシオの口元から力が抜け、わたしが大事なトートバッグに手を差し込むのを興味津々で見つめる。バッグのなかから大きなプラスチック容器を取り出して、彼のローマ彫刻のような高い鼻の下で揺らした。

「スライスしたばかりのベイリーズ・アイリッシュ・クリームとカラメル・ナッツ・ファッジがたっぷり入っているわ。熱いコーヒーといっしょに味わうとたまらないおいしさよ」

奥のほうからうめき声が響く。そして、必死に叫ぶ声。

「お願いです、ボス。彼女を入れてください！　そのレディはアルコール入りのファッジを持っている。アルコール入りのファッジだ！」

デファシオが目玉をくるりとまわす——そしてわたしたちをなかに招き入れた。

「なかのオフィスで話をしよう」

成功！

すばやくマイクのほうを見ると、彼もこちらを見た——事の成り行きを楽しみ、そしてわたしの功績を称えてくれるまなざしで。

〝ファッジの勝ち。ＦＢＩは惨敗〟

そう、正義をおこなわなくてもお腹は空かないけれど、食べていなければかならずお腹は空く。

14

スチール製のドアの向こうに足を踏み入れると、すぐに右に直角に曲がり、そこからは爆弾処理班の本部まで長い廊下を歩いた。この薄暗い廊下には、またもや爆弾が待っていた。

それはじゅうぶんに予測できる範囲だったはず。祖母はいつもこんなふうにいっていた(もちろんイタリア語で)。「果物市場で果物をみつけても、あわてたりしないこと!」そうはいっても、ミサイルみたいな爆発物が糸よりも細そうなワイヤーで頭上に吊られている光景はぞっとするものだし、その爆発物の尖った先端にペンキでサメの歯の落書きがあっても笑う気にはなれなかった。

「ミニーに怯えることはない」わたしの反応を見てデファシオがいう。「一般的に爆弾というものは、誰かが爆発させたいと望んだときだけ爆発するものだ」

「でも天井から糸で吊ってあるわ。もしも落ちたら?」

「たとえ落ちたとしても」——彼は手を叩いて大きな音を立てる——「この子は爆発しようとしないだろう。爆弾というのは世のなかでもっとも安定した装置なんですよ、ミズ・コージー」

デファシオは茶目っ気たっぷりに、にこっと笑う。浅黒い肌に真っ白な歯が映える。「ふだんはね」

「ティーンエイジャーの女の子と同じね」

デファシオが鼻を鳴らし、マイクに視線を移す。「すてきな女性だ」

「そう思うか？　わたしもだ」

「やれやれ……」

警部補に案内されて、一般市民はおろか警察官ですらほとんど立ち入ることのない場所に着いた。爆散処理班の聖なる中枢部だ。

混沌としたその空間は執務室というよりも、軍の兵器庫のようなおもむきだ。デスク、棚、キャビネット、フロアの大部分に爆発装置が散乱している。

手榴弾は熟したプラムが木から落ちたみたいに散らばり、その一つひとつに原産国を表示した札がついている。複数の爆弾を合体させたものもあり、虹の七色みたいにカラフルなワイヤーでバッテリーや携帯電話に接続されている。見当たらないものがあるとしたら、大量破壊兵器くらいのものだ。

壁にはありとあらゆる砲弾が、短いものから長いものへときれいに並んでいる。その上方にはさまざまなサイズの瓶がひしめきあう棚があり、『火炎瓶』と表示されている。

壁には爆弾の写真、殺傷能力を備えた装置のエックス線画像、ＦＢＩ、アルコール《A》・タバコ《T》・火器《F》及び爆発物取締局、国家安全保障局、国土安全保障省からの通知がびっしりと貼ってある。その下に埋まるように、市長と警察本部長の公式肖像写真もある——警察本部長はその容貌から警察の職員によりポパイとあだ名をつけられており、顔をゆがめるような笑顔もポパイそっくりだ。

デファシオに勧められて、マイクとわたしは傷がいっぱいついた椅子に腰掛けた。わたしたちの前の暗灰色のスチール製のデスクは、Aチームの責任者であるデファシオのものだ。彼はデスクの向こう側の回転椅子にどさりと座り、マイクと向き合った。

「ワシントンの仕事はどうだ?」

「込み入っている」

「だろうな。連邦捜査局はなんでも積み重ねていくのがお得意だ。高く、そして深く。部屋に悪臭が充満するまで。軍にいた当時、FBI捜査官にはうんざりさせられた」デフォシオは鼻をつまむしぐさをする。

マイクからさきほど仕入れた情報によると、デファシオは湾岸戦争では武器科の将校だった。除隊後はすぐにニューヨーク市警の職員となり、アラバマ州の危険物取扱者養成学校に送られ——業界では「爆弾入門講座」として知られている——Aチームに入った。デファシオを始め爆弾処理班の職員はみな刑事のバッジを携帯しているけれど、彼らは刑事と呼ばれるよりも爆弾処理の技術者あるいは「技術屋」と呼ばれたがる。

マイクとデファシオがなかなか核心に触れようとしないので、わたしはしびれを切らしていた(貧乏揺すりの症状まで出ている)。いまにも叫び出しそうになったとき——人の命がかかっているのに、これ以上時間を無駄にしないで！——ドアから三人目の刑事が顔をのぞかせた。

「ちょっといいですか？」

「なにか用事か、スピネリ？」デファシオが吠えるようにこたえる。

「用事というより、食事ですよ。腹ぺこなんです」

彼は指揮官のデファシオよりも十歳以上若そうだ。細い身体にデファシオと同じニューヨーク市警のTシャツを着ているが、両袖を切り取って筋肉質の腕をさらしている。その腕には軍の徽章のタトゥが入っている。マーティン・スピネリは上司であるデファシオとそっくりの経歴の持ち主であることは、後で知った。ただしスピネリの場合は最初に海兵隊で武器の取り扱いの訓練を受け、アフガニスタンに従軍した。

「建物内にアルコール入りのファッジが持ち込まれたという噂を耳にしました」スピネリがいう。

わたしは持参したトートバッグを手に取った。「キッチンに案内していただければ、コーヒーをいれますからファッジといっしょにどうぞ」

爆弾処理班にはキッチン、ラウンジがあり、仮眠室もある。消防隊員と同じく、複数の捜査チームのうち少なくともひとつは年中無休で五つの区からの緊急通報に応じられる態勢だ。

ここにくる途中、キッチンの前を通り過ぎた。閉じたドアの外にブルックリンズ・ベスト・アイス・ティー（職人技でつくられる高価なドリンクだ）の箱が何ケースも積んであるのが、なんとも奇妙だった。

「大量のアイス・ティーがあったわ」口に出していってみた。

デファシオが顔をしかめ、生き生きと動いていた腕がぴたりと止まった。

「キッチンで部下が昨日の爆弾を再現しようとしているところだ。だから〝立ち入り禁止〟なんだ」

そういえば、ドアの前を通り過ぎる際に騒がしい物音がした――シューシューというせわしない音はキッチンには似つかわしくなかった。

「スピネリ、できたてのコーヒーをポットにいれて全員分のカップも用意してくれ」

「了解しました、ボス」

数分後、持参した二ダースのおいしい賄賂を皿に盛りつけていると、コーヒーが到着した。それぞれのカップにそれを注ぐ。

すぐにデファシオとスピネリはお菓子を頬張って幸せそうな声をもらした。やがて、デファシオは椅子に座り直してふうっと息をついた。満ち足りた表情だ。

「とてもおいしいですよ、ミズ・コージー」彼はそういってから五個目をたいらげた。「じつにありがたい差し入れだ」

守りが少し甘くなったようね。このあたりで攻撃を仕掛けてみよう。

「今日はお菓子だけを届けにきたわけではありません。もっとお役に立てることがあります」

座ったままデファシオと向き合い、それから十五分にわたって、爆発にいたるまでのあらましを細かく説明した。デファシオ、スピネリ、マイクはひとことも口を差し挟まずにきいていた。

「ですから、爆弾にタイマーが仕掛けられていたとしたら、どこか別の場所で爆発するように計画されていたということです。わたしのコーヒーハウスと周囲の店の被害状況を見たでしょう？　もしもあれが人ごみのなか、あるいは建物のガレージのなかで爆発を起こそうともくろんだものだったとしたら？　犯人がふたたび犯行に及ぶ前に真のターゲットを見つけてもらう必要があります」

三つの頭がうなずく。デファシオが咳払いをして口をひらいた。

「われわれは電気時計の破片を回収しているから、時限装置つきの爆弾であることは判明している」

疑問が解決されたわ。次は真のターゲットをつきとめること。

マイクが発言した。「ソフトウェアの億万長者が防衛手段もないまま移動していたとは思えない」

デファシオが顔をしかめる。「ソーナーは安全対策をとっていた」

初耳だ。「彼のそばにボディガードの姿は見えなかったわ」

「車内にいたからだ。フロントシートで死亡した人物はニューヨーク市警の元警察官だった」

15

情報爆弾を投下した後、デファシオは口を閉ざした。詳細をききだそうとすればするほど彼のガードは固くなる。いちかばちかの思いで、こちらも手榴弾を投げ入れた。

「エリック・ソーナーから被害者の名前をきいているわ。チャーリー、と」

デファシオは無言のまま、スピネリと視線を交わしているが、彼らの表情からその意味を読み取ることは残念ながらできない。

「彼は刑事だったのか？　退職した人物か？　それとも解雇か？」マイクが問いただす。

「被害者の身元についての言及は、近親者に正式に通知されるまではゆるされていない」デファシオはそうこたえて腕組みをした。

デファシオという人のことがしだいに呑み込めてきた。民族を強調する言動が目立たなくなって官僚主義的な口調になるときは、なにかを隠しているときだ。さらに一歩踏み込んでみた。

「この事件の捜査に全力を注いでいるんでしょう？　部下に命じてキッチンで爆弾をせっせと再現させている。それなのに遺族の妻に電話をかけることすらしない。愛する家族を失った人々のもとを訪れようともしないなんて、とても奇妙に感じられるわ」

「近親者への通知という重い役割はよそにまかせている」機械がしゃべっているような一本調子だ。「われわれの仕事は、爆弾の構造をあきらかにし、それがいつ、なぜつくられたのかをつきとめることだ――」

「誰がつくったのかも？」

デファシオがうなずく。

「だから《デイリー・ニューズ》の記者を追い出したの？　あなたはすでに容疑者を特定ずみで、あのジャーナリストは核心にちかづきすぎていたから？」

デファシオがマイクに視線を向ける。救いの手をもとめても、無駄だ。

「クレアの勝ちだ」マイクがかすかに微笑みながらいう。「これまでの経験からいって、情報を探り出すことにかけて彼女は司法省のおおかたの人間よりも筋がいい。きみも白状することになるかもしれない。彼女がさぐり当てるのは時間の問題だろう」

デファシオが両手をぱっとあげた。「わかった。その通りだ。容疑者は浮上している。しかし証拠がない。もしもソーナーのスケジュールがわかれば――」

「どこで爆発が起きる予定だったのかがわかる」わたしが最後までいい切った。

「爆弾がいつ、どこで仕掛けられたのかもあきらかにできるだろう。そしてそれが容疑者に結びつくのであれば、決まりだ」

「エリック・ソーナーの関係者からは、もう話を？」

「ひとりだけは。病院に捜査官が待機してソーナーが手術後に目覚めるのを待っている。彼らはアントン・アロンソから話をきこうとした。彼はソーナーの個人秘書兼社長補佐を務めている」デファシオがそこで大げさに目をみはる。「おれのことを警察官の制服を着た沈黙の壁と思っているなら、やつの黙りっぷりはまるで石の壁だ」

「せめて病院でソーナーのスマートフォンを手に入れられればな」マイクがいう。

「その可能性のある携帯電話が一台、手元にある。現場で爆弾の破片を片付けているときに部下がビレッジブレンドの床に落ちていたのを拾った――」

「そうよ！　彼は携帯電話を持ったまま意識を失ってしまった。そこに救急隊が到着して病院に搬送していったわ」

スピネリはシャツからファッジのかけらを軽く払い、手を伸ばしてさらにひと切れつまむ。

「電話が置き去りになったのに、気づかなかったんですか？」

「わたしもケガをしていたし、スタッフとお客さまのことも心配で。そうしたら消防隊から外に避難するように指示されて。そのままわたしはスタッフを連れて温かいものを飲みにいき、店にはビジネスパートナーが残って鑑識班に対応したわ」

「ソーナーは携帯電話を持っていたんだな？」デファシオがたずねる。

「電話を手に持っていたときに爆発でガラスが降り注いだ。彼は電話を差し出して九一一に緊急通報するようにとわたしに頼んだ」

「データにアクセスできるといいのですが」スピネリがあきらめ顔で首を横にふる。「なにしろこの電話のロックときたら身持ちの堅い処女並みの手強さで――おっと……失礼、ミズ・コージー。あなたはソーナーからパスワードをきいているということですね」

「その電話のデータを取り出そうとしていたのか？」マイクはとがめるような口調だ。

「だったらどうした？」デファシオは平然としている。

「令状を取ったのか？」

「所有者はまだ特定できていない」デファシオがこたえる。「この時点で判事に関与させる必要はないだろう？」

マイクが怪しむような目つきになる。「無茶だ。違法に収集したものを証拠にするつもりか？」

スピネリが鼻を鳴らす。「いかにもＦＢＩみたいなセリフだ」

「まだそんなことをいっているのか」

「おまえこそ、まだそんなことをいっているのか」デファシオがデスクの向こう側から身を乗り出す。「以前はおまえも警察官らしい考え方をしていたのにな、マイク。いまではＦＢＩみたいな口調だ。九三年、世界貿易センタービルがテロ攻撃を受けた後、おれの前任者たちに対してやつらがそんな態度だった」

マイクの青い目が冷ややかな色になる。「そこまでいわれたら黙ってはいられない。いくらおまえでも」

「ほお、気にさわったか？」

ふたりが立ち上がった。「そういうふうに色眼鏡で見られるのはがまんならない——」

「ちょっと待って！」わたしは大きな声を出した。

ふたりがこちらを見る。

殴り合いになるのではないかと心配して、ふたりのあいだに割り込んだ。

「あなたたちがなにをいっているのか、さっぱりわからないわ。一九九三年になにが起きたのか、説明してちょうだい」

いまはそれどころではないけれど、彼らが「頭を冷やす」ことにつながるのなら——これはうちの店のバリスタ、ダンテから得た知恵だ。

「見ろ！」部下に向かってデファシオがいう。「同時多発テロ以前にも世界貿易センタービルが爆破されたことなど、彼女のような民間人はすっかり忘れてしまっている！」

「それが一九九三年なのね？」先をうながす。

「ああ……」デファシオが両手をぱっとあげて、椅子に座り込む。マイクも腰をおろした。にらみ合いは続いているが、少なくとも両者は互いにコーナーにもどった。

「……爆弾処理班のある技術者が、爆発物を運び込んだバンのシャーシを発見した。ＦＢＩは彼に証拠に触れるなといい、現場にそのままの状態にしておいた。しかし彼は、天井が崩落して破壊されることを心配し、規則をすべて破ってそれを移動させた。二十丁目のラボでふたたびわれわれの班の捜査員たちは規則を破り、シャーシに酸をかけ、車両識別番号《VIN》を読み取った。そのことがＦＢＩに知れると大騒ぎになった」

「なぜ規則を破るリスクをとったの？」わたしが問いかけた。

「それが事件解決につながるからだ！」デファシオは憤りをぶつけるようにマイクに向かって叫んだ。

「事実です」スピネリが言い添える。「二十四時間も経たないうちにそのＶＩＮから、トラックを所有していたレンタカーの代理店が割り出され、さらに爆弾を仕掛けた犯人たちが判明した。彼らは逮捕されて勾留された。ＦＢＩのやり方にしたがっていたら犯人を取り逃がし、彼らはさらに爆破事件を起こしたでしょう」

「だからのんびり構えてはいられない。この爆破事件の犯人はわれわれの仲間の命をすでにひとつ奪っている。一刻を争う状況だ。爆弾を仕掛けて殺人を犯したやつを逃がすわけにはいかない。いずれにしても、いま必要なのは証拠だ。それに令状があったとしても、パスワードを破れない限り無意味だ」

「ミズ・コージー……」スピネリがわたしの顔を見る。「電話を見たら、それがソーナーのものであるとわかりますか？」

「ええ、わかると思うわ」

「これはちょっとした幸運ですよ」スピネリが上司のデファシオにいう。「少なくとも所有者の件に関してはこれで解決されます」

「どうだろうな……」デファシオが立ち上がり、デスクのこちら側にやってきた。「まあ、ちょうどいい。ついてきてください」

しまう。

16

「まちがいないわ！　まちがいなくエリック・ソーナーのスマートフォンよ」つい興奮して

スピネリは笑顔を浮かべ、タトゥを彫った両腕を組む。

「ほらね、ボス。やっぱり、特定できましたよ」

デファシオはまだ疑うような表情だ。「まちがいないか？　複数を並べてそこから選ぶ方法を取るべきだったな」

「電話だぞ、重罪犯の面通しではない」マイクはたしなめるような口調だ。

携帯電話が保管されている場所は、爆弾処理班の作業場の核心部と同じ、駐車場のある一階だ。室内なのに凍えるほど寒い。壁には証拠品をおさめたカゴが並び、隅にはゴム製のマットの上に爆弾処理ロボットが置かれて充電器につながれている。

部屋の中央には、昨日の爆発の現場で回収された破片の入ったビニール袋が複数置かれている。一つひとつタグがつけられ、二十丁目のラボに送られるのを待っている。エリックのスマートフォンは、作業台の上にぽつんと置かれている。

「これがソーナーの所持品であると、ほんとうに断言できますか?」デファシオはさらに念を押す。

「手の形に合わせたこのデザインから、断言できます。スマートフォンにはくわしくないけれど、こういうデザインのものはいままで目にしたことがないわ」

「わたしたちもです」スピネリが打ち明けた。「ある種の試作品ですね。パスワードを破ろうとしているのですが、いたずらに入力するのは避けたいんです。バッテリーがなくなってしまうおそれがありますから」

「充電はできないのか?」マイクがちかづく。その目は、わたしがよく知っている熱心な警察官のまなざしだ。

「電源につなぐ方法すら見当がつきません」スピネリがこたえる。「穴のピンの配置がとても奇妙なんです。こんなの見たことがない。そういうことです」

「改造できないかな?」ふたたびマイクがいう。

「できるかもしれませんが、リスクがあります。データを破壊してしまう可能性があるので」

わたしは黙ってやりとりを見守った。マイクが緻密な捜査活動に打ち込む警察官の顔になっているのがうれしい——以前の彼にもどったみたいで。

スピネリがふたたびわたしに話しかけている。黒色のクロームめっきのスマートフォンを掲げ、わたしにスクリーンを見せながらたずねた。「この液晶ディスプレーに数字が表示されているのを見た憶えはありますか?」

わたしはいいえ、という代わりに首を横にふる。「車で爆発が起きる前後はあまりにもいろんなことが起きていたので」

「しかしさきほどの話では、これを使うようにとソーナーが差し出したということでしたね?」

「ええ。そのときの彼はとても危険な状態で、このままではショック状態になるだろうと……」

わたしは目を閉じて、あの瞬間を思い出そうとした……。

『チャーリー、チャーリー』エリックはずっとうめいている。『チャーリーはどうなった?』

『じっとして。いま助けてもらうから。とにかく絶対に動いてはだめ……』

『クレア……』エリックがふたたび少年のようなまなざしでこちらをじっと見つめる。さきほどとはまったくちがう素直な表情で〝怖い〟と訴えている。

彼の右手を取ってしっかりと握った。『わたしがあなたを守る。約束する。心配いらない……』

エリックの目に涙が浮かび、わたしの手をぎゅっと握り返す。なにかをつぶやくが、声がとぎれてききとれない。左手を弱々しくあげて、まだ握っているスマートフォンをわたそうとしているように見える。

『九の一の二乗』彼がいう。

ちょうどそのとき、タッカーが隣にやってきた。緊急通報の電話をかけながら、いまの状況を――そしてエリックの負傷を――オペレーターに伝えている。

『九の一の二乗』エリックがもう一度くり返す。

わたしは彼のほうにかがんだ。『九一一には連絡したわ。もう少しがんばって。いま、助けがこちらに向かっているから』

『そうじゃない……』エリックが首を横にふる。なにかをわたしが取り違えているといいたげだ。『九の一……』そこで彼の手からスマートフォンがぽとりと落ち、全身の力が抜けてぐったりとなった。

わたしは目をあけた。「電卓はある？」

「ええ、ここに」スピネリが自分の頭をコンコンと叩く。

「九十一掛ける九十一は……？」

「八二八一」スピネリがこたえる。

「それをパスワードとして入力してみて――八二八一」

「無効です」スピネリがいう。

「まだ試していないでしょう」

「四桁の数字では短すぎます。画面上では十七桁の入力が求められています」

デファシオが口笛を吹く。「十七桁の数字を正確な順番で記憶するのは超人技だ」

「数字ではなく、文字かもしれない。イタリア人の名前とか」マイクが鋭く指摘する。「母音を加えたり、文字を二回くり返したりすれば引き延ばせる」

デファシオがニヤニヤと笑う。「きみはひじょうに愉快だ、ミッキー・マイク」

「十七桁の暗証番号です。数字です」スピネリがきっぱりという。

「そうだな。しかし希望の光が見えている。われらがマイクは元通りの警察官みたいに話している。警察官みたいに考えるようになるのも時間の問題かもしれないぞ」

「もう一度最初から始めましょう、ミズ・コージー」スピネリが口をひらく。「ソーナーがなんといったのか、正確に思い出してみてください」

「憶えているわ。彼は『九の一の二乗』といった」

「ですが、いまいった通り、九十一掛ける九十一では暗証番号にはならない」

「待って。九の一が文字通り、一が九個であるとしたら？　つまり、一一一、一一一、一一一。それを二乗すると——」

スピネリは自分の額をぴしゃりと叩いて叫んだ。「なぜ思いつかなかったんだろう！」

「新しい情報か？」デファシオがつぶやく。

「子どもの算数のなぞなぞですよ、ボス。一一一、一一一、一一一の二乗は、一二三四五兆、六七八九億、八七六五万、四三二一です」

マイクが鼻を鳴らす。「天文学的な数字だな。どういう意味なんだ？」

子どものなぞなぞ、という意味がピンときた。「わかったわ！」

マイクとデファシオがわたしを見つめた。「わかったのか？」

「ええ、十七桁の暗証番号は、じつはとても憶えやすい数字だった。一二三四五六七八九八七六五四三二一」

スピネリがにっこりしてうなずき、数字を入力した。「やった！　ログインできた！」

マイクがデファシオのほうを向いて、真面目な口調でいう。「さっさと電話しろ」

デファシオはまだ少し茫然とした表情のまま、うなずく。「そうだな、マイク。かけよう」

彼がそばのデスクの電話をかけ始めると、スピネリが顔を輝かせた。

「おお、ソーナーのスマートフォンだ。いまメインメニューを見ているところです……」

デファシオは片手をあげて、スピネリに静かにするように合図する。

「お休みのところを申し訳ない、アンセン判事。じつは昨日ハドソン通りで起きた爆発に関してちょっと……」

デファシオが話を続ける間、スピネリは繊細なつくりの読書用メガネを取り出して、ローマ彫刻のような高い鼻にかける。腕にタトゥを彫ったスピネリが細いメタルフレームのメガネをかけると、イタリアから渡ってきた祖母の店によく出入りしていた暴走族のメンバーを思い出す。

デファシオが電話を切った。「令状は取った。だからこれで規則には違反していない」彼がマイクのほうを向く。「満足したか？」

「ああ。満足はおたがいさまだ。こっちはクレア・コージーを連れてきてやった」

「彼女を気に入ったと、確かいったはずだが」デファシオがマイクにウィンクしてみせる。そして待ちきれないといった表情で、両手をごしごしとこすり合わせた。「さっそく、取りかかろう」

三人の警察官はスマートフォンの画面を取り囲む。わたしは隙間からのぞいた。

「ファイルがたくさんありますね、ボス」スピネリがいう。「最初にどれをあけますか？」

「『わたしを爆弾で吹っ飛ばしたいと願っている人物一覧』というタイトルのファイルが見つからないなら――」

スピネリが首を横にふる。「そういうのはありませんね」

「それなら、彼の日程表を」

「それもありません――」

「デイタイマーはないか。アプリを使っているのかもしれない」マイクだ。

「アプリがある。これだ」スピネリが声をあげた。

デファシオがそばのキャビネットに駆け寄った。「このスマートフォンからはダウンロードできないから、画面を写真に撮っておこう。それをもとに、後でデータを分析すればいい」

デファシオの大きな手で握られたデジタルカメラは一段と小さく見える。「まずは昨日のスケジュールだ。そこからさかのぼっていこう」

スピネリがスマートフォンを操作し、デファシオが写真を撮っていく。

「あなたのいう通りだ、クレア。ソーナーは昨日は早かった。彼はその時刻にはニュージャージー州クリントンのサーバーファームにいるはずだった」

スピネリがうめくような声を出す。「ソーナーの車は爆弾を積んだまま州境を越えている。FBIのお出ましだ」

「まだ時間はある」デファシオがいい返す。

「サーバーファームというのは？」わたしは質問した。

「大量のコンピューターが接続されて、単独のコンピューターではこなせない作業をおこなう」こたえたのはマイクだ。「たいていの大企業はサーバークラスターを維持している。設置には多額の費用がかかるが、コンピューター・ビジネスでは不可欠だ」

「それを爆破すれば、大変な損害を引き起こすということね」

「そうだ。そんな被害を受ければ、ソーナーの事業は継続できなくなるだろう、少なくとも一時的には」マイクがこたえる。

スピネリは次々に新しい画面に切り替えていき、そのたびにデファシオがカメラにおさめる。マイクとわたしは後ろに追いやられ、ディスプレーが見えない。それが終わるまでの数分間はじれったくてしかたなかった。

「これはなかなか興味深い」ようやくデファシオが口をひらいた。

「なにが？」マイクとわたしは同時にきき返した。

「ジョーズというコーヒーハウスにきき覚えは？」

「ライバル店はすべて知っているわ。ジョーズはすばらしい店よ。とてもお勧めです」

「ではドリフトウッド・コーヒーは？　ゴッサム・ビーナリーは？」

「両方ともよく知っているわ」

デファシオは片方の眉をあげてたずねた。「それだけ？」

「褒めることができないのなら黙っていること、と祖母から教わったので」

デファシオがクスクス笑う。「なぜきいたかというと、ソーナーはいま挙げた店を毎日訪れていたからだ。何週間も前から」

ソーナーが毎日くり返した〝クイズ王〟について説明し、ほかのコーヒー店でも同じことをしていたのではないかと推測を述べた。

「よその店はそのテストに合格しなかったようだな。二週間前からはソーナーが訪問するのはビレッジブレンドだけに絞られている」

「彼の目的は、いまだにわからないわ。ようやくきき出せそうになったところで、爆発が起きて、会話はそこで中断してしまったから」

「あらためて確かめるチャンスはあるだろう」デファシオがいう。「ソーナーがそこまであなたのコーヒーハウスに関心があるのなら、いずれまた訪れるはずだ」

「バッテリーが切れかかっている。警告が点灯しています」スピネリが緊迫した口調でいう。

デファシオがカメラをおろす。「日程表は撮った。後はなにを――」

「あ！」スピネリが叫ぶ。「『クレア・コージー』というタイトルの大容量のファイルがある」

「なんですって!?　まさかそんな――」彼らのあいだから強引に割り込んだ。「あけて、いそいで!」

スピネリが親指を動かす。「これであきます――」

しかし、ファイルはあかなかった。スマートフォンの画面は真っ黒になってしまったのだ。

「どうしたの!?」わたしは大きな声をあげた。

「残念ですが、バッテリー切れです」スピネリがこたえる。

「充電できないの!?」

「これは試作品だ」マイクはさとすような口調だ。「ピンの配置が独特なので、接続する充電装置がない」

わたしは両手をふり上げた。「それなら、億万長者がわたしに関する大容量のファイルをつくっていたのか理由を知る方法はないの?」

「そんなのはかんたんだ」デファシオが肩をすくめる。「次に彼に会ったときに、きけばいい」

17

一時間後、マイクとわたしは大破したコーヒーハウスに向かってハドソン通りを歩いていた。

爆弾処理班にしばらくとどまって、わたしが提供した情報をもとにデファシオが次々に行動を起こす様子を見ていた。彼はまず上司に、ソーナーのスケジュール、これから爆破されるおそれのあるターゲットを報告した。さらに部下を召集して状況説明をおこない、州境を越える許可がおりると、彼らはニュージャージーに向かった。

わたしも同行したかったが、警部補には拒否された――そのかわりに彼はわたしが持参したベイリーズのファッジの残りを全部持っていった（忘れないようにメモしておこう。次回ニューヨーク市警の指揮官に食べ物の賄賂を贈るときには、タッパーウェアに盗聴器を仕掛けておくこと）。マイクとわたしは爆弾処理班のメンバーの成功を祈り、彼らが乗り込んだトラックが出発するのを見送り、肌を刺すような一月の寒さを感じながらとぼとぼと徒歩でもどったのだ。

ビレッジブレンドとわたしの自宅のある建物にようやく着くと、やっと太陽が顔をのぞかせた。ふたりともへとへとになっているものと思っていたけれど、意外にも昂揚している。コーヒーと卵料理はどうかと提案してみた。マイクは、たっぷりと出ているアドレナリンをほかのことに使いたいらしい。

彼はかすかに笑みを浮かべながら、わたしを連れてキッチンを出て階段をあがっていく。寝室に入るとマイクは肩掛けホルスターをはずし、ネクタイをぐいと引っ張ってゆるめ、ドアを蹴って閉めた。

マイクはわたしに有無をいわせずにぐいぐいと押し、膝の後ろがマットレスの端にぶつかると、わたしのブーツを脱がせ、パンツ、セーターを脱がせ……。

「ほんとうにコーヒーは欲しくないの？」彼をじらしてみる。

「これ以上の刺激を必要としているように見えるか？」

「そうね、確かに。では、デカフェをいれてくれという催促？」

「よくもそんなおそろしいことを」彼がわたしの首に鼻をこすりつける。「去勢されたも同然のコーヒーを飲ませようなんて、絶対にやめてくれ……」

この昂揚感はいったいどうしたことなのだろう。事件の捜査が進展したから？　デファシオのクルクルとよく動く目のせい？　手づくりのアイリッシュ・クリーム・ファッジのせい？

原因など、どうでもいい。とにかく、マイクにまとわりついていた重苦しい暗さがきれいさっぱり消えたのだ。心配な事情を抱えたり心の重圧に苦しんだりする彼はもういない。ただただ浮き立つようなわくわくと刺激的な気分に包まれている。

わたしはついにこらえきれず、マイクのボタンダウンのシャツのボタンをはずし、ベルトをはずし……そしてくちびるは彼のくちびるを求め、わたしたちは夢中になった。

三十分後、ふたりとも（ようやく）くたくたになっていた。バッテリー切れになったエリック・ソーナーのスマートフォンみたいに。わたしは寝たまま横を向いて、息を弾ませながらマイクの頬にふれた。

朝のヒゲ剃りをしていない頬にはヒゲが伸び、砂色の髪の毛よりも濃い色に見える。黒々としたヒゲと情熱的なまなざしのせいで、アウトローが発散するような危険な香りが漂っている――そういう一面を彼が人に見せることはほとんどない。

わたしだけはたっぷり見ることがゆるされている。

世の中の大半の人々にとってマイクはお堅い人物で、正しいことを実行する人物にちがいない。でも、だいじな人――わたしもそのうちのひとりだ――を守るためなら規則を破り法律すら踏みにじるのも厭《いと》わない。そっと彼にキスした。そして爆弾処理班に連れていってくれたお礼をとちゅうまでいったところで、彼にさえぎられた。

「お礼をいうのはこちらのほうだ」

「なんのお礼？」

「六分署にもどったことだ……行ってよかった」わたしの栗色の前髪を彼が撫でる。「忘れかけていた気持ちを思い出した。警察官としての気持ちを」

「官僚とはまるで対照的な気持ち？」

わたしはまだ愛し合った後の余韻にひたっているのに、マイクの青い目は北極の海のように冴え渡り、鋭く光っている。「きみのいった通りだ、コージー。月曜日の朝にはサリーとじっくり話をすることにしよう。班の部下たちとも。電子メールや携帯メールはもう使わない。今回は直接顔を合わせてきちんと話し合う」

「ワシントンの上司は？　レーシーを怒らせてしまうのではない？」

「ワシントンには正午の急行列車でもどるつもりだ。事情が事情だからやむを得まい」

「なんの事情？」

「なにをいっているんだ。きみの協力があったからこそ、デファシオは犯人の真の狙いに目を向ける気になった――ソーン社のサーバーファームだ」

「司法省のあなたの上司がそういう事情を汲み取ってくれるかしら？」

「車の爆破事件は、すでに二つの州にまたがったものとなっている。連邦捜査局の捜査官が関わるべきケースだ。わたしは目撃者が新しい情報を提供するのに一役買ったわけだから――」

「わかったわ。あなたの遅刻届に署名してあげる」

マイクがにっこりしてわたしを引き寄せ、広い胸にぎゅっと押しつける。

「ありがとう、ママ」

わたしは彼にもたれてため息をついた。「真の標的を突き止める役には立ったかもしれないけれど、真犯人を突き止めるにはまだほど遠いわ」

「いや」マイクがいう。「そんなことはない」

「そうなの？」

「真の標的を突き止めれば、デファシオと部下たちは犯人の真の動機を探り当てることができるだろう。真の動機というのは最良の手がかりとなる。事実と証拠と同様に、真の動機は真犯人をあきらかにする」

彼の考えをききながら、昨日ハドソン通りでフランコ巡査部長とふたりで話したときの彼の言葉を思い出していた。

『……犯人は……深い憎しみを抱いていたにちがいない……あの装置は車を吹き飛ばすためだけではなく、なかにいる人物を生きたまま焼こうという狙いでつくられている……』

わたしは顔をあげた。

「それなら、爆破事件の犯人はきっと捕まるわね。一刻も早くそうなるように祈るわ」

「同じ気持ちだ。さあ、少し眠ろう」

そうしたかった——でも、眠れるだろうか。

背中の傷のひりひりとした痛みがぶり返し、手足はぐったりしてまぶたが重たい。いま目をつむれば、今度はなにが起きるだろう。

大きく深呼吸して、目を閉じてみた。空港も、時計も、爆発もあらわれない（ああ、よかった)。

わたしの心の目に映ったものは、ひたすら平和で満ち足りた黒い空間だった。

メニューにないコーヒードリンク

クイズ王がビレッジブレンドのバリスタたちに、メニューにのっていない一風変わったコーヒードリンクの注文を連発したときいたクレアは、彼がスタッフの引き抜きを狙っていると思い込んだ。ところがいつしかクレアは謎のIT億万長者のペースに引き込まれてしまった。つぎに挙げるドリンクは、コーヒーハウスでじっさいに提供できるもの——メニューにのっているとは限らないが。

基本的なドリンク

コーヒードリンクの基本はエスプレッソ、あるいはドリップコーヒーだ。それに加えて乳製品（牛乳、クリーム、コンデンスミルク、ハーフ・アンド・ハーフ）、甘味料（砂糖、ハチミツ、シロップ）、スパイス（シナモン、ナツメグ、ココアパウダー）、香味料（チョコレート、バニラ、フルーツシロップなど）が使われる。

●エスプレッソ

イタリア語で「速い」という意味のエスプレッソは、コーヒー豆をロースト（「イタリアンロースト」または「エスプレッソロースト」）し、それを極細挽きにしてからエスプレッソ・マシンの「ポータフィルター」にぎゅっと固く詰める。ポータフィルターの粉に沸騰した湯の蒸気を高圧で通して抽出する。抽出にかかる時間はわずか25秒。正しく抽出されたエスプレッソの表面には「クレマ」と呼ばれる赤みがかった茶色の泡が浮かぶ。

良質のエスプレッソであるかどうかを見分けるには、この泡が決め手だ。泡にはコーヒーから溶け出した油脂分が吸着している。1回の抽出は「1ショット」、2ショットは「ドッピオ」（イタリア語で「2倍」の意味）と呼ぶ。

●ラテ

グルメ向けのコーヒーハウスで提供するイタリアン・スタイルのドリンクには、最低1ショットのエスプレッソを使う。もちろんラテも例外ではない。正式名称は「カフェ・ラテ」。ラテはアメリカのコーヒーハウスでもっとも人気の高いドリンクだ。最低1ショットのエスプレッソにスチームドミルクまたはホットミルクを加えてつくる。アメリカ人はラテにフォームミルクを加える。イタリア人は加えない。ラテにチョコレートを使ってアレンジしたものが「モカ」だ。

●カプチーノ

カプチーノにもエスプレッソを使う。ラテとの最大のちがいは、フォームミルクをたっぷりいれること——カプチーノはミルクとエスプレッソの割合が2対1。カプチーノは「ドライ・カプチーノ」（フォームミルクを多め、スチームドミルクを少なめ）と「ウェット・カプチーノ」（フォームミルクは少なめでスチームドミルクは多め）の2通り注文できる。

多様なコーヒードリンク

ドリンクは工夫次第でいくらでもつくり出せる。まさに無限だ。ニューヨークからシアトル、イタリア、香港にいたるまで、毎年新しいコーヒードリンクが誕生し、尽きることはない。クイズ王がリクエストしたエキゾティックなコーヒードリンクを、かんたんな説明とともに紹介しよう。

●**アフォガート**

イタリア語で「溺れた」の意味。ドリンクまたやデザートにエスプレッソをトッピングするところから、そう呼ばれる。

●**アントチーノ**

エスプレッソ1ショットに同量のスチームミルクを加える。

●**ボルティモア**

カフェイン入りとデカフェのドリップコーヒーを同量混ぜる。ハーフ・カフェとは別の飲み物。ハーフ・カフェはデカフェの豆とカフェイン入りの豆をあらかじめ混ぜてからドリップする。

●**ブラック・アイ**

ドリップコーヒーにエスプレッソ2ショットを加える。

●**ボンボン**

エスプレッソに甘いコンデンスミルクを加える。カフェ・ボンボンとも呼ばれる。

●**ブレーヴェ**

エスプレッソ1ショットにミルクではなくハーフ・アンド・ハーフを使ったスチームミルクを加える。

●**カフェ・アフォガート**

エスプレッソにジェラートまたはアイスクリームをトッピングする。飲み物としてもデザートとしても楽しめる。カラメルソースまたはチョコレートソースを加えてもおいしい。

●**カフェ・アメリカーノ**

エスプレッソ1ショットにお湯を加える。ドリップコーヒー1杯を、よりマイルドに楽しめる。

●カフェ・オ・レ

2倍の濃さのドリップコーヒーまたはエスプレッソと熱々のミルクを同量混ぜる。

●カフェ・メランジェ

ドリップしたブラックコーヒーにホイップクリームをトッピングする。

●カフェ・ミエル

エスプレッソ1ショット、スチームドミルク、シナモン、ハチミツを混ぜる。ミエルとはフランス語で「ハチミツ」の意味。

●カフェ・ノワール

フランスでエスプレッソ1ショットを注文したいときにはカフェ・ノワールで通じる。

●コーヒー・ミルク（コーヒー牛乳）

冷たいミルクと甘いコーヒーシロップを混ぜる。ロードアイランドの公式飲料。

●カフェ・モカ

ラテにチョコレートシロップを加える。ココアパウダーをトッピングしてもよい。

●カフェ・ノワゼット

エスプレッソにクリームを加える。こくがあり、ヘーゼルナッツのような茶色、ナッツの味わいの感じられる滑らかなドリンクだ。「ノワゼット」とはフランス語で「ヘーゼルナッツ」を意味する。

●カフェ・ゾロ

ダブルエスプレッソに湯を加える。

●チョコレート・ダルメシアン
ホワイトチョコレート・モカにジャヴァチップとチョコレートチップをトッピングする。

●コルタード
エスプレッソに熱いミルクを同量加える。北米では「ジブラルタル」と呼ばれる。

●カウボーイ・コーヒー
鍋でいれるコーヒー。水に細挽きのコーヒー豆を加えて沸かす。最後に冷たい水を加えて粉を沈める。

●グリーン・アイ
ドリップコーヒーにエスプレッソ3ショットを加える。「トリプル・デス」とも呼ばれる。

●アイスカフェ
ドイツで飲まれる「アイスクリーム・コーヒー」。材料は、よく冷えたドリップコーヒー、ミルク、甘味料、バニラアイスクリーム、トッピングとしてホイップクリーム。

●フラペチーノ
このドリンクはスターバックスが商標登録している。ブレンドコーヒーと氷を混ぜた各種ドリンク（この人気ドリンクを自宅でかんたんにつくれるクレアのレシピはcoffeehouse&Mystery.com でどうぞ）。

●ギジェルモ
ライムのスライスにエスプレッソ1ショットを注ぐ。ホットでもアイスでも、ミルクを少量加えてもおいしい。

●香港式ミルクティー

紅茶に甘いコンデンスミルクまたはエバミルクを加える。ホットでもアイスでも楽しめる。

●ユンヨン（鴛鴦茶）

ドリップコーヒーと香港式ミルクティーを3対7の割合で混ぜる。インヨンとも呼ばれる。

●リリールー

モカとホワイト・モカを同量混ぜてエスプレッソとハーフ・アンド・ハーフのスチームミルクをトッピングする。フォームミルクは使わない。お好みでホイップクリームを加えてもよい。

●マキアート

エスプレッソにフォームミルクを少量加える。マキアートはイタリア語で「シミのついた」という意味。

●ノルウェー式エッグ・コーヒー

カウボーイ・コーヒーの苦みをとりのぞくために卵を割り入れる。

●ホワイトチョコレート・モカ
またはホワイト・モカ

エスプレッソ、スチームミルク、ホワイトチョコレート・シロップを混ぜてホイップクリームをトッピングする。

●マーブル・モカ

ホワイトチョコレート・モカとふつうのモカを同量混ぜる。「ゼブラ・モカ」「ペンギン・モカ」「ブラック・タキシード」とも呼ばれる。

●レッド・タキシード

マーブル・モカにラズベリー・シロップを加える。

●ペパーミント・アフォガート

ペパーミント・アイスクリームにエスプレッソ1ショットかけて砕いたキャンディケーンを飾る。

●レッド・アイ

ドリップコーヒーにエスプレッソ1ショットを加える。「ショット・イン・ザ・ダーク」とも呼ばれる。

●レギュラー・コーヒー

ニューヨーク市、ボストン、ニュージャージー州の一部、フィラデルフィアの一帯では、レギュラー・コーヒーといえば、ドリップコーヒーにミルクまたはクリームと砂糖を加えたものを指す。

●シェケラート
またはカフェ・シェケラート

エスプレッソに甘味料、バニラ1滴、コーヒー・リキュール少量、レモンまたはオレンジの皮をくるりと剥いて加える。

18

あっという間に月曜日の朝になった。気づいたらマイクの姿はもうなく、寒さのなかでビレッジブレンドの惨状と向き合うしかなかった。

電気も電話もまだ通じていないので、復旧を依頼するために携帯電話で電力会社との交渉を延々と続けた。そうこうしているうちに保険会社の損害調査担当者が到着した。

店の被害状況をいっしょに見てもらい――店内も外も――ぜひとも寛大な査定をしてもらいたいというこちらの意向を強く伝えた。ビレッジブレンドというこの店は歴史も古く、広く愛され、この街になくてはならない存在なのだからと強調した。

「オーナーにこちらからご連絡します」ポーカーフェースのまま、彼はさわやかな受けこたえをした。

やがてタッカーが出勤してきた。来店したお客さまを断わり続ける（何時間もずっと）のは、おたがいにとても悲しいことだった。

「開店までにはどれくらいかかるんでしょうね？」そろそろ今日の作業が終わろうというころに、タッカーがたずねた。

「三週間。あくまでも楽観的な予想だけど」

タッカーがうめき声をもらした。「スタッフはどうしたらいいんですかね？　どうやって生活していけばいいんだろう」

「ビレッジブレンドとしてケータリングの仕事は予定通りにおこなうわ」

「せいぜい週に二日ですよ。たいした収入にはなりません」

「ええ、わかっている」

「休暇手当をもらえる可能性は？」

「あまり長い期間はむずかしいわ。最大でも一週間が限度」

タッカーが首を横にふる。「失業状態になったらバリスタはよそのコーヒーハウスで働こうと職探しを始めるだろうな、きっと——そして二度とここにはもどらないかもしれない」

「わたしは誰ひとり失いたくない。ほんとうよ、タッカー」

「地域のグループの催しはどうします？　二階のラウンジは一週間のうち三日間は夜の予約が入っています。どのグループもたいしてお金はないし、人集めのために広告費も使ってしまっているし。エスターは来週の週末に大掛かりな公開ポエトリー・スラムをする予定です。彼女、いったいどうするんだろう？」

「どうすればいいのか、対策を考えなくては。とにかく……」

冬の日が暮れて暗くなると、火をおこしてキャンドルをともした。タッカーはボーイフレンドのパンチとのディナーに向かった。できればわたしも誘いたいのだがと、タッカーは申し訳なさそうだった。でも事情はわかっている——今夜は新しい企画についてぜひふたりと話したいというオフ・オフ・ブロードウェイのプロデューサーの招待なのだ。

　わたしはひとりきりで青い大理石のカウンターに座ってテイクアウトした甘酸っぱい中華料理を黙々と食べた——グルタミン酸ナトリウム《MSG》が過剰に使われている。最後のひとくちを食べる前にすでにズキズキと頭痛がして心臓が痛くなっていた。もちろんMSGのせいではない。マイクがここにいないことがつらくて（彼と会った後はいつもこうなる）、店の上の自宅でたったひとりになるのがなんだかとてもおそろしい。

　店がこんなありさまでは、こうしてここにいても滅入るばかりだ。

いまは無人のテーブルも、いつもの月曜日ならご近所の常連客、ニューヨーク大学の学生、新規のお客さま、観光客で満杯だ。店のスタッフはカウンターのなかでてきぱきと働き、エスプレッソ・マシンのゴボゴボという音と店内に流れるジャズの柔らかい音色と落ち着いたおしゃべりの音が溶け合う。光、ぬくもり、心地よさ——そしてカフェイン——に包まれ、煉瓦造りの暖炉であかあかと燃える炎は、その空間をいっそう快適なものにしてくれる。

　今夜はただ、凍てつく寒さと息の詰まるような暗がりがあるだけ。フレンチドアのガラスが割れた後を厚板でふさいでいるので、ビレッジブレンドはまるで墓地の地下納骨所のような気配だ。あちこちに置いたキャンドルの光も、ほっとするどころか葬儀のような雰囲気をかもしだす。

と、そのとき……明かりがひとつ、ついた（電気会社のサービスだろうか）。

カウンターのなかに入ってお湯を沸かし、コーヒー豆を手で挽いて小型のフレンチプレスにいれながら、ふと、壁にかかった写真に目が留まった。額に収められたその写真は、これまでに何度となく見てきた。

見てはいた。でも理解はしていなかった――いまのいままで。

あわててその写真を壁からはずし、カウンターに置いた携帯電話をつかんだ。ビレッジブレンドのオーナーの電話番号は短縮ダイヤルに登録してある。すぐに相手が出た。

「いそいで会いたいんです！　すぐにでもこちらに来てもらえますか？」

マダム・ブランシュ・ドレフュス・アレグロ・デュボワはただならぬものを感じとったらしく、即座に反応してくれた。

「オットーと彼のゲストたちといっしょに〈デル・ポスト〉でイル・セコンドを一本空けたばかりよ。デザートを省略してあなたに会いに行くわ。いますぐに《トゥ・ドゥ・スウィトゥ》！」

19

　イエローキャブのタクシーから降り立ったマダム・ブランシュ・ドレフュス・アレグロ・デュボワはキャラメルブロンドのスウェードに身を包んでいる。わたしはいそいで店の正面に向かい、ドアをあけた。けれどもマダムはこちらにやってこようとしない。この街のランドマークとなっているコーヒーハウスの前で、オーナーであるマダムのほっそりした身体は氷像のように固まってしまった。

　焦げた煉瓦、焼けた板、ペンキは気泡だらけ。それを丹念に見ていくマダムがどれほど胸を痛めているかと思うと、わたしまで苦しくなる。ガラスが粉々になったフレンチドアを覆うざらざらしたベニヤ板、蝶番が壊れて斜めに傾いた手づくりの鎧戸にマダムの視線がいく。

　いまにも激しく取り乱して、フレンチツイストにきっちりとまとめられたヘアスタイルが崩れるのではないかとはらはらしたけれど、マダムは平静を保っていた。ファーがついたコートの襟元をぱちんと閉じて、ようやくわたしのほうにちかづいてきた。

「こんなことになってしまって」マダムを店内に迎え入れ、へこんでしまったドアを閉めながらいった。

「あなたが気に病むことはないわ」手袋をしたまま、マダムが手をふる。「気に病んでいたら、エネルギーを消耗するだけよ」

「それなら、わたしはいったいどうすれば？」

「直してしまえばいいのよ。少々フェイスリフトをするだけで、みごとに解決するわ。この店のオーナーと同じね」マダムがすばやくウィンクする。「さて、どこに座りましょうか……」

わたしにたずねたわけではない。返事をする前に、この店の八十代のオーナーは暖炉のそばのテーブルに貫禄たっぷりの足取りで移動していた。パチパチと音を立てて燃える炎で暖をとるには最高の場所だ。マダムはやわらかな黄色みを帯びた白いレザーの手袋を脱ぎ、少ししわのある手を火にあてながらこすり合わせる。

火がまたたくキャンドルをテーブルに置いて明かりの足しにして、トレーを運んだ。マダムがスウェードのロングコートのベルトをはずす——特別な会食のさなか、わたしのために中座したのだとわかった。

ファーの裏地のコートの下にマダムが着ていたのは、まばゆいウィンターホワイトのスーツだ。シルバーグレーの髪とスーツがたがいを引き立てている。首元にゆったりと巻いているスカーフはヴァン・ゴッホの『ローヌ川の星月夜』の柄で、サファイア、アクアマリン、紫の色彩はマダムの瞳の美しいスミレ色とみごとに調和している。こういう美術館を思わせる柄は、マダムの現在の「年下の恋人」オットーとともに出席する会食の席にぴったりだ

(彼がマダムに一目惚れしたとき、彼は確か七十歳になったかどうかという年齢だった)。

オットーは画廊のオーナーとしてクライアントや芸術家たちとワインを楽しんだり食事をともにしたりする機会が多い。いっぽうマダムはグリニッチビレッジの歴史においてもっとも華やかだった時代に店をいとなむかたわら、芸術家をとてもだいじにして援助していた。食事の同伴者としてはこれ以上のパートナーはいない。

マダムの出で立ちで唯一、正装らしくないのはジュエリーだった——もっと正確にいうと、ジュエリーを身につけていない。

マダムは何十年にもわたって、さまざまな大陸のジュエリーをコレクションし、とてもたいせつにしている。機会をとらえては披露してきた。ところが今夜、マダムはオーダーメイドのブレスレット、ブローチ、指輪のどれひとつとして身につけていない。唯一の装飾品といえば、ティアドロップ型の真珠を、ハワイの歓迎の花であるプルメリアを模した繊細な枠にはめこんだものをプラチナのチェーンに通したネックレスだけ。

それはマテオの父親——マダムがこれまでにもっとも愛した亡きアントニオ・アレグロ——から結婚の記念に贈られたネックレスだ。ふたりが新婚旅行で訪れたハワイ島のコナで夫が若い妻に贈ったのだ（マテオとわたしも同じ場所を新婚旅行で訪れた）。

アクセサリーが控えめであることについて、たずねてみたかったけれど、それはひとまずおいて、もっと明るい話題を持ち出した——。

「デザートを召し上がらなかったぶん、これをどうぞ……」

「まあ、おいしい」わたしがつくったチョコレートディップド・クランチー・アーモンド・ビスコッティをひとくち食べて、マダムは満足そうだ（これはシチリア島のジェラートづくりの手法を取り入れてつくったビスコッティ。飲み物に浸しながら食べられるタイプのアーモンド・バーにチョコレートをコーティングするというオリジナルのレシピだ）。

新作のファイヤーサイド・ブレンドをフレンチプレスでいれて、熱々をマダムのカップに注いだ。マダムは真剣な表情でひとくち味見をする（わたしは息を止めて見守る）。

「マテオがタイの山岳民族の生産者組合から新しく調達したピーベリーを使っているのね」

「はい。同じく彼が調達したグァテマラの豆とコロンビア・スプレもいっしょに」（焙煎でそれぞれの豆の最高の特徴を引き出し、それをブレンドした）

「カラメルとマカダミアナッツの味……」味を見極めながらマダムがコメントする。少し冷めるのを待って、さらに続ける。「ブラウンシュガー……グラハム・クラッカー、グリーン・カルダモン、シナモン……それからチョコレート。みごとなものね。すばらしいわ！」

ここに来てからようやくマダムがほんとうの笑顔をみせてくれた。わたしはほっとして背もたれに身体を預けた。これからおこなうプレゼンをきいた後も、マダムはこんなふうに笑顔でいてくれますように。そう願って咳払いをひとつして、写真立てに入った写真を見せた……。

「マダム、これをおぼえていますか？」

「記憶力の検査なの？」

「そういうわけでは……」

写真立てをマダムにわたす。写っているのは、ビレッジのストリート・フェスティバルの夜の光景だろうか。むさくるしいヘアスタイル、ベルボトムのジーンズ、柄物のポリエステルの服から判断して、おそらく七〇年代だろう。毛布を敷いてギタリストがあぐらをかいて演奏している。彼を取り囲むように若者たちがあつまり、歌ったり笑ったりしている。

写真の端を指さす。「これはビレッジブレンドのフレンチドアですよね?」

「ええ、そうよ」マダムは懐かしそうな表情を浮かべ、かすかにほほ笑みながら、やさしいしぐさで写真にふれた。「これはネイトが撮ったものね――」

「ネイト・サムナーですか?」かつてフォトジャーナリストとして、そして活動家としてニューヨークで活躍していた人物だ。この店に通う著名な芸術家、俳優、作家のひとりだった。現在のネイトはニュースクールの教授で、いまでも店の常連だ。でもマダムが彼の名前を口にする様子は……。

「もしかしたら、昔、ネイトとマダムは――」

「まあね。ネイトがこれを撮ったのは、七七年の大停電のときよ」

「一九七七年七月十三日ですか?」

「ええ、そう。午後九時半ころに明かりという明かりがすべて消えてしまったわ」マダムが口をすぼめる。「当時、この街は暗い空気に包まれていた。停電はその一部といってもいいわね」

「不況だったということですね？」

「それから『サムの息子』を名乗る殺人鬼による事件――銃による何件もの異様な殺人事件はあの夏、街じゅうの人々をふるえあがらせた。六人が亡くなり、七人が負傷したわ」マダムが首を横にふる。「なにより、行政組織に腐敗がはびこって正常に機能しなくなっていた。とても多くの人が社会に失望してしまったのよ。あの夜起きたことは、その結果だった」

「というと？」

「街のいたるところで住民が暴動を起こしたの。あちこちで店が襲撃されて破壊された。建物は放火された。どこもかしこも略奪されて混沌状態で、警察はまったく無力だったわ」

「でもこの写真からはそんなことはまったく感じられないわ」写真立てのガラスをトントンと叩きながらわたしはいった。「どういうことが起きていたのか、教えてください……」

「停電になってしまったので、わたしは店を閉めようと考えていたの。そこにちょうどネイトがこの一家といっしょに店に入ってきた――両親と思春期の子どもたち三人の一家だったわ。一家が怯えきって街なかで行き場をなくしているところを見かけたそうよ。中西部の小さな町からやってきた観光客で、〝本場のヒッピー〟を子どもたちにみせようと地下鉄でビレッジにきていたの。そしてすっかり途方に暮れてしまった。ホテルにもどろうにも列車、バス、タクシーは動いていないし、立ち往生してこわがって怯えていたわ」

「その人たちのために店をずっとあけていたんですね？」

「ええ、そしてネイトが教えてくれたのよ。帰宅できずにこの界隈をさまよっている人たちがまだまだたくさんいると。この店の周辺のレストランやデリ、バーまで停電になるとすぐに店を閉めてしまっていたの」

マダムがひとつため息をつく。「わたしたちはこの地区で必要とされていたわ。それにこたえないわけにはいかなかった。一時間もたたないうちに、店には収容しきれないほどの人たちが詰めかけていた。満員だから入店を断わるなんて、絶対にしたくなかったから、一計を案じたというわけ」

「ケータリング用のテントですね。この写真の背景に見えるのが、そうですよね？」

「ええ。ネイトは友人たちといっしょに、店の脇の路地にテントを張って支柱からランタンを下げてくれた。常連さんは折り畳み椅子とプラスチック製の牛乳ケースを持ってきてくださった」

「その夜、この店はビレッジの中心になったんですね」

「そうね。若い人たちは毛布をひろげてギターを弾き、詩の朗読をしたわ。でも停電の街でにわかパーティーで盛り上がっただけではなかったのよ。切実な援助をもとめてやってくる人たちもいたわ。犯罪の被害者や、応急手当てが必要な人たちも。警察官たちは三十分おきに、保護すべき人たちはいないかどうかを見にきてくれるようになったわ」

「マダムはすばらしいことを実行したんですね」

「みんなでいっしょにね。店のスタッフ、ネイト、彼の友人のヒッピーたち——」マダムがすばやくウィンクする。「閉めていた店の多くは略奪にあったわ。でもここの店は被害を受けなかった。恐怖におののいて戸を閉ざしてしまえば被害者になってしまう。それでは問題の一部に組み込まれてしまうの。わたしたちはむしろ解決策になった」

「解決策ですね！　それこそまさに」そこで写真をトントンと叩いた。「わたしたちがいますべきことです」

「どういうこと？」

「この店はふたたび停電になりました。けれども店のスタッフも地域の人々も、店の再開を強く望んでいます。だから、やりましょう。この写真のときと同じ方法で」

「クレア、あなたコーヒー以外になにか飲んでいるの？　いまは一月よ。あれは七月のこと。外は凍てつく寒さよ」

「マテオにはもう電話してあります。レッドフックの倉庫にマテオは緊急用の発電機を何台も備えているので、それを運んでもらいます。路地にケータリング用のテントを張ってテーブルと椅子を運び出して、携帯式のヒーターで暖を――」

「でも、ビレッジブレンドの看板商品のドリンク類はどうやってつくるつもり？」

「うちの店のコーヒートラックは冬のあいだマテオの倉庫に停めてあります。それを使えば……」わくわくとした気持ちを抑えきれなくなって、わたしはぱっと立ち上がり、右に左に歩き出す。「歩道脇に寄せてトラックを停めて、車内のエスプレッソ・マシンを使えば、メニューにあるドリンクはすべて問題なくつくれるわ」

わたしはしばらく間を置いてからたずねた。「マダムの考えをきかせてください」

「わたしの考え？」

またもやわたしは息を詰めてマダムを見つめた。マダムのスミレ色の目が大きく見開かれ、涙が浮かぶ。「あなたを産むことはできなかったけれど、まちがいなくわたしの娘よ！」

マダムが両腕を広げる。わたしはうれしくてうれしくて、マダムに抱きついた。固く抱き合ったのもつかの間――。

ドカーン！

大きな音だったが、爆発音ではない。それでもわたしとマダムが思わず飛び上がるほどのすさまじさだった。

なにが起きたの!?

音は、ガラスが粉々に吹き飛んだフレンチドアのほうからきこえてきた。わたしとマダムは同時にそちらのほうを向いた。すると――。

バーン！

チラチラと揺れる炎に照らされたなかで、ガラスの代わりに打ちつけられた長いベニヤ板の一枚が激しく揺れたかと思うと、落ちた。板が床にあたってバターンという音が店内に響く。

板がなくなってぽっかりあいた黒い長方形は、底知れない闇に向かって開いた郵便ポストの穴のようにも見える。

マダムとわたしは物音ひとつ立てず、その穴を見つめる。向こう側の暗がりで物音がする。

いきなり懐中電灯の明るい光がついて、ゆっくりと店内を照らし出した。

「略奪よ」マダムがささやく。

一瞬、身体が凍りついた。ところがマダムはすでにカウンターに向かって歩き出している。

「警察に通報しなさい」マダムは冷静に指示を出す。「わたしは野球のバットを取ってくるわ」

20

だが、マダムの指示にはしたがわなかった。警察には通報しなかったのだ。

ささやかな破壊行為で、確かにわたしとマダムはふるえ上がった。でも、もしかしたらこの〝略奪者〟は、じつはビレッジブレンドの顧客が好奇心にかられて入ってきただけかもしれない。お得意様に手錠がかけられるなどという気の毒なことになる前に、はたしてほんとうに危険な事態なのかどうか確かめなくては。

「誰？」呼びかけてみた。「そこにいるのは誰？」

懐中電灯の光が一瞬、静止した。それから板張りの床をジグザグと激しく動きながら照らし、ようやくわたしの足を見つけ、わたしの胴を照らし、そして――わたしの目を直撃した！

なにも見えなくなって、片方の手をあげた。「無断での立ち入りはできませんよ！」

「それはわかっている……」男性の声だ。若くはない。中年か？ 少ししわがれている。

「目的は？」強い口調できいてみた。

しんと静まり返り、そして――。

「いたのか？」

「ここにいるわ！　見えていないはずがないでしょう。その懐中電灯の光がわたしの網膜を直撃しているのが見えるでしょう！」

「爆弾が爆発したときに、いたのか？」いらだったような口調だ。すぐに理解できないわたしを責めるように。

マダムはすでにわたしの脇にもどってきている。バットを肩にかついだ姿はミッキー・マントルみたいだ。「あなたがこたえると同時に、これでガツンと殴るわ」マダムがささやく。

「もう少し待って」小さな声で制止した。

「見たのか!?」男の声は静かだが、感情的になっているのが伝わってくる。「爆発を見たのか？」

「ええ、爆発するのを見たわ。それで？」

「それなら、彼女を見たんだな？」

彼女？　わたしは一歩前に出てみた。黒っぽい目、黒っぽい髪、赤いニット帽が見えた。

「誰のこと？」

「とぼけるな！」とつぜん男が怒鳴ったので、びくっとした——マダムもぎょっとしている。

「警察には通報ずみよ！」マダムがさけんだ（もちろん、通報などしていない。でも彼はそうとは知らない）。

懐中電灯の光が消えた。板を打ち付けたフレンチドアにぽっかりあいている穴のところに駆け寄って外をのぞくと、足音を響かせながら歩道を歩いていく男の後ろ姿が見えた。

街灯の下を男が通り過ぎる瞬間、その姿をすばやく記憶に留めた。建築現場で履くような黄褐色の作業用ブーツを履き、ダークブルーのデニム、明るいグレーのモッズコートをはおっている。コートが大きめなので体格はよくわからない。身長はマイクよりも少し低そうだが、ニューヨークの男性のなかではおそらく高いほうだ（わたしの元夫とだいたい同じくらいで、一八〇センチくらいだろうか）。頭を赤いニット帽がすっぽり覆っているところから判断して、たぶん髪は短い。帽子には白い文字でなにか書いてある――かろうじて『ARE』という文字だけが判読できた。

「バットを！」武器の代わりにバットをつかみ、駆け出した。

「どこに行くつもり!?」マダムが叫ぶ。

「追いかけます！　あの人の目的は略奪ではない……」

正面のドアに着く前に、ドアがひらいた。

まさか！　あっという間にもどってきたの!?

足を踏ん張ってバットを高く構え、さっさと警察に通報しなかった自分の判断ミスを呪った。マダムはわたしにとって母親同然の存在だ。なんとしても守り抜いてみせる。

バットを引いて思い切りふろうとした瞬間――。

「春季のキャンプにしては早すぎないか？」（男性の声だが、初めてきく声ではない）。店の戸口に立っているのは、黒いジーンズに着古した風合いのレザーのフライトジャケットを着たマテオ・アレグロ、つまりわたしの元夫だった。

「どいて!」歩道に飛び出していくわたしの後ろから、マダムの大きな声がきこえた——。

「クレアを止めて!」

なんと、今回に限ってマテオは母親に素直にしたがったのだ。

21

「お願いだから行かせて！」

「放っておけ」

「逃げられてしまうわ！」

もがいても、ベルトをマテオにおそろしく強くつかまれてしまっている。

「理由もわからないのに、どうして放してくれないの？　落ち着いてちょうだい！」叫びながらさらにもがく。

「落ち着けだと!?」彼がますます手に力を込める。「一月の凍てつく夜にバットをふりまわしながら、〝男〟の後を追いかけて飛び出していこうとしているきみにいわれたくないね」

わたしはうなり声とともに思い切り身をよじって彼の手を逃れた。これで自由の身！　ところがマテオのもう一方の手がすでにわたしの胴にまわっていた。そのまま筋肉質の腕でぎゅっと彼の胸に押しつけられてしまい、身動きがとれない。

「ちゃんときいて。彼を殴ろうなんて思っていないし、引き留めようとも思っていない。ただ話をしたいだけ！」

「なんだと？」マテオはわたしとの対話をあきらめてマダムにたずねた。「解説してもらえるかな？」

「不審な男がここを略奪しようと押し入ってきたのよ……」マダムが説明を始めた。「警察を呼ぶようにクレアにいったのだけど、なぜかその男と話すといいだしたの」

「なぜか、ではなくて、ちゃんとした理由があります！　あの人物は感情が高ぶっていたし、奇妙な質問をしたわ。もしかしたら爆破事件の犯人かもしれない！」

マテオがうめき声を出し、あいていた腕をわたしの身体にまわしたかと思うと持ち上げ、そのままくるりと向きを変えてわたしを店のなかに入れた。ようやく彼が腕を放したが、行く手はふさがれている。マテオがドアをしっかりと閉めてそれにもたれ、腕組みをしているのだ。

わたしは両手をあげた。「ひどいわ。こんな横暴で強引なやり方――」

「なんとでもいってくれ――だいじな娘の母親の身の安全のためだ」

「あなたとわたしはもう夫婦ではないのよ」

「ああ、そうだ。しかしきみとは仕事上のパートナーで友人だ。それに、きみのほうこそ落ち着け。そいつが何者かは知らないが、もうとっくにいない」

「とにかく、ニューヨーク市警の爆弾処理班には連絡を入れておかなくては」携帯電話を取り出した。

マテオがそれをつかむ。「連中になんというんだ？　冴えない男がほろ酔い加減でよからぬことを思いついて、きみに見つかったものだから、適当なでまかせをいっただけだろう？」

「放火魔は自分の起こした火事を見たがる習性がある。犯罪者が犯行現場にもどってくることもよくある。たとえ彼が爆破事件の犯人でないとしても、なにかを知っているかもしれない。だから――」

「だからなんだ。この事件を解決するのはきみの役目ではない。ニューヨーク市警の仕事だ。そして彼らはきみの協力など必要としてはいない」

なぜそこで黙っていられなかったのだろう。気がついたら口走っていた。

「もう協力しているわ！」

「なんだと？」マテオが顔をしかめてわたしをまじまじと見つめる。「まずいな。この顔つきは要注意だ！」彼がマダムのほうを向く。「ふたりでいったいなにをたくらんでいるんだ？」

「わたしも知りたいわ」マダムが問いかけるように片方の眉をあげた。「わたしたちはなにをたくらんでいるの？」

「週末にマイクの紹介で爆弾処理班の責任者に会いました。それだけ。役に立ちそうな情報を伝えたらよろこばれたわ。どんな手がかりでもいいから、連絡してもらいたいといわれた。もしかしたらあの人物は――」

「いや、ちがうな」マテオがさえぎった。

「どうしてあなたにわかるの」

「いいか、クレア。よく考えてみろ。おそらく警察はすでに容疑者を絞って監視下に置いているはずだ。略奪しに入ってきたその男が仮に容疑者だとしたら、とっくに尾行がついているだろう。それでもまだ追いかけるつもりか」

わたしは腕組みした。

マテオがため息をつく。「どうなんだ」

「わかった……」冷静になるために深呼吸した。「あなたのいう通り、彼はとっくにいなくなっている……」でもきっとまた来るはず。だからそのときに、彼と話をしよう。後半は声には出さなかった。

トン、トン、トン！

ノックの音に、今回はマテオが飛び上がった。一戦交える覚悟で彼はドアを引いてあけた。あらわれたのはオットーの運転手だ。帽子を傾けて会釈し——。

「こんばんは。マダム・デュボワのお迎えにあがりました」

「すぐに行くわ！」マダムが返事をした。「オットーは画廊で食後酒をふるまっているころね」マダムは荷物をまとめながら説明する。「親しい海外のバイヤーの方々をお招きしているのよ。あなたたちも誘いたいところだけれど……ふたりで話し合うほうがいまは大事ね」

話し合う、という言葉を口にしながら、マダムはマテオに意味ありげな表情をしてみせた。そしてマテオの頬に軽くキスし、わたしに手をふると、ドアから外に出ていった。

22

「それで?」わたしは片手を差し出す。

「それで?」マテオがおうむ返しにいいながら、携帯電話をいきおいよくわたしの手に置く。

「ふたりでなにを〝話し合う〟の?」

「なにか食べるものはあるか?」マテオはわたしの問いかけを無視する。

「中華のテイクアウトなら少しあるわ」温め直して食べるかときいてみた。

「あのデカのために料理しなかったのか?」

「マイクが全部食べてしまったわ。ちょうど彼の子どもたちと捜査班のミーティングのためにたくさんお菓子も焼いたの。そのビスコッティは、あなたのお母さまにお出しした」

「くやしいな」

「チョコレートボトム・バナナ・バーなら上にいくつかあるわ」

「焼きたての熱々……」彼は手拍子をとって両手をごしごしこすり合わせる。「そうこなくっちゃ!」

わたしの手料理をマテオはいつもとてもよろこぶ。彼の再婚相手のブリー——《トレンド》誌の編集長で尊大が服を着ているような人物――はいろいろな形容のしかたがあるけれど、バナナ・バーを焼く人でないのは確かだ。

「ここで待っていて」

しかし、彼はじっと待っているつもりなどなかったらしい。

階段で店の上階にのぼり、住まいのキッチンに入っていこうとしたとき、ききなれたマテオの靴音がしたのでふり向くと、元夫が戸口の柱にもたれている。両手はぴったりとした黒いジーンズのポケットのなかだ。

「なぜあがってきたの？」

「マテオ？」

マテオは肩をすくめる。黒い顎ヒゲを生やした顔はよからぬことを考えている表情だ。

「ここのほうが暖かい」

「いいえ、そんなことないわ。店にいてちょうだい」

「どうして？」

「だってあなたはここでは暮らしていないからよ。いまは、もう」

マテオの顔にゆっくりと笑顔が浮かび、にやにやと得意げな表情になる。

「なにがそんなにおかしいの？」

「きみが嫌がる理由さ。ぼくがそばにいると、自制心を失いそうで自信がないんだろう？」

「よくもまあ、抜け抜けとそんなことを！」

彼が腕組みをする。「ちがうと証明できるか？」

「またそんな子どもじみたことをいいだす」ふうっとわざとらしくため息をついてみせた。

「わかったわ！　そこに座ってちょうだい」

「ここはよしておこう。居間のほうがくつろげる。きみのために暖炉の火をおこそう……」

彼はジャケットを脱ぎながら、わたしと目を合わせた。「もちろん、寝室の暖炉にときみが望むならべつだが」

「そんなことをいうのなら、外に追い出すわよ――この三階の窓から直接」

「ちょっと確かめただけだ」

十分後、わたしはふたたび炎があかあかと燃える暖炉のそばで座っていた。今回は調度が整った住まいの居間で、わたしが座っているのはローズウッドのフレームのソファだ。

ここのインテリアはすべてマテオの母親が自ら整えたものだ。何十年もかけて収集した逸品ばかり。主寝室には、彫刻を施したローズウッドとシルクのソファと椅子、宝石のようなみごとな織りのペルシャ絨毯――それも礼拝用の絨毯。クリーム色の大理石の暖炉、フレンチドアをあけるとフラワーボックスが置かれた練鉄製の小さなバルコニーがある。ニューヨークのエレベーターのないアパートというよりも、まるでパリの一角にいるような心地だ。

わたしはペンシルベニア州の工場だらけの町で娘時代を過ごした。そんなわたしがヨーロッパのエレガンスあふれる空間でいれたてのファイヤーサイド・ブレンドを飲むのは、なんというぜいたくだろう。いつもながら、よろこびと感謝の念が湧いてくる。この美と文化に満ちた洗練された空間で成長したマテオがどうなったかというと、ひたすらエクストリームスポーツに打ち込む人となった。一時はコカイン中毒にもなった。母親であるマダムが所有するこの住まいでの彼は、昔も今も変わらない――この空間の洗練された美しさにはまるで無頓着だ。

わたしの手づくりのチョコレートボトム・バナナ・バーを、マテオはガツガツと頬張る。二分の間に三本、ほとんど嚙まずに押し込んだ。

「夕食を抜いたの？」

「食べたのは何時間も前だ」彼は口いっぱいに頬張りながらこたえ、黒いVネックのセーターにこぼれたかけらを払う。ぴったりとしたカシミアのセーターはたくましい胸筋の彫刻のようなラインをなぞっている。「ブリーといっしょに彼女のお気に入りのスシバーに寄って、それから彼女はロス行きの便に飛び乗った。ただ……ブリーにどれだけ豪勢にもてなされても、どうしても完全には満たされない……」

彼が思わせぶりな笑顔でこちらを見る。あきれた。

マテオとブリーはおたがいを束縛しないオープンな結婚生活を実践している。彼女が留守の間、マテオはせっせと遊ぶ。けれどもこの場所ではそういう遊びはお断りだ。それをわたしはいままでに何度もはっきりと伝えてきた。

「お菓子をたっぷり召し上がれ。今夜わたしからのもてなしはそれだけですからね」

マテオはニコニコしている。彼の身体でもっとも筋肉が厚いのは、きっと頭なのだろう。

「いいから、さっさと話しましょう」話題を変えた。「あなたのお母さまは、ふたりでなにを話し合えとおっしゃったの？」

「アートの作品だ」彼はナプキンで口を拭い、ついでに笑顔も拭い取られて表情が一変した。

「楽しい会話ではないのはわかるよ。しかし、きみが決断をくださなければならない」

「なんの決断？　さっぱりわからない」

「『さっぱりわからない』とはどういう意味だ——」そこでふいに言葉がとぎれ、彼はわたしの当惑した顔をじっと見つめる。そして悪態をついた（数カ国語で）。「おふくろからきいていないのか！」

「いいから、話して！」

「まさか、その役目を押しつけられるとは」ぶつぶつと文句をいっている。

「マテオ、説明して！」

彼は目を閉じ、大きく息を吸う。「保険の査定担当者から今日の午後、おふくろに電話があった。いい知らせではなかった。クレア……」

「よくないの？」

「悪い……」

はっきりいわれると、気持ちが沈む。

「店で契約している保険会社がソーナー側の保険会社にコンタクトをとった。やつらは法を盾にして強気だ。事件に関する法的な問題が解決されるまで一セントたりとも支払うつもりはないそうだ」

「それはつまり、爆破事件の犯人がつかまるまでは、ということ？」

「そして有罪判決を受けるまでは。そうなればやつらは民事裁判を起こして犯人に損害賠償を請求できる」

「たとえ今夜犯人が逮捕されたとしても、裁判で裁かれるには最低でも一年はかかるわ！」

「わかっている。こっちの保険会社はぼくたちに小切手を切り、ソーナー側の保険会社からの支払いを待つつもりでいるが、それではぼくたちが必要とする額にはとうてい及ばない……」

わたしたちの店、ビレッジブレンドはグリニッチビレッジの歴史地区にあるので、外装の修復に関しては厳しい規定にしたがわなければならない。そのためには専門のノウハウを備えた建築業者に依頼する必要がある。つまり、修復にかかる費用は決して安くはないということだ。見積金額は、天文学的数字となる。

「おふくろはここを担保にしたり家具を売ったりするつもりはいっさいない。そのかわり、宝飾品のコレクションの特売をする気でいる――」

「それで、今夜は一点しか身につけていなかったのね？」

マテオがうなずく。「ほかのものはすべて鑑定に出している。数日以内に、どれを売るのかをおふくろが選ぶ――」

「まさかそんな」

「おふくろはきみに、コーヒーハウスの店内とここにある作品にナンバーをつけてもらいたいそうだ。手放してもいいと思う順番で作品の一覧表をつくっておふくろに渡してくれ。オットーがそれを鑑定し、最終的にきみに判断をくだしてもらう」

「なんの判断をくだすの？　どれを売るかという判断？」口にすることすらこわい。

「そうだ、マテオ、オークションにかけるという手もあるが。必要な金額を確保できるぶんを売る」

「でも、マテオ――これはビレッジブレンドの百年の歴史よ！」

「わかっている」

「こんなことになってしまうなんて、信じられない……」

「信じるしかない」

じっと座っていることなど、できやしない。わたしは立ち上がり、右往左往し始めた。

「作品を選ぶのは、やはりマダムよ」

「おふくろはきみに選んでもらうことを望んでいるんだ、クレア」

「そんなことといっても、どの作品もマダムにとってかけがえのないものばかり！　どれほどの思い出が詰まっていることか！」

「だからきみにやってもらいたいと望んでいる。おふくろにはつらすぎる。それにおふくろは……」マテオの声がとぎれた。

「どうしたの？」小声でたずねた。

マテオがこんなに悲しげな表情を浮かべるなんて、長いこと見たおぼえがない。

「おふくろはこういった。残った作品とともにこれから三十年間暮らすのは、自分ではなくきみだ——だから、きみが選ぶべきだと」

淡々とした声だが、彼の目は潤んでいる。マダムを失うなんて、考えるだけでもつらくて涙がこみあげてくる。

「選ぶのを、あなたも手伝ってくれる?」ほとんど声にならない。

「クレア……ぼくはアートの専門家ではない。ぼくは世界各地を旅して人生の大半を生きてきた。そこへいくと、きみは学校できちんとアートについて学んでいる。最初からきみとおふくろは意気投合していた——アートを愛する者同士」暖炉の火がちらちらと揺れて、無念さを滲ませるマテオのオリーブ色の顔に陰影を与える。「どの作品も、ぼくのものではない。どれもずっときみのものだ……」

彼が立ち上がる。「だからやってもらいたい。明日中にリストを用意してくれるね?」

戸口まで彼を見送り、自分の濡れた頰を拭った。彼のたくましい腕がこちらに伸びる。反射的にぱっと退いた。

「すまない。長年の習慣は断ちがたいものだ……」マテオがフライトジャケットを身につけた。

いまのひとことで、わたしのなかでなにかがぐらりと傾いた。娘の父親であるこの人に抱きついてさめざめと泣きたい。でも、ぐっとこらえる。

マテオは鍛え抜いた身体でよろこんで受け止めてくれるだろうし、わたしはそれで慰められるだろう──過剰なほどに。彼に同意するつもりはないけれど、彼がいっていることは正しい。ひとりぼっちで傷ついているときに彼の濡れた茶色の目にやさしく見つめられ、慰めたいとやさしく触れられたら、自分を保っていられないだろう。

「おやすみなさい、マテオ」硬い声でいった。「また、明日」

「元気出せ」マテオが咳払いする。「きみがいっていた、あの発電機を倉庫から持ってくるよ。ケータリング用のテントを張ろう。そうすれば、客の注文に応じられるようになる。明るいきざしが見えてきそうじゃないか」

「そうね」

ドアを閉めてカギをかけ、室内の空間と向き合った。四方の壁と上の階は長い時間をかけて整えられ、グリニッチビレッジの七十年以上の歴史を語っている。

ペン画、肖像画、風景画、版画、スケッチ、詩、宣言書、ナプキンに書いた落書き。どれもニューヨークのアートの世界の伝説的な人物の作品だ──そしてどれひとつ取っても、マダムとビレッジブレンドのすばらしい思い出が詰まっている。マダムからくり返し、その話をきいている（一回や二回ではなく、十回以上も）。

この建物にある作品はすべて、この世でたったひとつの宝物。わたしは美術館のキュレーターのように一階の店と二階のラウンジに飾る作品を入れ替え、アートの歴史を刻む場所として若者にもお年寄りにもよろこんでもらおうと（そして学んでもらおうと）していた。わたしにとって最愛の友人でありメンター、わたしの作品の一部を売ってしまうなんて、娘が慕う祖母で、さらにこの二十年間、母親のような存在だったマダムの一部と引き離されてしまうようなもの。

どうやって選べばいいの？　どうしたらいいの？

「できない……」わたしはつぶやいた。「今夜は、無理」

暖炉の火を消し、キャンドルの火を吹き消した。

夜の闇は死を思わせるほど暗く寒く感じられ、重い足取りでベッドに向かった。茫然としたまま寝間着用のシャツに着替え、ベッドのなかにもぐりこんだ。枕に頭をのせた瞬間、ようやく涙があふれた。

23

翌朝、またもやその音をきいて心臓が止まりそうになった。

ドーン！

水の冷たさにふるえながらシャワーを浴び、素朴な暮らしをしていた開拓時代のようにスポンジに水を含ませて身体を拭っていたときだった。階下の揺れが始まったのだ。いそいで携帯電話を取りにいこうとして、ガスレンジで沸かしたお湯をいれたバケツをひっくりかえしてしまった。かまうものか。明るいグレーのモッズコートと赤いニット帽の大柄な〝略奪者〟がふたたびやってきたのかもしれない。一刻も早く確かめなくては。

なにも身につけず身体の曲線をあらわにした姿で、凍るように冷たい寄せ木張りの床を走って寝室に駆け込み、短縮ダイヤルで元夫にかけた。留守番電話――。

「マテオ、ここに来て！　緊急事態よ！」

ドーン！　ドーン！

叩く音はますます強くなり、窓ガラスがガタガタ揺れている――窓からは明るい日差しが差し込んでいる。

やはり九一一番に緊急通報しよう。日はのぼっているので、通信指令係は、店を襲撃している人物の容貌をたずねるだろう。ここからのぞけばきっとよく見える。

ショーツとテリークロスのバスローブをおおいそぎで身につけて、窓に駆け寄った。そして長いカーテンを両手で力まかせにあけた——すると、目の前に電話会社の作業員がいる。

これはいったい……？

使い込んだヘルメットをかぶった大男が目の前に立ってこちらを見ている。ヘルメットには電話会社ベライゾンの文字。見れば、クレーン車のカゴに乗り、四階の窓にぶつかりそうなところまで持ち上げられているのだ。

わたしはあぜんとして、よろよろと後ずさりした。ゆるく結んだバスローブの紐がほどけて前があいてしまった。しまったと思ってももはや手遅れで、生まれたての赤ん坊みたいに思い切り裸をさらけだしてしまった。相手は目をみはっている。

朝っぱらからびっくりしたせいか、電話会社の大男はカゴから落ちそうになった。

わたしは悲鳴をあげてカーテンを閉めた。

赤面して、わけのわからないことを口走りながら、着古したウールのセーターを頭からかぶり、ジーンズをはいてひっぱり上げ、仕事用のぺたんこの靴を大急ぎではいた。店のカギをつかんだとき、携帯電話が鳴った。

「マテオ!?」

「いいえ、ボスのかわいいバリスタです——いま、たいへんな状況なんです。助けて！」

「エスター？　いまどこにいるの？」

「階下です！」ドンドンと叩く音とブンブンという音に負けまいと叫ぶエスターの声から、ただごとではないと伝わってくる。「きこえますか？　いきなり包囲されてしまったんです！タッカーとわたしは店のカギをあけただけなのに、『ビフォー・アフター』のスタッフみたいな人たちがイナゴの大群みたいにわっと押し寄せてきたんです！」

「そこにいて！　いま行くわ！」


店に飛び込んでいくと、ドアは大きく放たれ、吹きさらしになった狭い店内はごわごわしたジャケットを着た作業員たちでいっぱいだ。

「ほら、あそこ」エスターとタッカーが指さした。「あの人です！」

「ミ、ミ、ミス・コーシー？」ヘルメットをかぶった作業員が、バインダーを手にこちらにやってきた。「マネジャーの方ですか？」

通りで工事をしている掘削機の音に負けまいと、彼は大声を出す。彼の後方で、作業員たちがハドソン通りに穴をあけ、その周囲を五、六台のトラックが取り囲み、工事中であることを示すオレンジ色のカラーコーンがびっしり置かれている。

電力会社、電話会社、ニューヨーク環境保護局（ニューヨークの水道事業を管轄している）が勢揃いだ。ガラス店のトラックも停まっている。その荷台にはテープを貼った窓ガラスが固定されている。

「はい、わたしがミズ・コージーです！」わたしも声を張り上げた。

「スタンと申します。こちらのプロジェクトの責任者です。すべての許可は取り付け済みです。電気技師はすでに作業に取りかかっています。急を要するということはわれわれも承知していますので、そのつもりで……」

マテオが手配したの？　わたしはまだあっけにとられたままだ。でも、どうやって？　費用の工面もまだついていないというのに！

駐車している業者の車のあいだを縫《ぬ》うようにして、タクシーが一台やってきて縁石の脇で停まるのが見えた。後部座席から降り立ったのは、がっちりした体格、黒い顎ヒゲを生やし、革のフライトジャケットを着た人物。

うわさをすれば……。

マテオは運転手に料金を支払い、作業員たちのあいだをすり抜けながら走ってきた。

「大丈夫か？　緊急事態ってどういうことだ？　それにこの騒ぎはいったいなんだ？」

「あなたが手配したのではないの？　それともマダムが？」

「ちがう！」

「じゃあ、誰が？」わたしは、プロジェクトの責任者スタンに向かって手をふった。「教えていただきたいんですけれど――この工事の費用は誰が支払うことになっているの？」

マテオ、タッカー、エスターとわたしはぎゅっと身を寄せ合って、彼のこたえを待つ。

いますよ」

「知らないんですか？」スタンはびっくりした様子だ。

「知りません！」みごとに声がそろった。

「ソーン社がこの工事を手配したんです。日曜日の朝、支払保証小切手が届きました。CEOのエリック・ソーナーの署名入りで。工事をおこなうにあたっては、この建物の所有者に一時間ほど前に承諾をもらっています――ミセス・デュボワです。書類に署名をいただいていますよ」

タッカーとエスターとわたしは、あまりのうれしさにあんぐりと口をあけている。

しかし、なぜかマテオは顔をしかめている。

彼がスタンに詰め寄る。「つまり、不可思議な方法できみとミスター・ソーナーは、工事に必要な許認可をすべて、市のしかるべき機関から、記録的な速さで取得したというのか？」

スタンがニヤニヤする。「その謎を解く魔法の言葉は〝お金〟だと思いますよ」

「この修復工事にはいったいどれだけ時間がかかるんだ？」マテオがいい返す。

「作業は三日でかならず完了させるとミスター・ソーナーに約束しています」

「三日で！」わたしは気絶しそうになった。

「すごい！」タッカーが叫ぶ。「三週間か四週間はかかるだろうと思ったよ！」

「それよりなにより、よかったのは……」これでもう、手放すアート作品を選ぶ必要がない。それをようやく実感できた。ビレッジブレンドの貴重な歴史を物語る作品のうち、どれひとつ売らずにすむのだ。

「エリック・ソーナーはすばらしい人ね!?」

エスターが叫び、わたしたちはひしと抱き合った――マテオを除く全員が。

「浮かれている場合じゃないぞ」マテオは厳しい口調だ。「あいつはきっと怯えているんだ」

「なにを?」わたしはきき返した。

「訴えられることをだ。損害賠償を求めてこちらは訴訟を起こすことができる」

まだそんなことをいっているの。「彼みたいな人が訴訟を恐れるはずがないでしょう？弁護士をおおぜい雇っているし、それに彼の保険会社が処理しているとあなたはいっていたはずよ」

「ああ、しかし……」マテオが目をそらす。

うれし涙で視界がぼやけてきた。「あやうく店のスタッフを路頭に迷わせ、ビレッジブレンドの歴史の証の貴重な作品を売ってしまうところだった。それが、あとほんの数日で営業を再開できるなんて！　いわせてもらうけれど、エリック・ソーナーはとてもりっぱだと思うわ。あなたも感謝すべきだと思う……」

「なぜだ？　もとはといえばソーナーがこの被害をすべて引き起こしたんだ」

「それはちがう。彼は事件の被害者よ。わたしたちと同じ立場……」

そんなやりとりを数分間続けていると、スタンがわたしの肩をトントンと叩いた。

「いい知らせですよ、ミズ・コージー。お湯と電気が使えるようになりました」

「クリスマスがきたみたい！」

「ちがうよ、クレア。いまは一月だ」

「まだそんな態度。どうして？」

「きみを見ていると、豪勢な贈り物を手放しでよろこんでいるみたいだからだ。エリック・ソーナーには腹を立てるべきだろう。あの爆弾は彼が引き寄せた。この店の修理は、彼の当然の義務だ！」

「ミズ・コージー、すみません」スタンが割り込んだ。「特別な配送も依頼されています。ちょうどいま届いたところで……」

24

〝特別な配送物〟は木箱に梱包され、小型の冷蔵庫を横にしたくらいの大きさだった。箱は車輪つきのカートに紐で固定され、スキー用のパーカーを着た男性がニコニコしてそのカートを押してきた。

「ペストリーを並べるケースよりも大きいわ。いったいなにかしら」エスターだ。

箱にはジョン・F・ケネディ国際空港の航空貨物のラベルが貼られ、『シアトル発ニューヨーク行き　当日航空配達』とスタンプが押してある。送り主の名前と住所を読んだ。

「まあ。ひょっとして……？　まさか……？」声がうわずってしまう。

配送してきた男性が片手を差し出した。「ミズ・コージーですか？　テレンスと申します。新品のスレイヤーの取り付けにうかがいました」

エスターがよろこびを抑えきれずに悲鳴をあげたので、一瞬、工事をしている作業員たちの手が止まった。タッカーは茫然とした様子で後ずさりして、心臓のあたりをぎゅっとつかんで気絶しそうなポーズをとる。しばらくぴょんぴょんと飛び跳ねていたエスターは、タッカーの身体をつかんで木箱のまわりを踊り出した。バリスタ族の踊りだ。

「スレイヤー！　スレイヤー！　スレイヤーが来たぞ！」

わたしは涙で視界がぼやけてダンスに加われないので、配達してきた男性と握手をしたまま何度も上下に大きくふった。たずねるまでもないけれど、質問せずにはいられなかった。

「このエスプレッソ・マシンをこの店宛に注文したのは……？」

「ソーン社です。ミスター・ソーナーから至急届けるようにとの強いご依頼でした」

わたしはふり向いてマテオのほうを見た。「これは彼の〝当然の義務〟ではないわ」

マテオが睨みつける。「スレイヤーは注文に応じて手づくりする。こんなに短期間で買えるはずがないだろう？　ウェイティング・リストだってあるだろう？」

「おっしゃる通り、あります」テレンスがこたえた。「このスレイヤーはケンブリッジのコーヒーハウスに納品する予定でした。どうやらミスター・ソーナーは買い主から権利を買い取ったようです」

「きいたか？」マテオが鋭い目をわたしに向ける。「ほかにも買い取ることを計画しているんだろうな。この界隈で」

わたしは背伸びをして元夫マテオの硬い肩を揺さぶった。「お願いだから、そんなに皮肉ばかりいうのはやめて！　これは一月のクリスマスよ。エリック・ソーナーはわたしたちのサンタクロース！　ホー、ホー、ホー！」

「その『ホー』が信用できないといっているんだ」

「いいかげんにして。上で熱いシャワーを浴びてくるわ――」

「その前に、ミズ・コージー」またもやスタンだ。「電力会社の大男《パパ》から、ひとつ伝言をたのまれています」

大男《パパ》？　もしや。「クレーン車のカゴに乗っていた巨体の持ち主のことかしら？」

「そう、そいつです。彼は、その……」スタンがはにかんだ表情になる。「金曜日にボウリングのデートに誘いたいそうです」

思わずうなってしまった。

マテオは困惑した様子で、眉をしかめてこちらを見ている。「知り合いか？」

「その人はわたしを見かけたことがあるだけよ――」（少々たくさん見せてしまっただけ）

スタンのほうを向いて話しかけた。「パパには、わたしには彼氏がいると伝えてください。それから、次の電気料金の割引は大歓迎だということも。理由はきっとわかると思います」

「クレア・コージーさんに荷物をお届けにきました！」

また!?　民間の宅配業者の制服を着た男性から長細い箱を手わたされた。包み紙をはがすと白い箱があらわれた。

「花かしら？」エスターが推理する。「ひそかなファンの正体は何者？」

マテオは鼻を鳴らす。

「確かめてみましょう」紙の包みをあけたとたんエスターとわたしは同時に息を呑んだ。

タッカーが中身を見にきて、今回はほんとうに気絶しそうになった！

「青いバラ？　本物の、生花の青いバラ？」

どうやら本物らしい。しかも、この花のみごとな美しさは、青いなどという凡庸な言葉ではとうてい表現しきれない。ハイブリッドの〝青いバラ〟は品評会で一度だけ見たことがあるが、それはもっと薄紫色にちかかった。

これは深く濃い青だ。こんな鮮やかな色の花をつくりだすなんて、いまのいままで不可能だと思っていた——クロード・モネの絵筆なら不可能を可能にするのかもしれないけれど。

「説明書があるわ」エスターが紐を解くとプラスチック製の小さなカードが出てきた。「ブルー・ベルベット・ローズの世話の仕方」エスターが声に出して読む。

「なんてきれいなんだ」タッカーがため息をもらす。「彼からの贈り物、しかもまちがいなく三ダースはある。名前もすばらしくロマンティックだ——〝ブルー・ベルベット〟」

エスターがあきれたとばかりに目をみはる。「おだまり、ブロードウェイ・ボーイ。これはフランケン・フラワーよ——」

「なんだって？」

「カードに書いてあるの。これは遺伝子操作によってつくられていて、まだ市販はされていないんですって」

「試作品の花？　いくら金を積んでも買えないってことじゃないか！」

「くわしそうね。余暇に園芸家に変身していたとは知らなかった」

「いや、ちがうよ、スナーク・クイーン。劇作家だ。オフ・ブロードウェイで『ガラスの動物園』のリバイバル上映をしたとき、ローラをたずねていく紳士を演じた。そのときの監督は観客全員に青いバラを持ち帰ってもらおうと考えた。ほかのものでは絶対にだめだといい張った。舞台装置のデザイナーが日本産のサントリーのトゥルー・ブルー（商品名はアプローズ）の値段を問い合わせ、監督に報告した。もしもそれを使うことになれば、日々の興行収入の四分の一は花屋への支払いで消えていただろうね」

タッカーが舞台裏のエピソードを披露しているあいだに、わたしは花に隠れるように入っていた封筒を見つけた。金箔が貼られ、型押しされている。エレガントな筆記体でわたしの名前が手書きされている。

「あけましょう！　あけてみましょう！」エスターは待ちきれない様子だ。

マテオがぐっとこちらに身を乗り出してきたが、花を愛でるためではない。

「封筒の中身は？」

「信じられないわ。招待状よ――エリック・ソーナーから、木曜日の晩にソース・クラブでディナーをいっしょにどうかというお誘い」

「ソース・クラブとは」タッカーはあっけにとられている。「すごい……」

エスターは口をぽかんとあけたまま、二の句が継げない（これはめったにないこと）。

マテオはバリスタたちのように衝撃を受けたり感激したりはしていない。それどころか、苦虫をかみつぶしたような表情でいい放ったのだ。

「あのＩＴ小僧との会食に行く必要など、これっぽっちもない！」

あまりにも大きな声だったので、新しい窓の取りつけをしていた作業員たちが手を止めてこちらをじっと見ている。なんてことをいいだすのかしら……。

わたしはバラが入った箱を片手でつかみ、もう一方の手をマテオの腕にまわした。

「花瓶に生けるのを手伝ってちょうだい」そういいながら、彼を引きずるようにして奥の貯蔵庫に入った。

「大きな声を出さないで」ひそひそ声で彼にいう。

「きみがバカなことをするのを見ているよりはましだ」

危うく、彼にバラを投げつけそうになった。「ほんとうのバカを見たい？　鏡を見ればいいわ！」

「彼のほんとうの狙いがどこにあるのか、きみにはてんでわかっていない」

「それ以上いったら、ひっぱたくわよ」

「やればいいさ、初めてってわけじゃないし。とにかく、きみにはあの男と関わりを持ってほしくない――」

「よくきいて。エリック・ソーナーの誘いに乗るのは、それなりの理由があるの。爆弾処理班の捜査員たちはエリックのスマートフォンのファイルにアクセスした――そのなかに、わたしについてのファイルがあったのよ」

「きみの!?」マテオが目を丸くしている。

「爆弾が爆発する前に、ソーナーはわたしにオファーを持ちかけようとした――」

「オファーか？　誘いってことか？　下心丸出しの誘いだな！」

「へんなふうに勘ぐるのはやめてもらえない？　わたしはオファーの中身を確かめたい」

「きみとなにかをしたがっているのは確かだ」

「わたしだけではなく、わたしたち、そしてビレッジブレンドとの可能性だってある。なにかの事業だとしたら、これはチャンスよ」

「なにをそんなにあせっている。あんなクイズ王に頼る必要は——」

「記憶力に問題があるようね。こんな騒動になる前、わたしたちは資金面で大きな問題に直面していたわ。だからこそ、エリックとのディナーに行くの——」

「やつの背中にでかい標的のマークがついているうちは、だめだ。やつを木っ端《こっぱ》みじんにしようと狙っているのが何者なのか、そいつの動機も、まだなにひとつわかっていない！」

わたしはバラを一本ずつ取り出した。「そうね。じゃあ、わたしが突き止めてくる」

「きみは子どもか」

「本気よ。あの人と仕事ができれば、わたしたちの財政問題が解決できる。唯一の問題は——」

「何者かが彼を殺そうとしている！」

「そう、その通り——そしてわたしは力になれる」

「力になれるだと？　こぼれたコーヒーを拭き取るのとはわけがちがうんだぞ。相手は火炎瓶を使って人を殺そうとしている！」

「わたしが得意としているのは、疑問を出して、こたえを見つけて、真相を暴くこと——痛っ!」

指をふると、血が出てきた。「科学の力でこんな青いバラがつくれるのだから、トゲをなくすことだってできそうなものなのに」

「大丈夫か……」マテオが青ざめている。

「ちょっと刺しただけよ」すぐに傷を洗った。「そういえば、彼の会社はソーン社。トゲ《ソーン》があってもしかたないわね」

マテオはなにもこたえない。スペイン語でなにやらぶつぶつ唱えながら、首にかけたお守りを握っている。

「なにをしているの?」

「悪運を追っ払ったんだ」

「悪運?」

「あの男の花できみは指を刺した。それはなにかの前兆だ、クレア」

「なんの?」

「エチオピアでは、王子の花嫁にジズーフのトゲを刺して王子から奪った男の伝説がある」

「ジズ——なに?」

「不思議な力を持つハスだ。ヤノマミ族にも似た話がある。ブラジルのスパイダーフラワーのトゲで刺された女性が、好色な男によってとらわれの身になるんだ。そうやって部族の教えが伝承されていく——」

「あまりにも長く異文化に身を置きすぎたようね。そんな遠い土地の教えをわたしに強制しないでもらいたいわ」

「すまん。しかしこういうものをきみに贈る男のそばにはちかづいて欲しくないんだ」

「決めるのはあなたではないわ。木曜日の夜八時に、億万長者のリムジンがわたしを迎えにくる。乗るつもりよ」

「リムジンだと？」マテオの顔が真っ赤になり、いまにも動脈がちぎれそうだ。「ぼくの記憶力に問題がなければ、このコーヒーハウスの前で爆発したのも、確か彼のリムジンだったな？」

「そうよ、同じことがまた起きる可能性はどれくらいかしら？　限りなくゼロにちかいでしょうね」

「だめだ！　ぼくの娘の母親をエリック・ソーナーのリムジンに乗せるわけにはいかない。木曜日の夜だろうが、いつの夜だろうが、だめだ！　きこえたか？　絶対に許さないからな！」

25

「というわけなのよ、マイク……」

携帯電話をもう一方の手に持ち替えて、リムジンの窓の外を流れていく街の灯を眺めた。

木曜日の夜、わたしはシンデレラとなって、東部海岸でもっとも高級なクラブに向かっている——しかもレトロでシックな方法で。刺激に飽いたニューヨーカーですら、エリックがわたしのために差し向けてくれたアンティークのロールスロイスには思わず見とれてしまう。

「この招待はいささか性急だとは思わないか？」マイクの重々しい声が耳にはいってくる。

「あの爆発でソーナーは負傷した。どうしてこんなに急ぐ必要がある？　なにか隠された狙いがあるはずだ——」

「わたしが知る限り、看護師が車椅子の彼をテーブルまで押してきて、デザートの後はすぐに救急車に運ぶそうよ。そこまでしようとしてくれるのだから、なおのこと断われないでしょう？」

「きみの論理的推理力はうまく働かないようだな。それとも、そのリムジンのなかの空気が少し薄いのかもしれない——」

「ひどいいい方。そういうのはマテオ・アレグロだけでたくさん。このディナーに行くことを許さないとまでいったのよ。信じられる？　だから、わたしたちは二十一世紀に生きているのであって、十六世紀ではないのだと彼に教えてあげた」

「やつは、本気で心配しているんだな。その気持ちはよくわかる」

「ボディガードは黒いSUVに乗って、いまもこのリムジンのすぐ後ろを走っているわ。エリックの運転手は、どちらの車にも爆弾は仕掛けられていないとちゃんと説明してくれた。わたしを迎えにくる前に、ニューヨーク市警の爆弾処理班の捜査員たちが調べたそうよ。ところで爆弾といえば、警察は容疑者を特定しているの？」

「逮捕者はまだ出ていない」マイクがこたえる。

「じゃあ、エリックとその件について話してみるわ」ほかにもたくさんのことについて話すつもり……。

リムジンが交差点にさしかかると、信号が青に変わり、運転手はあいかわらず無言のまま角を曲がってウォールストリートに入った。

「ソース・クラブまであと少し。もう切らなくては」

「なにか高価なものを注文して、彼に礼をいってさよならをするんだ。十一時くらいに電話する――何事もなくきみが無事に帰宅しているかどうかを確かめておきたい」

彼の本音はわかっている。「『何事もなく無事に』なんていい方、しないでもらいたいわ。これはビジネスのための会食だといったでしょう」そこで声を落とした。「わたしがあなたを裏切るつもりなら、わざわざ電話して話すと思う？　本気でそう思っているのなら、あなたのほうこそ、論理的推理力が働いていない」

口に出した瞬間、いいすぎたと後悔した。けれども、もはや修正はきかない。リムジンはクラブに到着し、タキシード姿の案内係がわたしのためにドアをあけた。

「こんばんは、ミズ・コージー」彼は手袋をはめた手をこちらに伸ばす。「ミスター・ソーナーのテーブルまでご案内いたします」

「また、十一時にね。愛しているわ」携帯電話に向かってささやいた。しかしマイクはすでに切ってしまっていた。

26

エリック・ソーナーのテーブルへと案内されていくと、彼が立ち上がって迎えた。さもなければ、彼だとはわからなかったかもしれない。

IT業界に生息する人々についてくわしいわけではないけれど、デジタルの世界に君臨する若きリーダーたちについてひとつだけ知っている。それは彼らがフォーマルウェアをとことん嫌っているということだ。スーツは呪わしいものと考え、ジャケットはほとんど身につけず、ヴィクトリア時代の吸血鬼が銀の十字架をおそれるように、ネクタイを忌み嫌う。

しかし、このクラブのディナーにはドレスコードがある。エリックはデニム、フラノのシャツ、ヤンキースのキャップをタンスにしまって、ロンドンのサヴィル・ロウで仕立てたグレーのウールのスーツ、そして上まできっちりボタンを留めた真っ白なシャツという姿だ。シャツの白さが真っ黒なシルクのネクタイとのコントラストでひときわ輝いている。もちろんネクタイは少しの緩みもなくきれいに結ばれている。

「ミスター・ソーナー、とてもすてきだわ――」

「おお、ミズ・コージー！　なんてすばらしい――」

おたがいへの褒め言葉が重なってしまい、ふたりとも途中でやめて笑ってしまった。

「ふたりそろってみごとな変身を遂げたようね」本音だった。自分がここにいることが、まだ信じられない。

昨年、《ニューヨーク・タイムズ》誌は大々的な特集を組んでソース・クラブのアート、建築、スパ、シガー・ルーム、世界トップレベルのワイン・バーなどを紹介した。このクラブの会員の名簿には、ウォールストリートでもっとも成功している投資銀行家、IT業界の新興企業の創業者、そして名実ともに世界の富を握る特権階級（マンハッタンにセカンドハウスを持ち、それを維持することなど朝飯前の人々）が名前を連ね、紳士録のようだ。《タイムズ》誌の特集記事を夢中で読んでいたタッカーに見せてもらい、わたしとバリスタたちは度肝を抜かれた（その華麗な空間の会員になるには、年間五万ドルを超える会費を支払う必要がある――もちろん飲食にかかる費用、スカッシュ・コートの使用料、パーソナル・トレーナーの費用、美容整形手術代金、宿泊費、伝説のロックスターの小規模コンサートやノーベル賞受賞者の講演などクラブが提供する催しなどの費用は別会計だ）。

通りからエスコートされて入ったエントランスは格式と威厳に満ちた堂々たるもので（それもそのはず、築百年のこの建物はかつて銀行だった）、アーチを描く石造りの天井、ボザール様式の華やかな装飾は、ハーモニー、メトロポリタン、ニッカーボッカー、そしてもっとも歴史の古いユニオン・クラブなど長い伝統を誇る会員制クラブ――「過去の会員」のリストには、ジョン・ジェイコブ・アスター、コーネリアス・ヴァンダービルト、ウィリアム・ランドルフ・ハースト、ユリシーズ・S・グラントらの名が並ぶ――の流れを汲んでいる。

こうした保守的なクラブはおもにミッドタウンに位置しているので、ダウンタウンのクラブは目新しく、できてから十年そこそこのソース・クラブはニューヨークでいま最先端といわれている。

いまわたしが座っているリバー・ルームは感動的な空間で、思わず息を呑む。モダンなミニマリズム（とフランク・ロイド・ライトの落水荘）のスタイルで、三階分に相当する壁面は全面ミラーガラス張り。その先にはイーストリバーが広がる。ここはかつてマンハッタン側の埠頭だった。

わたしたちの足の下には川が流れている。ガラスのすぐ先には船が浮かび、高速フェリーはブルックリンに向かう。対岸のウィリアムズバーグ、高層ビル、ハイテク産業があつまるダンボ（ディズニーのかわいい子ゾウではなく、ニューヨーカーたちが『マンハッタン橋高架道路下』と呼ぶ一帯のこと）に明かりが瞬いている。

クリスタルガラスが輝き、蘭の花がふんだんに飾られているきらびやかなダイニングルームに足を踏み入れたときには緊張してしまったけれど、エリックの心のこもった挨拶で緊張がほぐれていくのを感じた。

「ようこそいらしてくださいました、ミズ・コージー」

「クレアと呼んでください」

「そうしましょう。その代わり、ぼくのことをエリックと呼んでくれますね」

「ええ……」

最後に見たときにエリックは、ギザギザに割れてとがった二十センチものガラスが首に刺さった状態だった。一週間しかたっていないのに、負傷を思わせるものはなにもない――絆創膏も、包帯も、動作のぎこちなさも。彼は滑らかな動作で給仕長をどかせ、わたしのために椅子を引いてくれた。

わたしを見下ろしてエリックが微笑む。親しみのこもった温かい笑顔だ（今回はニヤニヤとした表情ではない）。サーファーのようだった金髪をきちんと整えているので、少し年齢が上がったように感じられる――が、魅力たっぷりのえくぼが浮かぶと、たちまちあどけなさが顔をのぞかせる。

彼も席に腰掛けた。そのままじっとわたしを見つめ、ひとこともしゃべろうとしない。気詰まりになって目をそらすと、いったいどうしたことか、ダイニングルームにいる人々の視線がわたしに注がれている。

しかも、ぽっかり口をあけて見ている人たちのなかには有名人が何人もいる――ネットワーク局のニュース・キャスター、賞を受賞している女優、イタリアのファッション・ブランドの御曹司も。

いったいどうして、あの人たちはこんなふうにわたしを見るの？　そんなに変？　場違い？

案内係についてダイニングルームにくるとちゅう、ガラス張りの連絡通路を通った際に、色のついたガラスに映る自分の姿をチェックした。ビーズがあしらわれたシャネルのワンピースはとてもすばらしく見えた。マダムが、ビンテージばかりを保管しているクローゼットからわたしのために選んでくれたものだ。マダムが懇意にしている女性の仕立屋が服のそここ（そしてあっちもこっちも！）を出して、短時間のうちにわたしの体型に合わせてお直ししてくれた。

たぶん、あの人たちはドレスを見ているのね……。

「誰でもこんなふうに注目されるものなの？」小声でエリックにきいてみた。

「あなたは美しい女性だ、クレア。内側も外側も。だから人を魅了してしまう。けれど……注目を浴びている理由は、あなたが今夜、謎の女性だから――少なくとも彼らにとって――そして、約束の相手がたまたまぼくだったから、だと思う」

それで、なるほどと合点がいった。

このクラブでは、エリックは数ある億万長者のひとりにすぎない。だから取り立てて目立つ存在というわけではない。しかし一週間前にリムジンに仕掛けられた爆弾のせいで彼のことは世界中に報道されている。爆破事件以来、彼が公の場に姿をあらわしたのは今夜が初めてだったのだ。

「正直にいうと、わたしにはあなたが本物のエリック・ソーナーだとは信じられないの。会社が用意している影武者かもしれない。それとも、わたしのコーヒーハウスから救急車に乗せられて運ばれたのは、クローンのほうだったのかしら？」

エリックが大きな声をあげて笑ったので、みんながふり向いてこちらを見ている。

「本物のぼくだと保証する。証明することもできる」彼がそこで声を落とす。「後で、傷を見せてあげる」

ウェイターからメニューを渡されたが、じっくり見るどころではない。

「あなたは居心地が悪くないのかしら……こんなふうに注目されて」

「バカげていると思うでしょう？」エリックはメニューに視線を落としたまま、こたえる。「ぼくたちを見ていない人はいる？　ぼくは見ることができない。だから」

わたしはメニューを顔の高さにあげて、メニュー越しに周囲を確かめてみた。依然としてじろじろ見られているけれど、全員がこちらに注目しているわけではなさそうだ。サウード家の若きプリンスはモデル並みの完璧な美女三人とテーブルを囲み、彼女たち以外にはまったく関心がなさそう。そして別のテーブルでは香港のビジネスマンふたりが脇目もふらずに会話（広東語での会話）に熱中している。彼らの妻たちは飽き飽きした表情でドリンクを飲んでいる。

なかでもわたしの注意を引いたのは、隅の高いテーブルを囲む人々だ。黒いピンストライプの上等なスーツを着た肩幅の広い男性が、ふたりの若者と話し込んでいる。若者はどちらもノーネクタイでスポーツジャケットという格好だ。

肩幅の広い大柄な男性は五十代半ばから後半といった年齢で、自信に満ちた堂々としたタイプだ。彼は故意にわたしたちを無視している。それがとても気になった。なにか怪しいと感じてしまう——彼のテーブルのほうを注目していると、ふたりの若者はわたしたちのほうをチラチラと盗み見ている。そして大柄な男も、さりげなくこちらに視線を向ける。

「あそこに、スーツを着たミスター・クリーン（洗剤のボトルについているキャラクター。がっちりした人物）がいるわ——」

わたしは頭をかすかに傾げて、彼らのテーブルを示した。「いかにもITの専門家というタイプの若者ふたりと食事をしている。わたしたちのほうを懸命に見ないようにしているみたい」

エリックはメニューで顔を隠しながら笑っている。

「すばらしい観察力だ。あれはグレーソン・ブラドックというオーストラリア人。いっしょにいるふたりは彼の甥。あのオーストラリア人はこの部屋にいる誰よりも、ぼくたちの会話の内容を知りたがっているはずだ。殺したいほどにね」

「殺したいほど？　先週のあの事件から考えて、まさかほんとうに……？」

「ほんとうに」彼がわたしと目を合わせる。「当局にも話した」

エリックがあまりにもかんたんに肯定した——天気の話でもするように、平然とした口調で——ものだからびっくりした。

わたしは周囲をうかがい、刑事はどこに張り込んでいるのだろうかとさがした。もしもブラドックが容疑者であるなら、ニューヨーク市警の監視下にあるはず。どんな態度を取ればいいのかよくわからないまま、エリックにならってなんとか落ち着こうとした。そして咳払いをした。

「なぜブラドックの強い恨みを買ったの？」

「彼とぼくは期限つきのプロジェクトで競い合っている。罰せられずにすむのであれば、彼はぼくにマルガスネークの毒を盛ろうとするだろうな」そこでふいにエリックが歯を見せてにっこりする。「それはともかく、食事を楽しもう。今夜は特別な夜だから。今夜のディナーはグレーソン・ブラドック主催なんだ。彼のお気に入りの有名なシェフが料理を担当している」

危うくメニューを落としそうになった。

「焦らないで、クレア。ハーヴィー・シェフは絶対にぼくたちに毒を盛ったりしない。ここではね。そんなことをしたら、彼の新しい料理本の売上にさしさわる。ブラドックの出版社から先週、出たばかりなんだ。でもボスのブラドックなら、やりかねない」

「もしもブラドックがあなたのサーバーファームを爆破すれば、あなたとの競争で優位に立てる？」

エリックはメニューに視線を落としたまますなずく。「だろうな。ブラドックは大物として名が通っていて、古い秩序のゲートキーパー的存在なんだ。しかし彼の最新のソーシャルネットワーキングのベンチャー事業は大失敗に終わった——ジョークになるほどの無惨な失敗。いまどき《インゾーン》をやっている人間はアウトだな、とか、いまどき《インゾーン》やっていたら完璧アウトだな、なんていわれた」

エリックのいっていることは、さっぱりわからなかったけれど、彼が声をあげて笑ったので、調子を合わせてうなずいた。「SNSの失敗で彼は追いつめられた、ということ?」

「まちがいないね。彼のシステム思考は時代遅れで、彼の帝国は崩壊寸前だ。それでも自社の雑誌と新聞のウェブ版を始めた。無駄なあがきなのに。収益はあがらず減益を食い止めることができていない。彼はぼくという存在そのものを嫌悪している。先月の《フォーブズ》誌に掲載された彼のインタビューでは、ぼくを『カーニバル・ビジネスをしている赤ん坊億万長者』と呼んでいた」

もっと知りたかった――マーケットでのブラドックの立場、車に爆弾を仕掛けた可能性があるのかどうか(自らの手を汚すようなことはしなかっただろうけれど)――が、当のブラドックが立ち上がった。

「注意喚起」エリックに警告した。「あなたのお友だちの大物が現在このテーブルに接近中」

27

グレーソン・ブラドックは威圧感を漂わせながら、わたしたちのテーブルにちかづいてくる。身長一八〇センチを超えるオーストラリア出身の大物はイタリア製の手縫いのシルクのスーツを着こなしている。

マイク・クインがここにいたなら、みすみす標的になっているようなものだとつぶやいていただろう。射撃場であれば、確かにそうかもしれないけれど、このダイニングルームなら心配なさそうだ。ブラドックだって伊達にここまでのし上がってきたわけではないだろう。

「こんばんは」ブラドックは紳士的な態度だが、握手しようとはしない。

エリックは立ち上がろうともしないで、返事をする。「こんばんは」

ふたりが社交辞令らしきものを交わす間、わたしはブラドックを観察した。黒いジャケットは広い肩幅と厚い筋肉におおわれた腕を際立たせている。指先にはマニキュアをしているが、大きな手はプロボクサー並みの威力を発揮しそうだ（高価な服に身を包んでソース・クラブにいるから億万長者とわかるが、わたしが育ったペンシルベニア州の西部で父親がすぱすぱタバコを吸いながら見ていた『ライブ・スタジオ・レスリング』に出てくるボディビルディングのスターだといわれたら信じてしまうかもしれない)。

「先日はとんだ目にあったときいたが」ブラドックが話しかけている。「すっかり元気になったようだ」

「おかげさまで」エリックが返す。「一刻も早く、あるプロジェクトに取り組みたいので」

「いまは取り組んでいないようだが」ブラドックがわたしの椅子の背に片手をかける。「よかったなあ、新しい……気分転換が見つかって」

そんなことをいわれたら、ブラドックのほうを見ずにはいられない。彼の視線は、わたしの胸の谷間に注がれていた。

それだけでも図々しい。わたしに見とがめられても悪びれる様子もない。むしろ、視線を胸からわたしの目へと移し、気が済んだとばかりにいやらしい表情を浮かべる。

いいたいことが顔に書いてある――おれのような男はやりたいことがはっきりしている。それを実行するのになんの遠慮があるものか。

こういうとき、女性の側が顔を赤くしたり、困惑して目をそらしたりするのを期待しているのだろう。それなら期待はずれだ。女性らしい装いをしているという理由だけで男性から不快な目にあわされたら、けっして泣き寝入りしてはいけないと娘のジョイには教えてきた(わたしにそう教えたのはマダムだ)。

自然に目が吸い寄せられて称賛のまなざしを贈ることと、敬意を払わずにじろじろ見ることとはまったくちがう。あからさまにいやらしい視線を向けたＩＴ業界の大男は品性のかけらもない。そういう相手には、軽蔑を込めた冷笑を返す。

グレーソン・ブラドックと目が合うと、彼は片方の眉をあげた。こちらの意外な反応に驚き、一瞬、かすかにたじろいだ。

「ともかく……」彼は視線をエリックにもどす。「いずれにしろ、先に進むのはいいことだ。自力でコントロールできないことなど忘れて——お、今日のゲストが到着したようだ。ドニー・チューは、きみも知っているだろう？」

エリックが目を大きく見開いた。こちらにちかづいてきたのは、たくましい体格の若いアジア系の男性で、頭は丸刈り、ネイビーブルーのブレザーの下にはオープンカラーのシャツを着ている。

ドニー・チューというその人物にブラドックは手を差し出して固く握手をし、彼を守るように肩に手をまわし、自分のテーブルのほうへとうながす。ブラドックと同席しているふたりの甥も、消息不明だった親戚に再会したみたいに親しげに挨拶をかわしている——ハグし、背中を叩き、上機嫌の笑顔で。

エリックはくやしそうな表情で静かに呪詛の言葉を吐いている。

「どうかしたの？」

「ドニー・チューはぼくの下で特別プロジェクトの責任者をしていた。解雇したのは一年ほど前だ。あのころはまだロサンゼルスを拠点として仕事をしていた——」

「解雇の理由は？」

「お互いに衝突した……」彼は片手をふる。「プライベートなことで。その後シリコン・バレーで起業したときいたが、独力でやっていけるほどの才覚はない。そんなのは前からわかっていた」

ブラドックのテーブルからどっと笑い声が起きた。

「ミスター・チューは新しい雇用主を見つけたようね」

エリックがうなずく。「彼の甥たちが引き入れたにちがいない。おそらくスタンフォードで知り合ったんだろう。どうやらぼくをつぶすために手を結んだようだ。そんなことになってたまるか。そのために、あなたにぜひ力を貸して欲しい」

わたしは両手のひらを見せるようにあげた。

「企業同士の叩き合いに巻き込まれるわけにはいかないわ」

「とっくに巻き込まれている。こうしていっしょにいるところをブラドックに見られた」

「でも、わたしが何者かを彼は知らないわ」

「今夜中に、彼は突き止めるだろう。絶対に」

「どういう意味？」わたしは周囲に視線をやる。「このレストランには顔を読み取って認証するシステムでもあるの？　知らないのはわたしだけ？」

「いや……」エリックがあいまいな笑みを浮かべた。「ただ……あなたの印象は強烈なので」

なにがいいたいのか、もっとくわしくききたかったが、エリックはすぐに話題を変えてしまった。「メニューのなかに、なにか気に入ったものは？　ハーヴィー・シェフのお勧めは

〝ブレス鶏〟。これは本物だ。カナダのプーレ・ブルー（青い脚の鶏で、ブレス鶏に似せたハイブリッド種の鶏）ではなくてフランスから特別に取り寄せている」

　思わずうめき声をもらしてしまう（こらえきれなかった）。

「なにか？　鶏は嫌い？」

「いいえ、ちょっと娘のことで」

「娘さんは鶏が苦手？」

「ブレス鶏のせいで娘はあまりにも忙しくて、決まりきった略字でのメールしか寄越さなくなってしまったの」

　ジョイについて手短に話した。パリでシェフの修業をしていること、ブレス鶏の一件、その結果ソーシエに昇格したことを。それをききながらエリックは涙を流すほど大笑いした（カンカンに怒って鶏を投げるフランス人シェフの話なのだから、無理もない）。

　ワインが運ばれ、気がついたらわたしもいっしょになって笑っていた。エリックがとても気さくな態度なので、ジョイとエマヌエル・フランコ巡査部長——ひとりの男性としても警察官としても、文句なしの人物——の交際についてもいろいろと話した。ジョイがフランコを失ってしまう前に、できることなら翼を生やしてパリに飛んでいきたいのだと打ち明けた。

　話しながらもワインはすいすいと喉に流れ込んでくる……。

　いまふり返れば、ソース・クラブの給仕スタッフは、こちらに気づかれないようにおかわりを注ぐという達人級の技を身につけていたのだろう。知らないうちに相当飲んでいたらしく、生理的欲求を感じていた。

28

化粧室に行くのがとんでもない試練とわかっていたなら、きっと(ほんとうに)我慢したと思う。

なによりもまず、化粧室そのものを見つけるのに一苦労した。

ウェイターがそっと指し示した通りに、巨大なガラス張りの箱のようなダイニングルームの端まで歩いていった。そこで方向がわからなくなり、べつのウェイターにきくと、この先にある高さ七メートルほどの滝はホログラムだという。流れ落ちる水の音は演出だそうだ。ちかづいていくと、なるほど、見せかけの滝だった——光の当て方で立体的に見せるディスプレーなので素通りできる(もちろん濡れたりしない)。

滝の向こうはひとけのない廊下だ。ホログラムの照明のちょうど裏側なので、少し暗くて不気味だ。廊下の突き当たりに男性用の化粧室らしきものが見える。フェイクの石柱が何本も並ぶ先に、オークの羽目板張りの重厚な雰囲気のラウンジがあり、レザー張りのソファが置かれている。照明は薄暗い。

反対側に目をやると、アーチウェイの奥に花で飾られたラウンジが見えた。豪華なソファと金縁のアンティークの鏡があり、双子の少女がおそろいのハープをかき鳴らしている。その甘い音色がホログラムの滝の水音と溶け合う。

よかった、もう我慢の限界！

急いでなかに入ると、ようやく個室が見えた。

なにもかも金ぴかだ――シンク、鏡、トイレットペーパーホルダーも、さらには……ともかく、なにもかもが。あのダイニングルームが近代建築の巨匠フランク・ロイド・ライトにインスピレーションを得ているとしたら、女性用の化粧室は大富豪ドナルド・トランプの路線で行くと誰かが決めたのだろう――一九九〇年代にトランプがアトランティックシティで経営していたカジノ・ホテルを手本にすると。マダムの金言がひとつ頭に浮かんだ。

「〝富は非凡なアイデアを意味するものではないのよ。そしてお金は審美眼と釣り合うわけではないわ〟」

まさしく、お金が幅をきかせるところに審美眼は存在しない。しかし富さえあれば〝空間〟を買い求めることはできる。ここの個室はマンハッタンの一般的なアパートよりも広く、そこには女の子の必要を満たすあらゆるアメニティグッズがそろっている。

化粧室を出る前にアンティークの鏡の前で立ち止まり、ビンテージのドレスからわが身の曲線がはみだしたりしていないかどうかをチェックした。鏡に映る自分を点検していると、ラウンジに金髪のアマゾネスのような迫力の女性が入ってくるのが見えた。そのままこちらに突進してくる。

彼女のアクアマリン色のロングドレスには宝石がちりばめられ、片側の大胆なスリットから足がのぞき、胸元にはおへそのあたりまで深い切れ込みが入っている。かなりふらついている。ペディキュアをした足に履いている高さ十五センチほどのフェティッシュなハイヒールのせいなのか、それともマニキュアをした手に持っている特大サイズのマティーニのグラスのせい？

結い上げていない巻き毛はふわふわと揺れて、ジャズ・エイジのワンレングスの髪型みたい。ふわりとした髪が黄色い後光のように顔を包んでいるけれど、表情はおそろしく無愛想だ。わたしを見下ろすように立ち、鏡に映ったわたしにたずねた。

「あなた、誰？」首を傾げた拍子にまばゆく輝く金髪が揺れる。

「え？」彼女のほうをふり向いた。

「エリックったら、いちばん最近の遊び相手が死体置き場から出たか出ないかのうちに、もう新しい相手を見つけたのね。それも、こんなに年上の相手!?」

キンキンと甲高い声なのにさほど不快に感じないのは、この化粧室は音が響かないように設計されているからだ。壁に貼られたピンク色の織り地（厚くて防音効果を発揮している）がヒステリックな声をうまく吸収し、双子のハープ奏者がいっそう大きな音でかなでるようになっているのに気づいた（彼女たちがなぜここにこうしているのかが、ようやくわかった――女どうしの騒々しい喧嘩の音をこうしてかき消すのだろう）。

そしてもうひとつの謎も解決した。金髪のアマゾネスがふらついているのは、エベレスト級の高さのヒールのせいではない。アルコールのにおいがプンプンしている。それも、目の玉が飛び出してしまいそうなほど値段の高そうなジン。

「エリックとはどこで知り合ったの？」彼女の目はドレスと同じアクアマリン色だ。その目が憎々しげにこちらを睨んでいる。「彼のメイドなの？　料理人？　それともベビーシッターとして雇われたの？　姑息なスパイのアントンみたいに」

「どなたかは知らないけれど、言いがかりをつけるのはやめてちょうだい。人を呼ぶわよ」

平静な声できっぱりと返した。

彼女は顔を歪めてニヤニヤと笑いながら、人差し指を自分の顎にあて、値踏みするようにわたしをしげしげと見ている。競売にかけられた馬を調べるような目つきだ。口をあけて歯まで調べるのではないかと思うほど、しつこく見ている。

「このあいだまでのゴミみたいな女よりは、少しはましみたいね。でもB級女優から離婚経験者に鞍替えしたのだから、爆弾を仕掛けてあの世に送りたいと思われてもしかたないわよね」

わたしが離婚経験者だと、どうして彼女にわかるの？　一瞬そう思ったが、すぐに気づいた。ちがう。わたしのことではない。

彼女が「B級女優」といったのは亡くなったビアンカ・ハイド。エリックの恋人だった女性だ。では離婚経験者の女性は？

「いちおう確かめておくけど、離婚経験者とは誰を指しているの？　そして、あなたは誰？」

「お年寄りから先にどうぞ――先にわたしがあなたに質問したのよ」

「なにを勘違いしているのかは知らないけれど、あなたは誤解している。エリックとわたしは仕事の件で会食をしているの――」

「どうせインチキ・ビジネスでしょう？」アクアマリン色の目が光を放ち、しかめっ面から勝ち誇ったような笑顔に変わった。「エリックから青いバラを贈られたでしょう、ちがう？」

わたしが黙り込んだのを見て、勝ち誇った表情だ。彼女の指からマティーニのグラスが落ちてピンクの大理石の床で粉々に割れた。床に当たって跳ねたガラスをかわそうと後ずさりすると、係員が駆けつけてきれいに片付けた。

金髪の女性はすでに、空いている個室に向かっている。

「エリックの周囲の女性には災いが起きるみたいよ」彼女が肩越しにいう。「距離を置いたほうがいいと思う。さもなければ、きっとあなたの身にも悪いことが起きる」

彫刻のある（そしてもちろん、金箔が貼ってある）個室のドアを彼女が閉めるやいなや、わたしは薄暗い廊下へと駆け出した。けれども、背後を気にしすぎていたせいで固いものに衝突してしまった。オーストラリアのアウトバックで鍛え上げられた筋肉の塊に。

「おっとストップだ、シーラ」聞き覚えのある男性の声だ。「なにをそんなにあわてている？きみと話がしたい」

29

グレーソン・ブラドックの胸にまともに鼻をぶつけてしまった。なんたる巨体だろう。高価な葉巻の香りと、それよりも高価なコロンの匂い（少々つけすぎでプンプン匂う）から逃れるためにすばやく飛び退いた。

「ジュニアといっしょにいるのを見たときから、きこうと思っていた。きみのことはクリスマス休暇にテルライドのスキー場で見かけたんだろうか？　それともバーブーダ島のライトハウス・ベイでの新年パーティーだったかな？　確かに見覚えがある」

「ミスター・ブラドック、わたしは働いて生計を立てています。クリスマスのシーズンにはここニューヨークで過ごしています。これで失礼いたします――」

「十二月をこの暗い街で過ごすなんて、仕事以外の理由は考えられない。よほど儲かるんだろう」彼は腕組みをして自分の頬をトントンと叩く。「金融か？　ヘッジファンド？　ちがうな、きみのような人物がいれば、わたしの耳に入らないはずがない」

「わたし、ほんとうにエリックのテーブルにもどらなくては」

ブラドックは横に一歩足を踏み出し、エンドゾーンを突っ走ろうとするわたしを巨体でブロックし、腕を広げる。大きな両手をすばやくあげたのは、わたしの反応を予測していたにちがいない。

「落ち着くんだ、シーラ。話がしたい。それだけだ」

「名前はクレアです。シーラではないわ」

「ああ、どうか気を悪くしないで欲しい。オーストラリアでは女性にそう呼びかけるもので、つい。どうかグレーと呼んで欲しい。女性はみなさん、グレーと……」

身の危険は感じなかった――いまのところは。が、周囲の様子をチェックした。レストランは人でいっぱいなのに、偽物の滝の奥のこのあたりは人目につかず、暗い照明の廊下にはいまは誰もいない（酔っ払って絡んできたあの金髪の女性は、肝心のこういうときにどうしていないの？）。

「以前、どこかで会っているね、クレア。ヒントをくれないか」

「それで引っかかると思っているんですか、ミスター・ブラドック？」

「引っかかる？　なるほど、じゃあ教えてくれないか。どうしたら話してくれる？」

「お行儀よくすれば」

ブラドックは含み笑いをしたつもりなのか、低いゴロゴロという声を立てた。「これまでの経験から、女性はそういうものは望まないものだが……」彼が一歩こちらに接近する。

「経験則にしたがえば、試してみる価値はある」

どうせなら、こちらが彼を引っ掛けてやろう。

「警察はもう訪ねていったのかしら……あなたのところに」

彼が真顔になる。「あいつが警察にそういったのか？　どうせそんなことだろうと思っていた。この大男をスケープゴートにするとはな」

「そうやって同情を誘おうとしているのかしら」

「あの赤ん坊みたいな天才のいうことをなにもかも信じないほうがいい。あいつの最初の携帯ゲームがどうやってヒットしたのか、その真相をきいたことがあるかな？　わたしはかわいいドニー・チューから情報を仕入れた。驚きの真相だ……」

「彼の事業を軌道に乗せたゲームの話ね？　《ハトの糞》？」

「そう、それだ」ブラドックがまた笑い始めた。「あいつがどうやってあれをスタートさせたのかは、まずピロートークでは出てこないだろうな」

「邪推はやめていただきたいわ」

「ほう？　ジュニアの恋人じゃないのか？」

「ちがいます」

ブラドックは大きな顎をさする。「コンピューターに強そうには見えないな。このクラブの会員でもないし……」少し考え込んでいた彼は、にやりとした。「ああ、やっとわかったぞ」

「なにを？」

「あの子は……家政婦に手を出すのを我慢できなかったわけか」きくに堪えない言葉を発し

た後、彼は肩をそびやかして去っていった。

30

引きつった笑顔を浮かべたままテーブルにもどり、ブラドックとの不快なやりとりなど忘れてしまおうとした。いちばんだいじなのは、車に爆弾を仕掛けた人物を特定することだ。腰掛けるのとほぼ同時にメインディッシュが運ばれてきた。エリックはさっそく食べ始め、わたしは……。

「きかせてもらいたいの、エリック。捜査の進み具合について」

単刀直入にきいてみた。エリックの表情が変わり、椅子に掛けたまま姿勢を変える。

「料理を楽しもう、クレア。暗い話題は避けたい」

「いいえ」

エリックはとまどっている。でも引き下がるつもりはない。

「ごめんなさい。でもね、この事件に関してはわたしも利害関係者なの。うちの店は大きな被害を受けたし、日常生活もストップしてしまった。ケガもしたし、店のバリスタたちは失業寸前の状態に追い込まれたわ」

「ケガをした？」彼が深刻な表情になる。「誰も教えてくれなかった」

「破片で背中にいくつか傷を負っただけよ。もう傷口は塞がっているわ」そこで声を落とした。「だからストラップドレスはあきらめたのよ」

「申し訳ない……」エリックはグラスを脇によけた。「あなたのいう通りだ。説明をもとめるのは当然だ。しかし、だいたいのところは知っているときいている」

「あなたにそういったのは、軍人みたいなクルーカットの人物?」

「デファシオを知っているの?」エリックは首を横にふってクスクス笑う。「やっとわかった」

「なにがそんなにおかしいの?」

「今夜の会食の相手の名前をいったら、あの警部補は警察犬に二度もぼくのリムジンをチェックさせた」

「あなたも車を見張るための警備スタッフを増やしたのね」

エリックが肩をすくめた。「これまでと同じというわけにはいかない。今後はボディガードの訓練を受けた運転手ひとりでは足りない」険しい表情のエリックが黙り込む。亡くなったチャーリーのことを考えているのだろう。チャーリーはニューヨーク市警の元警察官だった。

「爆弾を仕掛けたのがブラドックだとしても、彼は誰かを雇ったはずね? あなたはドニーを解雇し、ドニーはいまはブラドックの仕事をしているらしい。ほかに仕事上でほかにあなたに恨みを抱いていそうな人物の心当たりは?」

エリックが鼻を鳴らす。「ぼくは三百億ドル規模の市場の頂点にいる。人の恨みを買わずにここまでくることは不可能だ。しかし、ぼくだけが例外なわけではない。デジタル領域は開拓時代の西部と同じだ。ルールなんて存在しない。勝者と敗者がいるだけだ。勝者はいまぼくたちの周囲に座っている。勝者になれば、当然ながら敵ができる。場合によってはこちらが敵の立場にもなる」

「何者かがあなたのリムジンに接触している――スケジュールも把握している。あなたの会社で働きながら、ひそかにブラドックに協力している人物がいると思う？」

「ありえない」

「なぜそんなふうにいい切れるの？」

「この会社は家族の資産を元手に始めた。そしていま働いている社員はみんな最初からの仲間だ。いっしょに働いて、みんなでいっしょに金持ちになった。家族同然だ……いいや、ほんとうの家族もいる」

「以前の交際相手はどう？」

エリックの表情が引きつる。食べるのをやめてフォークを置いた。「それはどういう意味だろう」

「あなたの以前の恋人に化粧室で詰め寄られたわ」

「以前の恋人？」

「あの人」わたしが指さした先には、ホログラムの滝の奥から姿をあらわした金髪の女性がいる。大胆なドレスを着た酔っ払いだ。

「イーデンか?」エリックが笑い出す。「あれはぼくの姉だ! イーデン・ソーナー＝ガンダーセン——亡くなった父の事業を管理していたんだが、いまはぼくの会社で働いている。うちの社のニューヨーク事務所の所長だ」

ふらふらと歩いている彼女を見ていたエリックは、わたしと目を合わせた。

「イーデンがなにか誤解したとしたら、どうかゆるしてやって欲しい。ぼくの保護者みたいなつもりでいるんだ。酔うとわけのわからないことをいい出したりする。折をみて紹介しよう——もっといい状況で。きっと好感を持ってもらえると思うよ」

〝想像もつかないわ〟

エリックはわたしの表情を読み取ったらしい。

「ほんとうだ。イーデンはなかなか興味深い人物だと思うよ。野生動物の保護に熱心で、ワイオミング州でオオカミにタグをつけて帰ったばかりなんだ」

確かに興味深く感じられる。しかし第一印象を打ち消すほどではない。

彼女がふらつきながら部屋を横切ってテーブルへと歩いていくのを、危険人物を見張るような目つきで追った。彼女が着席したテーブルには、中年の男性が同席している。贅肉のついていないすっきりした体型のその人物は、白髪まじりの髪の毛をポニーテールに結っている。このクラブのリバー・ルームではジャケットの着用がもとめられているので当然ながらジャケット姿だが、青緑色の地に刺繍《ししゅう》のあるマオカラー・ジャケットは周囲のビジネススーツのなかで浮いている。

「食事の相手がガースでよかった」エリックが首を傾げるようにして彼らのテーブルのほうを示す。「メーティス・マンと話をすれば、きっと落ち着くはずだ」

なにがなんだかわからない。「〝メディスン・マン（シャーマン。ヒーラー）〟といったの？」

「ちがう。でも、いい線をいっている。ガース・ヘンドリックスはうちの会社の重要人物だ。ぼくやスタッフを鼓舞するパワーの持ち主なんだ。見ようによってはガス抜きの換気口みたいな存在かもしれない――ぼくたちのフラストレーションを発散させることに長けているからね。聴罪司祭と宮廷の道化師も兼ねているかな。ソーン社での正式な肩書きはメーティス・マンだ」

「メーティス……ギリシャ神話に登場する、あのメーティス？　確か、女神だったはず」

「知性の神で、ゼウスの妻……」彼はにっこりしてうなずく。「さすがだな。あなたならきっと知っていると思った」

そりゃあそうでしょうよ。あなたの秘密のファイルには、生まれてからいままでのわたしの人生がそっくり書いてあるんでしょうからね。

「彼は女神にちなんだ肩書きをつけられて、嫌がってはいないのかしら？」

「選んだのは、ガース本人だ。それに、彼は男女の平等をつねに重要視している。ガースに初めて会う前から、彼はぼくのメンターだった」

「そんなことが可能なの？」

「彼の著書を読んでいた——というより、貪《むさぼ》り読んだ。『新しい世紀の新しい経営』『やり遂げろ、潰れるな』『ドーナッツに穴をあけろ』——」

「ドーナッツって、コーヒーといっしょに食べる——?」

「スケールの大きな哲学大系の一部をそうやって説いている。その意味でガースはメディスン・マンみたいな存在でもある。会社でおこなっている若手支援プログラムと人材発掘プログラム——『これがアプリだ!(App This!)』——に加えて未来のロケット技師育成プログラムを運営し、非公認ながら会社専属の心理学者でもある。紹介しよう」

「ええ、ぜひ」

こちらとしても、好都合だわ……。

エリックの会社の内情をくわしく知るには、ポニーテールの聴罪司祭はまたとない相手だ。相手が〝メーティス〟なら、いろいろきき出すことができるだろう。ブラドックに協力してエリックに卑劣な攻撃を仕掛けそうな人物を突き止めるためにも。

31

デザート・メニューが運ばれてきたときには、さすがに少々ぐったりしていた（予想外の展開ですっかり気疲れしていた）が、ハーヴィー・シェフのデザート・メニューには〈トゥインキー・ビリオネア〉など想像力をかきたてられるものが並んでいる。それを見ているうちに元気がわいてきた。

「これを試してみるわ」

「それなら、ぼくも――」

残念ながら、ふたりともそれを味わうことはできなかった。注文する前にウェイターが銀のトレーを運んできたのだ。

「ミスター・ソーナー、ハーヴィー・シェフがおふたりのために特別なデザート・トレーを用意いたしました」

「サプライズか？」エリックの声には、かすかに警戒心が感じられる。「なんのサプライズだろう？」

「ハーヴィー・シェフはこれを〈ベビー・カーニバルのおやつ〉と名づけました。ミスター・ブラドックからのリクエストです」

怒りでエリックの目がつり上がる。が、すぐに硬い笑顔が怒りの表情を覆い隠した。ウェイターはトレーをわたしたちの前に置き、特製のミニ・デザートカードを添えた。カードには美しく盛りつけられたアントレが描かれている。

「こちらのふたつのリンゴ飴はカルヴァドスと加熱処理していない《ロー》ハチミツ《ハニー》に漬けてつや出しし、細かく刻んだタンザニア産ココナッツと細かくつぶしたマカダミアナッツで飾りつけました。小さくて甘いリンゴはフジとチリで栽培されている野生のリンゴのハイブリッド種で甘みが特徴です。添えてあるミニサイズの綿菓子はピンク・シャンパン、マイヤーレモンの砂糖漬け、甘いジャスミン茶で風味をつけております……」

ウェイターが長々と説明するあいだに、わたしはブラドックのテーブルを見た。頭がツルツルの億万長者がこちらに向かってワイングラスを掲げてみせる。威圧感たっぷりの笑顔がどうにも腹立たしい。スキムミルクのかかった高級なポップコーンボール、ウォッカ味のかき氷、ローストしたホワイトチョコレートを振りかけた小さくてかわいいファンネルケーキはまったく目に入らない。

「ミスター・ブラドックになにかメッセージをお伝えしましょうか？」ウェイターがたずねる。

「後で」エリックは歯を食いしばるようにして声を出す。「とりあえずコーヒーをふたりぶん持ってきてもらえるかな。シェフのスペシャルセレクションを」

「ただいまお持ちいたします」

ウェイターがテーブルを離れると、エリックはブラドックのほうを向いてワイングラスを掲げた。歯をむき出しにして笑っているブラドックに対し、苦笑いを返す。

「これはどういうこと？　リンゴ飴にマルガの毒が仕込まれているかしら？」わたしはヒソヒソとたずねた。

「ブラドックはぼくたちに毒を盛る必要はない」エリックがささやき声で返す。「これだけ侮辱すればもうじゅうぶんだろう。周囲にも知れ渡ったことだし」

エリックのいう通りだった。「スペシャル・デザート」の小さなメニューカードはすでに各テーブルに配付されて事情にくわしい人たちはスマートフォンを取り出している。そのしぐさを見て、《フォーブズ》誌の記事のことを思い出した――ブラドックがエリックをカーニバル・ビジネスをしている「赤ん坊億万長者」と呼んだという内容だ。

エリックはデザートを身振りで示す。「〈ベビー・カーニバルのおやつ〉というこの一皿で侮辱の効果は倍増したというわけだ」

言葉を返す前に、コーヒーが運ばれてきた。ウェイターはフレンチプレスでいれたコーヒーをカップに注ぎ、わたしたちが味わうのを待っている。エリックはデザートには手をつけておらず、カップを手に取ろうともしない。

「感想をきかせて欲しい、クレア」

エリックにそういわれ、ウェイターも立ち去ろうとしないので、すばやくコーヒーを味わった。口当たりがよく、風味も悪くないが、バランスが悪くて深みに欠ける。

「おいしいわ」

エリックがいぶかしげな表情を浮かべる。「問題点は?」

「わたしはあなたのゲストだし、祖母から教えられているの。褒めることができないなら……」わたしは肩をすくめた。「ごめんなさい」

「意見を持つことにごめんなさいもなにもない。とりわけ、これに関してあなたはエキスパートなのだから」エリックもカップを手にとって味わい、顔をしかめてウェイターを見た。「ぼくが注文したものとはちがう。シェフの選りすぐりのコーヒーを頼んだはずだ」

「はい。これがゲスト・シェフが今夜のために選んだコーヒーでございます――アンブロシアです」

「なんですって⁉」信じられない。「そんなはずはないわ!」

「マダムにはおわかりにならないかもしれません」ウェイターは小馬鹿にするような口調だ。「いま召し上がっているコーヒーは、ブラジルの農園で収穫されたシングルオリジンの豆をフレンチプレスという方法でいれたものです。アンブロシアはここニューヨークのランドマークと目されるコーヒーハウス、ビレッジブレンドが買い付けて焙煎したものです」

ウェイターはこちらを見下すような笑みを浮かべたまま、テーブルを離れた。

記憶をたぐってみたが、いままでは入手不可能なあの豆をソース・クラブにもハーヴィー・シェフにも販売した憶えはない。マテオがわたしに一言もいわずに販売したりするかしら?

ふるえる手でカップを持って、もう一度飲んでみた。熱い液体を口のなかで転がし、完璧にバランスのとれたすっきりとした味わい、ベリー、バタークッキー、チェリーのランビック（チェリーを漬け込んだランビックビール）の風味をさがしたが、無駄だった――悲しいことに、その風味はまったくあらわれない。

ぞっとする思いで飲み込んだ。恐怖と屈辱におそわれてしばらく口をひらくこともできず、黙ってカップを置いた。

いったいどうなっているの？　お金と権力を持つ人々が集うこのクラブは完全にだまされている。このまがい物の豆を、ビレッジブレンドを代表するアンブロシアだといって何者かが販売した。まったくの偽物を！　まるでかけ離れた代物を！

「クレア？」わたしの煩悶をエリックは感じ取っている。

騒ぎになってもかまわない。このままにしてはおけない。「ウェイターを――」

「なにかほかに、おたずねですか、マダム？」

「いいえ。きっぱりといっておきたいだけ。大きな声ではっきりというわね。あなたによくわかるように……」わたしは両手をテーブルに置いて、高飛車な態度のウェイターを見据えた。「これはアンブロシアではないわ」

ウェイターが青ざめる。

その瞬間、エリックはすさまじい形相になって叫んだ。「アンブロシアではない？　それは確かか？」

「これはアンブロシアではない」わたしはもう一度いった。けれどもすぐにそれを悔やんだ。エリックが立ち上がり、ナプキンを投げつけ、きらめくダイニングルームの隅々にまできこえるほどの大きな声を出した。

「このコーヒーは偽物だ!」

彼はどうするつもり?

「ここで今夜食事をしている全員に対し、責任者はこのゆるしがたいペテン行為について釈明すべきだ!」彼はウェイターのほうを見る。「グレーソン・ブラドックのゲスト・シェフをここに連れてこい――ただちに!」

32

エリックが人目もはばからず怒りを爆発させるのを見て、ウェイターたちがわたしたちのテーブルに飛んできた。その後からあらわれたのはクラーク・ハーヴィー・シェフだった。アメリカの食べ物のテレビ番組のファンには赤毛の爆竹として知られる人物だ。

イギリスの名物シェフのオーストラリア版（本家ほど口は悪くないが）ともいわれているハーヴィー・シェフは、灰色の目でわたしたちを鋭く見据えた。顎を突き出し、両手を腰にあて、眉間にシワを寄せてこちらを見ている。

「なにか苦情でしょうか？」

「コーヒーだ」エリックがこたえる。「あなたがここでいま出しているのはアンブロシアではないと、わたしのゲストがいっている」

ハーヴィー・シェフがわたしのほうを向く。「アンブロシアにくわしいですか？」

「ひじょうにくわしいわ。じつはわたしは——」

「こちら、クレア・コージー」エリックが遮る。「ビレッジブレンドのマネジャーで焙煎の責任者だ」

エクストラ・ヴァージンと称して質の劣った油を売る輸入業者をシェフが訴え、まがい物のビンテージを売ったワイン醸造業者の正体を億万長者に雇われた私立探偵が暴くという世界で、わたしの告発は死活問題となる。ハーヴィーにもそれはわかっている。

ハーヴィー・シェフは躊躇《ちゆうちよ》することなく、すぐそばにいたウェイターのほうを向いて指をパチンと鳴らした。「このコーヒーを片付けて、あらためて三人分用意して持ってきなさい。まちがいなく、アンブロシアを。わたしが自分でいれる」

飲みかけだったコーヒーとカップが片付けられて、ふたりのウェイターがわたしたちのテーブルの脇に持ち運び式の台を設置した。気まずい空気が漂うなかで数分待っていると、新しいコーヒー一式が運ばれてきた。

いまや公開の見せ物になってしまっている。ダイニングルームにいる男性も女性もみな、首を伸ばしてソース・クラブのコーヒー対決に注目している。奥のほうでは立ちあがり、それでも足りなくてもっとちかづいてよく見ようとする人もいる。

グレーソン・ブラドックのテーブルでは、彼もドニー・チューも含め、腰掛けてはいるがそわそわと落ち着きがない。ブラドックはわたしを睨みつけている。それを見たら腕に鳥肌が立ってしまった。

いっぽう、ハーヴィー・シェフは三つのカップにコーヒーを注ぎ、断りもなしに椅子を引いてエリックとわたしのあいだに腰をおろした。

「もう一度、試してみましょう」ハーヴィー・シェフがいう。

エリックは今回もカップを手に取ろうともしない。引きつった表情のままだ。

わたしはカップを手に取り、鼻まで持ち上げて香りをかぎ、少しカップを揺らして中身を攪拌してから口に含んだ。液体を舌の上に流し、口をあけて空気を吸い込む。

ハーヴィー・シェフはアロマを確かめようともしない。いきなり口に含み、頬を膨らませて口をすすぐような音を立てる。

わたしは口に含んでいたコーヒーを飲み込んでカップを置いた。ハーヴィー・シェフはカップにコーヒーを吐き出し、顔をしかめた。

「ミズ・コージーのおっしゃる通りです」シェフがきっぱりといった。「これは、購入を決めた際に試飲したコーヒーとは別物だ。業者は配送の前に中身をすり替えた。ミスター・ブラドックと、今夜ここで食事をしていらっしゃるみなさん全員に心からお詫びします。メニューに重大な訂正をおこないます！」

ハーヴィー・シェフは立ち上がり、わたしの手を握った。「わたしは確かにアンブロシアの試飲をしました。しかしここでお出ししたものは別物だったようです。ともかく、アンブロシアはすばらしいコーヒーでしたよ。またぜひお目にかかりたいものです、ミズ・コージー。今回よりも楽しい状況で」

シェフは厨房へと大急ぎでもどっていった。エリックが立ち上がり、グレーソン・ブラドックのほうを向いた。ブラドックは茫然としている。

「〝カーニバル〟のムードがぶち壊しで残念だな、ブラドック」エリックは冷ややかな笑みを浮かべる。ＩＴ業界の寵児《ちょうじ》らしさをすっかり取りもどしている。「さぞや気まずいだろうな。今夜のメニューはきみの〝赤ん坊〟同然だからね」

シェフの潔い謝罪、エリックの嘲笑、室内のほぼ全員からの好奇の目にさらされ、ブラッドックはグッチのウィングチップを履いた足でくるりと向こうを向き、ダイニングルームから出ていってしまった。大股でさっさと歩いていったものだから、置き去りにされた彼の連れは大慌てで後を追った。

彼らの姿が見えなくなり、室内の人々の関心が風変わりなデザートにもどるまで、エリックはその場に直立していた。そして、ようやく椅子にどさっと沈み込むように腰掛けた。

「せいせいした」ほっとした様子でエリックがいう。

彼の顔から突然血の気が引いた。いったいなにが起きたのか。「せいせいしているわりには、ひどい顔色よ」

エリックの目の下にくまがあらわれた。単なる疲労だけではない。激痛に耐えているみたいに表情が固まっている。彼は前のめりになって水を飲み、顔を歪めている。背筋を伸ばしたものの、息も絶え絶えで悪態が口をついて出る。

「どうしたの？」ささやくようにたずねた。

「そろそろ真夜中だ。アントンからは、今夜はシンデレラになるのはやめておけといわれた」

マダムから借りたビンテージのカルティエの腕時計で時間を確かめた。「十一時四十五分よ」

「ちくしょう。鎮痛剤が十五分前に切れた――」

「どうしていわなかったの？」

「どうしてかな。ここを出よう、クレア。ぼくが気絶したカボチャに変わる前に」

「ウェイターを呼んで支えてもらいましょう――」

「だめだ」エリックがきっぱりといい、また顔をしかめた。「意地でもこらえてみせる。弱さを見せるわけにはいかない」

「でも、それでは立つのも難しいわ」

「いや、立てるさ……」彼は弱々しく微笑む。「歩くのは、自信がない……」

「それなら、わたしにもたれて」わたしは立ち上がった。「わたしの腰に両手をまわして。わたしもあなたの身体に両手をまわすわ。そうしたら周囲の目を欺ける」

エリックの身体の重みに耐えながら、足元のふらつきを見せずに熱々のカップルに見せることに成功した。「すごく愉快だ」彼がささやく。

しかし、そうは思わなかった人物がいる。隅のテーブルにいたイーデン・ソーナー＝ガンダーセンがアクアマリン色のガラス玉のような目でわたしを睨んでいる。〝ビジネスの会食〟のはずが、とんでもないことになっている。わたしが化粧室で嘘をついたと誤解されてしまう。まずい……。

「あなたの車を呼びましょうか？」エリックにきいてみた。

「ぼくが……」彼は手首をくちびるに当て、大きな腕時計のようなものに向かってしゃべる。

「車をまわして、アントン」

「承知いたしました、ミスター・ソーナー」

カスティーリャ風の巻き舌でこたえる小さな声がきこえる。

「まさか、この目で腕時計型通信機を見る日がくるとは」思わずつぶやいていた。

「なに？」

「ディック・トレイシーみたい、といってあなたに通じるかしら？」

「ディック？」

「いいの、気にしないで」

「ミスター・ソーナー……」腕時計から、別の声が呼んでいる。今回は軍人みたいなキビキビした調子だ。

「ああ、ウォルシュか？」

「厄介な事態になっています」

「なんだって？」

「ロビーで説明します」

「いいだろう」短いやりとりをきいて、嫌な予感がした。

33

エリックにしがみつかれながらダイニングルームを出てガラス張りの連絡通路を過ぎ、ようやく豪華なロビーに入った。クロークに預けた外套が出てくるのを待っていると、長身のアフリカ系の男性がちかづいてきた。引き締まった体型にダークスーツを着たその人物はにこりともしないで話しかけてきた。

「お待ちしていました。ミスター・ソーナー、そしてマダム……」

「どうした、ウォルシュ？」

「パパラッチです。ソーラー・フレアも」

エリックが顔をしかめた。「先導してくれるか？」

「おまかせください」

ウォルシュがくるりと向きを変え、先頭に立って豪華なオークのドアに向かって歩き出した。わたしは気が気ではない。

「いまは真夜中よ」エリックにささやきかけた。「あなたがここにいるのをパパラッチはどうやって突き止めたのかしら？」

「リバー・ルームにどれだけのスマートフォンがあったと思う？　誰かがマスコミに知らせたのかもしれないし、ブラドックが自分の手先の記者に漏らしたのかもしれない」

「ソーラー・フレアというのは？」

「実物を見ればわかる」


今夜ソース・クラブに到着したとき、アーチ型天井の石造りの入り口が凝った照明で照らされ金色に輝くのをうっとりと眺めたが、この建物のすばらしさを堪能する二度目のチャンスは訪れなかった。外に出たとたん、いっせいにカメラのフラッシュが何十も光り、なにも見えなくなった。

エリックのボディガードは一言も声を発しないまま、相手に有無をいわせぬ迫力で一般の野次馬（に最初は見えた）のなかに分け入っていく。ラインバッカーのように肩を相手にぶつけて押しのけながら進む。

エリックのアンティークのベントレーが通りに停まっているのが見える。けれども、あまりにも遠くに感じられる。車を取り巻く人の波を見たら、とうていちかづけそうにない。

それでもウォルシュは、巧みな動きで人をどかしながら歩道にスペースをつくって移動していく。わたしたちは彼の後ろについて進んだ。さらにカメラのフラッシュが焚かれ、その残像が視界に青い点として残るので、歩きながら何度も瞬きをした。

カメラのフラッシュの光を避けるために、うつむき加減で進んでいると、猛々しい声があがった。さらに多くの声が加わって、かけ声のようになる――。

「電源を切れ、雑音を消せ、コンセントから抜け！」

リムジンまではあと二メートルくらい。運転手はドアをあけて待っている。と、そのとき、うなり声がきこえて、右のほうでなにか動いているのが見えた。人間ブルドーザーのようながっしりした男性が三人、腕を組んでこちらに迫ってくる。一瞬、エリックとわたしはつぶされてしまうのではと思った。が、彼らはわたしたちに向かってきているのではない。ターゲットはウォルシュだ。

三人が雄叫びをあげながら、ボディガードのウォルシュに激突し、四人もろとも歩道に倒れた。互いの手足が絡まって、なにがなんだかわからない。

ウォルシュという防護壁がなくなると、おおぜいの人がわっと押し寄せてきた。プラカードや看板のようなものが突き出される。荒々しい勢いで手がぶつかってくる。人垣を押しのけて進みながら、エリックのうめき声がきこえた。フラッシュが焚かれ、夜中なのに昼間のように明るい。視界がぼうっとしている。やみくもに周囲を蹴散らし、顎ヒゲの生えた顔を手のひらで押した。さらにおおぜいが押し寄せてきたが、わたしはその男を押し返すのをやめなかった。

ようやく目の焦点が合い、手で押し返している相手の顔がはっきり見えた。年配の男性だ。ビレッジブレンドの常連客でマダムの昔の恋人ではないか。ニューヨーク・スクールの教授、ネイト・サムナーだ！（彼はわたしに気づいていない）

「ネイト！　ここでなにをしているの!?」思わず叫んだ。

ネイトはすばやくわたしの手を払いのけ、エリックに向かって突進し、大きな声を出した。

「コンセントから抜け！」「現実を生きろ！」周囲もみな同じように怒鳴っている。

ショックだった。マダムの昔の彼氏がその場にいたからではない。市民のデモの攻撃性を目の当たりにしたからでもない。最大の衝撃は、ネイトが、そしてデモ隊全員がかぶっているおそろいのニット帽だ。

プラカードをふってデモをしているこの集団はひとり残らず赤いニット帽をかぶり、それには白い文字で『ソーラー・フレア』という文字がついている。

ついこのあいだの夜、ビレッジブレンドにあらわれた「略奪者」の姿が浮かんだ。ちょうどこんな赤いニット帽をかぶっていた。帽子の文字の一部も見えた。ARE……フレア(Flare)の一部だ！

それでようやく合点がいった。あの人物は略奪しにきたのではない。この組織——激しい怒りをぶつけている人々——の一員だったのだ。

突然、集団がばらけた。男性がひとり、彼らに激しく殴りかかっている。あっと思った。ここまで送ってくれたリムジンの運転手だ。静かだった彼が別人のように暴れている。理性など忘れたかのように荒っぽくデモ隊を追い払っている。

「下がれ、どいつもこいつも下がるんだ！」スペイン語なまりで叫んでいる。

運転手は頭突きし、身を屈め、蹴り、握りこぶしをふりまわし、うまい具合にわたしたちの周囲にスペースをつくる。しかもじっさいには誰にも直接の被害は与えていない。写真をパチパチ撮っているパパラッチたちが、またあつまってきたが、エリックの運転手はまったくおかまいなしに激しく追い払う。

「撮影禁止だ！　ちかづくな！」

彼が空手チョップ（と、スペイン語風の巻き舌）で周囲を威嚇しているとウォルシュが立ち上がり、加勢した。そのままふたりは防護壁のようにわたしたちを守り、運転手はエリックを支えて後部座席に乗せた。わたしは隣に飛び乗った。ドアが閉まり、運転手がエンジンをかけた。

デモ隊が叫びながらわたしたちのリムジンを追いかけ、「アナログ、アナログ、アナログ！」と声をそろえる。

アナログ？　いったい――。

「あの人たちは、何者なの？　なにをしようとしているの？　それに、あの赤いニット帽！」疾走するリムジンのなかでわたしは叫んだ。

「赤いニット帽？」エリックはピンとこないらしい。「頭にもケガをしたの、クレア？」

「いいえ。きいてちょうだい。これは重要なことなの。あの異様なデモ隊がかぶっている帽子と同じものを、わたしのコーヒーハウスに押し入った人物がかぶっていたのよ。彼は闇にまぎれて店に侵入して懐中電灯でなかを照らした。死ぬほどおそろしかったわ。彼の態度も言葉も、爆破事件と無関係ではなさそうだった。犯人かもしれない！」

息継ぎをして、続けた。「同じ帽子をかぶった人たちが、ああしてあなたに襲いかかった！偶然のはずがないわ！」

「ソーラー・フレアのことはもう忘れよう」エリックはやわらかい感触の革張りのシートにもたれかかった。「後は警察にまかせればいい。技術革新反対主義者《ラッダイト》たちのことなど、今夜は考えたくない」

エリックは忘れたいと思っているのかもしれない。でもわたしはそうはいかない。明日一番に、ネイト・サムナーと話すことにしよう。こたえが得られたら、警察に行く。

「容態はどうですか？」運転手は進行方向から目を離さずにたずねた。

エリックはわたしに弱々しく親指をあげて見せたが、あきらかにやせ我慢だ。

「とてもつらそうよ」わたしは運転手にいった。「目に力がないし、ちゃんと座ることもできない。医者に見せるべきよ」

パトカーがサイレンを鳴らしてすれちがい、わたしたちの車と逆方向に走っていった。

「ソース・クラブに向かっているんでしょう、きっと……」

サイレンの音で、運転手の言葉はかき消された。

すれちがいざま、パトカーの光を浴びてエリックが汗をかいているのが見えた。彼のコートとネクタイを緩めた。汗をぐっしょりかいている彼は抵抗しない。シャツの硬い襟をあけると絆創膏が見えた。シャツで隠していたのだ。その絆創膏が血で真っ赤に染まっている。

「アントン、クレアを家に送ってくれ」エリックが運転手に呼びかけた。

「なにいっているの、わたしのことなどいいから。あなた、出血しているわ。治療を受けなくては。病院に行きましょう」

「病院には行かない。絶対に」

「それなら、せめてわたしが手当てをするわ」

エリックがシートにさらに深く身を預ける。「わかった。でも病院には行かない。自宅に行ってくれ、アントン」

しばらくすると、血が染みた絆創膏を見ているわたしにエリックが微笑みかけている。

「約束を守れそうだ」

「なんの約束？」

「ぼくの傷跡を見せると、さっき約束した」

34

ベントレーは、セントラル・パークを見下ろすようにそびえ立つ豪華な新しいマンションの地下駐車場に入っていく。アントンの運転でリムジンはオートロックのドアをふたつ通過し、パネル張りの駐車場に入った。高級車が数台。黒いSUVが一台停まっている。SUVの窓ガラスは着色されて中が見えない。

エリックの警備の車もリムジンといっしょに駐車場に入りSUVの脇に停まったが、ボディガードのウォルシュは降りてこない。

エリックは口元に腕時計を持ってくる。「ウォルシュ?」

「はい」

「こちらは大丈夫だ」

「なにかあれば、いつでも呼んでください。ここで待機していますので」

「じゃあ、また明日の朝」

アントンが個人用のエレベーターの前でリムジンを停めた。アントンとふたりがかりでエリックを後部座席から降ろした。エリックはわたしたちの肩にだらりと両腕をかけ、アントンがガラス張りのセンサーを親指で押して操作するのを待つ。

「アントン・アロンソの入室を許可します」女性の音声が応答した。

ドアがひらき、エレベーターに乗り込んだ。内部は鏡張りだ。自分たちの姿が無数に見えて（すでに飲んでいたワインの影響もあり）、頭がクラクラした。

高速で三十五階のペントハウスまで上昇する間、エリックはとても苦しそうだった。

「もうすぐです、ボス」アントンが励ますようにささやく。

ドアがひらくと厚い絨毯を敷いた玄関の照明がついた。さきほどと同じ女性の音声がわたしたちを出迎えた。

「お帰りなさいませ、エリック、アントン……ゲストの方」

「ハウス、主寝室の設定をしてくれ」アントンが指示を出す。「照明は暗め、ブラインドは閉じる。室温は摂氏二十四度で——」

「ハウス、暖炉もつけてくれ」エリックが弱々しい声でつけくわえる。

「かしこまりました」女性の音声がこたえる。

「それから、水二リットルをダブルフィルターして沸かしてくれ」アントンがさらにつけくわえた。

「かしこまりました」

エリックは少し元気になったようだが、まだわたしの手をしっかり握っている。そのまま広々としたペントハウスのなかを移動した。

玄関の隣にはガラスとクロームめっきの本格的なバーがあり、高級ワイン、リキュール、ソフトドリンクのボトルが並んでいる。広々としたリビングも、やはりスチールとガラスを使ったウルトラモダンなインテリアだ。リビングからは階段で上階のギャラリーに行ける。

リビングを移動すると照明がつくが、眼下に広がるセントラル・パークの景色がよく見えるように薄暗くなり、消える。もちろん、すばらしい眺望だ。といっても街のきらめきに縁取られた暗い公園をちらりと見ただけで、わたしは暗い廊下へと入った。

なにひとつとっても、あまりにも未来派的で、まさにストリームライン・モダン……。

「お隣さんの名前は、ひょっとしてジョージ・ジェットソン？」

「え？」

「なんでもない……」（これも古すぎて通じないわね）

ふたたび、姿の見えない女性の音声がきこえた。「主寝室の支度が整いました……」

「そうよ！」（思わず声が出てしまった）。「ロボットのテディベアがナポレオンみたいな格好であらわれたら、折り紙のユニコーンをさがしてみることにするわ」

「『ブレードランナー』か！」エリックは痛みをこらえながら鼻を鳴らす。「それならわかる」

「どうぞご心配なく、ミズ・コージー」アントンも話に加わる。「この家は高性能ではあるかもしれませんが、わたしはレプリカントではありませんので」

内装はこの寝室も含めて、すべてミニマル・シックで統一されている。高い天井、外に面した壁は全面ガラス張り。光沢のある真珠色のカーテンがかかっているけれど、それ以外に窓の外のパノラマをさえぎるものはない。部屋の中央のフード型暖炉では温かい色合いの炎がちらちらと揺れ、間接照明のぬくもりのある光が室内を照らす。

エリックがベッドに横になるのに手を貸した。こんなに大きなベッドは見たことがない。わたしがコートを脱いでいると、アントンはハサミでエリックの仕立てのいいジャケットと糊の利いたワイシャツを思い切りよく切っていく。なんでも器用にこなす運転手はハサミを置いて傷の状態を調べ、大急ぎで「救急箱」を取りにいった。

エリックが手を伸ばし、わたしの手をつかんで引き寄せたので、ベッドの端に腰掛けた。

「気分はどう？」

エリックは微笑むが、苦しそうだ。「どちらがひどいかな。痛み止めの効き目が消えていくのと、アンフェタミンの快感が消えた後の不快感と」

「それは冗談？　それともほんとうにアンフェタミンを使ったの？」

「医者のアドバイスにしたがわずに退院した。だから、ディナーのとちゅうで倒れないために少々頼った」

「なんてことを。そんな状態なのに、どうしてリスクを冒して人前に出ようとしたの？」

「体調が悪くないと世間に証明してみせるために。事実、ぼくは申し分のない状態だ」エリックはクスリと笑い——そして、ぐっと奥歯を噛み締めた。「あのソーラー・フレアのたかり屋どもにもみくちゃにされなければ、申し分のない状態が続いたはずだった」

「あの人たちは、具体的になにを要求しているの？」

「いろんな活動家の集団がよく使う手だ。自分たちは使命を負っていると主張するが、じつのところは寄付を集めるのが目的だったり、攻撃の対象である企業の取締役会の諮問機関となって報酬を得るのが目的だったりする」

アントンが金属製のカートを押してやってきた。台には真っ白な布を敷いて医薬品や処置のための器具が置かれている。彼は無言のまま皮下注射の針をエリックの傷跡の周囲の筋肉に刺す。縫合されていた傷がふたたび裂けてしまっている。注射を終えてアントンはゴム手袋をはめた。

「すぐに麻酔が効いてふわっとした感じになります。そうしたらまた縫って閉じます」

「医者を呼びましょう」

「アントンは医者だ——医者みたいなものだ」エリックがこたえる。「昔、なんとかオペラで活躍していた」

「それは——ドラアグ・ショーかなにか？」

エリックが自分のくちびるを叩いた。「失礼……注射のせいで、口がまわらない。アントン、説明してくれ」

細身のアントンは針に糸を通す作業を中断して、黒いもじゃもじゃの眉毛の下からわたしを見た。「スペインの特殊部隊、海兵隊特殊作戦班《UOE》の衛生兵でした」

「だから」エリックはハイテンションになり、発音も明瞭になっている。「アントンにできないことはない！」

注射の効果でエリックは気分が高揚しているらしい。自白薬を飲んだときみたいに――チャンスだ。

「さっきのソーラー・フレアのことだけど」さりげなく話題を変えた。

「プラカードとカメラを振り回すゴミみたいなやつらだ」エリックは追い払うように手をひらひらさせる。「彼らが今夜押し掛けてきたのは、マスコミが嗅ぎ回っているのを知っていたからだ。マスコミは例の車の爆破事件のせいでぼくを追いかけている」

鎮痛剤が効いてくるにつれて、エリックの眉間に刻まれていたしわが消えていく。

アントンはお湯で傷をきれいに拭いてから消毒し、縫い始めた。麻酔が効いているので痛みはほとんどないらしい。

「今夜は出かけた甲斐があった」エリックはうっとりとした口調だ。「ブラドックの鼻を明かしたのはいい気分転換になった」

「お役に立つことができてうれしいわ。といっても、うまいこと乗せられただけね」

エリックが顔をしかめる。「乗せられた？」

「わたしを騙そうとしても無駄よ。アンブロシアが偽物だったことは、最初から知っていたんでしょう？　あなたはわたしの反応を待っていた。わたしが騒ぎ立てるのを期待していたのね」

エリックが首を少し傾げる。「じつは、期待していた……」

アントンが糸を切り、ふたたび消毒してから清潔な絆創膏を貼った。「これで大丈夫です。わたしは外で待機します」

アントンは医薬品をのせたカートを押して出ていき、ドアが閉まると、わたしはエリックに向き合った。

「初めて会った日、あなたはわたしにオファーをしたいのだといったわね。アンブロシアの仕掛けは、そのための最終面接ね？ クイズ王からの最後の出題？」

エリックはベッドに横になってからずっとわたしの手を握ったままだった。その手にぎゅっと力を込め、幼い少年のようなまなざしでわたしを見上げ、にっこりした。

「おめでとう、クレア。採用だ」

「わたしになにをさせようとしているの？」

「仕事はふたつある」彼は空いている手の指を二本立てた。「まず、ソーン社のアップランドのオープニング・パーティーのケータリングをお願いしたい。あなたとあなたの店のスタッフに」

「アップランド？」

「チェルシーにひらく新しい事務所だ。オープンまであと数週間。これでようやくサーバーファームのそばのコンクリートブロックのぼろい建物から社員が脱出できる。大々的なお祝いをしたいんだ」

「そういうことなら、よろこんで――」

「よろこぶのはまだ早いかな。社員の半分は、小麦グルテンに指一本触れない。残りの半分はジャンクフードで生きている。全員を満足させるのは難題だろうな」

「お安いご用よ。すべての人によろこんでいただくことができなければ、有能なバリスタとはいえないわ」

「社員の好き嫌いのリストはアントンからわたしてもらう。それをもとにスタートしてもらいたい」わたしが顔をしかめているのにエリックが気づく。「心配？　ちょっとむずかしすぎるかな」

「ケータリングのことを心配しているのではないの。率直にいうわね。コーヒー事業のパートナーは、あなたと、そしてあなたの会社とかかわることに反対なのよ」

エリックが眉をひそめた。「爆弾のせいで？」

「それもあるわ……」

「それも？」エリックがため息をつく。「なるほど。テストステロンの問題か。ちょっとがっかりだ。マテオ・アレグロはたぐいまれなコーヒー・ハンターで、業界でトップクラスの人物だというのに。じつはある特別なプロジェクトに彼とあなたの専門知識をぜひとも借りたい――依頼したい第二の仕事として」

「協力したいのはやまやまよ。でも、あなたは知らないでしょうけれど、わたしの元夫ときたら――」

「よくわかっている。そのうえで、ミスター・アレグロにノーといわせないオファーをしてみせる」

そうまでして依頼したい仕事とはなんだろう。エリックの説明に耳を傾けた。驚くべき内容だった。しかし確かにエリックのいう通りだ。とてつもない成功を収めた赤ん坊億万長者はマテオにとっておもしろくない存在かもしれないが、誇りあるコーヒー・ハンターであればぜひとも挑戦したいオファーにちがいない。

35

エリックはわたしの手を握ったまま、わたしとマテオへの仕事のあらましを述べると、深い眠りに落ちた。静かに枕元を離れ、自分の荷物をまとめた。

ドアをあけると寝室の照明は自動的に暗くなり、暖炉で揺れる炎と街の明かりだけが輝いている。圧倒されるほどすばらしい眺望だ。毎朝、目覚めるとこの景色が見られるというのはどんな気分だろう。そんなことを思って、しばらくその場を動くことができない。

小さな声がきこえた（ロボットの音声ではない）。

〝人生のたいていのことと同様に、どうということはなくなるわ。当たり前のことになってしまうのよ〟

「そうですね、マダム……」そうつぶやいてかすかに微笑むと、わたしは窓に背を向けた。

そっと暗い廊下に出ようとしたとたん、アントン・アロンソにぶつかった。

彼は不思議そうな顔でこちらを見ている。「外で待機しているといったはずですが？」

「そうだったわね」

アントンがにっこりした。薄暗い照明でも真っ白な歯が輝いている。

「すべてミスター・ソーナーの計画通りに運んだようですな。ということは、食後のコーヒーは召し上がっていないのでは？」

「二杯出してもらったけれど、どちらも飲むに堪えないものだったわ」

「いまからいれて差し上げることができますよ、いかがですか？」

大柄ではないけれどエネルギーの塊のようなこの人物は、今夜最初に会ったときにはただの運転手だと思っていたのに、どうやらそれはごく限られた一面にすぎないようだ。このスペイン人は、わたしが出会った誰よりもエリックについて、そしてエリックの事業についてくわしいにちがいない。

〝ひょっとしたら、コーヒーを飲みながらなにかきき出せるかもしれない〟

「ありがとう、アントン。ぜひ、ごちそうになりたいわ」

アントンは顎をクイとあげて、姿の見えない女性のロボットに指示を出した。

「ハウス、浄水器に通した水一リットルを九十一度に沸かしてくれ。コーヒー容器の三番の豆を七十七グラム、中細挽きに」

「はい、アントン」

ペントハウスのなかのずっと向こうから、ミルで挽くかすかな音がきこえる。

「ちょっと失礼します、ミズ・コージー。ケガの処置をした後なので、手を洗ってきます」

「わたしも化粧室に行きたいわ」

「右側のドアです。出たら、ミス・ハウスにキッチンまで行きたいといってください。彼女が案内します」アントンがお辞儀をする。「では十分後に、お待ちしております。ミズ・コージー」

彼は医療用具をのせたカートを押してそばのドアをあけ、入っていった。

わたしは大理石と銅があしらわれた豪華な化粧室に入って、記録的な速さで廊下に出てきた。アントンが入っていったドアはあけっぱなしで、閉まらないようにカートで押さえてある。アントンを呼んでみたが、返事はない。もう一度彼の名前を呼び、カートを押して部屋のなかに入ってみた。

照明が点灯し、わたしは思わず口をぽっかりあけていた。

壁という壁はすべて人形で埋め尽くされている――それも、ケン人形ばかり。バックライト付きのガラスの棚にびっしりと並んでいる。プラスチック製の小さなケンの衣装はどれひとつ同じものがない。なかにはアクセサリーをつけているのもある。ざっと見たところ、カジュアルウェアが圧倒的に多い。

中央の台には一体のケン人形が置かれている。見ると、今夜エリックが身につけていたフォーマルウェアのミニチュア版を着ている。真っ黒いシルクのネクタイまでそっくり同じだ。

これは、かなり不気味ね。

ケン人形の顔はどれも笑顔だが、ここにいるケンたちがたまらなく孤独に感じられる。なぜなら、バービーの姿がまったくないからだ。

さらに内側に続く戸口からこっそりのぞくと、ケン人形の部屋も含めてここは広大なクローゼットであるとわかった。だから家具類が見当たらないのだ。壁には写真が数点飾られている。

額装された写真には、アントン・アロンソが迷彩柄の戦闘服で完全武装し、軍人たちとともに写っている。二枚目は、小柄の彼が戦闘のさなか、自分の二倍はありそうな負傷兵を肩にかついでいるところだ。三枚目は正装の軍服姿で写っている。後ろのほうではスペインの国旗が掲揚されてたなびいている。最後の写真も、やはりアントンだ。ファイアー・アイランドのヌーディスト・ビーチで、複数の男性と戯れている。軍人たちとは別のタイプの仲間だ。身体にぴったりした水着姿（はいていない人もいる）で、日に焼けた筋骨隆々の男たちはひじょうに特殊だが、どう見ても特殊部隊の隊員ではない。

興味深いわね……。

マダムの宝石つきの腕時計をちらりと見た。あと三分でアントンとの約束の時間。急がなくては。

廊下に戻り、視線を上に向けた。「ミス・ハウス、きこえますか？」

「はい……」いったん間を置いてからミス・ハウスが「クレア」と続けたので、びっくりした。

なんだか気味が悪い。

わたしは咳払いし、バカげていると思いながらも話しかけた。

「キッチンまでの行き方を教えてくれるかしら？」

「もちろんですとも、クレア。ミスター・矢印《アロー》の後をついていってください」

「矢印……？」

一メートルほど先のちょうどわたしの鼻のあたりの高さに、ホログラムの青い矢印があらわれた。宙に浮かんだ矢印はパン切りナイフほどの大きさで、廊下のつきあたりを指している。つきあたりには、やはり透明な矢印が宙に浮かんで、左方向を指している。幽霊のような矢印はさらにいくつかあらわれて、それにしたがってクロームめっきとガラスで構成された繊細なつくりの階段をおりた。

思ったとおり、キッチンはとても広く、ソーダマシン、ディープフライヤーふたつ、ピザ用のガス・オーブン、グリルと薫製ができる装置まで、ありとあらゆる器具がそろったワンダーランドだった。

ここまできたらホログラムの矢印がなくてもアントンを見つけることができた。いれたてのコーヒーのアロマを頼りに自分の鼻が彼の居場所を突き止めた。

窓際にしつらえられた小さな朝食用のコーナーでアントンは待っていた。彼がわたしに椅子をすすめる。

「すばらしい香りね」

「ありがとう、ミズ・コージー。しかし、すばらしいのは焙煎業者です」

あっと思った。これはわたしがつくったウェイクアップ・ザ・ナイト・ローストのアロマだ。なるほど、そういうことね。

アントンがわたしと向かい合わせに腰掛ける。あれほどのエネルギーの塊に思われた人物が、いまはすっかりリラックスした様子だ。糊の利いた運転手用のスーツから、ゆったりとした黒いチノパンとココアブラウンのカシミアの柔らかそうなセーターに着替えている。

「あなたの健康を祈って」彼がカップを掲げる。

ひとくち味わい、すっかり満足してわたしはふうっと息を吐いた。「完璧だわ」

「これはエリックのお気に入りのローストです。驚くべきコーヒーだと高く評価しています」

「あなたも驚くべき人物ね、アントン。すばらしいコーヒーをいれ、運転手、ボディガード、執事、救急救命士までこなすんですもの」

「エリックは並外れた患者です。痛みをよく知っている」アントンがこたえる。

「それは、どういう意味？」

「彼は生まれつき脊椎《せきつい》の変形があり、年齢とともに悪化していきました。治療のために、これまで十回以上の手術を受けてきました。幼いころから思春期まで、激しい痛みに耐えてきたのです」

エリックが経験した苦しみを語るアントンの声には深い共感が込められている。

「あなたとエリックはとても……絆が強いのね。よほど強い結びつきなんでしょうね」

「なにがあっても守り抜く覚悟です」

「そうではなくて、あなたたちはほんとうにそういう仲なの？　つまり、ふたりは……」

「恋人同士、ですか?」アントンがわたしに代わっていった。

わたしはうなずく。

「いいえ、ミズ・コージー。エリックはストレートだ。ミスター・矢印みたいにね」アントンは手をひらひらさせる。「彼の好みはじつに凡庸です」

「わたしから見てビアンカ・ハイドは決して凡庸ではないわ」

アントンが顔をしかめた。「エリックは、それなりの理由があってわたしたちの暮らしにミズ・ハイドの侵入をゆるした。厄介な結末を迎えたが、ともかく終わった」

「ええ、そうね……だから不思議なの」

「なにが?」

「今夜、エリックのお姉さんに会ったわ。彼女に警告されたのよ。エリックの周囲の女性たちにはああいうひどいことが起きると。女性たちと複数でいったわ。離婚経験者についてもなにかいっていた。彼女がなにをいおうとしたのか、わかる?」

アントンは一瞬、ぎくりとした様子だったが、すぐに平静を取り戻した。

「イーデンはたぶん、酔っていたのでしょう。彼女は弟に対して過保護で、酔っているときの発言は慎重さを欠く」

「それでも、あの人の言葉はとても……不吉だったわ。あれは脅しだったのかしら?」

「いちいち相手にすることはない」アントンは強い口調だ。「ビアンカの死とチャーリーの死はまったく無関係です――」

「チャーリー？」わたしはコーヒーカップを置いた。「あのチャーリーのこと？　爆発で亡くなった、元警察官――エリックの運転手をしていたのは――女性だったの？」

36

「知らなかったのですか?」

「ええ、まったく」

「チャーリーは女性です。魅力的で、すぐにエリックは惹かれてしまった。しかしチャーリーは、見た目とはちがっていた……」

「エリックは惹かれたの? ということはチャーリーとエリックは……」

アントンはうなずく。

これで少なくとも、エリックが〝家政婦〟に手を出した、とブラドックがいった件については理解できたわ——そして、最初の爆発の後にエリックが危険を顧みずに外に出ようとしたことも。

チャーリーが女性だったという事実を呑み込むのに気を取られて、アントンの発言の後半部分を取りこぼすところだった——危うく。

「見た目とはちがっていた?」そこで間を置いて、さらにたずねてみた。「それは、彼女が元警察官だったから、ということ?」

「いいえ。エリックは彼女の実績を知っていました。だから雇ったのです。運転手として、そしてボディガードとして。しかしチャーリーにはある思惑があった。それなりの理由があって、採用されることを望んでいた」

「その理由とは……？」

「それはわたしがいうべきことではありません」アントンが肩をすくめた。「ともかく、あなたはなにもこわがる必要はない」

「というと？」

「エリックの愛情を奪い合うライバルはいません。手術後に目覚めて以来、彼の頭にあるのはあなたのことだけだ」

「なにか誤解しているわ。わたしはエリックに特別な感情は抱いていません。まったくの見当はずれ」

アントンは目玉をぎょろりとさせる。「では、なぜ彼の過去の女性関係に関心を？」

「今夜のことでいろいろ気になって。それだけ。それに、わたしには恋人がちゃんといますから」

アントンは腕にはめたオメガのクロノメーターをトントンと叩く。

「十一時に電話してくるはずの人物ですか？」

わたしは自分の額をぴしゃりと叩いた。マイクから電話がかかってくるのをすっかり忘れていたわ。おまけに、ソース・クラブで電話の電源を切ってしまっていた。

「どうしよう、きれいさっぱり忘れてしまっていた。マイクはどう思うかしら」

アントンはボスであるエリックそっくりの、冷ややかな笑みを浮かべた。

「むろん、最悪の事態を想像するでしょうな。彼が問題視する前に、愛していると伝えるべきでした」

わたしは眉をひそめた。「盗み聞きは無作法よ」

「耳はこの仕事の商売道具ですからね」

「ケン人形も、そのひとつらしいわね」

「家のなかをこそこそ見るのも、無作法ですな」

「ごめんなさい、ドアがあいていたものだから——てっきり、あなたがなかにいると思って」

「ほんとうに？」

「白状するわ、勝手にのぞきました。あのケン人形は？」

彼が肩をすくめる。「ささやかな贅沢です」

「それはどういう意味？」

「エリックがふたつの異質な世界に生きることを手助けするのが、わたしに与えられた仕事です。金銭で動くこの街では、財界人が成功するには服装を整えることが重要です。仕立てがよくてエレガントな服を着れば、それだけリスペクトされますから」

「確かに、そうね」

アントンはそこで話を中断してカップのコーヒーを飲み干す。

「それとエリックがいるデジタル領域の企業やコンピューター・テクノロジーの世界は、まるで状況がちがいます。スーツとネクタイを身に着けているのは葬儀屋と使えないやつだけだというのが、ここでのファッションの法則です」

頬の内側を噛んで笑いをこらえた。「それは誰がいい出した法則？　当ててみるわ……エリックね」

アントンはテーブルの向こうから身を乗り出した。

「ここはエリックの世界であって、わたしのではない。わたしはスペインの名誉ある貴族階級の家柄に生まれました。陸軍士官学校に行き、将校となりました。父親と祖父と同じ道を歩んだのです。エレガントなものに囲まれて成長する環境に生まれつき、エリックには理解できない富と権力の世界というものを、知り抜いているのです」

彼が深く座り直す。「当然ながら、わたしにはジレンマがあります。ふたつの世界、ふたつの文化。エリックはその両方でリスペクトされなければならない。そこで彼には個性的で、カジュアルで、クラシックな装いをさせます。しかも銀行家と投資家、彼らの連れの女性に感銘を与えるほど高価なものでなくてはならない」

「本人が女性である場合もあるけれど」

「ごもっとも《トゥーシェ》」

「初めてエリックに会ったときに着ていた、手縫いのデニムとフィレンツェ製の革のフライトジャケットは——あなたのアイデアなのね？」

「すべてわたしのアイデアです。まずミニチュア版で服を注文します。すべて最終製品に使われる素材でつくらせる。それを人形に着せてエリックに見せ、彼はそのなかから選ぶ」

アントンはじつに誇らしげだ。無理もない。生身の億万長者で着せ替えごっこができるのだから。

「これは試行錯誤を重ねるよりもずっと効率的なシステムなんですよ、ミズ・コージー。完璧ではありませんが」

「万能ではないということね。じっさいの経験をもとにした、いわば経験則ですものね。試行錯誤の無駄を省いてくれるけれど、型にはまってしまう危険はありそう。状況次第ではうまくいかないこともあるでしょうね」

アントンも同じ意見らしく、にっこりしてうなずく。わたしは腕時計を見てみた。午前一時をまわっている。携帯電話の電源を入れようかと思ったが、アントンが聞き耳を立てるに決まっている。ひときりになってからマイクの心配や怒りを受け止めたかった。

「もうこんな時間になってしまったわ。このビンテージのドレスの縫い目が裂けてしまう前に家にもどらなくては」

アントンが立ち上がった。「車で送りましょう」

「いいえ、エリックをひとりにしたくない。絶対にね。タクシーを呼んでいただければ、ありがたいわ」

37

イヌの鳴き声？

タクシーが停車し、極寒の風がビュウビュウと吹くなかに降り立った。機能性よりもおしゃれを重視したコートはハリケーンで決壊したニューオリンズの堤防のように風を通し、ビンテージのシャネルのドレスのビーズは氷片みたいな感触だ。

ビレッジブレンドはすでに閉店して明かりはなく、新しく取り付けられたフレンチドアの鎧戸は閉じられている。カギをさがしていると、イヌがクンクン鳴いているような声がきこえた。ひどく苦しげな、あわれっぽい声だった。迷子のペット？

店の脇の薄暗い路地のほうに行って暗がりに目を凝らしてみた。そのとき、またきこえた。すすり泣く声。まちがいなく、人の声だ……。

ホームレスか酔っ払いなら警察に連絡して、凍るような夜の寒さから逃れるためにシェルターを見つけてもらおう。もしも犯罪の被害者で重傷を負っているのであれば、一刻も早く手を打たなくては。

「誰かいますか？」呼びかけてみた。

影のなかから大柄な人物が飛び出してきた——あまりにも唐突で、逃げ出すことができなかった。冷たいコンクリートに重い靴音があわただしく響き、太い二本の腕で強く拘束された。必死でもがき、コートの下の繊細なドレスが破れるのを感じたが、どうしても相手の腕から逃れることができない。

悲鳴をあげようとしたとき、手袋をした手で口と鼻をふさがれた。ほとんど息ができない。数秒のうちに、目の前に星が散り始めた。

下を見ると、褐色の編み上げ靴と汚れたデニムのズボンの折り返しが見える。そして、あるものが視界に入った——いまわたしを襲っている人物の頭から落ちたソーラー・フレアのニット帽だ。

これは、このあいだの夜、店に侵入した人物にちがいない。それがわかったのに手も足も出ないとは！

くやしくて、うめき声が出た。それを、窒息しそうになっていると勘違いしたらしく、彼の手袋が口から外れた。

「暴れるな」押し殺した声で彼が命じる。

アルコールの不快なにおいを嗅がされるのは、今夜だけで二回目だ。今回は高級なジンのジュニパーベリーでなく安物のモルトウィスキーのにおいだ。

「わかった」落ち着いて対応することにした。「目的はお金？　それとも宝石？」

彼の顔は見えないが、相変わらず強い力でつかまれている。彼の手がふるえている。

「ここで起きた。ここで彼女はやつらに殺された。おまえはそこにいた、そうだろう？　見たんだろう？」

わたしが黙っていると、彼の手に力が加わっていまにも肋骨が折れそう。

「ええ、そうよ！」金切り声でこたえた。

「彼女は死に、やつらはおれをさがしている」彼がほんの少しだけ手を緩めた。逃げ出すチャンスかもしれない。しかし、唐突にその気持ちが失せた。

「ふたりで話をしてみない？　なかに入ってコーヒーを――」

「だめだ！」苦しげな叫び声だ。「罠だ。なかには誰かが待ち構えているに決まっている。警察かもしれない。やつらはおれをさがしている。おれがやったと思っているんだ」

「なかには誰もいないわ。店は空っぽよ」

「嘘をつくな！」男が首を横にふる。「彼女がどんなふうに殺されたのか、見ただろう？」

「チャーリーね？」

「そうだ、チャーリーだ。シャーリーン・クレイマー・ポラスキー。元の妻だ。彼女は真実にあまりにもちかづきすぎたので、殺された」

「どんな真実に？」

「ビアンカ・ハイドという若い女優を殺した真犯人についてだ」

「つまり、爆破事件の標的はエリックではなく、チャーリーだったということ？」

「ああ。やつらはおれの存在には気づいていなかった。絶対に気づかれないようにしていた。

チャーリーは危機管理のために暗号化したメモを送り、真夜中の十二時になる前に自分の電話から記録を削除していた」

真夜中の十二時？　なぜ？　チャーリーはシンデレラ私立探偵？

わたしは咳払いをして、たずねた。「〝やつら〟とは？」

彼がこたえる前に、ビレッジブレンドの正面の入り口の前でカギがガチャガチャと鳴る音がして、わたしたちの会話は中断した。男がすばやくわたしを解放したので、よろめいてあやうく歩道に倒れそうになった。男は赤いニット帽をひったくるように拾ってその場を離れ、重い編み上げ靴の音を立てて歩道を遠ざかっていく。

正面のドアに突進していくと、ちょうどマテオがドアをあけたところだった。

「クレアか⁉」

「マテオ！　襲われるところだったのよ！」

「見ればわかる！」破れたコートとドレスを見た彼の顔は、文字通り真っ赤になった（サハラ以南の地域であれほど日焼けしているにもかかわらず）。「なにが億万長者だ！　これからあいつの息の根を止めにいく――」

38

もちろん説明をして、マテオの誤解を解いた。落ち着きを取りもどした彼は、今度はやさしくいたわってくれた。カウンターのスツールに座らせ、あちこちさがして自家製のカルーアを見つけ出し、冷凍庫の氷とウォッカのボトルをそろえた。

「なにをつくるの？」

「エスプレッソ・マティーニ」

わたしは腕をさすった。男につかまれた跡が痛む。「わたしのは――」

「ダブルだな。そのつもりだ――」

彼がドリンクをつくるあいだ、すべてを話してきかせた。ソース・クラブでのディナー、グレーソン・ブラドックとのコーヒー対決、長年エリック・ソーナーが耐え難い痛みに苦しんでいたこと。事業のライバルに侮辱された復讐として、ここぞとばかりに相手を窮地に立たせたことも。

「サメがうようよしている水たまりでディナーを楽しんできたようだな」

「サメの水槽よりもいいわ。だってホログラムの滝まであったのよ」

「なんだ、そのホローなんとかは？」

「なんでもない。ともかく、お金のなかを肉食動物がうようよ泳いでいた。そしてソーナーは、相手に〝致命傷〟を負わせようと前々から策を練っていたにちがいない」

「あのひよっ子は確かに、頭が切れるようだ」マテオは潔く認め、わたしのぶんのエスプレッソ・マティーニを、ココアと砂糖を入れたグラスに漉《こ》しながら注ぐ。「頭が切れ過ぎて身を滅ぼすタイプかもしれないな……」

甘いカクテルをじっくりと味わった。ひんやりと冷たくて、しかも燃えるように熱い。おかげで元気を取り戻して、説明を続けた。ソーラー・フレアという集団がエリックへの抗議行動（なにに対する抗議なのかは、わたしにはまだ理解できていない）をおこなった様子、そしてここにもどって――。

「わたしを襲ったのは、あの集団のひとりだった。その人はチャーリー――シャーリーンのニックネームね――が自分の元妻だといい、この店の外で起きた車の爆破事件について、なにかをわたしに話そうとしたの。そうしたら、あなたが彼を脅かして――」

「ぼくの落ち度だといいたいのか？　あの男はあきらかに錯乱していた」マテオがかみつくようにいう。

「彼は動揺していたわ。話の内容も、支離滅裂な部分があった。前妻の死を悼んでいたのはまちがいないけれど。そして警察から、爆破事件の犯人だと疑われていると思っている。でも、わたしには彼が常軌を逸しているとは思えない」

「そいつは警察から犯人だと疑われているといったのか？　ほんとうに犯人かもしれないぞ。店でそんなやつと一対一で話そうなんてとんでもない提案だ」

「それでもわたしは彼を信じる。元妻が殺されたのはビアンカ・ハイドの死をさぐって真相にちかづきすぎたからだといったわ。〝やつら〟ともいっていた。つまり複数の人物がかかわっているということよね。だから明日一番にネイト・サムナーと話をしてみるつもり——」

「おふくろが昔つきあっていたヒッピーか？　ニュースクールで教えている老人だろう？」

「ええ」

「なぜ彼なんだ？　幻覚剤でさんざんトリップしてきたサムナーに、現実世界のことなんてわかるものか」

「ネイトはソーラー・フレアのメンバーよ。今夜のデモに加わっていたわ。そしてさっきの男はソーラー・フレアの赤いニット帽をかぶっていた。だからネイトは彼について知っているかもしれない——」

「気に入らないな」

「よくきいて、わたしはただ。あの男を見つけてきちんと話をききたい。それをマイクか爆弾処理班のデファシオ警部補にきかせたい。デファシオ警部補には貸しがあるから、きっときいてくれるはずよ」

「期待しないほうがいい。きみがソーナーとデートしているところをネイトに見られているわけだからな。いわば、敵と寝ているわけだ」

「寝たりしていないわ――」

「ネイトには、きみがエリックとベッドをともにしたように見えている――これはあくまでも喩《たと》えのつもりだが、この先、喩えではなくなるかもしれないな」

「いい加減にしてちょうだい」

「嫌だね。あのエリック・ソーナーというガキは今夜、自分の寝室にきみを連れ込んだんだろう?」

「それは、確かにそうだけど――」

「ほうら、やっぱり!」

「彼の秘書が傷の処置をするのを手伝うためよ!」

マテオがにやにやと笑う。「まだそんなことをいっているのか。金持ちは自分が欲しいものはなんでも手に入れられると思っている。ぼくの目から見れば、あのリッチなガキは自分のベッドにきみを引き入れたがっている」

「そういう無礼で否定的な意見はききたくありません。だいいち、ここでなにをしているの? あなたには奥さんがいるのに……こんなことをしている暇はないでしょう?」

「ここに来たのは、〝きみの恋人〟から、きみのことを確認してくれと頼まれたからだ。あのデカが夜中の十二時ごろに電話をかけてきて、〝クレアの携帯電話にいくらかけても出ない〟というんだ。彼は――」

「最悪の事態を想定したのね?」

「きみの身の安全を心配して、ぼくに連絡してきた。マイクに電話したらどうだ？」

「階上に行って〝プライバシー〟を確保したら連絡するわ。せっかくここにこうしてあなたがいるのだから、ちょっと話をしましょう」

「話しているじゃないか」

「別のことについて――」

「だいたい、そのコートの下のドレスがビリビリに破けている理由について、きみのいいわけは不自然だ。あの億万長者のガキをかばおうとして作り話をでっちあげているんじゃないのか？」

「エリックはパーフェクトな紳士だったわ。わたしを羽交い締めにした男とは雲泥の差。それに、グレーソン・ブラドックとも」

マテオは真っ黒な顎ヒゲを掻く。「ブラドックは確かにプレイボーイだ。去年、サウスビーチのワインと食の祭典で彼のパーティーにブリーと出席した。豪勢な暮らしぶりだ。フロリダのコーラルゲーブルズに遊び用の大邸宅を構えている。女、スポーツカー、変態じみたパーティー。ヨットの名前は〈メイド・イン・ザ・シェード（成功まちがいなし）〉――」

「遠い目をしているわよ。ブラドックに嫉妬しているの？　それともエリックに？」

「両方だな、正直なところ。そしてどちらも警戒すべき相手だ。あのふたりはプレイヤーだ――事業に関しても、遊びに関しても――勝つためにプレーしているだけだ。だから彼らがきみになにを話したとしても、ぼくはそれを信じるつもりはない。おそらくエリック・ソーナーはブラドックをつぶす目的で警察を誘導しているんだろう」

「エリックとブラドックをいっしょにしないで。わたしはエリックが好きよ。真摯《しんし》で信頼のおける若者という印象を受けたわ――」

「あのガキをぼくに売り込んでどうする。自慢するなら、デカをやっている恋人のほうにだろう」

「じつはね……」真夜中の一杯をぐっと飲んだ。「わたしが売り込みたい相手は、あなたなの」

「どうしてだ？」

「今夜、エリックはわたしたちに、生涯でおそらく一度の信じられない機会をオファーしてきた――」

「こたえはノーだ！」

「最後まできいて」傍らのスツールに座るように手で示した。「腰掛けたら？　これをきいたら、立っていられないと思うわよ」

マテオは動こうとしない。いっそう背筋を伸ばして腕を組む。

「ぼくが受け入れるようなオファーをエリック・ソーナーが出すなんて、あり得ない」

ウォッカ入りのカクテルをもうひとくち飲んで自分を奮い立たせ、プレゼンを始めた（帰りのタクシーの車内で練り上げた通りに）。

「エリックはわたしたちに究極のコーヒーをつくってもらいたがっている。億万長者《ビリオネア》ブレンドという名の、世界でトップクラスのコーヒーを。世界でもっとも希少で、最高品質の、高級なコーヒー豆を使って欲しいそうよ。あなたが豆を調達し、それをわたしが焙煎する」

マテオが鼻を鳴らす。「億万長者の小僧の要請で世界中をあさって破産するのか」

「エリックはすべての費用を支払うつもりよ――前金で。しかも、費用の制限はない。どこにでも飛行機で飛んで、どんな価格でもかまわず支払うことが可能。あなたがすべきことは、エリックのお金で最高の豆を購入すること。あとのことは、わたしがここの地下でやるわ」

マテオはうんともすんともいわず、黙りこくっている。

「どう思う？」

「腰掛ける必要がありそうだ」

やった！「つまり、引き受けるということ？」

マテオが片方の手をあげる。「焦るな。きみを羽交い締めにした男がいっていた〝やつら〟については、どうする？」

「どうする、って？」

「その〝やつら〟が何者かは知らないが、ビアンカ・ハイドをエリックが殺害した事実をもみ消すためにチャーリーが殺されたという可能性もあるだろう？」

「あなたは、ハンサムで若くてすべてを手に入れ、それもすべて自力で成し遂げた人物に嫉妬しているから、そんなことをいうの？」

「そしてきみは、エリックが無実であって欲しいと思っているから、そんなふうにかばうんだろう？　金の力はなにもかも変えてしまうんだな、クレア？」

「それが真実なら、わたしはセントラル・パークを見下ろす彼の寝室に泊まって日の出を見ていたでしょうね」

「エリックが犯人だという可能性すらゼロだと考えているのか？　これっぽっちもないか？」

「ないわ。やってみようともしないで、そんなことをいうなんて、あまりにも自分本位よ」

「ぼくが？　自分本位？」

「エリックのお金を活かす道が、あなたならいくらでもあるでしょう？」

「活かす道？」

「ウガンダの部族のこと、忘れたの？　コーヒーの実を洗浄するための装置がないとわたしに話してくれたでしょう。ハイチで必死に生きている生産者は？　コスタグラバスの人たちは？　あそこではようやく独裁者が倒されたけれど、まだまだスタート地点に立ったばかり。新しい民主主義の国としてやっていくにも、コーヒー産業を一から再建しなくてはならない」

「その通りだ……」マテオは眉をしかめてゆっくりとカクテルを飲み、考え込んでいる。

「コスタグラバスはジャマイカのすぐそばだから微気候が同じだ。数年もあれば、ブルーマウンテンと肩を並べるほどの、ひっぱりだこの豆を生産できるだろう。しかしインフラが整っていないのが致命的だ。いまだにハイチよりもひどい。道路に下水が流れている——」

「エリックのお金を適切な場所で、しかるべき人々のために使えば、そういう状況を変えられる。あなたにはそれができる。あなたが農家や協同組合を選定して、そこに一万ドルを投じれば、人々の暮らしがきっと変わる」

「まるでエリック・ソーナーが彼らの暮らしを気遣っているみたいないい方だな」

「彼なら気遣うと思うわ。あなたが彼を教育すれば、きっと。だから調達のための出張に彼を誘ってみて。コーヒーを栽培する人たちがどんな暮らしをしているのか、日々どんな苦労をしているのかを教えてあげて。彼らを援助するだけで現実の世界を変えられると、エリックに納得させてあげて」

「いいだろう！」マテオが両手をぱっとあげた。「きみには降参するよ、降参だ。リッチな小僧の計画に乗る――ただし、彼が爆弾を仕掛ける危険な人物であれば別だ」

「彼はちがうわ」

「それなら、レディ・キラーか――ほんとうに殺したのか」

「それもちがう」

「いっても無駄だ、クレア。いくら否定しても、きみの緑色の目を見れば本音がわかる。不安なんだろう？　百パーセントいい切る自信はないんだろう？」

「そんなふうに見えるのは、わたしがくたくたに疲れているから。今夜はもうこのくらいにしましょう」

元夫を正面のドアから送り出すと、すぐにカギをかけて上階に向かった。

眠たくてしかたない。けれども今夜中にすべきことはまだ残っている。もうひとり、説得しなくてはならない相手がいる。そして彼にも頼みごとをしなくてはならない（ああ、どうかうまくいきますように）。

39

「クレアか?」

「発信者の名前は表示されている?」

「ああ、見ている」

「この通り、無事に帰宅したわ。ごめんなさい、マイク。とんでもない成り行きで、すっかり時間の感覚が狂ってしまったの」

「心配していた。きみの元の亭主に電話した」

「そうみたいね」

「それからデファシオにも」

「デファシオ? 爆弾処理班の? なぜ?」

「いったただろう。心配だったからだ。ロウアー・マンハッタンで爆破予告はないかと彼に確かめた。彼のこたえは――そのまま引用すると――『ない。エリック・ソーナーのリムジンがきみの恋人を乗せる前に、爆弾装置が仕掛けられているかどうか、直接確かめておいた』」

まあ。「あなた、すごく怒っている?」

「それよりも、いささか当惑している。だが、持ちこたえられそうだ」

「彼に電話する必要など、なかったのに」

「きみからの電話さえあればな」

「いい合いはしたくない……」

電話の向こう側で、大きくため息をつく音がきこえた。

「愛している、マイク。わかってくれるでしょう？」

「ああ。お互いに同じ気持ちだ——さもなければ、きみが無事な一夜を過ごせたかどうか、朝のニュースで確認するくらい悠長に構えていただろう」

「週末もずっと怒ったままでいるつもり？」

「それはつまり、ワシントンに来る意思があるということかな？」

「もちろんよ。今度はわたしが行く番でしょう？　午後のアセラ・エクスプレスに乗るわ——ユニオン駅まで迎えにきてね。約束していたトリプルチョコレート・イタリアン・チーズケーキも焼いて持っていく。そのかわり……」

「そのかわり？　きみのおかげでこんな思いをさせられたというのに、無条件でチーズケーキにはありつけないのか」

「頼みがあるの」

「ちょっと図に乗りすぎてやしないか」

「わかっている。でも、これはいい話なのよ……」

マイクに事の次第を説明した。話し終えるとぐったりして（今日一日のできごととウォッカで）、寝入ってしまいそうになった。

「約束はできない」話をきき終えたマイクがいう。「だが、なにかできることはあるかもしれない。とにかく、少し寝るといい。それから、こっちの頼みもきいてもらおう……」

「ええ、なんでも」

彼が声を落とした。「わたしの夢を見て欲しい」

「そうする……」そうこたえて電話を（あくびを嚙み殺しながら）切り、もう一本、今夜最後の電話をかけた。

「クレア？」

「こんな真夜中にすみません。でも、どうしてもお願いしたい重要なことが……」

くわしい説明を、マダムはじっくりときいてくれた。そして、引き受けてくれた。朝一番に、昔の恋人に電話してコーヒーを飲む約束を取り付けてくれるという。

「ありがとうございます」

おやすみなさいといって電話を切ると、たちまち眠りに落ちた。

40

「やあ、ブーツ・ガール！」

ネイト・サムナーの大きな声で、午前のゆったりした時間帯のざわめきがやんだ。修復した板張りのフロアを老教授が歩いてくるのが、カウンターのなかにいたわたしのところから見えた。彼の視線はマダムだけに注がれている。

「ブーツ・ガール？」エスターとタッカーが声をそろえたので、あわててシッといって黙らせた。

マダムが立ち上がり、大柄の老教授を迎えた。彼は両手をひろげ、マダムとしっかりと抱擁し、愛情をたっぷりこめてマダムの両頰に軽くキスした。

若いころのネイトは金髪をポニーテールに結い、ベビーフェイスの茶色の目は理想に燃えて力強く、情熱的な人物だった。ポニーテールはいまも健在だが、昔よりも短くなり、マダムの内巻きスタイルの髪と同じように銀色になっている。茶色の目には縁なしのメガネをかけて、かつてのベビーフェイスは短く刈り込まれた白い顎ヒゲに覆われ、しわも目立つ。それ以外は……。

「しかしきみは昔とまったく変わらない。なんともうらやましいものだ」ネイトはウールのジャケットの下の、貫禄のついた自分のお腹をポンポンと叩く。

「ちょっとばかり肉がついたようね」マダムは彼と握手をしたまま、正直に応じる。「たくさんの若い学生の心を虜《とりこ》にしては失恋させてきたカリスマ的な魅力も倍増しているわね」すっかりくつろいだ感じの老教授はもうすぐ七十歳になる。けれどマダムを見つめる濃い茶色の瞳は、元気いっぱいの壮年期のように生き生きしている。

「一時の出来心さ」ネイトはしわのある手をふって見せる。「わたしの心は永遠にきみに踏んづけられたままだ」

わたしの元姑はコケティッシュなポーズをとり、マキシ丈のラムウールのスカートを少し持ち上げた。なんとスカートの下は膝まである白い革のゴーゴーブーツではないか。しかもつま先はとがって、スタックヒールだ。マダムには珍しくファッションに失敗したのか、と思ったわたしは早合点だった。

ネイトはすっかり興奮している。それを見て、マダムのこの装いは、彼の刺激的な記憶を呼び起こすための仕掛けだと気づいた（ネイト・サムナーの心を踏んづけたのは、マダムのブーツだったにちがいない）。

ふたりは腕を組んで、マダムが席をとっていた隅のテーブルへと向かった。わたしはあらかじめ、青いバラを数本花瓶に挿してテーブルに飾っておいた。ネイトはそれを怪訝そうに見て、革製のショルダーバッグをおろした。コートを脱ぐと、深いポケットから茶色い紙袋に入れた細長いものを取り出してテーブルに置いた。

「これは？　わざわざ飲み物を持参？」マダムは少しトゲのあるいい方だ。

「ただの缶入りのアイス・ティーだ。気に入っている。よくしゃべるからね、一日一ダースは飲んでしまう。といっても、これは空っぽだ。それに昔も今も、わたしはビレッジブレンドのエスプレッソには目がないからね」

それをきっかけにして、わたしはふたりの前に登場した。マダムとネイトのためのドッピオ——そしてわたしのぶんも——をトレーにのせて。

「で、ブランシュ。いったいなにごとだ？」ネイトがマダムにたずねるのをききながら、わたしはカップをテーブルに置く。「ふたりでコーヒーを飲むなんて、歴史地区をビレッジ全体に広げろと市議会に談判したとき以来だ」

「懐かしいわ。市長と激しくやり合ったわね」

「権力側をコケにするのは楽しかったな。きみももっとやったらどうだ」ネイトは上機嫌だ。

「昨夜、ソース・クラブの前でやったことも、そういうことだったんですか？」わたしは割って入った。「権力側をコケにしようとしていたんですか？」

「あら、ちょうどよかったわ」マダムが甘い口調でネイトにささやく。「この店のマネジャーのクレア・コージーよ。知っているでしょう？」

「ああ、昨夜も会った。昨夜は自己紹介はしなかったが……」ネイトはわたしを見て苦々しい表情を浮かべるが、それには構わず——。

「ごいっしょさせていただきますね」ネイトに拒否される前に座ってしまった。

ネイトはエスプレッソをひとくち味わい、さらに飲み干してしまうとデミタスカップを置いた。「ミズ・コージー、昨夜はさぞや楽しいディナーだったにちがいない」

「それよりも、ディナーの後に起きたことでいろいろ大変でした」

「ささやかな抗議をしたまでだ」ふてぶてしい態度でネイトがにっこりする。

「小規模な暴動を煽動した、のまちがいでは？」

「わたしの支持者には……熱狂的な者もいる。収拾がつかなくなる場合もある」

「ソウル・アリンスキーの戦術ね？」マダムは過激な政治活動家の名を挙げて、ガイドブックとして有名なアリンスキーの著書『過激派のルール』――騒動を起こすための手順書とでもいったらいいだろうか――から引用した。

ネイトが愉快そうに笑う。「そっちではなくてパットン将軍の戦術だよ。われわれは敵を出し抜いたんだ」

「具体的に、なにに対する抗議だったんですか？」わたしはたずねてみた。

顎ヒゲを生やしたネイトの顔から愉快そうな表情が消える。「デジタル・エイジだ、ミズ・コージー。コンピューターによって秘かに支配がおこなわれている。ソーシャルメディアというガンがあらゆる形態で蔓延《まんえん》している」

「まあ！」マダムは目をみはる。「てっきり、あなたはソーラー発電を推進する組織にいるものだとばかり思っていたわ」

ネイトがマダムの手を軽く叩く。「〝ソーラー・フレア〟という名前は、わたしにとって最大の関心事にちなんでつけた。インフラのコンピューター化、図書館、記録、金融取引のデジタル化は、隠された危険を無視している――」

「ソーラー・フレア、ですか？」

「その通りだ、ミズ・コージー。太陽で発生している爆発はすべてのコンピューターと、そこに蓄えられているあらゆるデータを破壊する可能性がある。人類の二千年間の奮闘や努力が一瞬にして消え去るということだ。われわれが、伝統的な印刷と紙の歴史を放棄してしまえばそれが現実となる。太陽のほんのちょっとした問題が原因で、送電線は何カ月も、場合によっては何年も使いものにならなくなるからだ」

「恐ろしい可能性だわ」わたしは認めた。「でも、現実に起きる確率はどれくらいなのかしら。小惑星が地球に衝突するのとどちらがこわいのかしら」

「ひじょうに重要なポイントだ。だから、より現実の問題とするためにわれわれの組織は、もっと緊急性の高い問題へとシフトした。秘かに潜行するサイバーリゼーションの脅威だ」

「サイバー――なんですって？」

「ハイテク機器への依存が高まるいっぽうの現状をあらわすために、わたしが編み出した造語だ。人類のサイボーグ化、つまり人間と機械が融合したものへの変貌が進んでいる」ネイトはショルダーパックから小さくて薄いハードカバーの本を取り出して、わたしにわたした。

「それについて、この本に概要をまとめてある――わたしのこの著書をエリック・ソーナーにわたしてもらいたい」

『サイバーリゼーションと支配：新しいテクノロジーの全体主義』というタイトルだ。本のカバーは、デジタル機器が若者にからみついている写真だ。目、鼻、口、両腕もデジタル機器でおおわれている。それぞれの機械からコードが伸びて、タイトルの下に浮かんでいる十字形の操り棒につながっている。

「現在は、人類と機械の融合は心理的な部分に留まっている。われわれの周囲の客のうち誰でもいいから、スマートフォンから引き離せば、わたしがいっている意味がわかるだろう。数時間以内に、彼らはヘロインを取り上げられた中毒患者が示すのと同じ離脱症状の特徴を示す」

「ヘロイン？」わたしはおうむ返しにこたえながら、エプロンのポケットに本をしまった。彼の発言は滑稽なほど極端に思える――けれども、数カ月前にマテオが腹立ちまぎれにスマートフォンを粉々に割ってしまったとき、半日のあいだスマートフォンが使えず彼は気が狂いそうになった。

「憂慮すべき研究結果が出ている」ネイトが続ける。「インターネットは人々の新しいアヘンへと変わってきている――とりわけ若者にその傾向が強い。プライバシーが侵害され、人権は踏みにじられている。慎重さを欠けば、デジタル領域はわれわれの銀行口座、思考、起きている時間すべてを支配することになる――」

「それは誇張にすぎない、とは思いませんか？」

「ぞっとする未来が待ち構えている。サイバーワールドで人々は匿名性と力を手に入れたつもりになるが、どちらも幻想にすぎない。むしろ、われわれの力を奪い取り、プライバシーを売り払う。こうした賢い機器が巧みに生活に入り込んで楽な生活と至れり尽くせりの反応で人間を夢中にさせて、人間は機械みたいに変えられてしまうにちがいない。純然たるロボットではないにしろ、非情で反社会的な存在に」

老教授がすっかり陰鬱な様子になっているのを見て、当て推量でいってみた。

「個人的な経験を踏まえてのお話のようにきこえるわ」

「ああ、白状する。個人的な経験だ、ミズ・コージー。昨夜のきみの会食の相手、エリック・ソーナーはわたしの姪を殺した」

41

衝撃的な発言だった。ネイトはエリックのかつての恋人、若い女優ビアンカ・ハイドについていっているにちがいない。それを確かめようとしたとき、マダムの発言で自分の勘違いに気づいた。

「エバのこと？　確か、あなたの弟さんのお子さんね。彼女が生まれたときのことを覚えているわ。でも、まさか——」

「生きていれば、先月十七歳になっていた。亡くなってから二年ほど経つ」

「お気の毒に。ちっとも知らなかったわ」

「知らないのも無理はない。弟は転勤していたんだ。彼はエバを富裕層の子弟が通う私立校に入れた。転校生のエバに対し、その学校の生徒たちは意地悪で排他的だった。最初の学期が終わるころには、ネット上のいじめが始まっていた」

ネイトの話によれば、エバをいじめていた女子生徒のひとりが、体育の授業の後で着替えているエバを盗み撮りした。

「いじめの道具として使われたのが、エリックがつくった人気アプリ《ハトの糞》だ。エバに無断で彼女の写真をゲームにはめ込み、週末のあいだに画像を友人たちに広めた。月曜日には、幼いサディストのうちのひとりが学校中にプリントアウトしたものを貼った。エバは裸同然の自分の写真がゲームのなかでハトの糞まみれになっているのを見て、飛び出して家にもどり、浴室にカギをかけて閉じこもった」

ネイトが間を置いて、話を続ける。声がふるえている。「心配した学校側からわたしの弟に連絡が入ったときには、もはや手遅れだった。ヴィンスは娘のエバがシャワーを浴びながら首を吊って息絶えているのを見つけた」

なんてこと……。

マダムが大きく息を吐き出す音がした。スミレ色の目に涙が浮かんでいる。わたしも涙がこみあげてくるのを感じた。けれど、はっきりと指摘しておくべきことがある。

「ほんとうにお気の毒……あまりにもひどいし、〝犯罪〟といってもいいと思う。でも、問題視すべきはいじめであって、エリック・ソーナーはゲームをつくっただけ。それが悪用されたのよ」

「ゲームはいじめの道具となったんだ、ミズ・コージー。わたしたちの社会はタバコ会社、銃の製造会社、酒造会社に規制をかけている。それは、彼らの商品が人々に悪影響をおよぼしたり乱用されたりするおそれがあるからだ」

「あなたの論理はわかるけれど、アプリをどう規制するつもりですか？　アプリを扱うオンライン・ショップはすでに制限を設けているはずでしょう？」

「ああ、しかしまだじゅうぶんではない。ソーラー・フレアはこれまでに実績をあげてきている。《ハトの糞》の下劣なTシャツの販売禁止措置も、われわれの活動あってのことだ。そのことでソーナーに大損をさせた！」

「こういってはなんですけれど、あなたたちの意図はエリックには伝わっていないわ。単に会社からお金を引き出して、自分の主張のために使おうとしていると思われている」

「いけないか？　タバコ会社は肺ガン研究に資金を提供している。銃の製造会社は銃教育を推進しているし、酒造会社は薬物乱用プログラムを支援している。エリックの会社のようなIT企業がソーラー・フレアに資金を提供するのは、あたりまえではないのか。求められる変化が内側から起きることに、われわれは関与できるということだろう？　彼が全額払うまでは抗議行動を継続するまでだ」

わたしは素直な学生のようにうなずいたものの、ネイト・サムナーが変化をもたらすための行動主義を実践しようとしているのか、単なるゆすりたかりなのかはほとんど紙一重の差だ。しかし、いまは議論している暇はない。ネイトがチャーリーの元夫について知っているのかどうか、探り出さなくては。

慎重に話題をずらして、ソーラー・フレアの赤いニット帽をかぶった男性と遭遇した一件を持ち出した。

「ひょっとしたら、彼はあなたのグループのメンバーなのかしら？」

「ああ、ジョー・ポラスキーはソーラー・フレアのメンバーだ。しかし、きみには彼の居場所は突き止められないだろう。たとえわたしが知っていたとしても、教えはしない。さらにつけ加えれば、彼もデジタル領域の犠牲者のひとりだ」

ネイトはジョーと元妻シャーリーン・ポラスキーについて話してくれた。ふたりとも元警察官で、仕事上で出会ったという。彼はベテランで、彼女は新人だった。ジョーが退職するまではとても円満だった。ところが彼は酒に溺れるようになり、しだいにお互いの気持ちが離れていった。やがて、妻がインターネットの不倫専門の出会い系サイトで知り合った恋人と会っているのに気づき、結婚生活は終わりを迎えた。

「ジョーの対応のしかたはまずかった。チャーリーを平手打ちし、彼女に対する接近禁止命令がくだされた。ジョーがソーラー・フレアに加わったのは、その直後だ」

「彼はボランティアなの？　それとも報酬が支払われているの？」

「ソーラー・フレアに有償のスタッフはいない。一握りの専任のインターンと多くのボランティアで組織を運営している。ジョーはコミュニティで信頼のおける活動をおこなっている。バワリーのホームレスのシェルターで食事を提供し、地元の救世軍のために衣類をあつめ、非営利団体のフレンズ・オブ・ハイラインの活動の一環としてハイラインの維持管理の仕事をしている」

「余暇には火炎瓶もつくっているのかしら？」

「ジョーは元妻の殺害にはまったく関与していない。彼はまだチャーリーを愛している。最近あのふたりは和解していたんだ――それなりに、ではあるが。チャーリーは私立探偵の免許を取得し、初めての大掛かりなおとり捜査をする際にジョーに協力を求めた」

なるほどね。エリックの秘書アントンが、チャーリーは〝見た目通りではない〟といったのは、こういうことだったのか。彼女は〝個人的な事情〟で、ソーン社で仕事をするようになった。ネイトがいま話した内容から、かんたんに類推できた。

「チャーリーはビアンカ・ハイドの死について調べていたのね？」

「ああ、そうだ」ネイトがうなずく。「ジョーからきいた話では、ビアンカの家族に雇われたそうだ。娘があんなことになったのはエリック・ソーナーのせいだと彼らは考え、エリックのしわざだと示す証拠を見つけ出すようにチャーリーに依頼した。チャーリーは、ジョーがソーラー・フレアのメンバーであると知っていたから、エリックの会社についての情報をくれと頼んだ。しかし最近は彼のほうがチャーリーから情報を得ていたらしい――しかも、かなり大量に」

わたしは身を乗り出した。「どういう情報かしら？」

「それはジョーにきいてくれ」

「彼の居場所をほんとうに知らないの？」

ネイトは肩をすくめる。「悪いな」

お代わりはいかが、といおうとしたとき、ダークスーツを着た三人の男性がこちらにちかづいてくるのが視界に入った。胸騒ぎがして椅子を後ろにずらすと、なにかにぶつかった。真後ろにも男性がひとりいて、その人物にぶつかったのだ。店内のそこかしこから、さらに多くのスーツ姿の男性が出てきて、わたしたちのテーブルを取り囲んだ。ニューヨーク市警の制服警官と刑事たちも数人やってきた。そしてなんと、そのうちのひとりは爆弾処理班のデニス・デファシオ警部補ではないか。

最初にあらわれた三人がＦＢＩの身分証を提示した。

「ネイト・サムナー」三人のうちの真ん中の人物が口をひらく。「テロ行為のために爆発装置を爆破させ、シャーリーン・ポラスキーを殺害した容疑であなたを逮捕します」

「やめて！」マダムが叫び、ぱっと立ち上がって捜査官たちの前に立ちはだかった。「あなたたちは、とんでもない間違いを犯しているわ。この人は無実ですよ！」

捜査官のひとりがマダムを巧みに脇に追いやり、残りのふたりがネイトに手錠をかけた。老教授は、わたしとマダムと同様に茫然としている。抵抗する気配はみじんもない。かたや逮捕のためにこれだけの人数のＦＢＩ捜査官とニューヨーク市警の捜査官が動員されている。この人数はあきらかに異様だ。

座っていたネイトを捜査官が立たせ、別の捜査官が彼のショルダーバッグをつかんだ。

立ち上がったネイトは、もう落ち着きを取りもどしていた。

「きみの友人にわたしの本をわたして欲しい、ミズ・コージー」老教授は早口でわたしにいった。「〝いい情報〟が得られる」

店内に張り込んでいたおおぜいの捜査官たちは、逮捕したネイトを連れてドアのほうに向かう。そこでふいにネイトが声をあげた——デモ隊のかけ声のように。

「バラはぜったい白と赤！」

わたしはその言葉よりも、しんがりをつとめるデファシオ警部補に気を取られていた。彼が出ていく前に、駆け寄って腕をつかんだ。

「いったいこれはなにごとなの、警部補？」

「FBIが逮捕した」デファシオは硬い声でこたえると、わたしの腕をつかんで隅に引っ張っていった。

「ネイトは人を殺してはいないわ」押し殺した声でいった。「頑固な老人というだけで、けっして――」

「犯行の決め手となる過去が彼にはある」

「どんな過去？」

「物的証拠もある」

「どんな証拠なの？」

「おれの口からはいえない、正式には……」彼が声を落として、わたしをじっと見据えた。「事件についておれが話せる相手は連邦捜査官だけだ」

マイクのことね。マイクにきけといっているのね。

デファシオ警部補は同僚に追いつくためにいそいで出ていった――残されたわたしの周囲では、お客さまがあっけにとられたまま、去っていく警察車両を見送っている。カウンターではタッカーが、取り乱しているマダムを慰めている。けれども、すぐにはそこまで移動することができなかった。ネイトが逮捕されたテーブルのところに戻って、そこにどさりと座り込むのがやっとだった。その拍子に、彼が置いた紙袋にぶつかり、袋は床に落ちてなかから空き缶が転がり出た――。

〈ブルックリンズ・ベスト・アイス・ティー〉

わたしは缶を見つめた。

同じものを、どこかで見た憶えがある。

爆弾処理班の本部だ！　同じアイス・ティーのケースが、キッチンの外に積み上げられていた。デファシオによれば、そのキッチンで彼の部下たちが〝爆弾を再現〟していた！

ただの爆弾ではない。火炎瓶だ。それには液体の触媒を使うのだとエマヌエル・フランコ巡査部長は説明した。

そうよ。あの爆弾をつくった人物はこれと同じ缶を使った――そしてこれはネイトのお気に入りのブランド。絶対に、単なる偶然ではない。

マダムがこちらにやってきた。ぎゅっとわたしの腕をつかむ。

「ネイサンを助けなくては」マダムが涙をぬぐう。「彼は善良で、穏やかな人なのよ。暴力を忌み嫌っているわ。彼が無実だと、あなたはわかっているでしょう？」

「もちろんです」

「それなら、彼を助けてあげて。こんなひどい冤罪《えんざい》を晴らす方法を見つけてくれるわね？」

「はい、約束します――彼が濡れ衣を着せられたからくりは、もうわかっています」

42

「決め手はネイトの指紋だ」週末にマイクに会って話すと、やはり思った通りの返事だった。「回収した爆弾の破片から複数の指紋を採取し、ひじょうに早い段階で彼を容疑者として特定した」

前回会ってから一週間もたっていないのに、ネイトが逮捕された後なので、一カ月ぶりのような気がする。ワシントンDCの自宅に直行してもいいかとマイクがいうので、もちろん同意した。

ようやくふたりきりになると、マイクはすぐにも寝室に向かおうとしたが、その前にどうしても話をきいておきたい。「話して」というと、彼は応じた。でも、できることならききたくなかった……。

「わたしにわかるように教えてちょうだい。ニューヨーク市警とFBIがネイトの指紋を早い段階で採取していたのなら、なぜ一週間も待ってから逮捕したの？」

「ネイトには共犯者がいた。だから彼に見張りをつけた。しかし昨夜のソース・クラブでの抗議行動の後、彼を勾留して尋問で口を割らせることにした」

「とんでもないまちがいよ！　ネイトは車に爆弾を仕掛けていないわ。エリック・ソーナーのことも、ほかの誰も殺そうとしたりしていない！」

「感情的になったら、きみの友人を救おうにも救えない」

「わかっている。ただ、あまりにもくやしくて」

「じゃあ、きみの推理をきこう、刑事殿」

「ネイトは誰かに濡れ衣を着せられたのよ——絶対に」

「どのようにして？」

「犯人はネイトがブルックリンズ・ベスト・アイス・ティーの缶を飲み干して捨てるのを見張っていて、ゴミ容器からそれを拾い、爆弾をつくった。缶を手がかりとしてネイトが捜査線上に浮かぶのを見越していた。犯人はエリック・ソーナーを傷つけたいという強い動機を持つ人物」

マイクがうなずく。「きみのいうとおりだ——そう考えるのはきみとわたしだけではない——デファシオもだ」

「彼はあなたになにを話したの？」

「半年前までさかのぼって調べたが、あの教授が触媒を購入した記録は見つからなかった。教授のコンピューターと携帯電話からも、彼が車の爆破を計画していたと示すものはなにも見つかっていない。彼の自宅と職場、ソーラー・フレアの事務所を調べても、爆弾づくりの材料の形跡はない」

「それなら、なぜ逮捕したの？」

「捜査に当たった捜査官と刑事たちは、この事件に関して政治家、一般市民、メディアから早く容疑者を逮捕しろとせっつかれているからだ」

「つまり、ネイトが自白して爆弾をつくった共犯者の名を明かすことに賭けたというわけ？」

「そうだ」

「自白などしないわ。だって、彼は無実なのだから」

「わたしもきみと同じ意見だ。彼は無実だ。しかし誰が彼を陥れようとしているんだ？　その理由は？」

「それを知るためにあなたの協力が必要だったの。成果はあった？」

「ああ、ロス市警の友人に話をきいてみた」

「なにか情報をつかめたのね？」

「ブリーフケースにしまってロックをかけてある。だがロックを解除するには、ひとつだけ条件がある」

「当ててみるわね。わたしのトリプルチョコレート・イタリアン・チーズケーキでしょう？」

「よし、話はついた。行こう……」

　翌朝、バターミルク・パンケーキが香ばしく焼けるにおいで目がさめた。今朝はマイクがわたしのために朝食づくりを買って出てくれたのだ。ほっとする味と炭水化物でわたしの身も心もふっくらと膨らんだところで彼が取り出したのは、警察官の手書きの記録だった。わたしはポットにたっぷりのコーヒーをいれ、彼は腰を下ろしてビアンカ・ハイドの死とそれにともなう警察の捜査についての極秘情報を話す準備を整えた――ロサンゼルス市警のファイルの現物を手元に用意して。

「ビアンカ・ハイドはビバリー・パームス・ホテルで、鈍器損傷により死亡した。表向きは、ミズ・ハイドは酩酊した状態でよろけた、もしくは意識を失ってガラス製の頑丈なテーブルで頭を打ち、出血多量で死亡したと判断されている」

「そのことは知っているわ。タッカーがタブロイド紙から仕入れて教えてくれたから」

「まあ落ち着け……担当捜査官は、彼女は殺害されたと確信していた。そしてこのファイルを見る限り、加害者として捜査官の念頭にあったのはエリック・ソーナーだったようだ」

「証拠は？」

「ビアンカは亡くなる前にエリックから距離を置かれていた。彼女の飲酒にうんざりした彼はリハビリ施設に入るように勧めていた。彼女はそれを拒否し、ホテルにチェックインした。ビバリー・パームス・ホテルは前年に宿泊客の離婚訴訟に巻き込まれ、防犯カメラの画像の提出をもとめられたため、館内の防犯カメラの大部分をとりはずしていた。だからそれ以降、ゲストは好き放題に行動できたことになる」

「エレベーターはどうなの？」

「エレベーターと地下の駐車場には防犯カメラは設置されていた。警察は画像を仔細に調べたが、エリック・ソーナー、アントン・アロンソ、その他ビアンカに怨恨《えんこん》を抱く可能性のある元交際相手などがいたという証拠は見つけられなかった」

「それで？」

「警察はエリック・ソーナーを呼び出して取り調べをした。彼は、その日は丸一日、シリコン・バレーにいたと主張している。結論からいうと、エリック・ソーナーの自宅にはビバリー・パームス・ホテルよりもはるかに多くの防犯カメラが設置されていて、日時が記録されたビデオ画像をロス市警が確認したところ、ソーナーと秘書のアントンはビアンカの死亡時刻を挟んで長時間、在宅していたことがすみやかに判明した」

マイクはノート類を脇において、お代わりのコーヒーをカップに注いだ。「これほど確実なアリバイはないから、ロス市警は引き下がるしかない」

「ということは、エリックは潔白なのね」

「たぶんな」

「たぶん、というのはずいぶん曖昧ね。あなたの仮説をきかせてもらえるかしら、刑事さん？」

「わたしなら、こんなふうに考えてみる。はたして次のふたつの筋書きのどちらがもっともらしく感じられるだろうか。ネイト・サムナーみたいな、太って体型が崩れた老人が爆弾をつくり、厳重なセキュリティのガレージあるいはニューヨーク市警の元警察官だった運転手が運転する車になんらかの方法で仕掛けた。それとも……エリック・ソーナーというＩＴ業界の天才とスペイン特殊部隊の元隊員だった秘書アントン・アロンソがソーナーの自宅の防犯カメラに細工して偽のアリバイをでっちあげた」

自分の耳を疑った。「エリックと彼の秘書がネイトに濡れ衣を着せたと、あなたはそう考えているの？」

「ああ」

「どうかしているわ」

「そしてきみは、あえて目をそらしている。目に貼り付いたドルのマークを消してみろ。そうすれば真実が見えてくるかもしれない」

「侮辱しないで。あなたの仮説はつまり、エリックがチャーリーを殺そうと計画して自分自身まで危うく死ぬところだった、ということよ」

「放火の罪を逃れるためのもっともかんたんな方法は、保険の査定人なら誰でも知っている。自分がつけた火で負傷することだ」

「きくに堪えないわ！」

「デファシオは耳を傾けた」

「あなたはエリック・ソーナーがビアンカ・ハイドを殺したと考えているのね。そして彼が──」

「そうだ」

「冗談じゃないわ。わたしには信じられない」

マイクが大きく息を吐く。「というよりも、信じたくないんだろう。きみの娘がフランコの月給を理由に別れた件と同じようにな」

わたしは顔をあげた。「話をややこしくしないで」

「いいか、よくきくんだ。ネイト・サムナーは不当な仕打ちを受けているが、これは彼が――そして彼の弁護士が――どうにかするしかない。きみはソーナーにはちかづくな」

わたしはごくりと唾を飲み込む。「協力するとマダムに約束したのよ。たとえ約束を破っても、このままの状態には耐えられない。エリックといっしょに事業をすると決めたの。だから彼に関する真実を知りたい。彼がネイトを陥れたとはどうしても考えられない」

「では、誰がやったんだ?」

「わからない。結論を出すだけのじゅうぶんな証拠がないから」

「どうやって証拠をつかむつもりだ?」

「エリックとこのまま仕事を続けて、注意を怠らないようにするわ」

「しかしソーナーにはいっさいちかづいて欲しくない。彼にかかわる連中にも。きみのことが心配だ」

「犯人はきっとエリックの身近な人よ――彼のスケジュールを知り、疑われることなく彼の車にちかづける人物がいるはず。動機が個人的な恨みなのか、お金をめぐることなのかはわからないけれど、かならず真実を突き止めてみせる」

「真実を? それなら、真実をひとついっておく。帰りの列車のなかでそれについてよく考えてみればいい。真実を探るためにごく最近までエリック・ソーナーの身近にいたのは元警察官のチャーリーだ。きみが油断すれば、彼女と同じ結末を迎えるだろう――ニューヨーク市警の死体安置所でスチール製の冷たい台に横たわることになる」

43

それからの数日間、夜になると寝返りばかり打っていた。マテオは世界で最高のコーヒー豆をさがすために旅立った。マダムは憔悴しきって言葉のかけようもないほどだ。そしてわたしはというと、無力感に襲われ、そこから這い上がるためのきっかけをなにひとつつかめずにいた。

悪いことは重なり、エリックとは連絡がとれないままだ。

ネイトが逮捕されたタイミングで彼は街を離れ、いまだにもどっていない。そんな彼の行動に不信感が芽生え始め、やはりマイクのいった通りなのかもしれないと思うようになった。

水曜日の夜、マイクに電話してみた。留守番電話につながり、彼は予定外の特別任務に就いているので一時的に電話に出られないというメッセージが流れた。横になっても眠れないまま折り返しの連絡を期待し、彼と最後に交わした会話を頭のなかで何度も再現していた……。

『きみは、あえて目をそらしている。目に貼り付いたドルのマークを消してみろ。そうすれば真実が見えてくるかもしれない……』

木曜日の朝、タッカーはわたしと目を合わせると、兄が妹を抱きしめるようにハグしてくれた。彼にはドルのマークなど見えていない。わたしの目の周りのクマを見て心配しているのだ。

「CC、不眠症を治すにはふたつの方法があります。肉体疲労もしくは化学物質によって深い睡眠を得ることです」

前者の方法を試すために、午後に十四丁目のスポーツジム〈Y〉でひたすら泳いでみた。十往復したころ、塩素入りの水のなかでゴボゴボという音とともに誰かがわたしの名前を呼ぶのがきこえた。

「ミズ・コージー！」

顔をあげると、アントン・アロンソがプールサイドにいるのが見えた。運転手の制服を着て直立している――腕には白いふわふわしたものをかけている。

水からあがると、彼は柔らかいふわふわしたものをわたしに巻き付けた。

「こんなところで、なにを？」彼にたずねた（プールで泳いでいる十数名の人たちも同じことを考えているだろうと思うと、なんとも決まり悪い）。

「ミスター・ソーナーからことづかってまいりました」彼はポケットから金色のギフト用の小さな袋を取り出して開封した。「どうぞ……」

「でも、わたしはこんなにびしょ濡れなのに」

「かまいません」

袋に片手を入れて取り出したのは、携帯電話だった。初めて目にする携帯電話だ。ソーン社のスマートフォンの試作品だという。黒くつややかなスマートフォンは美しいデザインで、濡れた手にしっくりとなじむ。

「この電話は衝撃に耐え、耐火性も、水深一キロまでの防水性もあります」アントンは歯切れよく説明する。「新しいデータは毎晩夜中の零時にバックアップされます」

「電源の入れ方は？」

「電話！」彼がスマートフォンに命じた。

「こんにちは、ミズ・コージー……」なじみのある女性の声がして、ぎくりとした。コンピューターで管理されたエリックの豪華な自宅できいた、あの声だ。

「ミス・ハウスね」アントンにささやいた。「どういうこと？」

「よくきいていてください」彼がささやき返す。

ふたたび女性の声がした。「ミスター・エリック・ソーナーから着信があります。電話に出ますか？」

「はい」わたしはこたえた。

瞬時に、小さな画面にエリックの顔があらわれた。「ぼくの大好きなコーヒー・レディ、お元気ですか？」

「びしょ濡れで、へとへとよ」

「結構なことだ」彼はにやりとする。「今夜はぐっすり眠って、目が覚めたら遅い朝食を兼ねてぼくと打ち合わせをしましょう」

「ビレッジブレンドで？」

「くわしくはアントンからきいてください。ぼくを信頼して、クレア。ではまた明日」

「待って！　あなたにきいておきたい重要な質問がいくつかあるの——」

「アントンのいう通りにすれば、なんなりとぼくに質問できますよ」

画面から彼の姿が消えた。億万長者の若者は、最後までチェシャ猫のような笑いを浮かべていた。わたしは水着姿のまま、ぞくりと寒気をおぼえた。


数時間後、わたしはまたもや身ぶるいしていた。今度は、冬の寒さでふるえ上がった。雪がちらつくなか、アントンが指さした先にあったのは、テターボロ空港に駐機しているガルフストリームのジェット機の形をしたウサギの穴だった。

「きっとわたし、睡眠薬を飲んだのね」低い声でつぶやいた。

エリックの自家用機だという説明を受けるまでもなく、ソーン社のものであるとわかった。ガルフストリームG5の青と白の尾翼に、同社のロゴである有刺鉄線がステンシルで描かれていたから。

「行き先は!?」すぐそばで轟《とどろ》くエンジン音にかき消されないように叫んだ。

「パイロットからきいてください、ミズ・コージー！　さあ、乗ってください！」

パイロットはわたしの疑問にはなにひとつこたえてくれなかった。彼は飛行機の操縦にかかりきりだった。副操縦士は客室乗務員も兼ねていたけれど、やはり教えてはくれない。

「これはサプライズなんです、ミズ・コージー」彼がいう。「申し訳ないのですが、ミスター・ソーナーから秘密にしておくように指示されています」

ジェット機の内部は小型ヨットのキャビンのような内装だ——どこもかしこも洗練されて、ブロンドのような淡い色合いの木とクリーム色のクッションで統一されている。若き億万長者のためにドリンクやおつまみが用意されたコーナーもあり、ざっと見てもシャンパン、チョコレート、キャビア、コカコーラ、ドリトス、リーシーズのピーナッツバターカップ……。最後部にはエリック専用のバスルームがあり、シャワーが完備され、寝室には大型のマットレスと薄型テレビ、高速インターネットはもちろん、エリック個人の映画のライブラリーの充実ぶりときたらどうだろう。

荷物は少なめにするようにいわれていた——替えの服一式、下着、寝間着だけでいいと。スウェットパンツとゆったりサイズのTシャツに着替えて、ふわふわのベッドに倒れ込むと、そのまま昏々《こんこん》と眠った。

ジェットエンジンのゴーッという音のせいだったのか、ネイト・サムナー教授の逮捕についてエリックに話をするチャンスだと思ってほっとしたのか、ついに不眠を克服した。寝入る直前、頭のなかでは〝これって、すばらしくクール！〟と〝わたしはいったいどんなサイバー空間に入り込んでしまったの⁉〟というふたつの思いが、卓球の試合の球のように交互に浮かんでいた。

44

「ボンジュール、マダム……」

ジェット機が着陸する音で目が覚めたが、どこの空港に着いたのかさっぱり見当がつかない。顔を洗い、持参したスラックスとセーターに着替えて飛行機から降りた。吹きさらしの寒いアスファルトに立って薄手のコートの襟元をぎゅっと合わせていると、大柄な男性がちかづいてきた。

「ご案内します」白い息を吐きながら、彼がわたしのキャリーケースを受け取る。胸板が厚く、耳にはマイクつきのイヤホンを差し込んでいる。ジャケットのラインから判断して、銃を収めたショルダーホルスターを装着しているはず——安心していいのだろうか、それとも怯えるべきなのだろうか？

「すみません、ここはフランスですか？」

「ウィ、マダム」

「フランスの、どこ？」

彼は返事をする代わりに、黒いＳＵＶの後部座席のドアをひらいた。

「どうぞ、なかに」

「行き先は教えていただけないの？」

大柄のその男性はこたえない。黙ったまま運転席に座って車を発進させたが、オートルートA1の標識が見えたので、パリに向かっているのだと気づいた。


小型車と巨大なトラックに交じって早朝の高速道路を走る車内で、頭のなかは娘のジョイのことでいっぱいだった。エリックがどんな目的でわたしを呼んだのかはわからないけれど、ここを離れる前にジョイに会えるように談判しよう。

億万長者は概して街の中心部のけばけばしいホテルに滞在することが多い。おそらくエリックもそうだろう。堂々たるパレ＝ロワイヤル、シャンゼリゼ通りのあたりだとすれば、チュイルリー公園に面して建つル・ムーリス・ホテルかもしれない。

よく晴れたこの冬の朝、正直なところわたしにとっての気がかりはただひとつ、自分たちの行き先がジョイのレストランからどれくらいの距離だろうかということだけだった。

会いにいったら、ジョイは数時間だけでも職場を離れることができるかしら？　エリックはそのための時間を都合してくれるかしら……？

すべてがうまくいきますように、と祈った。

車の窓に鼻をくっつけて外を見つめると、サクレ・クール寺院の卵形の屋根がちかづいてくる――どんどん迫ってきている！　心が浮き立ってきた。車はモンマルトルに向かっている。ジョイの住まいと職場がある場所だ。

石畳の狭い通りを進むうちに、涙がこみあげてきた。いても立ってもいられない心地だ。SUVが停まったのは、〈レ・デュ・ペロケ〉の正面だった！

完全に停まりきる前に、わたしは車から飛び出した。レストランはまだ開いていないけれど、窓のそばのテーブルのところにシェフの白い上着を着て彼女が座っているのが目に入った。わたしの娘が立ち上がり、正面のドアをあけて、両手を広げ――。

「ママ！」

「ジョイ！」

とうとう会えた。娘と固く抱き合った。

45

「ママがここにいるなんて、信じられないわ！」

わたしだって信じられない。なにかいおうと思っても、言葉がなかなか出てこない。

腕を組んでレストランに入っていきながら、ジョイの様子を感じ取ろうとした。栗色の髪の毛は最後に見たとき（ほぼ四カ月ぶり）よりも短めで、それを全部後ろになでつけて厨房に入るためのポニーテールに結っている。ゆったりしたシェフコートを着ているのでしなやかな身体の線は見えないけれど、顔を見るととても心配になる。やせて、青ざめている。目の下にはクマがあり、ぎゅっと口元に力が入っているので年齢よりも老けてみえる。原因として思い当たるのはふたつ――仕事上の悩み、または恋愛の悩みだ（両方かもしれない）。

山ほどある質問を始めようとしたとき、テーブルについていた紳士が立ち上がってわたしに挨拶した。エッフェル塔くらいありそうな、おそろしく長身の人物だ。

「おはようございます、ミズ・コージー。フライトはいかがでしたか？」

ソース・クラブのリバー・ルームで見かけた人物だ。肌もあらわなドレスを着ていたエリックの姉の会食の相手だった。

名前はガース・ヘンドリックス。エリックは彼を――ある種の――メディスン・マンだと表現した。彼は〝メディスン〟の代わりに、ギリシャ神話の知恵の神の名を使った。〝メーティス・マン〟という肩書きなんて、いままできいたことがない。それに、ソーン社でどのような役割を果たしているのか、わたしには理解できていない。

『ぼくやスタッフを鼓舞するパワーの持ち主なんだ。見ようによってはガス抜きの換気口みたいな存在かもしれない――ぼくたちのフラストレーションを発散させることに長けているからね。聴罪司祭と宮廷の道化師も兼ねているかな……』

鮮やかな色合いの服を好むガースには宮廷の道化師という喩えが、いかにももっともらしい。ソース・クラブのダイニングルームというあらたまった場で彼が着用していたマオカラー・ジャケットは、光沢がある青緑色のシルクで仕立てられていた。

今朝、わたしたちの前に立っている彼は幅広の黒いスラックスに、鮮やかな赤の地のクルタ（インドの民族衣装）を着ている。クルタの首回りと深い切り込みに沿って金色の刺繍がほどこされている。白髪まじりの長いポニーテールを結ぶレザーの紐には、ビーズとワシの羽根が飾りとしてついている。

奇抜な格好（モンマルトルのレストランにいる白人男性としては）ではあるけれど、エリックのコンシリエーレ（マフィアの組織の役職。顧問）は自信をみなぎらせて悠然としている。

「エリックはどこですか？」彼にききながら、無人のダイニングルームをすばやく見渡した。

革張りの長椅子と真鍮《しんちゅう》の手すりが印象的なインテリアだ。

「会合中です」ガースがこたえる。「ですが、ビューメールであなたにメッセージが届いているはずです」

「ビューメール？」

「ソーンフォンをチェックしてみてください、ミズ・コージー」

わたしは滑らかな手ざわりの黒いスマートフォンをバッグから取り出した。

「電話！」といってみた（いささか大きすぎる声で）。

「ママ」ジョイがささやく、「気は確かなの？　あら……すごくクールな電話ね！」

わたしのコマンドでスマートフォンのライトがつき、スクリーンにエリックが映った。そして、あらかじめ録画されていた画像メッセージが流れた。

「ボンジュール、クレア！」（エリックに最初に会ったときの、人を煙に巻くような笑顔を浮かべている）「願いは叶ったかな？」

それをきいて、背筋が寒くなった。エリックと会食した晩、こういうチャンスが訪れることをわたしは心から願っていた――娘のジョイと直接会って、ジョイの人生について、これからの進路について話をしたいと思った。

エリックのビューメールは続いている。「あなたたちにささやかな任務をお願いしたい。いまはまだそれどころではないだろうけれど――」

任務？　わたしたちに？

「――ともかく、午前中は積もる話をして、ふたりでゆっくり過ごしてください。ジョイは今日、仕事が休みです。彼女の雇用主にはぼくから話をつけてあります――」

「まあ、うれしい。ありがとう！」ジョイが録画の画面に向かっていう。

「今夜のディナーで会いましょう。ごちそうします」そしてエリックは甘い声でつけ加えた。「ではそのときまで、さよなら《オルヴォワール》！」

再生している間、ガースはこちらに関心なさそうな様子で、時折、腕に視線をやる。ほっそりした腕にはディック・トレイシーの無線機のような通信機器をはめている。エリックのメッセージが終わって画面が黒くなったので、わたしはガースのほうを向いた。

「エリックに質問することはできるかしら？」

「彼に質問ですか？」摩天楼のように高い彼の身体が硬直して静止した。「どのような内容でしょう？」

ネイト・サムナーが逮捕されたことについての感想を。でも、じっさいにはこうこたえた。

「つまり……ここにいる理由です。わたしとジョイの〝任務〟とは？」

「ああ、そういうことですか……」彼の身体が若干リラックスしたようだ。「もう少し気長にお待ちください、ミズ・コージー。お嬢さんと過ごすひとときを楽しみ、長時間のフライトでお疲れでしょうからゆっくり身体をほぐして、歴史のある美しい街を散策して堪能してください。今日の午後、わたしのほうからおふたりにご連絡します」

「どこで？」わたしはたずねた。「いつ？」

「そのときが訪れたら、わたしがあなたたちをみつけます」

そういい残してガース・ヘンドリックスはレストランを出ると、わたしをここまで乗せてきたＳＵＶに身体を折り畳むようにして乗り込み、腕時計型の通信装置に向かって熱心な様子で話している。そのまま車は出発した。


「ママ、あの奇妙な人は誰？」

「名前はガース――」

「知っているわ。彼が自分で名乗ったから。でも、いったいどういうことなの？　一時間前にあらわれてわたしのボスと話したかと思うと、次にわたしとコーヒーを飲みながら、ここでの生活と仕事についていろいろきかれたわ。そして、『あなたのお母さんが今朝、ここにいらっしゃる』といったの」

「ほかになにか話していた？」

「自分のボスはママのクライアントだといっていたわ。彼のボスって誰なの？」

「エリック・ソーナーという人よ。ひじょうに成功している実業家で、地球上でもっとも高価なブレンドコーヒーをつくるために、コーヒー豆の調達をあなたのパパに依頼したの……」（ややこしい部分はこの際、割愛することにした。エリックが女優兼モデルの恋人を殺した犯人であり、殺された女性の家族の依頼で捜査していた元警察官を殺そうと爆破事件を企てた、というマイクの仮説も）

「わあ、すごい。もっとくわしくきかせて！」

「後でね。とにかく、いまはあなたの話をききたいわ」

46

ジョイとわたしは、ガースの提案をそのまま実行した。歩いて、歩いて、話して――ひたすら話した……。

きりりと冷たい冬の空気を吸いながら、頬に感じながら、モンマルトルの丘の迷路のような静かな石畳を歩いて、すっかりリフレッシュした。趣のあるアパルトマンや間口の狭い画廊の前をのんびりと歩き回りながら、ジョイはあちらこちらでご近所さんと軽やかに「ボンジュール」と挨拶を交わす。

この十八区にかつて暮らしていた伝説的な画家達といえばモネ、ピカソ、ゴッホ、ダリなど、ニューヨークのグリニッチビレッジの歴史に名を刻んだ画家たちとはまったく異なる顔ぶれだ。けれども画家たちの繊細な感性に変わりはなく、モンマルトルはいまも若者、芸術家の卵、自由人たちを――因習打破を叫ぶ者もロマンチストも――いまもひきつけている(海を隔てた、わたしのビレッジブレンドも同じだ)。

思ったとおり、ジョイはここでの生活を謳歌《おうか》している。なんといっても彼女にはアレグロ家の血が流れているのだから当然だ。緑の目、栗色の髪、顎がほっそりした卵形の顔、背の高さ、語学の才能は確かにわたし譲りだけれど、大胆不敵で野心的で、冒険心に富んでいて、強情で頑固なところはすべてマテオ譲り――そしてフランス生まれの大胆不敵な祖母にそっくりだ。

けれども、高みをめざしたいという欲求はつねに楽しいことばかりをもたらすわけではない。日々の暮らしは完璧とはほど遠いとジョイの口からきかされても、わたしはあまり驚かなかった。

「わたしたち、おそろしいほど働き詰めなの」ジョイが打ち明けた。

「モンマルトルで？　冬なのに？」

「評判が広がっているのよ。うちの店はミシュラン・ガイドのエスポワール（ちかいうちに昇格する候補）に選ばれたの……」

パリのこの地区は高級レストランよりも手頃な価格で食事ができる店が多いので、そんな栄誉を与えられるのはとても稀なことだ。新しいメニューにはジョイも貢献しているときいて、母として誇らしく感じた。高く評価された厨房のチームのなかで、ジョイはまちがいなく重要な存在として活躍している。

しかし、この華々しいニュースも決して手放しでよろこぶわけにはいかないのだ……。

エスポワールという栄誉は、衆目にさらされたなかでの挑戦といい換えることができる。ミシュラン・ガイドの星を与えられるレベルにメニューとサービスが達するかどうか、二年という期間内に評価がくだされる。

ジョイの店のエグゼクティブ・シェフは絶対に星を獲得すると決めていた――しかし、そのプレッシャーの重さで誰も彼もが疲弊《ひへい》していた。

「それでナンバーツーのスーシェフは理性を失ってしまったの。完璧でなければというプレッシャーに押しつぶされてしまったのよ！」

ブレス鶏を投げつけた件はテレビのニュースで報道され、パリの食関連の業界に知れ渡ってしまったようだ――素っ頓狂な出来事を知って、さらに大勢の客が〈レ・デュ・ペロケ〉に詰めかけた。

「わたしたちは毎晩あの厨房で命をすり減らしているの。勤務時間は長くなるばかりで、営業日は週六日から七日に変わったわ。それなのにオーナーは厨房のスタッフを増員しようとしない……」

一時間ほど話をしてジョイは気がすんだのか、きいてくれてありがとうと礼をいった――英語とフランス語で（無意識のうちに母語から別の言語に自在に切り替えながら話すのは、父親のマテオそっくりだ）。

そろそろカフェに入って暖を取ろうとジョイが提案した。

わたしは指もつま先も頬も冷えきっていたので、迷うことなく賛成した。

ジョイが選んだのはテルトル広場の小さなカフェだった。石畳を敷いたこの広場には年中、画家たち（腕のいい人もそれほどではない人も）が椅子とイーゼルを置いて絵を描いている。

春の雨のなかで、彼らは自分のささやかなスペースが濡れないように大きな傘を広げる。真冬には着膨れして湯気が立つ熱々のコーヒーで身体を温める。

窓辺のカフェテーブルに席をとり、ジョイはふたりぶんのコーヒーと〈カヌレ〉というフランスのペストリー――生地には卵をたっぷり練り込み、バニラとラムの風味が豊か――を一皿注文した。

フランスのマドレーヌと同じように、この〈プチ・カヌレ〉も独特の焼き型が使われる。蜜蠟《みつろう》とバターを混ぜて型の内側に塗るのが、ペストリーの表面をカラメル化させる秘訣だ。このお菓子はジョイと過ごした甘い朝の記憶として、プルーストのマドレーヌのようにずっと記憶に残るだろう――冬の屋外の空気の感触と、温かい屋内に入り凍えきった身体がやわらかく溶けていくような心地とともに。

曲げ木の背もたれの使い込まれたカフェチェアに座り、少し落ち着いたところで、ようやく、繊細な話題を持ち出した。ジョイの恋愛問題だ。

「で、フランコとはどうなっているの？」母親としての本能にかられて、ついに口に出した。たちまちジョイの様子に変化があらわれた。せっかく張りを取りもどした頬がふたたびこけて、がっくりと肩を落とす。「どうしたらいいのか、わからないの。たぶん、彼に嫌われてしまったのだと思う」

「嫌われた、ですって？　エマヌエル・フランコはあなたに夢中よ」

「そんなこといわないで……どうしてママにわかるの？」

「二週間前にハドソン通りで、彼がふたり連れの若い女性にいい寄られるところを偶然見たわ。彼はまったく相手にしていなかった。彼はあなたを必要としている。あなたを愛しているのよ」

ジョイはエメラルド色の目を下に向けて、湯気の立たなくなったコーヒーカップをじっと見つめる。そしてようやく打ち明けた。やはり、心配していた通りだった――。

「マニーが休暇でここに来たときに、大喧嘩をしたの……」

いきさつを根掘り葉掘りきいて、やっと事のしだいがあきらかになった。ジョイの親友イベットは自分の婚約者の従兄弟との交際をしきりに勧めていた。彼女の婚約者も、その従兄弟もとても裕福だという……。

「何度かいっしょに出かけたわ――あくまでもグループ交際として。でも前回、イベットと婚約者は理由をこじつけてわたしたちをふたりきりにして、お金持ちの従兄弟とわたしがデートするように仕向けたの。最悪だったわ。とても傲慢で、自己愛が強い人だった。イベットはどうしてもひきさがらなかった。わたしがマニーと遠距離恋愛をしているから、その男性の良さがわからないのだとしつこくいい続けた。休暇でわたしに会いにきたマニーに、わたしとその男性がいっしょに写っている画像をイベットが見せたの。わたしが『彼とよく会っている』と説明して、まるで交際しているみたいないい方だったわ！　そのうえ、マニーが身を引いて『わたしを解放』すれば、金持ちのフランス人とカップルになれる、相手は『わたしが快適に暮らしていくための財力がある』人物だと話したのよ」

「それに対して、あなたはなんていったの？」

「そんな会話があったことすら知らなかったわ。マニーが帰国して初めて知ったのよ！　いっそイベットを殺してやりたいと思った！　彼はここにいる間、ピリピリした態度であれこれたずねてきたわ。交際を止めたがっているのか？　この先ニューヨークにもどる可能性はあるのか……」

「なんとこたえたの？」

「具体的な予定は立てられないとこたえた。いまはまだ無理だと。店がエスポワールに選ばれたことですべて狂ってしまったの。新規のお客さまが押し寄せてきて、ボスはわたしの休暇を半分に短縮してしまった――たぶんマニーはそれが面白くなくて、わたしと別れたがっているように見せかけたのだと思う。長距離の交際があまりにも大きな負担なら、別れてもいいとわたしは彼にいった。そして、気まずいまま彼は帰国した……これでよかったのかもしれないと、思うことにしたわ。彼の気持ちは変わってしまったのよ、きっと」

「まさか、変わってなどいないわ。だって……わたしはエマヌエル・フランコがどんな人なのか、よく知っているもの。若いころは放蕩もしたけれど、そういうちゃらちゃらした遊びにはもう飽き飽きしている。彼がいま求めているのは、安定して築いていける関係よ。あなたが本気で別れを決めたのなら、彼はきっと前に進んでほかの誰かと共に過ごす人生を見つけるでしょうね。ここではっきりさせておきたいのは――あなたは彼を手放してしまっていいの？　あなただっていろいろおつきあいしてきて、相手は必ずしもいい人ばかりではなかった」

「マニーは最高の人よ。それはわかっている。心が広くて愛情豊かで、頼りになる。彼といるととても楽しくて、相性がよくてしっくりくるの……」ジョイの頬がまた赤みを帯びてくる。「すごく不思議。とにかく……エマヌエル・フランコみたいな人は初めてだし、彼といっしょにいるととても幸せなの——彼を愛しているわ。でも、問題はそこではないの」

「それ以外にどんな問題があるというの？」

「だって、彼は向こうにいて、わたしはこちらにいる——そして少なくともあと一年はここにいる必要がある。星を獲得するチャンスだもの。もしもそうなれば——ニューヨークで独り立ちできるわ。そのためにこれまで必死にがんばってきたの！」

「それなら、フランコには待つという選択肢があるはず。彼はそうすると思うわ。あなたがそれを望めばね」

「わたしは、望んでいる」

「ジョイ、『光るものが必ずしも金ではない』ということわざを知っているでしょう？」

「ママにそんなことをいわれなくても——」

「いいから、ききなさい。本物の金はティファニーのショーウィンドウでいきなり誕生するわけではないのよ。地中から掘り出されるの。本物の金だからといって、必ずしも光り輝いているとは限らない。少しだけ磨く必要があるかもしれない。そのためには少々の忍耐や努力がいるけれど、そういう手間を惜しんで、人生の最大の宝となる可能性のあるものを捨ててしまおうなんて思わないで」

わたしからのささやかな助言に対し、ジョイは無言だった。コーヒーを飲んでカヌレをかじり、じっと考え込むように広場を見つめている。

わたしも外を眺めた。画家たちが鉛筆で描いたスケッチが見える――描かれている対象がわかるものもあれば、まだ線だけの状態のものもある。完成したときになにが描かれるのかは、時間がたってみなければわからない……。

「サクレ・クール寺院でロウソクに火を点してみない？」ようやくジョイが口をひらいた。

「ええ、行ってみましょう」ペストリーを食べ終え、コーヒーを飲み干し、もう一度散歩に出た。

フニクレールと呼ばれているケーブルカーに乗って急勾配をのぼり、大聖堂に向かった。ここはモンマルトルの「山」で、そこに建つサクレ・クール寺院はイル・ド・フランス地域圏でもっとも高い地点にあたり、そこから見る眺めはまさに絶景だ。

「いつの日か、こういう通路をあなたが祭壇に向かって歩く姿を見たいわ」小さな声でジョイにささやきかけた。一世紀の歴史を持つ聖堂のなかは静寂に包まれている。わたしたちはロウソクに灯を点し、いっしょに祈りの言葉を唱えた。外に向かいながら、ジョイが話しかけてきた。

「わたしもよ。ママのそういう姿を見たいわ」

「マイクとはうまくいっているの？　彼の名前がまったく出てこないから、どうしたのかなと思っていたの」

「わたしの？」

「わたしたちは……問題解決につとめているわ」

「遠距離恋愛はなにかとむずかしいわね」

「ええ。あなたとフランコが直面している問題も、たぶんそのせいね。そういうときこそ、わたしは祖母の言葉を思い出すの」

「会えないときこそ、愛は深まる、でしょう？」

「それを実感するわ。毎晩、マイクにとても会いたいと思う。でもね、もともとのイタリアのことわざは少しちがうのよ。恋人同士への警告の意味合いが強く込められている」

「なんといって警告しているの？」

「会えないときに、愛は試される」

47

教会を出て大勢のにぎやかな観光客のなかを歩いていると、おそろしく背の高い人物がエスキモーパーカーを着てにこやかな表情でちかづいてきた。

「ミスター・ヘンドリックス！」ジョイは驚いて声をあげた。「どうしてわたしたちの居場所がわかったんですか？」

ガース・ヘンドリックスがにっこりした。「もしかしたら、ここにのぼっているのではないかと思ったので……」

わたしのソーンフォンが発信する情報でGPS追跡をしたにちがいない。ソーン社に関してはなにからなにまで奇異な印象なので、質問を投げかけようとした矢先、ジョイに先を越された。まっさきにききたいことが彼女の口から出てきた。

「ところで、わたしとママへの秘密めいた〝任務〟について、教えてもらえますか？　あなたのボスから指示があった任務について。気になってしかたないんです」

ガースがわたしを見る。「電話のメッセージを確認してみてください、ミズ・コージー」

「ビューメールで？」

　録画済みの映像が再生され、かんたんな前置きの後、エリック・ソーナーが本題に入った。「毎年、五月一日には飲食業界において影響力のある富裕層があつまり――ある種の持ちよ《ポット》り《ラック》パーティーをおこなう――」

「大変よ、ママ！」ジョイがわたしのコートの袖をつかむ。「億万長者のポットラック・パーティーよ！」

「知っているの？」

「グルメ業界では伝説になっているわ！　まさか実在するとは思わなかった！」

「地球上でもっともステータスが高く、かつ特権的な食事を挙げろといわれたら、まちがいなくそのひとつに選ばれるディナーでしょう」画面のなかのエリックの説明が続く。「どんなに金を積んだとしても、このディナーに参加するチケットを手に入れることはできない。しかし、ぼくは喉から手が出るほど、このディナーのチケットが欲しい。後はガースから説明があるでしょう。では、また今夜、夕食の席で。オルヴォワール！」

「なぜエリックは億万長者のポットラック・パーティーに参加したがっているのかしら？料理の刺激をもとめて？」ガースにたずねてみた。

　メーティス・マンが一歩こちらにちかづく。「エリックが温めている事業計画に、億万長者のポットラック・パーティーの常連の多くが関係しているのです。限られた人々だけが参加する打ち解けた雰囲気のなかで、彼はこの事業を提案したいと考えています。出席者一人ひとりに対して個別に。堅苦しい雰囲気でアプローチするよりも、目的を達成できる可能性はるかに高いでしょう」

「エリックはどうやってパーティーに出席するつもりなのかしら？」

「ほかのみなさんと同じ方法です。招待です」

「招待を受けるためには？」ジョイがさらにたずねる。

「品位ある根回しが必要です。ただし、招待を受けるためにどうしても欠かせないことがあります。他の出席者の紳士淑女のメガネにかなう一品をポットラック・パーティーに持参しなくてはならない」

「世界中のおいしいものを知り尽くしている人々でしょうから、むずかしい注文ね」

「その通りです。ひとことでいえば、異国情緒に満ちた材料をいかに刺激的に味わえるのか、です。わたしたちは、かなりいい線までちかづいているといっていいでしょう。ビリオネア・ブレンドはエリック、ミスター・アレグロ、ミズ・コージーを除けば、誰にとっても未知の味です。いまエリックがあなた方おふたり――母と娘――に望んでいるのは、熟練のロースターと修業中のシェフが知恵をしぼり、ミスター・アレグロがたったいま調達している最高のビリオネア・ブレンドを引き立たせる料理を生み出すことです」

「驚いた……」ジョイは目をまんまるにして、眼下に広がるパリの景色を茫然と見ている。しかし、内心ではすでに料理のユートピアへと飛んで課題に取り組んでいるにちがいない。

わたしはガースを見た。「説明はそれで全部かしら？」

「料理に興味を引きつける注釈をつけること。そしてアドバイスをひとつ贈りましょう」

彼の言葉にジョイが気を引かれたらしい。

「まず、興味を引きつける注釈についてですが、このディナーの参加者は、最高の料理には物語があると考えています。たとえばあなたがいま働いているレストラン、〈レ・デュ・ペロケ〉――二羽のオウム――とあなたの秘められたエピソード」

「あなた、ご存じなの？」思わず声が出てしまった。

彼がうなずく。「そういう要素と結びつくことで忘れられない食事となるのです」

「アドバイスというのは？」

「エリックから社員への、とりわけ携帯ゲームを担当する社員へのアドバイスと同じです。彼がいつもいうのは、他の条件がすべて同じであれば、もっともシンプルであることがベストである」

「ずいぶん漠然としているわ」

「いまの時代はものごとのスピードが速く、複雑な問題に満ちているので、すばやく行動しなければ成功できないのです。想定外のことを受け入れ、問題解決能力を磨いて順応し克服しなくてはならないということです」

「なんだか、それもかなり漠然としているわね」

ガースは忍耐強く笑顔を保っている。「そう感じるのは、具体的な部分はおふたりにまかされているからです。任務の内容はお伝えしました。期限もおわかりですね。今夜、夕食の席でエリックは回答を楽しみにしています」

ガースが指を鳴らすと、武器を携帯した運転手がふたたびあらわれた。「ルネが、ディナーの支度のための場所にお送りします」

「なにを着ればいいの？」ジョイがたずねた。

「それはエリックが手配ずみです。あとひとつだけ、〝オッカムの剃刀〟を憶えておいてください」

「オッカムの剃刀？」

「無駄を省く法則です。ゴルディアスの結び目を解く、つまり難題を解く最善の方法があります。自力で解こうとすれば貴重な時間を浪費してしまい、失敗する可能性がある。それよりも、スパッといさぎよく道を切り開く方法をとる。そしてわたしが理解している限り」彼は向きを変えて歩き出しながら、肩越しにいい残した。「あなたのナイフはひじょうに切れ味がいいらしい……」

それをきいて凍りついた――気温のせいではない。ヘンドリックスは、ジョイが過去に経験したトラブルについていっているのだ。ジョイの鋭利なナイフが犯罪に使われたことを。

さいわい、彼の辛辣な言葉にジョイは気づかなかったようだ。またしても上の空だ。

けれども、わたしにはトゲのように刺さっていた。

ジョイがグルメをうならせる料理をあれこれ考えているいっぽうで、わたしは爆弾処理班がエリックのスマートフォンのなかに見つけた、『クレア・コージー』というタイトルの大容量のフォルダーのことがあらためて気になってきた。はたしてエリック・ソーナーはほかにもわたしの過去を、未来のために利用しようとたくらんでいるのか。それを考えずにはいられなかった。

48

「ふたりとも、輝いている……」

われながらピカピカ輝いていると、ジョイもわたしも実感していた。エステで何時間もかけてスキンケアした後、髪をセットし、メイクアップもしてすっかりきれいに整えていた。デザイナーズブランド（もちろんフランスのブランドもので、お直しをして完璧に体型にフィットしている）のドレスと靴も届いていた。レンタルしたブガッティで迎えにきたエリックとともに、わたしたちは出発した――一夜限りの母娘シンデレラだ。

ルネの運転でパリの街を走るアンティークのフランス車に、道行く人々が次々にふり返る。車内でわたしたちはシャンパンを味わいながら、丸一時間、ドライブを楽しんだ。エッフェル塔と凱旋門をめぐり、美しくライトアップした優美な橋をいくつも渡った。橋の下の暗い水面には明かりを点した平底船が何隻も浮かび、黒いベルベットのプールにダイヤモンドが浮いているような光景だった。

そしてようやく停車したのは、ヴォージュ広場だった。街路樹が並ぶ美しい公園を、宮殿《パラッツォ》のような建物が取り囲んでいる。わたしたちの目的地は、かつてショルヌ公爵が所有していたタウンハウス。十七世紀の建物が、当時のままに修復されている。

その建物を見てジョイは思わず悲鳴をあげた。そこにはパリで有数の格式のある高級レストランが入っていた。このレストランには王族、国家元首、そしてアメリカの大統領が少なくともひとりが来店している（ここでディナーをとれば、ふたりぶんで軽く千ドルはかかるだろう）。

レストランの名前を目にした瞬間、あっと思った。〈ランブロワジー〉——神々の食べ物——はフランス語で〝アンブロシア〟の意味だ。そして〝アンブロシア〟は、ブラジル産の極上のコーヒー豆のためにわたしとマテオとで選んだ名前でもある。そのアンブロシアは、もはやこの世から消えてしまったも同然なのだ。

これが偶然であるはずがない。

またもやエリックは狡猾なチェスの一手を繰り出そうとしている。どうか、この結末が見るも無惨な光景となりませんように——娘のジョイが巻き込まれるようなことがあれば、とうてい耐えられない。

レストランの内装はまるでヴェルサイユ宮殿のように豪華で、クリスタルのシャンデリア、アンティークの鏡、ルイ十四世様式の金箔張りのコンソールテーブルなどが絢爛と輝いている。客席はせいぜい四十席ほどで、とても心地よい空間だ。

食事を始める直前、エリックはソムリエに手をふって合図し、そばのテーブルにワインのボトルを持っていかせた。そのテーブルを正装姿の三人の男性が囲んでいる――すらりとした体型の中年男性ふたりと、大柄の男性だ。デザートが運ばれてきた後、給仕長がエリックの脇にやってきて耳打ちした。

「ウィ、メルシー」エリックは給仕長に返事をして、わたしたちのほうを向き、「ちょっと失礼」といって席を立った。

そのまま彼は三人の男性がいるテーブルへとちかづいていく。

彼らはフランス語で話しかけ、エリックもフランス語でこたえている。どうやらジョイとマテオと同じく、流暢なフランス語を操るようだ。彼がこちらを向き、さりげなくわたしたちのテーブルを指さしたので驚いた。

ジョイとわたしはにこやかな表情で三人の男性と会釈をかわした。

「すみません《パルドネ・モア》」エリックはひとこと断わってからこちらにもどり、今度はジョイをいっしょに連れていく。

エリックが三人のVIPたちにジョイを紹介するのを、わたしは興味津々で見ていた。大柄で紅をさしたように頰が赤い年配の男性は、フランスの有名な一族でワイン商の六代目、ふたりの中年男性も同じく著名な人物とわかった。ひとりはフランスの観光局副局長、もうひとりは《マーカス・ガイド》――定評のあるガイドブックで、エリックの会社はこれを買収してグルメ向けの新しい携帯アプリ《App-itite《アペタイト》》のコンテンツとする予定だ――の編集長だった。

静かだったダイニングルームはいっそう静まり返っている。どうやら、彼らの会話に聞き耳を立てているのはわたしだけではなさそうだ。

たがいの紹介がすむと、観光局副局長はジョイに〈レ・デュ・ペロケ〉との関わりについてたずねた。ジョイは溌剌《はつらつ》とした口調で語り始めた。それはマダムがわたしとジョイにくり返しきかせてくれた、ベッティーヌという若い女性にまつわる話だった。マダムと深いつながりのあるベッティーヌは十九世紀、裕福な家庭に生まれ育った。ところが彼女は家族の猛烈な反対を押し切ってイタリア人の画家といっしょにローマに駆け落ちした。

「しかし若い画家はインフルエンザに感染して命を落とすという不幸に見舞われ、ベッティーヌはパリにもどったのです」ジョイはフランス語で語る。「けれども家族には受け入れてもらえず、彼女は〈フォリー・ベルジェール〉の踊り子となりました。そんな彼女を、ちかくのブラッスリーの経営者が見初め、妻に迎えたのです。ベッティーヌは若くして亡くなった恋人のイタリア人画家から贈られた二羽のオウムをずっと手元に置いていました。彼らの愛を尊重し、これまでの紆余曲折があったからこそ理想の女性とめぐりあえたのだと考えたフランス人の夫は、自分が経営するモンマルトルのブラッスリーを〈レ・デュ・ペロケ〉——二羽のオウムという名に改めたのです」

三人の男性はジョイの話をききながらうなずき、やがて笑みを浮かべ、楽しげに顔を見合わせている。それはそうだろう。こういう思いがけない愛の物語が、フランス人男性の心を引きつけないはずがない。しかも、美しく若い女性——それも、この物語にあきらかに関係しているフランス人の血を引いた女性——が語れば、なおさらだ。

ジョイも、マダムの一家の歴史——当時、一家にとっては不名誉な出来事ではあったのだろうが——を伝えることを楽しんでいる。エリックもにこやかな表情だ。そして彼が時折、こちらに視線を向けるのにわたしは気づいていた。娘の輝くばかりの姿を見ているところを観察しているのだろう。

レーダー探知機並みの母親の本能が働いた。エリックはなにかをたくらんでいる。

エリックがふたたび口をひらいた。「ジョイは、アンブロシアを調達した人物の愛娘でもあります。そしてそのアンブロシアを完璧に焙煎したのは、彼女の母親のクレアです」

エリックがわたしのほうを指し示すと、意外なことに男性三人が軽く拍手した（後にエリックから、彼らは昨年の秋、まさにこのレストランでわたしのコーヒーを試飲し——海外原産の希少なコーヒーを一杯五十五ドルで——べた褒めだったそうだ）。

わたしは微笑んで礼を述べ、ワイングラスを掲げた。

そしてついに、話題はマテオがいま調達しようとしている特別なブレンドへと移った。いつしかエリックはＶＩＰたちに、わたしたちが取り組んでいるビリオネア・ブレンドについてさりげなくプレゼンを始めていた。彼らからいくつか質問が出て、エリックはまたジョイのほうを向いた。

「ご両親のたぐいまれなブレンドを使って、きみならどんな料理をつくるのか、きかせてくれ、ジョイ」

なるほど、そういうことね……。

エリックがわたしたちに依頼した任務だ。彼はジョイにアイデアをたずねている。つまり、この三人の男性のうち最低ひとりは、億万長者のポットラック・パーティーへのドアのカギをあける力を持っているということだ。

49

ジョイは状況を瞬時に察して、自分の役割を理解した。そしてニューヨークのチャイナタウンでインスピレーションを得たエピソードをまじえながら語り始めた。

「あるシェフはアヒルをスモークするのにお茶を使うという興味深い方法をとっていました――それを試してみたいとずっと思っていました。わたしは両親の特別なブレンドのコーヒーを、ブレス鶏のスモークに使います。肉の厚いフランスの鶏に、地球上でもっとも遠く離れた場所から調達した豊かな土の香りのコーヒーのエッセンスを染み込ませます」

「それをどんな一品に仕上げるのかな？」ワイン商が目を輝かせてたずねる。

「まず、カルパッチョのような薄切りにし、クレームフレーシュを少量添え、トリュフオイルを散らし、付け合わせはコーヒー・キャビアにします。鶏の薄いスライスを花びらに見立て、香り高い花が咲いているように盛りつけます」

観光局副局長は問いかけるように片方の眉をあげる。「コーヒー・キャビアというと？」

「ウィ、ムッシュー……」ジョイは要領よく分子ガストロノミーの技術について解説した。ほぼあらゆる液体で香り豊かな細かな粒をつくり出せる技術だ。

三人のＶＩＰはジョイにさらにアイデアをたずね、彼女はよろこんで披露した。コーヒーとクリームの〝めがね《リュネット》〟という料理は、コーヒーでスモークしたブレス鶏を細かく刻んでフランス産バターと黒トリュフを加え、パスタの生地で小さな半円球の形に包み、マスカルポーネをベースにしたクリームソースを敷いた上に盛りつけて白トリュフを削ってトッピングする……。

「ブレス鶏のおもしろい使い方だ」ワイン商がいう。「しかし、きみの同僚の真似をして農場主に鶏を投げつけたりしないと約束してもらいたいね！」

皆がそろって笑い声をあげ、エリックは目をキラキラ輝かせている。

ジョイとわたしはガースのアドバイスにしたがった——物語のある料理をつくり出したのだ。確かにメーティス・マンのいった通りだ。料理をめぐる会話が味わいをよりいっそう深め、忘れられない食事となる。

「デザートはどうかな？」《マーカス・ガイド》の編集長だ。「どんなスイーツをわたしたちのために用意してくれるのかな、マドモワゼル？」

「両親がつくる特別なブレンドを使ったコーヒー・ジェラートを芯にした、小さな爆弾を考えています。ヘーゼルナッツのプラリーヌを砕いたもので包み、さらにマスカルポーネ・ジェラートで包みます。ジェラートにはウガンダ産のゴールド・バニラを加えます——わたしは父からこのバニラについて教わりました」ジョイは誇らしげな表情だ。

「薄いスポンジケーキにエスプレッソをしみ込ませて外側から覆って凍らせた後、トーマス・ケラー・シェフの有名な技法を使い、マジック・モカ・シェルで仕上げます——ヴァローナのチョコレート、低温圧縮法で絞ったココナツオイル、わたしの両親がつくる特別なコーヒーのブレンドで。そしてチョコレートには模様をつけます」ジョイがエリックににこやかな表情を向ける。「こちらのミスター・ソーナーのために、トゲのあるバラを食用の金箔で、小さな爆弾の周囲に描いてみようかと思います」

テーブルがしんと静まり返った。ジョイが二度も口にした〝爆弾〟という言葉が効いているにちがいない。

おみごと。ガースによってジョイの一部が爆発し、彼女によってエリックも……。

さいわい、エリックはこのユーモアを理解したらしい（彼がこのジョークを完璧に決めれば、わたしとジョイの狙い通りとなる）。「とてもおいしそうだ、ミズ・アレグロ。その爆弾が爆発さえしなければ、ね」

エリックの言葉をきいて、三人のVIPが爆笑し、ジョイがわたしのほうを見た。

〝おみごと《ブラーヴァ》〟と口の形で伝え、もう一度グラスを掲げた。

やがて三人が互いに顔を見合わせた。ワイン商がエリックを見る。

「この新しいコーヒーをぜひとも味わってみたいですな」

「同感だ」観光局副局長だ。「そして、あなたの料理はどれもとてもおいしそうですよ、マドモワゼル」

「それもぜひ味わってみたい」ワイン商が力強く言い切る。

いった。

「わたしもです」

声がしたほうにジョイがふり向くと、〈ランブロワジー〉のシェフだった。ジョイが少々うわずった声で挨拶すると、シェフは厨房を案内しましょうと声をかけた。ジョイはわたしのほうをふり返り、得意げな表情を浮かべ、シェフの後についてダイニングルームから出ていった。

エリックがテーブルにもどってきたので、わたしは彼のほうに身を寄せてささやいた。

「メルシー」

「いや、お礼をいうのはこちらのほうです」彼が静かにこたえた。「おふたりのおかげで決まりました。五月一日、ぼくは初参加の億万長者のポットラック・パーティーにあなたのコーヒーを持っていく」

もちろんこれも、筋金入りのプレイヤーであるこの若者が入念に組み立てた戦術の成果だ。娘と過ごすことができて彼には感謝している。それでも、この二週間に起きたことを思うと、一刻も早くエリックに問いただしたい。第三者に邪魔されない場所で。

コーヒーとデザートを心ゆくまで楽しみたかったけれど、いまはそれだけの心の余裕がない。

マダムのことを考えずにはいられない。昔からの友人ネイトのことをさぞや心配しているだろう。いまなお現役の活動家であるサムナー教授は、いまごろ拘置所のなかだ。マイク・クィンの忌まわしい警告も頭から離れない。

しかし、どうしても確かめなくては……。

戦略の達人エリック・ソーナーは、殺人の首謀者なのだろうか？

50

ディナーの席での計画が大成功に終わって、エリックは喜びに酔いしれている。ジョイをアパルトマンで降ろした後、エリックは運転手に〝家〟に行くように指示した。到着したのは、パリ左岸のしゃれたタウンハウスだった。

パリでエリックの執事を務めるエルベという年配の男性が、今夜泊まる部屋に案内してくれた後、行ってしまった。わたしの小ぶりなスーツケースがフロアに置かれ、すでに荷解きされている。

着替えようとしたとき、誰かがドアを軽くノックした。

「寝る前に一杯どう？」

エリックだった。まだフォーマルウェアのままだ。少年のように初々しい微笑みを浮かべて小首を傾げてみせる。「目が冴えちゃって、眠れそうにないんだ」

「とてもエキサイティングだったわね」

「うん。だから、ぼくの部屋で話そう」

「わたしも話はしたいけれど、でも、あなたの寝室では――」

「スイートだから応接間のスペースがある。だから……」

これは絶好のチャンスかもしれない。エリックに疑問をぶつける、またとない機会だ。彼はすでに相当のアルコールを消費しているから、下手に話をごまかすことはできないだろう。そう思って彼の後について廊下を歩いた。

エリックの言葉に嘘はなく、心地いい応接間でドリンクを用意してくれた。隣室に続くドアは三カ所あり、そのどれかが寝室への入り口なのだろう。はっきりと仕切られているので安心した。

暖炉では炎がパチパチと音を立てている。エリックからわたされたブランデーグラスの中身は、クラクラするほど美味しいアルマニャックだった。希少なビンテージもので、価格もきっとクラクラするほど高いのだろう。

「億万長者のポットラック・パーティーに乾杯」彼のグラスに軽くグラスを合わせた。

「いままでにない最高に高価なアプリをそこでデビューさせる」エリックは満面の笑みを浮かべ、ブランデーグラスを置いてぐっと身を寄せた。「《アイ・アム・リッチ》というアプリの存在は、きっと知らないだろうな」

「当たり。知らないわ」

「じっさいにそういうアプリがある。正確にいうと、あった。ダウンロードするのに千ドルかかるが、なんの機能もついていないアプリだ。それを八人が購入した。当然ながら購入者からクレームが出て、販売は打ち切られた。クレイジーとしかいいようがない出来事だった。

でもそれがきっかけで思いついた」

「インチキなアプリのプランを？」

「いや、スーパーリッチといわれる人だけを対象としたアプリをつくる。希少で量販は不可能な最高の商品を購入するためのポータルサイトだ。ぼくの青いバラ、ソーンフォン。そしてビリオネア・ブレンド――」

「その宣伝のためなのね！　だからポットラック・パーティーに出席しようと画策したのね」思わず大きな声を出してしまった。

エリックがうなずく。「億万長者向けのアプリを売るには雑誌の広告は役に立たない。ポットラック・パーティーには輸入業者、高級食料品の販売業者、ワイン商も参加する。彼らはこのアプリで商品を売りたがるだろう。ポットラック・パーティーを通じて億万長者はこのアプリのことをききつけるだろう。ホテル、カジノ、レストランのオーナーたちだ。彼らは自分のためにも、経営する店の店長、シェフ、ソムリエのためにもアプリを欲しがるにちがいない。噂が広まれば、経済学用語でいうところの〝ヴェブレン財〟となる――つまり、価格が高ければ高いほど、そして高級であるほど、裕福で影響力の大きい人々は手に入れようとするだろう」

そしてエリックはますます儲かる。アプリの売上に加えて、商品が売れるたびに少々の手数料が懐に入るというわけね。「あなたの会社は携帯ゲームで大成功したのでしょう？　路線を切り替えるということ？」

「ゲームのアプリはこれから全盛時代を迎え、やがて盛りを過ぎて消えていく。もっと息の長いものを育てたいんだ。父親が理解し、誇りに思ってくれるようなものをつくりたい」

「ご両親について、いままできいたことがなかったわ」

「父は善良な人だった。従業員にとってはすてきなサンタクロースだった」

「地方でチェーン展開するレストランのオーナーだったんでしょう？」

「〈ビッグ・ビリーズ・オールナイト・ブランチ〉。中西部に二十四店舗あった。メニューにのっているのは、いわゆるソウルフード――マカロニチーズ、ミートローフ、ローストチキン、スパゲッティ、朝食は一日中食べられる」エリックはそこでブランデーグラスの中身を飲み干す。「父は人をよろこばせることが生き甲斐だった」

エリックは父親が地元で展開していたレストラン・チェーンを売却し、手に入れたお金をもとにしてソーン社を立ち上げた。そこまでは知っている。一家が築きあげたものを手放したことが、エリックに心の重しとなっているのだろうか？　それとも、ほかのことだろうか？　罪悪感、なのかもしれない……。

「ネイト・サムナーが逮捕される前に、姪のエバがいじめにあっていたこと、そして亡くなったことをきいたわ――」

「その女の子が自殺をした後にぼくがゲームに修正を加えたことも、ネイトからきいている？　いじめをなくす活動をしているＮＰＯのグループにぼくが百万ドルを寄付したことは？」

「いいえ、彼は話さなかったわ」

「そうだろうな」エリックは立ち上がって、行ったり来たりし始めた。「ぼくは打ちのめされた。いまわしい悪夢がフラッシュバックしたように感じた……」

「フラッシュバック？」

「身体のことが原因で、ぼくもいじめを受けていた」

「あなたがいじめを？」

「ショイエルマン病。成長するにしたがって脊椎が変形した。周囲からはハンプティ・ダンプティとからかわれた。もっと教養があれば、カジモドといってからかったんだろうが。同年輩の子たちの目には、ぼくはハンプティ・ダンプティみたいに塀から落っこちて、そのたびに治してもらっているように見えたんだ。ぼくの姉までいじめの輪に加わった」

「ご両親は？」

「父親は最善を尽くしてくれた。ありったけの金を注ぎ込んでぼくを医者に診せた――」

「そして、お母さまは？」

「しらふのときには得体の知れないものを見るような目でぼくを見た。酔っているときには、見ようともしなかった。だから憎かった」

「昔を思い出させたネイト・サムナーのことも、憎かった？」

エリックが鼻で笑う。「ネイト？　まさか。あの老いぼれは嵌《は》められたんだ」

思いがけない言葉に、一瞬あぜんとしてしまった。

「わたしもそう思うわ。でも、いったい誰が？」

エリックがおかわりを注ぐ。「疑ぐり深そうな表情をしているところを見ると、ぼくだと思っているんだろうな」

「そう考えるのは自然でしょう？　ネイトを嵌めればソーラー・フレアの活動は停滞する。昨年、《ハトの糞》のTシャツに対する抗議活動でソーラー・フレアという組織はあなたに金銭的な損失を負わせた。それに、あなたにとって都合の悪いことを突き止めた可能性のあるチャーリーも排除されたとなると……」

「信じて欲しい、クレア。ぼくは一切そういうことに関わっていない。ネイトを嵌めたのはぼくではない。いまこの場で端的に証明できる」

「証明して」

「彼の弁護をソーン社の顧問弁護士に依頼して、費用を負担している」

51

エリックの説明によると、数時間前にニューヨーク市の判事はネイト・サムナーの保釈を認めない決定を下した。ライカーズ島の拘置所から出ることができない老教授のために、エリックの依頼を受けた弁護士たちはすでに異議申し立ての作業に取りかかっているという。

「ネイトが無実なら、真犯人は誰だとあなたは思う？」

「忘れているようだね、クレア。爆弾が爆発したとき、予定通りであれば、ぼくの車はあなたのコーヒーハウスではなく、サーバーファームに停まっていた。ターゲットはサーバーだったんだ。グレーソン・ブラドックはサーバーをシャットダウンさせるつもりだった。彼がチャーリーを殺そうと企てていたとは思えないが、結果的に彼女は巻き添えになった」

「ブラドックが自分の手で爆弾を仕掛けたとは考えられないでしょう？」

「彼はオーストラリアではかなりあくどい事をやっていた。だから犯人であったとしても不思議ではない。しかし昔に比べれば少しは利口になっていて、誰かを雇ってやらせたんだろう」

「ネイトをたやすく嵌められる人物を雇って？　あなたのスケジュールを知ることができて、

周囲から疑われずにあなたの車に乗り込むことができる人物を？」

エリックが眉根を寄せる。「そうだ。この場合はオッカムの剃刀でアプローチするのは間違いだな」

「くわしく説明して」

「自分の背後でひづめの音がしたら、シマウマではなくウマがいると考えろというのが〝オッカムの剃刀〟だ。つまり、たいていは予想外のことなど起こらないのだから、よけいな想像はするなということだ。しかし、もしも自分がいまいるのがアフリカの草原地帯だったら？」

「いいたいことはわかったわ。警察はネイトが明らかに容疑者であると判断して逮捕した。彼らのよりどころとなったのは、物的証拠と動機――」

「しかしここはアフリカだ。ぼくはそう確信している。ぼくたちがきいているひづめの音はウマではなく、シマウマなんだ。そして真犯人はシマウマの白と黒を混ぜた色を名前に持つ人物――グレー・ブラドック。殺人の罪を犯しておきながら罰を免れるようなことはさせない」

「ブラドックが単独で実行できたとは思えない。どう考えても内部の人間がかかわっている」

エリックは首を横にふって否定する。「それができる社内の人間は役員だけだ。彼らは起業のときからの仲間だ。身内同然なんだ。当然、信頼している」

「ガース・ヘンドリックスは起業のときにはいなかったわ。メーティス・マンはどれくらい信頼が置けるの？」

「ガースはぼくのメンターだ。面識もないときから、すでにメンターだった」

「そういっていたわね」

「彼の本を読んで人生が変わった。彼の法則を使って会社を成長させた。こうしてここにいるのは、ガースの教えのおかげといっていい」

「たしか、タイトルは」

「『ドーナッツの穴をあける――常識にとらわれずにあなたの会社のドーナッツをつくる方法』」

思わずくすりと笑ってしまう。「ガース・ヘンドリックスは甘いものが好きなの？」

「いや。真面目な内容だ。タイトルは経営を語るためのメタファーなんだ。たとえばドーナッツに穴をあけるという問題に対し、さまざまなアプローチの方法があると示すことでガースは企業文化を比較している」

「ずいぶん奇抜な発想ね」

「ある会社は揚げる前に穴をあける。別の会社は揚げてから穴をあける。さらに、ドーナッツの穴を利用して別の商品をつくる会社もある。穴をつくること――無をつくりだす作業――を中心に据えて企業文化を育むと、問題が発生する」

「でも、その無はとても重要よ。ドーナッツには穴がつきものなのだから」

「そう、それがまさにガース・ヘンドリックスの思考なんだ」

わたしは顔をしかめた。「冗談のつもりでいったのに」

「ガースの哲学は冗談などではない」エリックがすかさずいい返す。「彼の基本的な教えを活用して《ハトの糞》をヒットさせた」

「あなたはその秘密をけっしてわたしに明かさないだろうとブラドックはいっていたわ。ソース・クラブで絡まれたときに」

「けっして明かさない？　隠すことなどなにもない」

「それなら話して、エリック」

「ガースは本のなかで、パフォーマンスはパフォーマンス・アート抜きでは無意味であると述べている。彼のいう通りだ。ぼくは大学時代の友人たちとソーン社を立ち上げて、まるまる一年間、これまでに例のない最高の携帯ゲームづくりに励んだ。それを売り出した日、他に千百種類のゲーム・アプリが同じように売り出された。ぼくたちのゲームはその他大勢のひとつにすぎなかった。ヒットと呼べるような売れ行きではなかったが、そこそこ売れてはいた。ただ、それだけでは会社の先行きは暗かった。じきに気づいたんだ。パフォーマンスの段階は終わり、いまこそ〝パフォーマンス・アート〟の段階なのだと」

エリックは三杯目のアルマニャックをグラスに注いで、首筋をもんで凝りをほぐした。

「当時、ぼくはいつも夕飯をベルエアの〈ディミーズ〉という食堂で食べていた。終夜営業の店だ。たまたま、映画監督のジャッド・ローガンもそこの常連だった。彼は十年前にティーン向けの品のないコメディーを量産していた人物だ……」

知らないわ、という表情で首を横に振ってみせた。

「ともかく、そこのウェイトレスから、ローガンが来店前にかならず電話して隅のブースを予約するという情報を仕入れた。スヴェトラーナという名のそのウェイトレスに、彼から予約が入ったらすぐに教えてくれと頼んだ。こうして舞台は整った」

「舞台？」

「その夜、ジャッド・ローガンが店にあらわれると、彼のテーブルの周囲では誰も彼もが携帯電話で《ハトの糞》のゲームをしていた」

「どういう人たちだったの？」

「うちの会社の社員。ぼくもいた。友人、家族も動員した。役者を雇ったこともある。そういう芝居を三回打って、四度目にローガンがようやく気づいた。四度目、彼はうちの会社のチーフ・プログラマーのミノウをつかまえて、なんのゲームなのかと問いつめた」

エリックはいったん間を置いてから続ける。「二日後、ローガンのエージェントから電話があった。公開が決まっている次回作のなかで、ぼくのアプリを使ってもいいかという内容だった。その作品『フェイクＩＤ』は大ヒットとなり、そのなかに登場した《ハトの糞》は歴代の携帯ゲームのなかでもっとも短期間で爆発的に売れた商品となった。その発端となったのは、ささやかな路上劇だった……」

「路上劇？　いかさま芝居でしょう？　ペテンにかけたということね。一番人気のゲーム・

アプリを取り入れたとジャッド・ローガンに思い込ませたのね――」

「結果的に、その通りになった。被害がなかったのだから問題はない。これはガースの口癖だ」

またガース。メーティス・マンはむしろ悪影響をおよぼしているように感じる。

「メーティス・マンはいつからあなたの会社に?」

「なにをいいたいのかは、よくわかる。でもぼくはガースを信頼している。的はずれもいいところだ」

ほかに思い当たる人物がいるといいたげな口調だ。問いつめる前に彼がうめき声をあげた。

「どうしたの?」

「長い一日だったから鎮痛剤の効き目が消えてきた」

「やっぱりそうだったのね。話し出したときから、あなたは行ったり来たりして落ち着かなかったから」

「肩が痛くて死にそうだ。執事はもう休ませてしまった。このジャケットを脱ぐのを手伝って欲しい」

彼が向きを変えて、ドアの向こうの寝室に入っていったので、後ろからついていった。居間と同じくらいの広さがある。両腕を少し持ち上げた姿勢をとるエリックのジャケットのボタンをはずして脱がせた。これで白い麻のワイシャツ一枚になった。

ジャケットを掛けながら、ナイトスタンドに置かれている青いベルベット製のギフトボックスが目に入った。

「しまった。明日、見せようと思っていたのにな。せっかくだから、開けてみてください」

「これ以上贈り物なんて——」

「贈り物ではない。テスト・マーケティング。ぜひレポートをお願いしたい」

なかからあらわれたのは黒い手袋だった。しなやかなイタリア製の革で、サイズはぴったりだ。「とてもすてき。どうもありがとう。でも手袋のテスト・マーケットなんて、きいたことがないわ」

「あなたが初めてだから。いまのところ、この一組だけしか存在していない」

「ということは、ただの手袋ではないのね？」

「それは電話なんだ。左手に嵌めて親指を耳に当てて小指に話しかけてみて。ミス・フォーンが応答する。すでにプログラム済みだから、すぐに使える」

エリックは話を続けながらすばやくドレッサーのところに移動して錠剤を数個、口に放り込んでアルマニャックの残りで喉に流し込んだ。

「このワイシャツを脱がすのも手伝って欲しい。腕をあまり曲げられないのでボタンがはずせない」

それは見てわかるので、いわれるままにはずした。

ゆっくりと腕からワイシャツを脱がしていく。あらわになった胸にはもう絆創膏はない。

しかし、傷跡が生々しい。

わたしが一歩退こうとしたとき、いきなりエリックが行動に出た。なにも抵抗できないうちに彼の腕にぎゅっと抱きすくめられてキスされていた。

「やめて、やめてちょうだい……エリック。こんなこと……」必死にもがいてようやく腕をふり払うと、わたしは後ずさりして手の甲でくちびるを拭った。

「あなたとぼくは……いっしょになる運命なんだ」

「エリック」感情を抑えて話しかけた。「わたしに恋人がいることは知っているでしょう――」

「でもぼくはあなたを愛している、クレア！」

「いいえ、それはちがう――」

「いや、ほんとうだ。少しも奇異なことではない。恋に落ちる原因としてガースはふたつの要素を挙げている――強烈な体験、そして接近。ぼくがあなたへの恋に落ちたのは、あの爆破事件の直後にあなたがぼくの目を見つめて、ぼくを守ると約束してくれたときなんだ。あれこそ強烈な体験だ――」

「一時的に頭に血が上っているだけで、気の迷いにすぎないわ。今夜のあなたは飲みすぎているのよ、エリック。お酒のせいよ」

アルマニャックに加えて鎮痛剤が効いてきたらしく、エリックの足元が危うくなっている。もはやいい返すこともなく、ただ肩を揺らしている。すっかり力が抜けてしまっている。

とたんに母性本能がめざめ、ブランケットをめくって彼をベッドに寝かせ、靴とソックスを脱がせた。ズボンは脱がさずにそのままだ――ぐったりしたエリックはなにかを仕掛けてくる気配もないし、彼を守るという約束もしたけれど、これは大事な線引きだ。

彼がブランケットに心地よさそうにくるまると、わたしは手袋を手に取りドアへと向かった。「おやすみなさい。また明日」

「ぼくにとっては強烈な体験だった、クレア。あなたにとって、ぼくとの接近は……」

わたしは首を横にふって否定した。

「ふたりでもっといっしょに過ごせば、きっとわかる！」彼が叫ぶ声をききながら部屋を出た。自分の部屋に着くと、後ろ手でドアを閉めてカギをかけた。

52

部屋に戻ってからマイクに電話をかけた——ポケットにねじ込んでいた手袋ではなく、ソーンフォンで。ところがミス・フォーンはそっけない対応だ。

「ダイヤルされた先にはつながりません」デジタル音声が伝える。「後ほど、再度試みてください……」

五分後にマテオ・アレグロにかけてみると、こちらはあっけないほどかんたんにつながった。声がききとりにくいのは、しかたない。マテオはアフリカで衛星電話を使っているのだ。

「今日の午後、エリックと話した」マテオがいう。「サントロペに飛行機で向かう計画を立てているそうだ。もちろん最終目的地はトップレス・ビーチにちがいない。いや、そうでもないか。この時期は寒いし雨が多いからな。いまいるウガンダのほうがはるかに暑い」

「ウガンダにいるの？」

「コーヒー生産者を助けろときみに説得されたからな。実行するぞ。エリックをここに寄越してくれ」

「どうやって!?」

「わけもないことだ。きみが行くところには、彼はどこにでもくっついていく。赤ん坊億万長者がこれまで見たこともきいたこともない場所に連れていってやろう。いっておくがグランピング（豪華でおしゃれなキャンプ）は期待するなよ。用意するものはリストにしてメールするが、とりあえずアスピリン、胃腸薬、虫除け——成分にディートが含まれていることを必ず確認するんだ——と、蚊帳《かや》は絶対に必要だ。トロロに着いたら電話で知らせてくれ」

トロロ空港に迎えに来ていたマテオとは、かんたんに会えた——ここには舗装されていない滑走路が一本あるだけだ。

町で目立つものといえば商店街くらいのもので、それも郊外の小規模なショッピングモールといった規模だ。道路は舗装されていない土の道だ。トロロ県から見るエルゴン山はすばらしい眺めだが、その麓のコーヒー農園までは車で四時間の過酷な道のりだった。

ガタガタと揺れる車中でマテオはエリックに、ウガンダで生産されるコーヒーの九十パーセントは栽培がかんたんなロブスタ種が占めているが、酸味と苦みがあまりにも強すぎるために高い評価は得ていないのだと説明した。

「アラビカ種も少量つくられているが、これも高い評価は得ていない。栽培技術は未熟で、最適のタイミングでコーヒー豆の収穫ができるわけではないから、腐ってしまったものや未熟な豆が混じっている。しかし、品質と生産量における最大の問題は乾燥の工程だ」

マテオはエリックにさらに説明を続ける。天日で乾燥させる方法は、まめにかき混ぜなくてはならないので人手が必要だ。かき混ぜなければカビが発生し、金属味のするコーヒーとなってしまう。水洗式は効率がいいが、費用もかかり投資も必要だ。貧しい農家にはとうてい無理だ。

エリックからはもっともな質問が出た。「ウガンダのコーヒーがぱっとしないのであるなら、なぜぼくたちはここに？」

「山の麓の、家族でいとなんでいる小さな農園ですばらしいことが起きている」

ようやく到着したのは、山腹にへばりつくように建つ木造の黄色い家だった。マテオはわたしたちを、家長である女性に引き合わせた。顔に深いしわが刻まれた彼女はとても朗らかで、ローストしたピーナッツ——昔ながらのピーナッツで、この地域の人々にとっては貴重なタンパク源だ——と、フライパンで焙煎して鍋で煮出したコーヒーをふるまってくれた。

エリックが舌鼓を打つ。「このコーヒーはバニラみたいな味わいだ！　香りをつけているんだろうか？」

「とんでもない」

マテオはそういうと、説明を始めた。バニラはウガンダの換金作物の第二位であり、わたしたちがいるこの山腹も周囲は一面のバニラ畑だ。はたして他家受粉によるものか、根を通じて化学的性質の吸収が起きたのか、どちらともいえないが、結果として、すぐそばで栽培しているコーヒーは魅力的なバニラの香りが際立つものとなった。

昼食にピーナッツと鶏を煮込んだおいしい郷土料理をごちそうになってから、コーヒー農園を見学してまわり、木製の台でおこなわれている天日干しの作業も見た。年齢もまちまちな十数人の子どもたちが長い木の棒でコーヒー・チェリーをかき混ぜながら乾燥させ、老婆が彼らを監督している。

「大人の男の姿がないな」エリックがいう。

「大部分は街で働いている」マテオがこたえる。「むろん、ここからトロロに通勤するのは無理だから、帰宅するのは月に数日だけだ。彼らが不在でもコーヒーの生産にはなにも支障はない。ウガンダでは農業の担い手は女性と子どもなんだ」

「しかし、子どもたちは学校があるでしょう」エリックがたずねる。

「谷をおりたところに学校はある。が、さっき話した通り、天日干しの作業には人手がいるから、ここでは子どもたちも貴重な労働力だ」

エリックがうなずく。「今シーズン収穫したものをぼくたちが買いましょう——全ロットを適正な市場価格で。それから、ぼくはここに水洗設備をつくるように手配します。そうすればこの子どもたちは教育を受けることができる」

「では、それで話を進めよう」マテオはよろこびを見せまいとしている。

わたしはマテオと目を合わせて微笑んだ。

おみごと、マテオ……。

タイまでのフライトの機内では、わたしはエリックの隣を避けて席を移動してばかりいた。

マテオがおもしろがって見ているのも気にせず、エリックはしつこくついてきた。

何時間もそんな追いかけっこをしたあげく、ついに飽きたらしく仕事の話にもどった。

「『最高の人生の見つけ方』という映画に出てくるコーヒーについて、なにか知っていますか？　ネコの糞のコーヒーと呼ばれていました」

「コピ・ルアクのことか」マテオが顔をしかめた。「ネコではなく、マレージャコウネコだ」

「いい印象を持っていないようですね」

「コピ・ルアクの現象をすべて否定的に見るわけではないが、ペテンが多いのも事実だ。二十年前はジャマイカのブルーマウンテンとハワイのコナの偽物が出ていた。いまではインチキのコピ・ルアクが出回っている」

マテオによれば、従来の方法はとても単純だったそうだ。ジャコウネコはみずみずしい果肉をもとめて、サイズが大きくて粒よりのチェリーを食べる。豆はジャコウネコの消化管に入って発酵する。酵素が豆にしみ込んでコーヒーはマイルドに、口当たりがよくなり、酸味が抑えられる。ジャコウネコの糞は集められて豆が回収され、焙煎された。

一九八〇年代にコピ・ルアクが「発見」された後、好ましくない変化が起きて従来の方法は姿を消して集約的な栽培が幅を利かせるようになった。今日ではジャコウネコはコーヒー・チェリーを餌として与えられて、それ以外のものはほとんど食べない。以前のようにチェリーを選り分けて食べるのではなく、与えられるものをすべて食べてしまう。自然界で存在した自然淘汰は無視され、品質は二の次となってしまった。

「おまけに、じっさいに生産されているコピ・ルアクの五十倍もの量が取引されている。要するに市場に出回っているものの大半は偽物だ。しかし、糞みたいな品質ではない糞のコーヒーに依然として興味があるというなら、スケールを大きくするという手がある。とんでもなく大きなサイズにな」

53

十二時間後、わたしたちはタイ北部のゾウの保護センターに到着した。ギラギラと暑い日差しが照りつけているが、すぐそばの小川からはジャスミンの香りの柔らかな風が吹いて暑さを和らげてくれる。

高い木がつくる木陰に置かれた籐のテーブルでわたしたちはブラック・アイボリーのカッピングをおこなった。木を組んだいかにも頼りない柵の向こうでは、二十頭あまりのゾウがコーヒー・チェリーを食べている。

「じつに摩訶不思議な味わいだ」エリックがまくしたてる。「こんなに口当たりのいいコーヒーには出会ったことがない。土の香りとフローラルな香りも強い。それに、これまでに味わったことのないフレーバーが……」

いま飲んだコーヒーは、米ドルで一杯五十ドルの価格がつき、ローストした豆一ポンドは五百ドルを超える値がつくのだとマテオが解説する。

「現在、このブラック・アイボリーが手に入るのはタイのリゾートがある高地、モルディブ、アブダビだけだ」

ブラック・アイボリーはコピ・ルアクと同じ原理でできているが、こちらのほうが高く評価される。ゾウの消化管のなかを豆がゆっくりと通過し、最高で七十時間発酵されるからだ。コーヒーのタンパク質は酵素によって分解されるので、コーヒーの味わいはより甘くなり酸味は弱まる。ゾウの腹のなかで分泌される物質のはたらきにより独特のおもしろい風味が加わる。

ブラック・アイボリーに法外な値がつくのは、消化管を通って完全な形で出てくるたった二ポンドの豆を得るのに、生のコーヒー・チェリーが七十二ポンドも必要だからだ。けれども最終的な味わいを思えばそれだけの価値はあるとわたしたちは意見が一致した。

「しかしなによりすばらしいのは、ここにいるのはすべて、保護されたゾウなんだ」マテオがいう。「ブラック・アイボリーの売上から得た利益の一部は、野生であってもそうでなくても、危険な状態にあるゾウを保護するために使われている。ここのゾウの数をもっと増やし、多くのゾウを救い、生産量を倍増させたいのは山々なんだが、なんといっても資金が足りない」

「寄付は受け付けているのかな？　ぜひ、力になりたい……」エリックがいった。

つぎに向かったのは、タイの黄金の三角地帯のゾウの保護施設だった。アヘンをつくるためにケシが栽培されていることで知られた地域だ。違法薬物の取引とギャングの抗争が後を絶たないこの土地では、新しいタイプのコーヒーの取引、そして新しいタイプの〝コーヒー商人〟が活発になっている。

マテオはわたしたちを連れて山岳地帯の部族をたずねた。彼らはコーヒーの生産から販売までですべてを完璧に自分たちの手でおこなっている。畑を耕し、収穫し、衛星電話やインターネットを利用して注文を受ける。収穫したコーヒーはそのまま山の頂上の小さな施設でローストし、ガス抜き用のバルブがついた袋に詰めてアジア全体に向けて出荷している。

ウガンダとは正反対の状況だ。ウガンダではコーヒー生産の一つひとつの段階に問題が山積みで、利益の大部分はブローカーに抜かれてしまう。

「差が出る原因はインフラにある」マテオがいう。「ウガンダの設備は原始的だったのに対し、ここはまさに最先端をいっている。世界のコーヒー・ベルト全体で通信網が発達していけば、タイのこうした運営方式は二十一世紀のコーヒー生産のモデルとなるかもしれない」

ジャカルタとハワイに寄った後、わたしたちは中央アメリカに移動し、エルサルバドルのコーヒー生産の〈シンチュロン・デ・オロ〉つまり〈ゴールド・ベルト〉で穫れたコーヒーの試飲をした。イラマテペック火山の山腹で栽培されているコーヒーのすばらしい味わいは、わたしたちにとって新しい発見だった。

つぎにカリブ海に向かい、ハイチ、国境を挟んだジャマイカで短時間過ごした。この地域での最後の訪問先はコスタグラバスだ。

この島国のコーヒー生産は、政治的な紛争のあおりから停止状態に陥っていた。いまは平和を取り戻しているが、まだまだ発展途上だ。ひらけているとはいえない周辺諸国と比べても、まだ格差は歴然としている。

だが、真っ青なカリブ海に浮かぶコスタグラバスほど美しい島はない。エリックはたちまち、この「楽園」に魅了されてしまった。

徒歩で長時間かけて着いた岬からは海が一望できた。うっとりと見ているわたしの肩にエリックが腕をまわす。

「ここでなら、すばらしい人生を一から始めることができるはずだ。なにもかも捨てて……人生を分かち合う相手といっしょなら……」

マテオはニヤニヤしている。〝ほら、いった通りだろう〟といわんばかりの表情だ。

エリックの腕を払いのけて彼を正面から見据えた。「ここは楽園とはほど遠いわ。インターネットはないし、ごく普通の市民はパソコンやスマートフォンなんて、たぶん一度も見たことがないのよ」

「その点に関しては、早急に対応できるはずだ」マテオだ。「いまは衛星通信という手段があるからコスタグラバスでも携帯電話が使える。インターネットの導入はたいしてむずかしくはないだろう。コーヒーの取引を再開するためには、どうしても欠かせないステップだろうな」

話のとちゅうでタッカーから電話が入った。なるほど、携帯電話は問題なく使えるということか。

「せっかくの休暇のお邪魔をしたくはないのですが、アップランドのパーティーのケータリングの準備に手こずっています。ケータリングの予定は忘れてはいませんよね？」

「もちろんよ。なにか問題が起きたの？」

「まず、ゲストに粉なしピーナッツバター・クッキーを出す際はクレアのお手製のチョコレート・リーシーズ・ナテラをまぶすのか、それともお手製のアーモンド・ジョイ・ナテラにしますか？」

「両方よ」

タッカーがため息をつく。「ではナッツ・オン・ホースバックというのは、いったいなんですか？」

「わたしが発明したのよ。カキをベーコンで包むエンジェル・オン・ホースバックなら知っているでしょう？　カキの代わりにドライ・フルーツを使うとデビルズ・オン・ホースバック。ナッツ・オン・ホースバックは、ひとくち大にカットしたバターナッツ・カボチャをベーコンで包んでメープルシロップといっしょにローストするの」

「それはおいしそうだ！　うまいに決まっている！　最後の質問ですが……パレオ・ピザとは、いったいなんでしょう？」

「穀類を使わないピザ。生地の材料はカリフラワーよ」

「わけがわかりませんよ、CC。はやいところもどってきて助けてください」

わたしもそうしたい。パーティーにはぜひとも参加したい。エリックの会社の携帯ゲーム制作チームのスタッフと知り合いになれるチャンスだ。もしかしたら、あれこれ情報をきき出せるかもしれない。

「ツアーはこれでおしまい。ニューヨークに帰らなくてはならないわ」電話を切って、きっぱりと宣言した。

「しかし、まだ南米がある」すぐにマテオがいい返す。

「それはまた改めて行くことにしましょう」エリックだ。「ぼくは今週シリコン・バレーで仕事があるんです」

エリックはマテオと握手を交わした。

「すばらしいコーヒー・ツアーでした。残念ながらデジタルの仕事にもどらなくては」

54

バリスタたちはおおよろこびで迎えてくれた。ナンシー、タッカー、エスターに囲まれ、あちこちで買ったささやかなお土産を手渡した（無事に帰国したことを心からよろこんでくれているのはうれしい。でもきっと、これでケータリングのための風変わりなレシピの解読から解放されると思ってせいせいしているにちがいない）。

山のような質問をさばいてから、二階のオフィスに向かった。ドアをあけたとたん、むっとするほどの甘いにおいに襲われた。花瓶いっぱいの紅白のバラ——すでに枯れている——のにおいが室内に立ちこめていた。

カードがついていないかとさがしながら、一階のタッカーに電話をして事情をきいた。

「アフリカに滞在中に届きました。エスターが一生懸命世話していました。ネコたちの面倒を見て、花瓶の水を毎日取り替えていましたよ。しかし留守がこんなに長引くと、どうしたって枯れてしまいますよ」

ようやくカードが見つかったので、読んでみた。

「贈り主はマイクだったのね。でもカードには一行しか書かれていない。『バラはぜったい白と赤』。どこかできいたことがあるわ」

「ラドヤード・キップリングの詩の引用ですよ。調べましょうか？」

「ありがとう。あとで調べてみるわ」電話を切ってソーンフォンの短縮ダイヤルでワシントンDCのマイクにかけてみた。

「おかけになった番号にはつながりません……」

思わず叫び声をあげて、デスクにソーンフォンを放り出した。固定電話でもう一度かけてみた。今回はつながったが、出たのはアシスタントだった。マイクは国土安全保障省との機密会議に入っているという。

「ミスター・クィンの上司の秘書経由で電話がつながるかもしれません。ミズ・レーシーの秘書に話をしてみますので――」

ミズ・レーシー!?「すみません、わたしのききまちがいかしら？　いま、ミズ・レーシーとおっしゃった？」

「はい。ミス・カテリーナ・レーシーはミスター・クィンの直属の上司です」

女性？　椅子の背にどさりともたれかかった。マイクは一度も口にしなかった。レーシーという人物――しきりに彼をワシントンDCに引き留めようとしているボス――が女性だなんて！

あまりのショックに茫然としているわたしの耳に、懐かしい声がきこえた。

「クレアか？　ほんとうにきみか？」

「そうよ、わたし！　ああ、マイク。声がきけてうれしい。どうしてわたしが残したメッセージに返事をしてくれなかったの？」

「なんのメッセージだ？」

「何度も何度も電話して、メールだって何通も――」

「なにも届いていない。こちらからきみに連絡を取ろうとしたが、何度試してもきみは圏外にいるという応答ばかりだった……」

そういうことか。わたしが使っていたソーンフォンは彼とわたしのあいだのメッセージをすべてブロックしたにちがいない。そうとしか説明がつかない。旅のあいだ、わたしがマイクに接触できないように仕組んだうえで、エリックは〝接近〟しようとしたのだ。

ああ、大声で叫びたい！

「ほんとうにごめんなさい、マイク。わたしの電話に問題があったの。直らなければハドソン川に放り捨てて新しいのを買うわ」

「声がききたかった」

「わたしも。会いたいわ、いますぐ」

「バラは届いている？」

しおれた花を見つめた。「ええ、届いている」

「それで……」

「それで――」電話でこんな話を持ち出したくはなかったけれど、どうしても抑えきれなかった。「あなたの上司が女性だと、なぜひとこともいってくれなかったの!?」

長い沈黙が続いた。「どうでもいいことだ、クレア」

「そんなことない！　話すべきだった」

「話さなかったのは、きみがこんなふうに反応するのがわかっていたからだ――」

「だって――」

「落ち着け。女性といっても猛女だ」

「そんなわけないでしょう」

彼からは返事がない。わたしは深呼吸して自分の心の声に耳を傾けた。ようやくマイクと話すことができたんじゃないの。それをぶち壊しにしてはいけない……。

「ごめんなさい。疑うようないい方をして。そんな資格がないのはわかっているわ」

「まったくその通りだ」

わたしは目を閉じ、彼の立場に立って考えてみた。「電話でこういう会話はやめましょう。今週末はニューヨークにもどれる？」

「悪いが、行けない。きみが帰国したと思ったら、今度はこっちが海外に出かけなくてはならなくなった。この会議の後、ロンドンに飛んでＭＩ６との会議だ。厳重な態勢でおこなわれるようだ――コンピューター、タブレット、スマートフォンの持ち込みは許されない。数日間は連絡がとれないだろう」

「猛女といっしょ？」

「いっしょだ」

「ロンドン塔に連れていって中世の拷問の道具で始末してしまえば？」

マイクの笑い声がきこえた。この声がききたかった。

「はしゃいでいるな、クレア。そんなきみは大好きだが、バカげたことではしゃいで欲しくない」

「バカげてなど――」必死にこらえて、笑顔になった。久しぶりの笑顔だ。「ねえ、はしゃいでいるわたしが好きなら、ここに帰ってきて。そうしたら、あなたの手に負えないくらいはしゃぐから」

「いまのにやけたこの顔をきみに見せたいよ」

「愛しているわ、マイク」

「愛している。ちかいうちにそっちに行く。約束だ。そうだ、こうしよう――特別なディナー・デートをセッティングする。きみをあっと驚かせる。再会を祝うためのデートだ」

「待ち遠しいわ……」

通話を終えると、少しはましな気分になっていた。マイクがボスについての情報を伏せていた。それは事実だけれど、彼のいいぶんは理解できる――少なくとも、理解しようと思った。

電話が鳴った。今度はナンシーからだった。

「ボス！　パレオ・ピザとかいう風変わりなピザについて、ちょっとききたいんですけど」

「すぐに降りていくわ」

マイクと同様に、わたしも仕事に取りかからなくては。エリック・ソーナーの携帯ゲーム制作部門――〝アップランド〟と命名された新しいオフィス――のパーティーに向けて集中しよう。

55

ソーン社の東海岸本社の正式なオープンの日を迎えた。

社員たちが新しい仕事場を整えるいっぽうで、ビレッジブレンドのスタッフたちは社内のキッチンでオープニング・パーティーの準備にせっせと励んだ。招待客は正午ちかくに到着することになっているので、それに合わせてスナックをお出しする。

わたしはケータリングの責任者を務め、この日のためにオリジナルのレシピも考案した。今回はスナックやお菓子を提供するだけではない。タッカーはゲストの前でエスプレッソをいれるデモンストレーションをおこない、エスターはラテ・アートのレッスンをすることになっている。

わたしはデザートのパフォーマンスとして祖母直伝のイタリア風ドーナッツ（エリックと彼のメンターであるメーティス・マンの「ドーナッツに穴をあける」哲学にささやかな敬意を表して）を揚げたての熱々で提供する予定だ。てんてこ舞いの忙しさのなかでも、〝非公式〟の仕事をおろそかにするつもりはなかった。

亡きチャーリー・ポラスキーがやり残したことを、最後までやり遂げると決めていた。ビアンカ・ハイドの死の真相を暴き、エリックの車を爆破させた犯人を突き止める——できれば、チャーリーみたいに死体安置所に直行するような事態は避けたい。

車に爆弾を仕掛け、その罪をネイトに着せる可能性のある人物、そしてもっとも強い動機を持つ人物はグレーソン・ブラドックだ——しかしブラドックのような億万長者は細々としたことを自分でやったりはしない。食料品を買ったり自分の車を運転したりはしない。まして、自らの手で爆発物を仕掛けてライバルを吹き飛ばすような真似はしないはず。

共犯者がいたにちがいない。十中八九、ソーン社にスパイとして潜り込んだ人物がエリックの居場所についての内部情報を提供したのだろう。サーバーファームのような、関係者以外は立ち入れない場所に入り込んだり、爆弾を仕掛けたりするのも、共犯者のしわざにちがいない。

産業スパイが殺人の片棒をかついだ事実を、コーヒーハウスのマネジャーが突き止めるにはどうすればいい？　具体的な方法は、これから考えることにしよう。

エリックの真新しいオフィスビルにわたしが到着したときには、すでに歩道には人がおおぜいあつまり、十二階建てのガラス張りの建物に映し出された光のアートに見入っていた。昔、古い玩具工場があった場所に建つビルに、光で描かれた立体的なドラゴンが舞っていた。

ソーン社のハイテクのディスプレーをのぞけば、静かな並木道が続くマンハッタンのこの地区は低層の慎ましやかな建物（かつては安アパートや小さな工場だった）が並んでいるだけのように見えるが、じつはこの一帯はハイテク産業の集積地としては世界第二の規模を誇ている。

ここチェルシーにはグーグル、マシャブル、ブルーウルフがオフィスを構え、タンブラーのオフィスも目と鼻の先にある。この界隈の独特の魅力に加え、天井が高く自然光がふんだんに入る古い建物が手に入りやすいことから、こうした企業があつまってきたのだ。

この小さなエリアは二十世紀にはアメリカの玩具産業の中心地だった。結局、二十一世紀になってもなにひとつ変わっていないのかもしれない。アプリ、コンピューター・ゲーム、デジタル機器、ソーシャルメディアのサイトなどは、いまの時代の玩具ではないかとわたしには思えてならない。

映像に見入っている見物人をかきわけて進み、ソーン社のガラスのドアをあけてなかに入った。セキュリティ・チェックを受けた後、エスターを見つけた。ちょうど会社のロゴの前だ。

「あ、ボス。クールなオフィスですよね？」

「順調に進んでいる？」

エスターは肩をすくめてこたえる。「お城のなかではなにもかもうまくいっていますよ――」

「お城？」

「見ればわかります。それからアシュリー・バンフィールドみたいなメガネをかけたTシャツ姿の女性がボスをさがしていました」

周囲の人々をざっと見てみた。「ここにいる女性はひ、と、り、残、ら、ず、ホーンリムのメガネをかけてTシャツを来ているわ。これでは見分けがつかない」

「エリックのお姉さんです」

エリックにはもうひとり姉がいるのだろうか。ソース・クラブで言い争いになった毒気たっぷりの美魔女とエスターの説明はまったく共通点がない。まあ、いい。イーデンにはこちらからどうしても話をきいておきたいと思っていた。わたしは上階に向かった。

エスカレーターを降りたとたん、あんぐりと口をあけてしまった。二階のギャラリーはそっくりそのまま、中世のお城の実物大のレプリカになっている。ギザギザとした形の城壁もある。

門はアーチ型で、上から格子が落ちてくる仕掛けも再現されている。その門からエリックの姉があらわれ、こちらにちかづいてきた。

エスターの説明に間違いはなかった。イーデン・ソーナーはコンタクトをメガネに替え、身体の線を強調する優雅なドレスではなく、ラインのきれいな白いTシャツを身につけている。Tシャツには『貴婦人《ミレディ》』という文字が描かれている。彼女は握手をもとめて手を差し出し、にこやかな笑みまで浮かべている(これにはびっくりだ)。

「もう一度お目にかかる機会にめぐまれて、とてもうれしいわ、ミズ・コージー。初対面の折の失礼をお詫びします——」

「お詫びなんて」

「いいえ、ちゃんとお詫びしたいの。あの晩、わたしは心配のあまり取り乱していた。それをわかってもらいたい。そもそもは、だいじな弟が何者かに殺されそうになった。さらに彼は医師の指示に逆らって退院を決めてしまった」イーデンが首を横にふる。「ソース・クラブで弟があなたと食事しているのを見て、ああ、また後先考えずにのぼせあがって、健康と命を犠牲にしようとするのかと思ってしまった」

「わたしのことを、玉の輿《こし》狙いだと誤解したのね？」

「じつをいうと、その通り。あなたのことはまったく知らなかったし、まさかエリックの重要なビジネスの相手だとは思いもよらなかったし、信じられなかった。われながら情けないわ。あんな人でなしみたいな態度をとったのは、てっきりあなたが人でなしだと思っていたから」

「もう気にしないで。あれはなかったことにしましょう」わたしは微笑んだ（けれども、まだ完全には気をゆるしているわけではない）。この女性がはたして味方なのか敵なのか——少なくとも、わたしにとって——まだ見極めがつかない。心から弟の身を案じているように見える。だとしたら、グレーソン・ブラドックがエリックを狙って破壊工作をするのに協力したとは思えない……でも、もし協力しているとしたら？　弟を裏切る動機がイーデンにあるとしたら？　じかにきいたら、彼女はどう反応するだろう？

咳払いをしてから、さっそく実行に移した。「エリックは、これまでのぼせあがった相手とのあいだにトラブルがあったのかしら？」

「弟は特定の分野では天才だけれど、すべてにおいてそうとはいえないわ」

「たとえば、女性に関して？」ビアンカ・ハイドのことが頭に浮かんだが、それにはふれないほうがいい――いまはまだ。

「しかたないわね。あの子はかんたんに騙されてしまうの。青春時代にあんな経験をしたから無理もない。同世代の子たちが学校に通い、運転を覚え、デートにいそしんでいるときに、エリックは病院とリハビリ施設で過ごしていたわ」

「つらかったでしょうね」

「コンピューターだけが友だちだった。おかげで今日の成功につながったわけだけれど、こと女性に関してはエリックはころっと騙されてしまうのよ」

「ところで、彼はいまどこに？」

「シリコン・バレーのオフィスに飛行機でもどったわ。長く留守をしたから、仕事が山積みなの」

「まあ、残念」もちろん、これは嘘。エリックがここに来ないと知ってほっとした。エリックというボスがいない状況で社員から情報収集したかった（そしてわたしのソーンフォンでマイク・クインに連絡がとれるようにロックを〝解除〟してくれる人物を見つけたかった）。

「今夜の催しがテーマ・パーティーとは知らなかったわ」話しながらイーデンを観察した。

「すてきな飾りつけね」

「六月にアクションとファンタジーを楽しめるゲームアプリを公開するので、それをテーマにしようと考えたの。テーマが《ハトの糞》でなくてよかった」

想像するだけでもぞっとする。「わたしのイタリア系の祖母は鳥の糞は幸運の印だと考えていたわ。でもエスプレッソ・マキアートに浮かんだ白いものがスチームド・ミルクとは別のなにか、なんて誤解されたら困るわね」

イーデンもわたしも、噴き出してしまった。

「すみません、ミレディ」

いきなり声をかけてきたのは背の高い若者だった。あまりにも長身で、プロ・バスケットボールのニューヨーク・ニックスでセンターになれそうな感じだ。無駄な贅肉がなく、すらりとした彼は、まっすぐに切りそろえた黒い前髪をおおげさに払いのけ、黒い地に赤く燃える火で『退治する者《スレイヤー》』と描かれただぶだぶのTシャツを引っ張った。

「パーティーの開始時刻です。皆さんお待ちかねです」

「すぐに行くと伝えてちょうだい、ダレン」

「承知しました、ミレディ。仰せのままに」ダレンは深くお辞儀をしてから去っていった。

「ミレディ？　意味ありげな称号ね」

「ええ、子どもじみているでしょ。ダレンがそう呼ぶようになったの。とてもロマンチストで――そしてアクションとファンタジーのゲームの虜」イーデンがそこで肩をすくめる。

「確かに、『ミレディ』のほうが『シニア・プロジェクト・マネジャー』なんて肩書きよりもずっと重みがあるわ。『ハウス・マザー』なんて絶対に呼ばれたくないし」

「みなさま、ご静粛に願います！　これよりパーティーが始まります！」スピーカーを通じて、パーティーの開始が告げられた。

「出番だわ。もう行かなくては」

「パーティーの後で、もう一度お話しできる？　ある件で、あなたの力を借りることになるかもしれない」

「もちろん協力するわ、ミズ・コージー。わたしにできることならなんでも」

「クレアと呼んでね」

「じゃあ、わたしのことはイーデンと呼んでちょうだい——メニューにあったイタリアン・ドーナッツの揚げたてを真っ先に食べさせてくれるのが条件よ」

イーデンが去っていくのを見送りながら、エリックはひとつだけ正しい指摘をしたのだと気づいた。確かに、わたしは彼女に好感を抱いている。

56

お城のなかには中世の中庭が再現されていた。本物ではないけれど石畳が敷かれ、「主塔《キープ》」があり、わたしたちはそこでドリンクとフードをビュッフェスタイルで提供する。

それ以外はなにもかも、トウキョウの繁華街が引っ越して来たみたいな状態だ。発泡スチロールでできた城壁にはコンピューターの高精細モニターが設置されて、ソーン社が開発したゲームアプリが大画面に映し出されている。

《ハトの糞》はアップグレード・バージョンの2.0と3.0が並んでいる。《わたしに移して》というゲームは「伝染病患者を治療してゼロにしなければ、自分が感染してしまう」という忌まわしい内容だ。《スパゲッティを曲げろ》と《クマの罠》はストラテジー・ゲームだ(「野生動物に勝てるかどうか、挑戦しよう!」という内容)。

それよりもグルメのアプリのほうが、この場にはしっくりとくる。「食欲」を意味する《App-tite《アペタイト》》は海外のグルメ情報も網羅し、《あなたはあなたが食べたものでできている》と並んで充実している。《カウント・カロリー》も役に立ちそうな情報がたっぷりなのだろうけれど、吸血鬼のマスコットと《血が滲むほどがんばって》というコピーのついたカロリー計算アプリは、わたしには必要なさそうだ。

わたしが惹かれたのは、ジャクソン・ポロックの絵のサイズほどの大きな壁面をキャンバスとして描かれたフィンガー・ペインティングだ——しかも光で描かれている。スタッフが指でいたずら書きしたものが、目覚まし時計くらいのサイズのプロジェクターで壁に映し出されている。ソーン社がつくるアプリやデジタル機器の多くが音声に反応するが、この《ハンドペイント》も音声で操作する。使いたい色を声で指示するだけでいい。

中庭の中央では、スペクトラル・デジタイザーという装置をソーン社の社員がすでに作動させている。この装置は小型冷蔵庫ほどのサイズで、周囲に3Dホログラムを映し出している。ふたりの若者が《道場》というプログラムを呼び出した。そこにあらわれたものは、まさに未来のゲームとエンタテインメント。

光の洪水のなかから等身大の3Dの忍者が姿をあらわし、上体を低くして戦闘の構えをとる。そのホログラムの忍者とふたりのプレイヤーが戦う。パンチ、キック、ジャンプ、さらに身をかわしたりして忍者と戦っていると、すかさず合成音声で「命中！」「惜しい！」「負傷！」「失敗！」と判定がつく。

中庭の端のほうには、台が並んでさまざまな発明品がディスプレーされている。たとえばコンピューター用の標準サイズのホログラム・キーボード——宙に浮かんだキーボードは、エリックがつくった最新式のソーンフォンのアクセサリーとして使える。じっさいにタイプして試してみると、センサーが指の周囲の空気の動きを読み取り、打ち込んだ情報が処理される。

エスター宛のメールを宙に向かってタイプしていると、じっとこちらを窺《うかが》うように見ているふたり組に気づいた。どちらも二十代で、そっくりの風貌なので兄弟にちがいない——あるいは姉妹か。ふたりとも『スレイヤー』のロゴがついたTシャツを着ているが、サイズが大きすぎてだぶだぶだ。髪型からは男女の区別がつかない。喉仏を確認して、どうやら片方が男性でもう一方が女性と判別できた。ふたりでなにやらこそこそ話していたかと思うと、どこかに姿を消してしまった。

ピリピリした空気があたりに漂っている。周囲の会話に耳を澄ませてみた。

ソーン社の技術者はパーティーを楽しむどころか、自分たちが手がけたプロジェクトを厳しくチェックしている。雑談というより、大学のコンピューター・ラボの地下室に集合してディベートをしているみたいな調子だ。

「あれを見ろ！　第三象限で画像がまだピクセル化している！」

「ロケーションテストで問題点がいくつか出た」

「問題点だと？　バグだらけじゃないか！」

「碁盤がわたしの設計仕様書を受けつけないの。学習ゲームは大嫌いよ」

「リフレッシュレートを微調整だな——あるいは、きみの薬の量を加減しろ！」

いい合いのさなか、聞き覚えのある声がした。ガース・ヘンドリックスの声だ。人ごみのなかにいる彼の姿が見えた。

今日のメーティス・マンはお祝いのための特別な出で立ちだ——頭のてっぺんからつま先までネイティブ・アメリカンそのものだ。バックスキン製のジャーキンを着て、茶色い革製のパンツ。足元はナバホ柄のついたモカシンブーツだ。耳には小さなドリームキャッチャーのピアスをつけている。

彼はおおぜいのティーンエイジャーに取り囲まれている——大部分が少年で、少女が少し混じっている。彼らはビデオを見て盛んに歓声をあげている。手作りのロケットを野原、裏庭、校庭、駐車場から発射する映像だった。

メーティス・マンがわたしに気づき、傍らにいるダレンに指導役を引き継いだ。さきほどイーデンのところにいた長身の若者だ。

「あの子どもたちは？」わたしはメーティス・マンことガースにたずねた。

「うちのジュニア・ロケット研究者ですよ」わが子を自慢げに語るような口調だ。「どの子も自分でロケットを設計し組み立てて発射し、高度約三百メートルに達した後、着地した。積み荷——卵一個は無事だった」

「すばらしいわ」

「ありがとう。わたしもあなたに関して——そしてあなたのお嬢さんに関しても——すばらしい知らせをきいています。パリでは大成功を収めたようですな。エリックはあなたたちのパフォーマンスをひじょうに喜んでいましたよ」

「みごとなパフォーマンスをしたのはエリックです。わたしはただ、協力しようとしただけ」

「今日もわたしたちに協力してもらっているわけだが、楽しんでいただいているかな？」

「技術を提供しています。ここにいる全員がどうやら同じようですね。会社のスタッフが仕事に懸命に打ち込んでいるのがよくわかるわ」

「それがわたしの務めですから！」ガースが輝くような笑顔になる。「マネジメントの究極の目標は、〝意味〟をつくりだすことであり、お金ではない。仕事というのは、実存的な挑戦として提示されるべきなのです。そうすることで社員の想像力を刺激し、活用する」

「挑戦、ですか」

「意義のある目標をめざして働くとき、人は決して止まることはない。ソーン社の技術者は一日十二時間働き、週末にも出社します。なぜなら彼らにとって人生の目標はただひとつ、挑戦を受けて問題を解決することにあるからです。これこそ、新しい理想的な職場の姿だ」

いまわたしたちがいるこの建物は前世紀には玩具工場だった。そこではやはり労働者が異常なほどの長時間労働を強いられた。でも、当時〝新しい理想の職場〟と呼ぶ人などいなかった。ここは搾取工場だったのだ。そんなことをぼんやり考えていた。

とつぜん大きな声がしたので見上げると、若い女性ふたりが天井にあいた穴から続くスパイラル形の滑り台でおりてきた。彼女たちにぶつからないように、数人が避けた。

「エリックは、ここで滑り台を楽しめるといっていたわ。てっきり、なにかの比喩だと思っていた」

「仕事が楽しければ、働きたいと望むものです」ガースは自信たっぷりの口調だ。「週に七日働いても苦にならない……」

要するに、楽しい搾取工場なのね。

「エリックの会社の社員は猛烈に働きますよ。しかし、それがまるで遊びみたいに感じられるように工夫をしているのです」

「そうですか……」プライベートの時間はないけれど、滑り台があればいいのね。

メーティス・マンの哲学はさておき、この会社のハードワーカーたちのうち、仮にエリックがいなくなった場合にいちばん得をするのは誰なのだろう。そしてエリックがいなくなれば、誰が彼の仕事を引き継ぐのだろう？　メーティス・マン？　確かにガース・ヘンドリックスは会社の経営はできるだろうが、プログラミングはできないはず。

エリックの姉イーデンは経営に参加することはできるだろうけれど、組織運営以外に、デジタル業界で成功するために必要な技術面の知識を持ち合わせているのだろうか？

これればかりはいくら考えてもわからない。そこでガースに単刀直入にきいてみた。

「それができるのは、ミノウです。女性版のエリックですよ」

「ミノウ？」

「ウィルヘルミーナ・トーク。会社の創業メンバーのひとりで、エリックとは親しい間柄だ。ミノウはエリックの後を引き継いでゲーム開発部門の責任者を務めています。代表取締役に就任すると、これまでのようになにもかもこなすことはできなくなるので、彼は東部に移る前にミズ・トークを昇格させたのです」

混み合っているパーティー会場をざっと眺めてみた。「ここにミノウはいますか？」

「十階の彼女のオフィスにいますよ」

「パーティーには参加していないということ？」

「ミノウはパーティー嫌いでね」彼が声をひそめる。「ＩＱが高いからなのか、人に対する許容度が低すぎる」

「わたしの店にも少し似ているタイプのバリスタがいるわ。でもわたしは彼女が大好き」

メーティス・マンはうんうんとうなずく。「この世で重要なのは、人を理解する心です。相手を理解すれば寛容になれる。そして心をひらけば、創造的になれる」

とつぜん拍手喝采が起きて、彼の話が中断した。「子どもたちのところにそろそろもどらなくては」

「その前に、エレベーターの場所を教えていただけます？　それとも滑り台をのぼったほうがいいのかしら？」

57

エレベーターの扉がひらくと、先ほど見かけたふたり組が乗っていた。性別がわからない双子のような若者だ。

わたしを見たとたん、ふたりそろって目をみひらいた。「こんにちは！」という甲高い声も、もちろんぴったりそろっている。

「こんにちは」

ふたりはエレベーターを降りて、わたしの脇に並んで立つ。わたしのネコたちがお腹を空かせているときにも、こんな感じだ。ふたりの大きな茶色の目がわくわくした表情でこちらを見つめている。そんなふたりを置いてそっとエレベーターに乗り込んだ。

「さよなら」ふたりに声をかけた。

「それではまた！」ふたりは手をふりながら、エレベーターの扉が閉まりきるまでこちらをのぞきこんでいた。

かなり変わっている人たちね。

十階に着くと、自然光がふんだんに降り注ぐスペースが広がっていた。昔のままの古い板張りの床を進んでいくと、最新式のコンピューターを備えたワークステーションが十以上並んでいる。その前を通り過ぎ、この階で唯一の「執務室」に向かった。隅に設けられた執務室は、巨大な窓に面している。

ちかづいていくと、キーを打つ音がきこえてきた。マディソン・スクエア・パークを見おろすすばらしい眺望だというのに、デスクに向かっている女性は四つの大型ＬＥＤディスプレーに映し出されるデータ以外には関心がなさそうだ。

パーテーションのドアをノックした。

彼女は椅子ごとくるりとこちらを向いた。わたしがいるのを見て驚いている。黒くて分厚そうなレンズのメガネを下にずらすと、青みがかったスミレ色の目がのぞいた。マダムの目とよく似てキラキラしている。でもわたしを見る目つきは、３Ｄの短剣のように鋭い。

「なにかご用ですか？」

「お邪魔してごめんなさい。ウィルヘルミーナ・トークという方を探しています」

「ミノウね」

「そう、ミノウ」

彼女が面倒くさそうにため息をつく。「わたしの名前はミノウよ」

「こんにちは」執務室に一歩入った。「わたしはクレア――」

「知っています」

勝手に腰掛けた。「エリックの友だちです。それもたぶん、知っているわね」

彼女はますます不機嫌そうになり、デスクに視線を落とした。デスクには小さな玩具とフィギュアが散らかっている。映画『ナイトメアー・ビフォア・クリスマス』に登場したジャック・スケリントンとレジンでつくった一連のドラゴンはわかるが、それ以外のキャラクターは一つを除いて見慣れないものばかりだ――アニメかコミック、それともテレビゲームのキャラクターか？　ひとつだけわかったのは、プラスチック製の『不思議の国のアリス』だ。ディズニーのアニメで見慣れた衣装をつけている。けれども白ウサギもチェシャ猫もいない。そしてこのアリスはにやりと不気味な笑みを浮かべ、手には血まみれのナイフを握っている。

「ガースの話では、あなたはエリックがこの会社を立ち上げたときからのメンバーだそうね。昇格もしているときいたわ」

それをきいて彼女が顔をあげた。分厚い黒メガネで隠れてはいるけれど、はっとするほどの美貌の持ち主だとわかる。細面で整った目鼻立ち、色白の美しい肌と漆黒の髪――ただ、縮れた髪が爆発したみたいに広がって、ギルダ・ラドナーがロザンヌ・ロザンナダナを演じるときにかぶっていたウィッグそっくりだ（こんな古い喩えを出してもミノウの世代には通じないだろうけれど、いまの時代、グーグルで検索すればなんでも出てくる）。

ミノウはしかめっ面のまま、デスクの上にある使い捨てカップに手を伸ばした。薄いグレーのカップにはわたしたちの店のライバル店、ドリフトウッド・コーヒーのロゴがついている。スーパーマンに彼の唯一の弱点であるクリスタルをちかづけるように、そのロゴをわたしに向けてミノウがふる（ようやく、両者のジェネレーション・ギャップが埋まったようだ）。

ミノウは時間をかけてカップの中身を飲み干した。

「パーティー会場でおかわりをどうぞ。アーモンド・ジョイ・ラテと手づくりのココナッツ・チョコレート・アーモンド・シロップ、それにリーシズ・カップラテもあるわ。オリジナルのチョコレート・ピーナッツバター・ヌテラでつくっているのよ。乳製品を含まないものがお望みなら――」

「わたしはドリフトウッド・コーヒーのラテしか飲みませんから」彼女はそっけない。

「リラックスするのにぴったりのドリンクもあるわ」（いまのあなたにはとても必要だと思う）「クラウディー・ドリームというすてきなドリンクや、ヘーゼルナッツ・オーガズムなんかどうかしら？」

「それは、いったいなに？」

「プース・カフェよ――風味のいいリキュールを使った層状のおいしいドリンク。夕食後に楽しむコーヒー・ドリンクね」

彼女の心は一瞬動いたようだが、すぐに首を横にふってゆったりサイズのTシャツのすそをぎゅっとひっぱった。「とても忙しいんです。本題に入ってもらえるかしら」

「ソーン社は六月に新しいゲームを公開するそうね――」

「E3で」

「イー、スリー？」

「三つのE。エレクトロニック《E》・エンタテインメント《E》・エキスポ《E》の略です。毎年、この業界の各社が一堂に会する博覧会で、新しいコンピューター・ゲームとデジタル機器が発表される場です」

「ソーン社のアプリはグレーソン・ブラドックが発表する類似のアプリと真っ向勝負するのね？」

ミノウが微笑む。「まあね」

どういう意味だろう。「もう少しくわしく教えてもらえる？」

彼女が小さく肩をすくめて話し出した。「二年前、エリックはブック・エキスポで『ドラゴン・ウィスパラー』のアドバンスト・リーディング・コピーを手に入れたんです。出版前の段階の本です。読んですぐに、これはヒットすると彼は直感した。こういう方面では彼は天才ですから」

あら、意外。エリックについて語るときだけは、さっきまでの人を見下したような態度が嘘のようだ。

「その本なら知っているわ」『ドラゴン・ウィスパラー』は文字通り一夜にしてドラゴンをスターの座につけた。セクシーな吸血鬼、歩くゾンビ、コミックのスーパーヒーロー、天才的な少年魔法使いなどはすっかり色あせてしまったのだ。

「ところが、大きな問題が持ち上がった。グレーソン・ブラドックの会社の出版部門が『ドラゴン・ウィスパラー』のライセンス契約を一手に仕切っていたのよ。エリックは本に登場するドラゴン、キャラクター、筋書きの使用許可をまだとっていないうちに、ゲームの開発をわたしたちに指示した。試作品を見たらきっとブラドックは気に入るだろう、そうしたらライセンス契約を締結できるとエリックは踏んでいた。ところが、いざブラドックに提案したら、あのオーストラリア人は交渉を一方的に打ち切ってしまった」

その後の成り行きはきくまでもない。「あなたたちが開発したものを見てブラドックは、自社でゲームをつくって利益を独り占めしようと考えたのね？」

ミノウがうなずく。「でもブラドックには不可能なのよ。ゲームアプリを売り出そうにも、そのためのプラットフォームがないから。この分野ではまったく実績がない」

「もしも、彼がドニー・チューを雇ったら？」

「ドニーはゲームをつくるスキルはあるけれど、売るのは無理ね」ミノウが首を横にふる。「エリックみたいな天才でもない限り、できやしない」

また、天才という言葉が出たわね。ミノウは上司であるエリックに心酔しきっている。

「わたしたちには《ハトの糞》があるわ。つまり、すでにマーケットシェアがかなり高い状態にある。既存のゲームの人気と知名度を利用して新しいゲームを売り出すことができるというわけ。おわかりですか？」

「ええ。そしてブラドックがゲームのライセンス契約に応じようとしないから、エリックは『ドラゴン・ウィスパラー』ではなく『スレイヤー』にして、ブラドックの著作権を侵害しないようなドラゴンとヒーローをつくったのね？」

「その通りです」先ほどまでの威丈高な口調が薄れている。「わたしたちはブラドックのことも倒すつもり。彼もそれはわかっていると思うわ。それに、わたしのチームは『スレイヤー』のデザインとプログラムを使ってさらにアプリを開発し、サテライトサイトをつくっている。『スレイヤー・トレーニングマニュアル』アプリ、『ドラゴン・ガイドブック』アプリをね。ブラドックがつくるダサい『ドラゴン・ウィスパー』のアプリが出るころには、すでにわたしたちのアプリが市場を独占している。そして、エリックはタイミングよくわたしたちのドラゴンのキャラクターの映画化権を売るでしょうね――」

ミノウのデスクの電話が鳴った。受話器を取り上げずに彼女はボタンを押す。

「ミノウです」

「こちら、ガース。クレア・コージーはそこにいるかな？」

「ええ、なぜかいるわ」

「クレア」ガースの声だ。「未来のロケット技師たちがあなたのデモンストレーションをいまかいまかと待っています」

「すぐに行きます」

「ミノウ」ガースが続ける。「スペクトラム・デジタイザーの3D映像のプログラムはじつにすばらしい。それだけ伝えたかった。こっちに降りてきて見たらどうだ」

「嫌というほど見たわ！　デジタイザーを取りつけて一晩かけてプログラムを調整したんですもの。忍者はダメね。まだ動きがギクシャクしている」

わたしは立ち上がった。「またお話ししたいわ。いいかしら」

ミノウは椅子ごとくるりとまわって、こちらに背を向けた。

「ええ」彼女はコンピューターのモニターを見ながらこたえる。「でも、つぎの機会にはアポイントを取ってね」

58

エレベーターがくるまでに数分待たされたけれど、二階まで滑り台で降りていく気にはなれなかった。エレベーターでようやく下に降りると、イタリア風ドーナッツの実演の準備はすっかり整っていた。

ポータブルのフライヤーになみなみと入った油が温まって二階のギャラリーに香ばしいにおいが漂い、おおぜいの人があつまっている。

「ボス、みなさんお待ちかねです」エスターがエプロンをわたしてくれる。「それからケイシーとサンシャインがボスと話をしたいといって待っています」

「K・Cとサンシャインといったの？」

「両親が大好きだったバンドです」と割って入ったのがケイシーだった。

エスターが、性別不明の双子を身ぶりで示す。ふたりは満面の笑みでこちらをじっと見つめている。

「またお会いできました」ふたりの甲高い声がぴったりそろう。

「ええ、また会えたわね」

「明日、ここにいらしていただけますか、ミズ・コージー？」ケイシーがたずねた。

「早い時間帯に」今度はサンシャインだ。「誰も出社していない、早い時刻に。そうすれば――」

「オフィスは空っぽだ」ケイシーだ。「どこのチームよりも先に会議室をとることができる――」

「そしていち早く仕事に取りかかることができる」サンシャインがクスクス笑いながら続けた。

「仕事？　どんな仕事をするの？」そう口にしたとたん、またもやピリピリとした空気になった。

双子は顔を見合わせ、同じタイミングでわたしを見る。こたえに困っているようだ。

「ボス、そろそろ時間です」エスターが手首をトントンと叩くジェスチャーでうながす。

「ドーナッツの実演の後でもう一度話がしたいわ。〝仕事〟について全部きかせてもらえるわね？」ケイシーとサンシャインに話しかけた。

「そうしましょう！」ケイシーが甲高い声を出して、またニコニコする。「楽しみです」

「後ほどお話ししましょう」

「ではまた」

「あのふたりの話は、テニスの試合みたい」エスターが首筋をさする。「むち打ち症になっちゃいそう」

わたしはフライヤーの前に立ち、料理用の温度計で温度を確認した。「生地はどこ？」

「タッカーが冷蔵庫に取りにいっています」

油の温度はちょうどいい。ポータブルのフライヤーの脇には金属のテーブルが設置されている。ここに生地、揚がったドーナッツをのせる網、粉砂糖、ドーナッツを盛るたくさんの紙皿を置く。

タッカーを待つ間、これから話す内容を頭のなかで復習した。最初にさまざまな食文化で粉砂糖、ハチミツ、グレーズで甘くした揚げドーナッツが好まれていることを話し、クロアチアの〈クラフナ〉、ドイツの〈ベルリナー〉などを紹介する。イタリアの伝統的なドーナッツといえば中身のしっかり詰まった〈ゼッポレ〉だが、わたしは祖母ナナのオリジナルレシピを選んだ――生地を風味よく揚げた甘いドーナッツはニューオリンズのフレンチクォーター名物、熱々のベニエによく似ている。

「さあ、持ってきましたよ」タッカーが叫びながら人ごみを掻き分けてやってくる。イースト生地をのせた蓋つきのトレーが運ばれてきた。

「生地が温まってないかしら」

「よく冷えていますよ、CC。あまりにも冷たくて凍傷になってしまいそうです」

「そのトレーを落とす前にわたしにわたしてちょうだい、ブロードウェイ・ボーイ」エスターがトレーをつかむ。

タッカーの上体が前傾し、右足が金属製のテーブルの脚に触れた。その瞬間、白みがかった明るい黄色の火花が散り、爆発が起きた。そこにいた誰もが茫然としている。恐ろしい音とともに火の粉が飛び散っている。金属のテーブルが電気を帯びていたらしく、それに接触したタッカーは後方に吹っ飛んで三メートルほど離れた地点に倒れた。ワイド画面のモニターが一枚落下してショートし、さらに火花が散る。

いっせいに悲鳴があがり、誰も彼もが後ずさりするなか、タッカーを助けようと数人が飛び出した。まっさきにタッカーのところに駆けつけたのはわたしだ。

「タッカー！」悲鳴になっていた。

「テーブルにさわるな。帯電している」メーティス・マンがその場にいる全員に向かっていう。

床に倒れ込んだタッカーはそのまま動かない。まるで壊れた玩具のようだ。傍らには落ちて壊れたLEDのモニターが転がっている。

オゾンの嫌なにおいとは別の、煙のにおいがする。見れば、タッカーのズボンから煙があがっている。わたしは自分のエプロンをむしり取ってかぶせた。そばに電流が通っているコードがあるとしたら、水を使うのは危険だ。

エスターも駆け寄った。涙があふれて頬を伝っている。

「しっかりして、タッカー」

うつぶせだったタッカーをふたりで仰向けにしながらエスターがささやきかける。

「なにか話して」わたしは祈るような気持ちだ。

けれどもタッカー・バートンはぴくりとも動かない――そして呼吸もしていない。

59

ベス・イスラエル・メディカルセンターの待合室でエスターとわたしは三時間、タッカーの容態についてなにも知らされないまま、ひたすら待っていた。

事故の数分後にガース・ヘンドリックスとわたしは心肺蘇生法を試みた。すばらしい奇跡が起きてタッカーが反応した。まぶたがひくひくと動き、救急隊員たちが救急車に運び込むころにはすでに呼吸していたようだった。

エスターとわたしはタクシーでその後を追い、タッカーの恋人、パンチに連絡を取った。小柄ながら筋骨隆々としたパンチはいま、エスターの肩にすがってむせび泣き、英語とスペイン語でタッカーのために祈りを捧げている。

これ以上待つことに耐えられずに、いっそガラスの仕切りを突き破って看護師をつかまえようかと思ったとき、名前を呼ばれた。

ホッシーニ医師だった。東インド諸島出身のホッシーニ医師は濃い顎ヒゲを生やし、自信に満ちあふれた物腰だ。さっそく朗報を伝えてくれた。

「ミスター・バートンはもう大丈夫ですよ」

「ありがとうございます！　聖母マリア様《マドレ・デ・ディオス》！」パンチが夢中で叫ぶ。

「右に同じ」エスターがいう。

「帯電していたテーブルに触れたのが足だったことが幸いでしたよ」医師が説明する。「ふくらはぎから足の裏の方向に電流が流れたんです。ミスター・バートンの手が触れていたら、腕から心臓へと電流が流れて、心臓が止まっていたでしょう。感電死するところでした」

「いつになったら面会できますか？」わたしはたずねた。

「いますぐでも大丈夫です。あのドアから入ったら、看護師がミスター・バートンのベッドまで案内しますよ」

エスター、パンチ、わたしの順で看護師の後についてタッカーの枕元まで行ってみた。正直、最悪の状態を予想していた――タッカーの両腕が点滴のチューブだらけで顔には酸素マスクをつけ、傍らでは医療機器の警告音が鳴り、ほぼ昏睡状態に陥っているところを。ところがビレッジブレンドのアシスタント・マネジャーのタッカーはぱっちりと目覚めて、上半身を起こしていた！　満面に笑みを浮かべ、両手を広げてわたしたちを迎えてくれたのだ。

パンチはベッドに飛び乗ってタッカーに抱きついた。ふたりの抱擁がようやく終わると、今度はエスターとわたしが抱きつく番だった。ぴんぴんしているから朝には退院したいものだとタッカーがいうのをきいて、わたしたちはほっとした。

「小さなやけどのほかには、足もひねったけれど、なんてことはない。命が助かってありがたい限りだ」

タッカーはふくらはぎの絆創膏をパンチに見せた。

「マドレ・デ・ディオス！」

「落ち着け」タッカーがパンチの手を軽く叩く。「ステージではもっと悲惨なことを経験しているよ。イーストハンプトンのサマーストック・シアターで上演した男性版『マクベス』に出たときには、従者役が持っていたたいまつの火が身体に燃え移ったんだ！」

わたしはほっとすると同時に腹立たしい気持ちも湧いてきた。

「そんな軽口を叩いているけれど、笑い事じゃないわよ、タッカー」

「そうカッカしないで、CC。ほら、この通りぴんぴんしていますから」

「それは単に運がよかっただけ。テーブルに触れたのが足だったからよ。もしも手だったら死んでしまっていたのよ。これは誰かが仕組んだにちがいないわ——かならず犯人を突き止める！」

タッカーの病室を出ると、ソーン社に直行した。イーデン・ソーナーのオフィスに入っていくと、彼女はコードレスの電話機を耳にあてたまま、こちらに来るように手招きしている。

かつて玩具工場として使われていたこの古い建物を改装したときに、エリックは屋根の一部をはがし、最上階の幹部たちが自然光を存分に浴びられるようにした。けれどもいまは冬の夕方だ。日の入りは早く、空には月もなく暗い灰色が広がっている。室内には人工的な光しかない――コンピューター端末とワークステーションのライト、機器類が出す光だけ。タッカーが危うく命を落としそうになった一件で神経がピリピリしていたせいか、室内の不気味な光が不快でしかたない。

イーデンはわたしに椅子を勧め、自分も深く腰掛けた。通話を終えると、彼女はいかにも疲れた様子で目の周囲をもみ、わたしと視線を合わせた。

「このままでは半年間うちのオフィスを閉鎖して連邦政府の職場安全の監査を受けなくてはならなくなるから、労働安全衛生局《OSHA》になんとかしてくれと掛け合ったの。さいわい、部長とは知り合いなのよ。いっしょにワイオミングでオオカミを撃った仲間」

「オオカミを？」

「麻酔銃でね。オオカミにタグづけするために。ワイオミング野生生物保護協会はエリックが開発したGPSチップをオオカミにつけて移動のパターンを解明しようとしているの――」

そう、そうだったわ。イーデンがオオカミにタグづけしている活動については、エリックからきいている。GPSチップときいて思い出した。メーティス・マンはまるで魔法でも使ったみたいにモンマルトルでわたしとジョイの居場所を見つけた。ソーンフォンにはエリックが開発したGPSチップが取りつけられている、ということだ。それなら電話を利用して誰がどこにいるのか、事実上すべて追跡できる。

「そういえば、ホッシーニ医師から朗報をきいたでしょう」

「ホッシーニ医師をご存じなの？」

「わたしのかかりつけ医ですもの。あなたのお店のバリスタが最高のケアを受けられるようにと思ってお願いしたの。ミスター・バートンは一両日中にすっかり元気になるだろうとドクターからきいているわ」

「心から感謝しています。タッカーは単なる従業員ではなくて、わたしにとって親友なのよ」

「その親友には、慰謝料としてひじょうに高額の小切手が送られることになるわ。ただし、わたしたちを訴えるとなれば別ですけど——その場合にはすべて白紙にもどします」

「タッカーは誰のことも訴えたりしないはずよ。命があったことだけで、彼はほんとうによろこんでいる」わたしは腰掛けたまま、身を乗り出した。「なぜこんなことが起きたのかしら？」

「不慮の事故よ。原因はスペクトラム・デジタイザーに接続していた電力ケーブルだった。スペクトル・デジタイザーはわかる？」

「3Dホログラムを映し出すプロジェクター……」ミノウは一晩かけて自分で設置したとガースに話していた。

「プロジェクターには高圧電流が流れるケーブルが接続されていた。そのケーブルの被覆が擦れ切れていた。それがたまたま金属製のテーブルに接触してしまった」わたしがデモンストレーションをおこなう予定だったテーブル！

「そしてなにが起きたのかは、あなたも見たでしょう」

ええ、大事な人がわたしの身代わりとなって死んでしまうところだった。

「ききたいことがあるわ、イーデン。チャーリー・ポラスキーについて――」

「私立探偵の？」

思いがけない言葉だった。「チャーリーが何者なのかを知っていたの？」

「あたりまえよ。最初にチャーリーはわたしのところに来たのだから。ビアンカ・ハイドの死について調べていたわ。うちの会社のデータベースのメタサーチを依頼されたの。あの女優についてのファイルが作成されているかどうかを知るために」

「なにか見つかったの？」

「わたしが見つけたわけではないけれどね。職務の範囲外だから。見つけたのはインターンのダレン・エングルよ。彼に頼んでいたの」

「彼は今ここにいるの？」

「ええ」イーデンは電話でダレンを呼んだ。

一分もたたないうちに彼がやってきた。

「ダレン、チャーリー・ポラスキーに依頼された調べ物のことをおぼえている？」

長身の彼がいきおいよくうなずく。「はい。検索結果をコピーして保存してあります」

「わたしの端末で呼び出してみて。パスワードは知っているわね」

ダレンがイーデンのデスクの前に座り、キーボードを叩く。巨大なＬＥＤスクリーンが起動した。わずか数秒の操作でダレンはファイルを呼び出した。

「そうそう、これです」彼がいう。『悪い女《ウイッチ／ビッチ》』というタイトルのフォルダーで、中身はビアンカ・ハイドの写真だけでした。タブロイド紙の写真や娯楽雑誌からスキャンしたものばかり」

その写真がスライドショーで映し出されていく。わたしが話すあいだもずっと、次々に写真が切り替わっていっている。

「これは問題がありそう。まるでストーカーのしわざだわ」イーデンがいう。

「誰がこの写真をあつめたの？」

ダレンがこちらを向く。「このデータはウィルヘルミーナ・トークのコンピューターに保存されていました」

ミノウのコンピューターに？「どうして彼女がこんなファイルを？」

「仕事上の理由はないわ。でも……」イーデンだ。

「続けて」

「じつはね、ミノウはずっと前からエリックのことがとても好きだったの。大学時代から。エリックにはまったくその気はなかったのだけど。彼はミノウの気持ちを知っていたし、とても優しく接していた。でもわたしとふたりだけのときに話していたわ。彼女のことは友だちとしてしか見ることはできないと――」

「待って。ひとつ前の写真にもどって、そこで止めてみて」

ダレンがキーを叩く。ビアンカ・ハイドがピンク色のストリングビキニを着て、同じような若手女優と腕を組んでいる写真だ。わたしが目を留めたのは、彼女たちの後ろに写っているものだ。〈メイド・イン・ザ・シェード〉という名前のヨットが見える。

「これはグレーソン・ブラドックのヨットよ！」

今度はイーデンがのけぞるほど驚いて、写真に顔をちかづけてしげしげと見ている。

「まあ。いったいこれはどういうこと⁉　ただの偶然？　それともビアンカはブラドックのスパイとしてエリックの情報を流していたの？」

ダレンは日付の表示を確認し、これはビアンカがエリックに出会う半年前に撮られていると告げた。この写真を一枚プリントアウトして欲しいとダレンに頼んだ。彼が操作をしてそれを取りに出ていくと、わたしはイーデンのほうを向いて声をひそめた。

「チャーリー・ポラスキーが元夫のジョーという人物と組んで仕事をしていたのは知っていた？　どうやら彼女はジョーに重要なメモをわたしていたらしいわ」

イーデンはまたもや仰天している。「全然知らなかったわ。どうしてあなたが知っているの？」

「ジョー・ポラスキーが二度訪ねてきたの。でも彼は警察から爆破事件に関与していると疑いをかけられて姿をくらましてしまった」

ダレンがもどってきたのでお礼をいい、写真のプリントアウトをバッグにしまった。

「それから、ちょっとお願いがあるのだけど、わたしのソーンフォンが、ある人への通信をブロックしているんだけど、解除してもらえないかしら？」

ダレンとイーデンが顔を見合わせる。

「ミス・フォーンに解除を依頼しましたか？」ダレンがこたえる。「かんたんにできますよ」

「このケースに関してはミス・フォーンは聞き分けがないのよ」

「変だな。どうしてだろう」ダレンがいう。

天才億万長者にきいてちょうだい。

「電話を貸してください。コンピューターのインターフェースで操作しますから、ブロックを解除したい番号を教えてください」

「ありがとう」ダレンにすべてを任せた。

数分後にはソーンフォンはわたしの手にもどってきた。バッグには決定的な写真もしっかりとしまってある。ひとまず用件はすんだ。

「最後にもうひとつきいていいかしら。ミノウはいまこの建物にいる？」

イーデンは立ち上がって、セキュリティログを呼び出した。「ええ、いるわ」

わたしも立ち上がる。「じゃあ、もう行くわね」

廊下を歩きながら、頭のなかでいくつかシナリオを検討してみた。いずれにしても、ひとつだけ確かなことがある。今釣り糸にかかっている小さな魚をうまいこと釣り上げなくてはならない。エレベーターの前に着いてボタンを押したときには、すでにプランができていた。

次の目標はアップランドを生きて脱出すること……。

自分の命を狙っている人物がいる建物のなかでエレベーターを待つのは、なんとも妙な気分だ。デジタル表示の数字が刻々と変わっていくのを見ると、頭に鳥肌が立つようなぞわっとした感覚に襲われた。突然、何者かに肩をつかまれた！

思わず悲鳴をあげた。

「ごめんなさい、ミズ・コージー。驚かせるつもりは――」

「まったくなかったんです」

ああ、びっくりした。ケイシーとサンシャインね。

ほっと息をついた。「なにかご用？」

「バリスタ・アプリを見てもらおうと思って。エリックから、あなたに協力してもらうように指示されています――」

「そうなんです」サンシャインが引き継ぐ。「メモが届いたんです。とてもクールなアプリですよ。エリックからの指示によると――」

「あなたはたくさんのドリンクのつくり方に精通されているので、アーカイブに追加する情報を提供していただけると――」

「今、それを見る必要があるの？」ニコニコしているサンシャインにきいてみた。

「ぜひ、デモンストレーションを見てもらいたいんです」ケイシーがこたえた。「ご案内します……」

エレベーターが到着したので、わたしは飛び乗った。一刻も早くこの〝びっくりハウス〟から脱出したい。

「後でね!」閉まるドアのこちらから叫んだ。
いまはミノウだけに集中しなくては……。

60

エスター・ベストは生まれて初めて、〝キャリアウーマン〟の出で立ちをした——そして打ちひしがれている。ビレッジブレンドの上階にあるわたしの住まいの寝室で、エスターは全身を鏡に映して愕然としている。

「こんな格好で外に出ろと？」

「タッカーを揚げ物にしようとした人物を捕まえたいのならね」

「あまりにもふつうすぎて、姉とそっくり！」エスターが叫ぶ。

ピンストライプのスーツにボタンダウンのブラウスを着た彼女は、遺言の執行やヘッジファンドの運用に長けた専門家として通用しそうだ。じっさいは、これからおとり捜査に取りかかる。

「靴を忘れないで！」タッカーがエナメル革のパンプスをふる。「女性はヒールの高さで何者であるかが決まるんだ。ビジネスには十センチまで。それより高いとショーガールになる。それより低いと〝ママさんルック〟になってしまう。もっさりした感じに見られるのは嫌だろう？」

「もっさりなんて表現をわたしに対してもう一度口にしたら、目の前に星が浮かぶくらいこっぴどく殴ってやる！」

タッカーがウィンクする。「星《スター》のなかにイケメン俳優のチャニング・テイタムがいるなら、おとなしく殴られよう」

エスターは自分の頭を見て顔をしかめる——髪型が気に食わないのだ。いつもはハーフアップにして頭頂部を高く盛り上げる蜂の巣《ビーハイブ》という華やかなヘアスタイルなのに、いまは小さなおだんごにまとめてベルベットの小さなシュシュをつけている。

ナンシーがそばに寄る。「これは永久保存しなくては」

エスターに逃げられる前に、ナンシーは携帯電話でぱちりと写真を撮った。

エスターがぎろりと睨みつける。「それをフェイスブックにアップしたら、両手の親指をへし折ってやるからね」

「気にさわった？　でも次のバリスタ・ラテ・コンテストに参加するときに証明写真が必要でしょう？」

「この格好で？　これじゃまるっきりエスプレッソの素人にしか見えないわ。削除して！」

「嫌よ」

「それなら、大事な親指にバイバイしなさい」エスターは次にタッカーのほうを向いて、自分の足元を指さす。「こんなのを履いていたら歩けないわよ、ブロードウェイ・ボーイ！　ケッズのスニーカーを返して」

「泣きごとは受け付けないよ」タッカーは両方の耳を手でおおう。「これ以上文句をいうのなら、ナンシーが撮った写真をボリスに転送してしまおう」

「はいはい、そこまで！」わたしはパンパンと手を叩いた。タッカーが危うく命を落としかけた事故が起きてから二日経ったが、モップのようなもじゃもじゃの髪の毛がトレードマークの彼はまだ血色があまりよくない。それに少し足を引きずっている。そんなタッカーを見ているのは耐えられない。彼をこんな目にあわせた人物を、これ以上野放しにはしておけない。「みんな静かに。エスターとわたしが乗るタクシーが下に来ているわ。あなたたちは仕事にもどりなさい！」

タクシーでチェルシー地区に向かうとちゅう、ミノウにカマをかけて本音を引き出す計画のおさらいをした。

昨日調査したところ、ウィルヘルミーナ・トークことミノウは毎朝出勤前に決まってドリフトウッド・コーヒーのテーブルで朝のラテを飲む。

今日は変装したエスターをあらかじめ店に張り込ませておく。

わたしはミノウに電話をかけて意外な事実を伝え、その様子をエスターが観察する。もしもミノウが電話の後で普段通りに行動すれば、おそらく犯人ではないだろう。けれども、もしも狼狽して共犯者（ジョー・ポラスキー）にいわせると「やつら」）に会いにいくようなことになれば、エスターが尾行する。そしてスマートフォンでわたしと連絡を取り合いながら、相手を突き止める。

一か八かのプランだが、運がよければミノウの共犯者が判明する。または彼女を容疑者リストから削除することができる。

わたしはマディソン・スクエア・パークで待機していた。予想通りの時間にエスターから電話がかかってきた。

「ミノウが到着しました」エスターが報告する。

「では、電話をかけてみる」エスターとの通話を保留にしてミノウに電話をかけた（さいわいエリックの設定のおかげでわたしのソーンフォンには社員全員の電話帳が入っている）。最初の呼び出し音ですぐにミノウが出た。

「ご用件は？」

「ミノウ？　クレア・コージーです」

「わかっています。発信者番号通知を知らないんですか？　それでご用件は？」

「ちょっと耳に入れておきたいことがあって。爆弾処理班のデファシオ警部補は、チャーリー・ポラスキーの死にあなたが関与していると考えている――」

「朝っぱらから変な妄想を押しつけないで！」ミノウが怒鳴る。

「警察は証拠をつかんでいるわ。とても説得力のある証拠を――」

「証拠って？」

「もう行かなくては」そこで電話を切った。

すぐにエスターとの通話に切り替えた。「どう?」

「まずい」エスターがつぶやく。

「どうしたの!? ミノウに見つかったの?」

「いいえ。ドリフトウッドのエスプレッソが最悪なんです。クレマは食器用洗剤の泡みたい。それにラテ・アートと称するもののできばえときたら、見るも無惨。メイプル・ラテに添えられているオークの葉っぱはポイズン・アイビーそっくりで――」

「集中してちょうだい、エスター。張り込み中なんだから!」

「ごめんなさい、ボス……ミノウは確かになんだかあわてふためいているみたいです。携帯電話を握っています。メールを打っているわ……画面をチェックしている……まだみたい……あ! どうやら返信があった模様。店を出ます――ブルックリンのコウモリみたいなすばやさです」

「ミノウから離れないでね。電話はこのまま切らないでね」

エスターがほっとした様子でため息をつく。「この汚水を飲まずにすむのなら、なんだってやりますとも」

十五分後、ミノウは二十丁目のハイラインの入り口の階段をのぼっていた。この市営公園はかつてマンハッタンのウエストサイドを走っていた貨物列車の高架を利用してつくられ、ニューヨーク市内でもっともユニークな公園として有名になった。ハイラインは十四丁目からミートパッキング・ディストリクト、三十丁目、そしてペンシルベニア駅からわずか通り四本という地点まで延びている。

「いまどこですか、ボス？」

「通りよ。ハイラインのコンクリートの柱が見えるわ」

一月の冷たい空気が突風となって吹きつけ、エスターの返事がききとれない。

「もう一度いって！」

「よくない状況です、ボス。いろんな意味で」

「どういうこと？」

「まず、このヒールの地獄みたいな痛さ。こんな靴を好んで履くのは、よほどのマゾヒストですよ」

「エスター！」

「つぎに、ハイラインのこの付近はとても幅が狭くて、ひと気がまったくないんです。茂みとか木立もないから身を潜める場所なんてありません。彼女を尾行して、秘密の友だちに会うまで彼女がぶらぶらするとしたら、一ブロック離れていてもわたしは見つかってしまいます――丸見えなんです」

「彼女はアップタウンに向かって歩いているの？　それともダウンタウン？」

「ダウンタウンです」

「それならどうにかなるかもしれない。ダンテは確か引っ越してミートパッキング・ディストリクトのそばの高層ビルに移ったはず。彼の部屋からハイラインが見えると思う？」

「知るものですか」エスターはむっとした様子だ。「まだ一度も招かれていませんからね」

「じゃあ、確かめてみましょう」

ダンテ・シルバはビレッジブレンドで夜の時間帯に勤務しているバリスタだ。魅力的な人柄で、トレードマークはタトゥ。深夜のスーパースターの彼はまだぐっすり眠っていた。ダンテが抽出するエスプレッソは絶品で、アーティストらしい彼の落ち着きと温かな笑顔はニューヨーク大学とパーソンズ美術大学の多くの女子学生を惹きつける。

夜間はバリスタとして働く彼は、昼間は画家として奮闘する若手アーティストだ。昔から続くビレッジブレンドの伝統を受け継ぐ存在といってもいい。ただし、彼が昼間の活動を開始するのはたいてい正午だ。わたしとエスターに正午前に起こされたものだから、ダンテはひとしきり文句を垂れている。それでもかまわず、彼が暮らす建物の屋根の上に引っ張り出した。凍てつくような寒さだ。

「ここが最高なんです」ダンテは両手を温めようとしてハアハアと息を吹きかける。「自分の部屋からではハイラインどころか、ろくに景色は見えないから、絵を描くときにはこうして屋根にあがるんです」

通りに立っているよりも風は強い。ここには手すりはない。三人とも高所恐怖症ではないのが救いだ。

ダンテは先頭に立って銀色のコールタールの屋根を歩き、隣の建物との境のあたりまで移動した。エスターは高いヒールで足元をふらつかせ、一度はつまずいて住人の衛星アンテナを倒しそうになった。

　すばらしい眺望だった。が、ハイラインは半区画先なのでダンテはエスターに巨大な望遠レンズつきのニコンＳＬＲのカメラをわたし、自分はオペラグラスを使う。ダンテがわたしに手わたしたのは、彼の祖父が〝戦争のときに手に入れた〟ドイツ製のごつい望遠鏡だ。

「いった通り、絶好の場所でしょう。ここからなら、何区画にもまたがるハイラインを見通せますよ」ダンテがいう。

「くちびるの動きを読み取ることもできるわ」すばらしい性能のレンズ越しに見ながら、わたしはこたえた。

「それどころか、このレンズで見ると分子の粒まで見えてしまう！」エスターが感動している。

　ハイラインには人っ子ひとりいない。もしやミノウを取り逃がしたのだろうかと、ぞっとする思いが一瞬頭をよぎった。しかし、見つかった。ベンチに座って縮こまり、十六丁目のほうを見ている。通りにおりる階段のちかくだが、共犯者の姿はない。

　エスターとダンテもミノウに焦点を合わせた。そのままの状態で、じっと待った。

「誰かが階段をのぼってくる」わたしはそういってから、「まあ」とつぶやかずにはいられなかった。

　ビンテージのコサックコートを着て毛皮のロシア帽をかぶってあらわれたのは、まちがいなくメーティス・マンことガース・ヘンドリックスだ。ミノウが手をふり、メーティス・マンは彼女と並んで腰掛けた。

「あの外套と帽子はいったいどこで仕入れたのかしら。ニコラスとアレクサンドラが経営する〈革命前皇帝ブティック〉とか？」エスターが皮肉っぽいコメントをする。

「確か、五番街のティファニーとフェンのブティックのあいだにあったな」ダンテも加わる。

「『アンナ・カレーニナ』の本からたったいま出てきましたという感じ」エスターだ。

「いや、それより『戦争と平和』だろう」ダンテがいう。

わたしたちが見下ろすなか、ガースとミノウがいい争っている。ミノウが立ち上がってその場を去ろうとするが、ガースが彼女を引き留めて座らせ、指をふりながらなにかを説き聞かせている。ふたりの怒鳴り合いが始まった。声はここまでは届かないけれど、なにが起きているのかは察しがついた。悪者同士の仲間割れだ。

「どうやら、もっともふさわしいのは『罪と罰』のようね」わたしがとどめを刺した。

61

その夜、ベッドに腰掛けて次の一手を考えた。

このことをエリックにどう伝えようか。彼にとってもっとも信頼のおける人物のうちふたりが殺人犯だった事実を、どう伝えたらいい？

わたしから見れば、すべてつじつまが合っている。メーティス・マンはジュニア・ロケット技師の集団を率いている。ロケットのつくり方を子どもたちに指導できるくらいなのだから、チャーリーの命を奪った爆弾をつくることくらい朝飯前だろう。

でも、その理由は？

エリックはそうたずねるだろう。それに対するこたえはある。

ミノウはエリックに恋い焦がれ、彼とビアンカとの交際に嫉妬の炎を燃やしていた——女優だったビアンカの写真をコンピューターの『悪い女《ウイッチ／ビッチ》』というフォルダーに保存していた。嫉妬がエスカレートしてビアンカを殺したのだろう。

ロス市警はホテルの防犯カメラのテープを押収している。だが彼らがさがしていたのはエリックと、ビアンカの過去の交際相手だ。ミノウが巧みに変装していれば、ノーマークでいられたのかもしれない。ある時点まではそうだった――しかしチャーリーが捜査に乗り出した。

ミノウは会社のビッグ・ブラザー的な存在であるガースに罪を告白していたのだろう。ガースは私立探偵チャーリーの捜査（ビアンカの家族からの依頼）に危機感を抱き、チャーリーの存在とともにすべてを葬り去る手はずを整えていたにちがいない。

これでなにもかも説明がつく。とはいえ、あくまでも推測にすぎない。どうやって証明したらいいのだろう？

わからない。いまのところはまだ。しかし、ともかくエリックの耳に入れなければ。それもじかに会って話さなければ。

なにか理由をつけてエリックをビレッジブレンドに呼ぼう。なにか手頃な口実はないだろうか――まちがっても彼にわたしとの「ロマンティックな展望」を期待させてはならない。マテオが買い付けたコーヒーはどれもまだ到着していないので、ビリオネア・ブレンドの試飲に招待するわけにはいかない。

ふと、ドレッサーの上に置きっぱなしだったネイト・サムナーの本が目に入った。逮捕される直前にわたされて、エリックにわたすと約束したものだ。

これよ！　エリックにこの本のことを話して、店に取りに立ち寄って欲しいといおう。

バッグのなかからソーンフォンを取り出しながら、本にネイトの署名があるかどうか、ひらいてみた。

思わず立ち上がってしまった。その拍子にバッグの中身がこぼれる。表紙をひらいたところに署名はなかったけれど、ネイトはメッセージを書き残していた。走り書きされていたのはEメールのアドレス——チャーリーの元夫で行方のわからないジョー・ポラスキーのメールアドレスだ！　その下にネイトは、いまやおなじみの一節を殴り書きしている。

「『バラはぜったい白と赤』」

ネイトがFBIの捜査官に逮捕されたときに口にした詩の一節だ。あのときは、わたしがテーブルに飾っていた青いバラを見てこの詩を連想したのだろうと思った。しかし、あれはネイトからの警告だったのだと今はよくわかる。〝エリック・ソーナーにちかづくな〟というマイクの警告と同じ意味だ。

エリックが殺人犯だなどとは信じたくない。けれども……仮に彼がミノウとメーティス・マンについて、すでに知っているとしたら？　ミノウは会社にとって価値ある存在だ。だから彼女を守っているとしたら？

メーティス・マンはエリックの同意の下でチャーリーを亡きものにしたのか？

すっかりこんがらがってしまったが、ジョー・ポラスキーはまさにオッカムの剃刀だ。真相をつかむのに必要な情報——彼の元妻がエリックの運転手を務めながら秘かに収集した情報——を入手していると彼はいっていた。ついに、彼に連絡をとる手段をつかんだ。

床に散らばっているバッグの中身のなかからソーンフォンを拾った。ジャヴァとフロシーは口紅をネズミに見立てて遊んでいる。いそいでメールを作成して送信した。

ジャヴァとフロシーが遊び始めてから十五分後、返信が届いた。


ハイラインで午前一時に会いましょう。十八丁目南側の通用門のカギをあけておきます。

ひとりで来てください。JP

またもやハイラインだ。ミノウとメーティス・マンはここで密会していた。

ひとりで来い？　なんだか気になるわね。

マテオとわたしはチェルシーの公営団地《フルトンハウス》の前でタクシーを降りた。ハイラインは一区画半先だ。ハイラインでわたしたちに襲いかかろうと誰かが待ち伏せていても、相手に気づかれずにちかづける。マテオは半信半疑だ。

寒いといって愚痴もこぼしている。「ぼくの血は薄いんだよ、クレア。熱帯で何週間も過ごしてきたばかりなんだ」

「わたしだってそうよ。あなたのせいでね。でもわたしが文句をいってもあなたはきいてくれないでしょう」ふるえをこらえながらいい返した。

「しかし来てよかった。あんなやつにきみひとりで会いにいかせるわけにはいかない」

「彼はひとりで来いと指定したわ。あなたを見つけたら逃げ出すかもしれない」

「かもしれないな。しかし逃げ場なんてないだろう？　ハイラインは閉まっていてしっかりカギもかかっている。上にあがってしまえば、あいているのはいまぼくたちが入ったゲートだけだ。通せんぼうをしたら、彼は袋のネズミだ」

はたしてそれですむだろうか。

「ジョー・ポラスキーも同じことを考えているかもしれない。出口を塞げば、わたしたちを袋のネズミにすることができる、と」

マテオはそれにはこたえず、いきなり足を止めた。

「どうしたの？　いま調べても遅いわよ！」

「いや」マテオが指をさす。「先を越されたよ」

ハイラインの下の道路にパトカーと制服警官の姿が見える。道路の中央には覆いをかけられた人の姿があり、その周囲を警察官が取り囲んでいる。もっとそばに寄ってみようとしたが、警察官が現場を封鎖しているのでちかづけない。

「ここから先は立ち入り禁止です。事故の調査をしています」

「なにがあったんだ？」マテオがたずねた。

「ハイラインから人が落ちたんですよ」

制服警官たちがさらにやってきた。そのうちのひとりは、ジョイの恋人（いまもそうでありますようにとわたしは期待している）エマヌエル・フランコ巡査部長だ。

フランコはわたしがマテオといっしょだと気づいて顔色を変えた。

過去のいきさつがあるだけに無理もない。しかし、いまはそれを蒸し返している場合ではない。マテオが警察官を質問ぜめにしているのをいいことに、わたしはフランコに指で電話の合図をして「電話してちょうだい！」と声を出さず口を動かして伝えた。

「行こう」そのすぐ後でマテオがいった。「警官は口を割ろうとしないが、嫌な予感がする。あの毛布の下の遺体は、きっときみの友人のジョー・ポラスキーだ」

またふるえがきた。寒さのせいではない。わたしもまったく同じ、嫌な予感がしていた。

62

フランコは電話をかけずに、勤務後にビレッジブレンドの上階のわたしの住まいを訪ねてきた。制服姿ではなく、筋肉質の身体にぴったりと沿ったセーターとユーズド加工のジーンズという姿だ。モッズコートを受け取って掛けた。

「寝ていたところを起こしてしまったかな」

わたしは首を横にふる。「眠りたくても眠れないわ。今夜のうちに警察の人と話をしておきたかったの。それがあなたなら、これ以上のことはないわ」

「マイクに連絡することだってできるだろうに」

「それはそれで、問題があって」〝とても厄介な問題なの〟

マイクとは何週間も連絡がとれずにいる。わたしが世界を股にかけたコーヒー・ツアーに出かけ、マイクは司法省の会議に（〝女性〟の上司といっしょに）出席して、メールのやりとりはできず、いきちがいが生じたままだ。多くの点で歩み寄りが必要だ——きっとできると、わたしは期待している。そのためにはどちらかが列車に乗らなければならないが、わたしはいまは乗れない。少なくとも今夜は。

「あなたは現場にいたのね。なんでもいいから教えて」

「十九丁目で顔面から身投げした人物の件か？」

「ええ、名前は？」

「ジョー・ポラスキー、五十七歳。警察が尋問しようとした矢先だった――」

「コーヒーハウスの前で車を爆破させた件で？」

「そうだ。どうしてわかった？」

「遺体からなにか見つかった？　書類とか？　コンピューターのUSBメモリは？」

「財布、クレジットカード二枚、現金二十ドル」

「ほんとうに彼が顔面から身投げしたと思う？　それとも何者かに突き落とされたのかしら？」

「毒物あるいは遺書についての情報が確認できるまでは、後者だな。ハイラインの手すりを越えて飛び降り自殺するのは無茶だ。三階の高さでは成功する可能性はあまりない。ジョーはうまいこと頭から着地して、ひどいありさまだ。ぜひ見てもらいたかった――」

「やめて。悪夢を見てうなされたくない」わたしは下くちびるを噛んだ。「あなたにきいてもらいたいことがあるの。長くなると思う。コーヒーをいれましょうか？」

「ああ、お願いしたい。ずっとここのコーヒーに飢えていた。クランチー・アーモンド・ビスコッティもいただけるかな？」

「ええ、もちろん」

「砂糖衣のかかったパンプキン・マフィンは？　それからフレンチアップルケーキ・スクエアも、話をききながら食べたいな」彼が恥ずかしそうにいう。「ここのお菓子にも飢えていたんだ」

コーヒーとお皿に山盛りのペストリーを用意して、フランコにエリックの車の爆破事件以降のできごとを話した。彼はいっさい口を差し挟まず、わたしが連想するままに順不同で話す内容に耳を傾けた。すべて話し終えて、ふうっと深呼吸した。

「あなたの意見をきかせて」

「まあ、マイク・クィンはかつての上司だからどうしても見方が偏ってしまいがちだが、それでも——あえていわせてもらうが——エリック・ソーナーという金持ちの若造は限りなくうさんくさいな」

「うさんくさい？」

「次から次へと女を替え、コントロールのすべに長けている。社会病質者《ソシオパス》というのはそういうものだ」

果たしてそうなのか、考えてみた。が……「わたしには、エリックがソシオパスだとは思えないわ。むしろ彼は感受性が強くて、すぐに夢中になる。そして母親の愛情を欲している」

「ノーマン・ベイツ（映画『サイコ』に登場するサイコパスの殺人犯）も同じだ」

「では、仮にエリックが殺人犯だとしたら、ネイト・サムナーの弁護士費用を払うのはなぜ？　ネイトは車の爆破事件の犯人という濡れ衣を着せられたのよ。これで事件はきれいに片がついたはずでしょう――」

「もしもジョー・ポラスキーがそれを覆す証拠を握っていたなら、きれいにというわけにはいかない。ネイトのために弁護士を雇ったりして、いい評判が立つことでエリックは潔白な人物に見えるんじゃないか？　ネイトの味方だと世間から評価される。同時に彼は、ネイトの信頼を勝ち取り、ジョー――消す必要のある邪魔者だ――に関する情報を引き出す」

「そして今夜、彼は消された。それはあきらかだわ。ジョーは死んでしまった。とてもつらい――責任も感じる。ジョーはハイラインでわたしと会う予定だったの。隠れている彼をわたしがおびき出してしまったのよ」

「そんなふうに自分を責めることはない、コーヒー・レディ。もとはといえば彼のほうから接触してきたんだ。二度も。ジョーを手すりの向こうに落とした人物こそ、責めを負うべきだ。きみではない」

「ええ。でもいったい誰が？　警察はなにか手がかりをつかんでいるの？」

「防犯カメラの映像を検証している。しかしハイラインでなにが起きたのかは謎のままだろう。公園が閉まるとカメラも撮影を停止するからな」彼がそこで間を置き、わたしと目を合わせた。「まだ、エリックという男との仕事は続いているんだろう？」

「ええ」

「確かな証拠をつかんだら――ソーナーの、あるいは彼の関係者の有罪を示すものであればなんでも――必ず知らせて欲しい」

「なんでもいいから見つけたいわ。仮説を証明するものを」眠気を吹き飛ばすブレンドを三杯も飲んだのに、あくびが出た。

「そろそろ行くよ」フランコが立ち上がる。

彼はコートを着てドアのところまで行くと、そこで立ち止まった。

「ところで、ジョイと話をしてくれてありがとう」

「あの子から電話があったの？」

「ああ。たっぷりしゃべったよ。ほぼ一晩中……」

「なにについて？」

「ありとあらゆることについて」彼が満ち足りた笑顔を見せた。それだけで、知りたいことは（ほぼ）すべてわかってしまった。「くわしいことは彼女からメールで知らせてくるはずだ。じゃあ、また、コーヒー・レディ」

63

意識がもうろうとして上と下のまぶたがくっつきそうになったとき、目覚まし時計が鳴った。けっきょく一晩中、寝返りを打ってばかりいた。

のろのろと起き上がり、お腹を空かせているネコたちに餌をやった。毛がふさふさした娘たちをお気に入りの窓辺に置いてから、着替えて開店準備を手伝うために下に降りていった。

タッカーはもう出勤してきて、ベーカリーが配達してきたペストリー類をケースに入れる作業も終えている。

「おっはようございます」歌うような朗らかな声だ。すんでのところで命拾いをしたタッカーは、まだ高揚感が抜けていない。

「コーヒーをお願い」わたしはうめくような声しか出ない。

タッカーはわたしをカウンターの前のスツールに座らせ、ダブル・エスプレッソをいれてくれた。

「今日はお天気でいい日和です！」声を弾ませてタッカーが正面のドアのカギをあけた。

「きっとすばらしいことが起きるはず」

わたしはカップに向かってぶつぶつつぶやいた。

「おやおや！　さっそく、すばらしいことが起きている。店の真ん前でリムジンが停まりましたよ！」

ああ、どうしよう。エリックではありませんように。いまは困る！

まちがいなくエリックは罪を犯している。でもそれを証明する手だてはまだ思いつかない。だから、いまは困る！

さいわい、今日ひとりめのお客さまはシリコン・バレーからの〝赤ん坊〟億万長者ではなかった——南半球からの〝おとな〟の億万長者だった。ソース・クラブでわたしの前に立ちはだかった人物だ。

「おはよう。すてきなお店だ」

戸口でいったん立ち止まり、グレーソン・ブラドックは格好をつけてポーズをとって見せる。革のダスターコートには手彫りの柄が入っている。肉厚の広い肩に合わせて特注で仕立てられたものだ。貫禄たっぷりのしぐさでブランドもののサングラスをはずし、カシミアのマフラーをゆるめ、つばの広いオーストラリアン・ハットを取ると、剃り上げた頭があらわれた。肩をそびやかして板張りの床を歩いてカウンターまで来ると、わが物顔でわたしの隣のスツールに腰掛けた。

わたしはタッカーに視線を向けた。こういうときは声に出さなくても気持ちが通じる。

〝相手がこれでは、トリプル・エスプレッソが必要〟

タッカーは新しく使い始めたスレイヤーで抽出を始めている。

「早起きですね」

「そういうわけではない、ダーリン。シドニーから戻ったばかりでね。向こうではちょうどディナーの時刻だ」

「そうですか。なにを召し上がりますか、ミスター・ブラドック？」

「グレーと呼んでくれないか、ダーリン」彼が歯を見せてうれしそうに笑う。

「ダーリンというのをやめていただければ。わたしのことはクレアと呼んでください」

「よし、交渉成立だ――ぜひ、わたしのために選んでもらいたいな、クレア。コーヒーのエキスパートとして」

ブラドックのためにドッピオをタッカーに頼んだ。温かいブルーベリー・ブロンディーを添えて、タッカーがわたしたちの前にカップを置いた。

ブラドックはエスプレッソをひとくち味わう。

「おお、これは」驚いたように何度も瞬きをする。マテオが調達した豆からスレイヤーが引き出したすばらしい風味――さわやかな柑橘系、スパイシーなシナモン、大地の香りとチョコレートの風味――が彼の舌の上で躍っているはず。「なんだこれは、たまらなくうまい！」

「お気に召してよかったわ。でも、まさかコーヒーだけを目当てに空港からここに直行したわけではないでしょうね」

ブラドックはデミタスカップの中身を飲み干し、わたしを見おろして微笑む。

「ここに来た目的は、招待だ。明日、いっしょにマイアミに飛んでサウスビーチ・ワイン・アンド・フード・フェスティバルにわたしのゲストとして出席してもらいたい」

「サウスビーチといえば、フロリダ！」タッカーが大きな声をあげた。

それをたしなめるように、わたしはタッカーをじろりと見た。「ごめんなさい、グレー。でも――」

「だめだめ、クレア。それではしらけてしまうじゃないか。ビジネスと遊びをミックスして楽しくやろうじゃないか」

「あなたとわたしがビジネス？」

ブラドックがぐっと身を寄せる。「エリック・ソーナーが欲しがる情報がある――これさえあれば、形勢をがらりと変えることができる。つまりきみの大切なお友だちにとって、耳寄りな価値ある情報だ」

「なぜあなたがエリックを助けようとするの？」

「あの若造を助けたいなどとはいっていない。この情報は、ソーナーがある重要な意思決定をするのに欠かせないものだ。彼とわたしはこれまで激しく反目し合ってきた。だからわたしからの情報だといえば、きっと耳を貸さないだろう。きみのいうことならきっと素直にきく」

わたしはグレーソン・ブラドックをじっと見据え、そのまま視線を動かさずにいた。もしもこの人物がほんとうに殺人を犯しているなら、あるいは殺人の片棒をかついでいたとしたら、のこのことここにあらわれて招待するなんて正気の沙汰ではない。罪を犯しているのであれば、オーストラリアでじっとしているだろう――せめて捜査が終了するまでは。とはいえ、極秘情報を教えるかわりに〝彼のゲスト〟になれ、なんて、あまりにも怪しい。

「いま、教えてもらうわけにはいかないのかしら？」彼の反応を見てみる。

「本題を？」

「ええ」

「これはあくまでも、古き良き時代の取引の形態だ。わたしのよき友人であるハーヴィー・シェフから、ぜひともあなたを招待するように懇願されている。ソース・クラブでのアンブロシアの一件を彼はまだ気にしているんだ。どうしても信頼を回復したいと望んでいる。それればかりでなく……わたしとしてもぜひ連れになってもらいたい。それを叶えてくれるなら、情報をわたそう」

「いったいどんな情報なの？　ヒントだけでも知りたいわ」

「エリックの会社の内部で起きている深刻な事態についての情報だ。彼自身のために、そして会社のためにも知っておく必要がある、とだけいっておこう」

どういう意味だろう。わたしがつかんでいる事実を、この人もつかんでいるのだろうか。ミノウとメーティス・マンが共謀しているという証拠をブラドックが握っているの？

「けっしていい加減なことをいっているのではない。それだけはいっておきたい。わたしを信頼してもらえないだろうか。なんなら、付き添いを同行させてもいい。ふたりでも三人でも、まとめて何人でも！」

「行きます、行きます！」タッカーが叫びながら、ぴょんぴょんジャンプしている。「すごいぞ、サウスビーチだ！　恋人同伴でもいいですか？」

「いいとも。多ければ多いほど楽しいからな！　秘書にチケットを手配させよう。乗るのはファーストクラス、泊まるのはわたしのホテルだ。さあ、イエスといってくれないか。そうしたら明日の昼にはマイアミの太陽の下だ」

タッカーが懇願するような目でわたしを見る。「すてきな話じゃないですか、ＣＣ。お願いだから、イエスといってください！」

「ちょっと考えさせて。約束はできません。とにかく、電話を一本かけなくてはならないの」

「いいだろう。名刺をわたしておこう――この番号に電話してもらいたい。あとは飛行機に乗るだけだ。ヤシの木の下でレディのみなさんに会えるのを楽しみにしている」

ブラドックがドアの外に出たか出ないかのうちに、短縮ダイヤルでマテオにかけた。

「サウスビーチに行かない？」

「きみと？　そりゃ行きたいなあ。だが無理だ。今日はコーヒーのブローカーと会う。その後エリックといっしょにブラジルに飛ぶ」

「ブラジルに？　なんのために？　収穫のシーズンはまだでしょう？」

「挿し木用の挿し穂を採取するのに絶好の時期だ。テラ・ペルフェイタに行ってアンブロシアを少々手に入れる」

「そんなことできるの？　あのプランテーションは麻薬密売組織とつながりがあるとして、ブラジル政府と米麻薬取締局が封鎖したのよ。あなたがやろうとしていることは、禁断の木の実を追いもとめるのと同じでしょう？」

「心配いらない。ぼくにはプランがある」

思わずうめき声をあげたくなった。マテオが〝心配いらない〟と〝ぼくにはプランがある〟というセリフを口にしたら危険信号なのだ。

「エリックはコスタグラバスでアンブロシアを栽培したいと考えている」マテオが説明する。「彼は飲み込みが早い。素晴らしいアイデアだ。青いバラよりもはるかに儲かる。ゆくゆくは世界最高のシングルオリジンのコーヒーのつくり手になるかもしれないな。長続きすれば、の話だが」

アンブロシアがこのまま消えてしまうのはあまりにも惜しい。ただ、その復活をエリック・ソーナーが手がけるのであれば、実現は絶望的かもしれない。

「よくきいて、マテオ。話しておきたいことがあるの」

フランコの名前は出さずに、彼との会話の内容を伝えた。エリックは殺人に関与しているとわたしは確信していた。だからいっしょに南米に出かけるのはやめるようにマテオを説得した。それに対して、「だから、いっただろう」という反応を予想していた。

けれども、いくら待ってもマテオの口からはその言葉が出てこない。

「ずれているよ」それがマテオの返事だった。「とんでもなくずれている。ぼくはエリックとずっといっしょに過ごした。きみだってそうだろう。彼は人殺しではない。きみもぼくもそれはわかっているはずだ」

「あなたともあろう人が、お金に目が眩《くら》んでしまったの？」

「それはどういう意味だ？」

「いつの間にか立場が入れ替わってしまったわ。いまはわたしがエリックをうさんくさいと思っている。そして、あなたは彼を褒めている」

「彼は殺人犯ではないとぼくは思っている。ところで、グレーソン・ブラドックがきみに約束したという情報についてもっとききたい。それに、その情報を得るためになぜきみがフロリダに行くのかも」

「ブラドックは『古きよき時代の取引の形態』と表現したわ。彼に同行することが情報を明かす条件なんて、おかしな話。いっしょに行きたがる女性なら掃いて捨てるほどいるでしょうに。なぜわたしなの？」

「きみは男の心理がほんとうにわかっていないんだな。これほどわかりやすいのに――少なくとも、ぼくから見ればな。ブラドックとエリックはライバルだ――あらゆることに関して。ブラドックがきみに同行を求めるのは、きみがエリックのパートナーだったからだ――」

「何度いったらわかるの？　エリック・ソーナーとわたしのあいだにはなにもないわ――」

「よくわかっている！　しかしブラドックはそうは思っていない」

思わずうめいてしまう——今回はほんとうに声が出てしまった。

「きみなら大丈夫だ、クレア。ブラドックなど恐れることはない——」

「サウスビーチに行けという意味？」

「タッカーとパンチが付き添ってくれれば、心配いらないさ。絶対に彼らとは離れずに、ブラドックから情報をきき出すんだ。ぼくはエリックから目を離さない。きみかぼくのどちらかが必ず、なにかをつかむ」

「そうかしら」

「いいか、昨夜死んだジョー・ポラスキーはエリックに関する情報をつかんでいた。その六時間後、ブラドックが店の戸口にあらわれて、エリックについての情報を持っていると告げた。これがまったくの偶然のはずがない」

「ブラドックがジョー・ポラスキーを殺し、彼がつかんでいた証拠を手に入れたといいたいの？」

「じっさいには誰かを雇ってやらせたのだろうが……」

目をつむった。確かにマテオのいう通りだ。「そうね。それなら、なんとしても行くべきね」

それ以上議論する必要はなかった。ジョーが持っていた情報をグレーソン・ブラドックが奪い取っているとしたら、わたしはサウスビーチに行かなくてはならない。そしてその正体を突き止める。ジョー・ポラスキーの死を無駄にしないためにも。

64

グレーソン・ブラドックは約束を果たした（ひとまず、いまの段階では）。タッカー、パンチ、わたしは寒いニューヨークから飛び立ち、熱帯の太陽が降り注ぐマイアミに向かった。翌日の正午には、三人そろってマイアミ国際空港の前の歩道にいた。

ブラドックの手配した車が出迎えたので、タクシー乗り場で押し合いへし合いしながら待たずにすんだ。

「なるほど、世界の半分はこういう暮らしをしているわけか」車内に乗り込んだタッカーは満足そうだ。運転席と仕切りで隔てられた空間は空調がきいている。

「半分？　それをいうなら世界の一パーセントだろう」パンチが反論する。

「フィデル・カストロの〝革命〟の時代まで時計をもどすんだ。それを、こうして享受できるというわけだ！　少なくともこの週末だけは」

わたしたちが乗ったリムジンはサウスビーチに向けて出発し、先を争ってタクシーに乗ろうと苦労している人々の横を通り過ぎた。そのなかに、意外な人物がいた。

「あれはミノウ？」

「ボスが狙っているターゲットですか？」タッカーが首を伸ばして見ようとするが、間に合わなかった。すでに彼女——ほんとうにミノウであれば——の姿は見えなくなっていた。

宿泊先として用意されていたホテルは、オーシャン・メリディアンだ。パステル・ピンクの色合いが美しいこのホテルはグレーソン・ブラドックが熱帯地方でチェーン展開するラグジュアリー・ホテルのひとつで、わたしたちは隣り合わせのスイートルームに滞在することになる。

チェックインの手続きをすませたところで、バーにいるブラドックの姿が見えた。ゴルフ・ウェア姿で、先日とは別のブランドもののサングラスを頭にのせ、冷たいビールを手にし、同じようにゴルフ・ウェアを着た中年男性のグループとにぎやかに談笑している。

タッカーに鞄を預けて先に部屋に上がってもらい、わたしはバーに向かった。海をテーマにしたレトロな内装のバーに入り、ブラドックの前に立った。すぐ隣の壁面はネオンで照らされた巨大な水槽になっており、なかでは美しい人魚とたくましい男性版人魚が優雅に泳いでいる。

「来ました。話し合いはいつごろにしますか？」泳ぐ壁紙など見ている暇はない。

「まあそういうな、ダーリン。まだ着いたばかりじゃないか！　ここはマンハッタンではない、フロリダだ。ネジを緩めたらどうだ」彼がそこでぐっとこちらに身を乗り出す。「休息を取るといい、クレア。一時間ほどで迎えにいく。フェスティバル会場のハーヴィー・シェフに会いにいこう。そのとちゅうで話をしようじゃないか」

けっきょく、話はしなかった。エリックについては、なにも。それ以外のことも、なにも話さなかった。ワイン・アンド・フード・フェスティバルの巨大なテントのなかは、飲み物も食べ物もあまりにもおいしいものばかりで、それを味わわない手はないとブラドックに押し切られてしまった。

彼はさきほどとは別のサングラスをかけている。グーグル・グラスに似た最先端のメガネらしい。彼はそれで延々と電話を受けながら、美食家のＶＩＰのために特別に用意された料理のサンプルをしきりにわたしに勧める。

ショウガとニンニクのたれで焼いたタスマニア産のエビ、スモークサーモンとキャビアをのせた小さなクロックムッシュ、ローズマリーチャバタにのっているのはフライパンで焼き目をつけた和牛ステーキ。さらにローストしたロブスターとグリュイエール・チーズのコロッケ、スモークしたチェリーのパンチェッタ包み、海藻入りバターで調味したシースキャロップ――海の潮風のようにさわやかでピリッとしている。試飲用サイズの赤と白のおいしいワインもいっしょに味わう。ワインも辛口、甘口、フルーティー、バターのような風味と各種そろっている。

ようやくハーヴィー・シェフを見つけた。ブースのなかにいた彼は挨拶するために出てきた。

「ようこそ」ハーヴィー・シェフは握手した手を大きく上下にふりながら話し続ける。「今回のテーマは『魚介類とステーキのコース』へのアメリカの情熱です。メインは〝ユズ〟を使ったラムの蒸し煮とタラゴン風味のクルマエビです。ぜひとも味わってみてください」

それは恍惚とした心地になるほどのおいしさだった。ようやく我に返ると、ハーヴィー・シェフからパーティーの招待を受けた。彼を主賓としてグレーソン・ブラドックのヨット、〈メイド・イン・ザ・シェード〉号の船上でひらかれるという。うかつに誘いにのることはできない。けれども彼は頑としてあきらめようとしない。

「友だちもいっしょなら」根負けしてパンチとタッカーを指さした。

「もちろんですとも。絶対ですよ!」

その少し後でタッカーにたずねた。「ブラドックは? わたしたちを置いてどこに行ってしまったのかしら」

パンチとタッカーがテントのなかを見回す。

「どこにも見つからないな」パンチがいう。「あんな最先端のサングラスをかけていたら絶対に見落としたりしないはずなのに」

タッカーが同意する。「気づいている? 彼を見かけるたびに、サングラスが替わっているんだ。いったいいくつ持っているんだろう?」

パンチとタッカーが顔を見合わせて声をそろえた。「五十!」ブラドックがサングラスばかりでなく女性にも次々に手を出すところを想像しているのだろう。

「ここで待っていてね」ケラケラと笑っている付き添いふたりにいった。「さがしてくるわ。五十のサングラスを持つ億万長者の行方を」またもや二人が爆笑するので、やれやれという表情をして付け加えた。「もどるまで待っていてね」

人の波をかきわけながら進み、やっと出口にたどり着いた。日差しの眩しさに目をパチパチさせながら、サングラスを荷物に入れ忘れたのを悔やんだ。

ようやく目が慣れると、移動に使われているカートが一台、すいすいと傍らを通り過ぎた。後部の座席にはいかにもリタイヤ後と思われるバミューダパンツ姿の人物がふたり、彼らのあいだにいる女性はミノウではないか。ジーンズとくたくたのTシャツを着ている。

「ミノウ！」大きな声で呼びかけてみた。

きこえていたかもしれないが、無反応だった。カートのスピードが速すぎて追いかけることはできなかった。

なぜミノウがサウスビーチにいるの？　彼女は美食家というタイプには見えなかった。ブラドックと落ち合うために？　ブラドックがわたしをここまでおびき寄せた理由と彼女は関係しているの？

早まってあれこれ決めつけてしまう前に、他人のそら似ではないと確かめよう。さいわい、確認する手はある。

ホテルの自室にもどり、スイートルームからエリックの姉イーデン・ソーナーに電話をかけた。

「力を貸して欲しいの。ミノウの居場所はわかる？」

「今日は在宅で仕事をしているわ。流感だそうよ」

「じつは今、サウスビーチにいるのよ。ミノウもここにいるかどうか確かめたくて」

「どうして彼女がそんなところに――」

「ソーンフォンにはGPS追跡システムのチップが搭載されているわよね。あなたは役員という立場にある。追跡システムにアクセスできるなら、ミノウのソーンフォンがフロリダにあるかどうか確認してもらえないかしら。お願い！」

「わかったわ。落ち着いて、クレア。追跡プログラムを呼び出してみる」一分ほど経ってイーデンの声がきこえた。「ミノウの電話のGPSチップをチェックしたわ。彼女はニューヨークにいるみたいよ。同じ建物にダレン・エングルが住んでいるわ。ミノウがカリフォルニアに行くときには魚の餌やりをダレンにまかせているから、合鍵を持っている。彼にミノウがいるかどうか確かめてもらうわ」

「そうしてもらえると、助かる。ありがとう」けれども、それだけではまだ完璧ではない。これではまるで偏執症ね。もはや正気を失っているのかもしれない。今回の事件のストレスはそれほどきついということか。

「クレア、なにが起きているの？」

「いまは説明できない。帰ったら全部話すわ。とにかく、わたしを信頼して欲しい。お願い」

イーデンがクイズ王に変身する前に電話を切った。

とたんに、どっと疲労感が押し寄せて来た。これはさっき飲んだワインのせいではなさそう。

ヨットでの船上パーティーは今夜八時からスタートの予定だ。まだ数時間あるので、仮眠をとることにした。ベッドに入ると、タッカーとパンチが隣のスイートで笑ったりおしゃべりしたりするくぐもった声がきこえた。

マイクに会いたい。でも彼はいまとても遠い。いろいろな意味で、とても遠いところにいる。

涙がこみあげてきた。手を伸ばしてソーンフォンをとって彼にメールを送った。たった四文字だけ――。

「会いたい」

そして待った。もう少し待ってみた。返信はない。やがて眠気におそわれ、大きな羽毛枕がわたしの涙を受け止めた。

65

「クレア、お知らせします。マイケル・クィンからのメールの着信がありました。お知らせします……」

あくびをして、何度か瞬きをして電話をつかみ、耳障りな女性の合成音声を止めた。そして画面を見た。

《わたしも、会いたい》

「マイク……」

返事を書きたかった。いまここにいることを、そしてその理由も。けれども時間が押している。

シャワーを浴びて身支度を整え、一時間もしないうちにタッカーとパンチの部屋に行った。しかしスイートは空っぽだ。ロビーにおりていくと、空港から乗ったリムジンの運転手がちかづいてきた。

「わたしの連れを見かけませんでした？」運転手にきいてみた。

「ミスター・バートンとミスター・サンティアゴはすでにパーティー会場に向かっています。

出発しますか、ミズ・コージー？」

ブラドックのヨットまでは車であっという間だった。これなら歩いてこられる距離だ。タラップをわたりながら、ふたつのことに気づいた。すでにパーティーはおおいに盛り上がっている。そしてわたしはドレスアップしすぎている。

全長四十五メートル超のメガヨットの船上には光があふれ、にぎやかな音楽が鳴っている。最上部のサンデッキはビーチウェアの男性とストリングビキニの若い女性でいっぱいだ。足元を見ると、厚底のビーチサンダルばかり。

おしゃれなサンドレスにウェッジソールのサンダルなんて格好よりも、いっそ修道女の服装をしたほうがましだったかもしれない。

これはいったいなんのパーティー？

ハーヴィー・シェフから招待されたときには、食の専門家が集うエレガントなパーティーだとばかり思っていた。大音響の音楽、ほとんど裸の女の子たち、飲んで浮かれているサーファーたちを見て、回れ右をして帰ろうとしたとき、ブラドックに見つかってデッキから声をかけられた。ポロシャツに短パンという格好の彼が片手をふってわたしを招き寄せる（もう一方の手にはカクテルを持ったままだ）。

せっかくここまで来たんじゃないの、クレア。まわりにはおおぜい人がいるわ。それに付き添いもふたり、ちゃんと――。

「わたしの連れはどこかしら？」ヨットに乗ると同時に、彼にきいた。

「さあ、どこかな。ハーヴィー・シェフといっしょにサロンにいるんじゃないかな。あっちにはバンディー（バンダバーグ。オーストラリア産ラム）とシャンパー（シャンパン）があるから」

「なんですって？」

「酒だよ、ダーリン！」彼がにやりとする。「きみたちアメリカ人はキングズ・イングリッシュの教養が足りないな」

ホテルのバーで会ったとき、ブラドックはビールを飲んでいた。フェスティバルではワインを。いまわたしの鼻の下に彼が突き出しているグラスはジュニパー・ベリーとトニックウォーターの香りだ。

この億万長者は相当酔っているはず。これは〝ワインのなかにこそ真実がある〟を実践するチャンスだ。じっさい、ブラドックはワインもかなり飲んでいる。

「スカルをお望みかな？」彼がいきおいよくグラスを揺らし、なかの氷が音をたてる。

「ごめんなさい、オーストラリアの言葉はわからないわ」

ブラドックがグラスの中身を一気に飲み干した。おそらく、それが〝スカル〟を意味しているのだろう。

「友だちをさがしにいくか？」

「ええ、お願い」

彼がわたしの腕をつかむ。「おいで」

彼といっしょに巨大なヨットの船内に入り、二度ほど角を曲がって短い階段をおりた。

さらに階段をおりてドアを抜けて、カーペット敷きの長い廊下に着いた。ひと気のない廊下の両側には船室が並んでいる。物音ひとつしない。あまりにも静かだ。わたしたち以外、誰もいない。

「どこに行くの？　タッカーとパンチはどこ？」

「ほんとうのことをいおうか？　きみの友だちは街の反対側にいる。大々的なコスプレ・パーティーの会場だ」

「なんですって！」

「わたしのアシスタントが、予定変更のメールを彼らに出しておいた。彼らはきみも仮装して出席していると思っている。しかし、きみは出席しない──なぜなら、わたしがきみとふたりきりになりたかったからだ」

「それでは約束がちがう──」

「だが、きみはそれを望んでいたんじゃないのか？　サウスビーチに着いたときから、わたしとふたりで〝話〟をしようとしていたじゃないか」

腕を引っ張られるが、足を踏ん張ってこらえた。連れていかれるのはごめんだ。

「いい加減にして。さっさと話して。ここまでわざわざ呼び寄せた理由を教えなさい。さもなければ帰るわ」

サンダルの下のデッキが傾くのを感じる。出港したのだ──そう気づいた瞬間、髪を剃り上げたブラドックの巨体がタコのように襲いかかってきた。必死にもがいた。

「きみはすてきだ、ガーリー！　とんでもなく魅力的だ――」

「離して！」

「けんもほろろな態度をあえて取るところが、すばらしい。この瞬間を今日はずっと心待ちにしていた――」

「酔ったその手をどけて！」

ブラドックがおとなしくわたしを解放した。そしてポロシャツを脱いだ。

「〝グレーの人体〟を使った教習を始めよう！」

わたしは廊下を駆け出した。それをブラドックは誤解したらしい。

「ベッドのある部屋をさがしているんだな？　右側のそのドアをあけてごらん」

さがしているのは出口だ。だから左側のドアをあけた――そして凍りついた。

その個室にはベルベットの赤いカーテンがかかっている。部屋のなかには中世のさらし台、その隣には手錠つきの笞刑柱《ちけいちゅう》（笞打ち刑の際に縛り付ける柱）が置かれ、天井は鏡張りだ。

いったい、なんなの！

バタンとドアを閉めた。

「好みではない？」ブラドックが叫ぶ。「心配いらない、ダーリン！　右側のドアをあけてごらん、きみの右側だ！」

またもや左側のドアをあけて突進し、またもや息を呑んだ。

内装は先ほどの部屋よりも平凡だが、革張りの豪華なソファの中央で男女が抱き合っている。女性はミノウ、男性はドニー・チュー——ソース・クラブでブラドックとディナーをとっているのを見かけた若いプログラマーだ。ソーン社で働いていた彼はいまはブラドックのもとで携帯ゲームの部門を立ち上げる手伝いをしている。かなりアルコールがまわっているようだ。

ふたりを見つめながら、自分でも意味のわからないことを口にしていた。

これこそ証拠だ。まちがいない。エリックの会社の裏切り者はミノウだった。

彼女は電話をニューヨークに置いてきたのね。イーデンとエリックと、すべての人の目を欺くために！

上半身裸の億万長者がちかづいてくる。わたしはさらに廊下を走る。ミノウがいた船室で物音がしたが、とにかく走り続けた。

階段があったので駆け上り、そのままオープンデッキに飛び出した。周囲のパーティー客はびっくりしている。

〈メイド・イン・ザ・シェード〉号は動き出したばかりだ。岸までの距離はおよそ五十メートル。〈Y〉のプールでこれまでさんざん泳いできた成果を、いまこそ発揮するときだ。

サンダルを蹴り飛ばすように脱いで、ヨットの手すりに向かう。

ミノウがデッキに飛び出してきた。その数秒後にはブラドック、そしてドニー・チューも。

手すりにのぼって大きく息を吸い、飛び込んだ。水面までの距離はかなりあったけれど、〈Y〉の飛び込み台ほどではない。海中にもぐり、ふたたび浮かび上がって水を吹いた。

「女性が落ちたわ！」女性が叫んでいる。

「クレア！」ミノウがわたしの名を呼ぶ。

そしてドニー・チューの声がきこえた。「ミノウ、どうするつもりだ？　やめろ！」

ちかくでバシャッとしぶきが散った。ミノウが飛び込んだのだ。追いかけてきたの？

すぐそばの海面からミノウが顔を出す。わたしはあわてて泳ぎ出した。上のデッキのほうからブラドックの声がきこえる——。「ミノウのことは忘れろ、ドニー。海にはほかにも腐るほど魚がいる！」

必死に脚で水を蹴り、腕で水を掻いたが、ミノウは恐ろしい形相で追ってくる。どんどん接近してくる！

ミノウはビアンカ・ハイドを殺し、チャーリー・ポラスキーを爆弾で吹き飛ばした。今度はわたしを溺死させるつもりだ！

恐怖におそわれた。

次の瞬間、視界が真っ暗になった。

66

裸足を波が洗うのを感じて、目をあけた。浜辺で仰向けに横たわっている。身体はずぶ濡れだ。見上げた先には、ミノウの姿がある。背後から月の光に照らされて輪郭だけがはっきりとわかる。

話そうとしたが、むせてしまった。ミノウがわたしの身体に当てていた両手を離し、わたしはうつぶせになって嘔吐した。吐いているうちに気づいた。ミノウは心肺蘇生をしてくれていたのだ。

「わたしの命を救ってくれたの？」荒い息でたずねた。

ミノウがうなずく。「ガールスカウトで心肺蘇生を教わったの」

肘をついて少し起き上がった。背中が砂だらけだ。「わたしもよ」

ミノウが微笑みかける。心からの笑顔だ。「助かってよかった。助からなかったらどうしようって、こわくてたまらなかった」

「わたしを溺れさせようとしたのではなかったの？」

「まさか！　最上デッキでちゃらちゃらしていたビキニの女が投げた救命浮き輪が頭に命中

したのよ。それで気を失ってしまったから、引っ張って泳いで浜に引き上げたの」

「ブラドックのヨットでなにをしていたの？　イーデンはあなたがニューヨークにいると思っているわ」

ミノウは座り込んで両膝を抱え、すべてを話してくれた。

そもそもは、わたしがエスターと組んでドリフトウッド・コーヒーでミノウにカマをかけたのが発端だった。彼女はとても驚き、チャーリーの死について自分の手で調べてみることにした。メーティス・マンに協力を依頼したが、かえって彼を怒らせてしまったという。やがてミノウはわたしと同じ結論にいたった——ブラドックはエリックの会社のスタッフをスパイとして利用しているのではないか。

裏切り者を洗い出すためにミノウは秘かに調査を開始した。ドニー・チューに接触して、寝返る意思があるように見せかけた。エリックの会社からブラドックの会社に移ってもいいとちらつかせたのだ。

わたしがブラドックとともにワイン・アンド・フード・フェスティバルの会場をまわっていたころ、ミノウはドニーと過ごしてブラドックの携帯ゲームの開発について耳寄りな情報を手に入れた。

「まったくゼロの状態だったのよ！　ソーン社と競うなんて土台無理な話だとブラドックは早々に理解した。だから戦術を変えたの。エリックと勝負するのではなく、会社ごとそっくりそのまま買収することにした——人材を引き抜くという形で」

それをきいて、わたしはうなずいた。わたしがいる業界でも、そういう話は珍しくない。ブラドックはすべてを手に入れて成功するつもりでいた——出版部門を通じて流行のコンテンツを最大限活用し、才能ある人材を引き抜いてゲームをつくれば大ヒットになるともくろんでいた。

「ドニーはしきりに誘いをかけてきた。わたしは飛び切りすぐれた人材だからブラドックは何百万ドルでも出すだろうといって。そして酔っ払って馴れ馴れしくなった。ふり払おうとしたけれど、大柄だから太刀打ちできなくて。あなたがドアをあけて彼が気を取られたすきに、逃げ出したの」

「『悪い女《ウイッチ／ビッチ》』というフォルダーはどういうこと？　あなたがビアンカ・ハイドの写真を何百枚も保存しているのをダレンが見つけたのよ——」

「あれはエリックに開発をまかされた《魅惑の魔女》という携帯用のゲームアプリのため」ミノウが首を横にふる。「彼が、ビアンカに夢中だったときのことよ。彼女が亡くなって、エリックはそのゲームのプランを白紙にもどした。半年かけて作業をしてきたのに、すべて水の泡よ」

しばらくふたりとも無言で座っていた。ふたり連れの若者が通りかかり、ずぶ濡れのＴシャツが身体にぴったりと貼り付いたミノウを見て口笛を鳴らした。

「スパイは見つかったの？」

「スパイなんていないわ、クレア」

でも、何者かがチャーリーを殺した。そしてビアンカも。ミノウがメーティス・マンに相談すると、彼は激怒したという。ということは、彼が真犯人？

アントンはどうだろう。

エリック・ソーナーに献身的に仕える彼は、ボスを『なにがなんでも守り抜く』といった。そのために人殺しも？　最初にビアンカ、それからチャーリー。

それとも、ビアンカを殺したのはエリック本人で、そこにアントンが介入し、〝だいじなボス〟を守るためにチャーリーを亡きものにしたのかもしれない。

考えられる筋書きをざっとミノウに話してみた。

「エリックは人を殺したりしないわ」ミノウは即座に返した。「わたしは彼をよく知っている。愛しているんだもの――」

「彼を愛しているの？」

ミノウが目を伏せた。「大学のときから」ささやくような声だ。「初めて会ったその日から……」

「彼に打ち明けたことはあるの？」

「いいえ。だって彼が交際相手に選ぶタイプ、わかるでしょう？　女優の卵とモデル。美しくて華やかな人ばかり。わたしのことは、大学三年のときに仲良くなったおてんばな下級生という目でしか見ていないわ」

ミノウは髪についた砂をふり払う。まだ濡れている髪を後ろに撫でつけた。モップのように広がったワイルドな髪をこうしてまとめると、ミノウの美しさに息を呑む。またもや誰かが口笛を吹いた。美貌ばかりでなく、彼女のすばらしいスタイルもあらわになっている。これまでずっと、彼女は着心地のいいゆったりとした服でそれを隠していた。

「これからどうする？」ミノウがたずねる。

「エリックに電話しましょう。彼の自家用機があるわ。きっと迎えにきてくれるはずよ。そうしたら、あなたから彼になにもかも話してみて」

なかなかの名案だった。エリックに連絡をとると、ちょうど離陸したところだった。ただし問題がひとつだけある。彼はマテオといっしょにサンパウロに向かっているのだ。飛行機に乗せてもらって帰るとしたら、ブラジル経由ということになる。

67

ふたたび、わたしはソーン社のプライベート・ジェットの機内にいる。

一晩ぐっすり眠り、目が覚めるとガルフストリームの主寝室を出た。すでにミノウは起きていて、隅のテーブルでエリックといっしょにコーヒーとマフィンを味わいながら親密そうに話し込んでいる。ブラドックがソーン社の携帯ゲーム部門を土台から倒そうという壮大な計画を立てていたことを話してきかせているにちがいない。

ふたりの邪魔はせずに、自分でコーヒーを注いでマテオのそばに行った。彼もエリックも、昨夜は機内に六脚ある巨大なリクライニングチェアで休んだ。

「着陸はいつごろかしら？」

「サンパウロのグアルーリョス国際空港まであと三十分ほどだ。いよいよブラジルだ」

「うれしいわ」ぼそぼそと相づちをうった。遠回りして南米で四日間過ごすなんて、予定外だった。一刻も早くビレッジブレンドに帰りたい。

「なにか気がかりなことがあるのか？」

「民間機でニューヨークに直行すべきだったわ。エリックはどうしてわたしもミノウに同行するようにといい張ったのかしら。彼女はわたしよりもずっと多くのことをつかんでいるのに。ミノウはブラドックとドニー・チューのことをさぐっていたのよ。わたしがしたことといえば、〝グレーの人体〟を使った忌まわしい教習を必死で阻止しただけ」

マテオが鋭い目つきでわたしを見る。「エリックがきみを搭乗させたがった理由はきみにもわかっているはずだ。〝強烈な体験、そして接近〟が彼の恋愛哲学だっただろう？　きみと長時間いっしょに過ごせば愛情を勝ち取れると、彼はいまでもそう考えている」

「あきらめてもらうしかないわ」

マテオがにやりとする。「よく考えたほうがいいぞ、クレア。きみさえうまく立まわれば、年下の男と結ばれてデミ・ムーア以来のクーガー女になれるかもしれない」

「うまく立ちまわるのもクーガー女になるのも嫌だといったら？」

「デカの給料でカツカツの暮らしに耐え抜こうとする前に、ほかの選択肢をよく考えたほうがいい」

「そういうふうに話を持っていくのはやめて。怒るわよ」

「もう怒っているじゃないか」

「やめてちょうだい。ほんの八時間前には、襲いかかってくるオーストラリアのタコ男から逃れ、近視のビキニ娘に頭を一撃されたばかりなの」

「まさしく強烈な体験だな。ミノウの代わりにエリックがその場にいてきみを救えたらよかったのにな」

ミノウのほうをちらっと見てみた。大きく目を見開いている彼女は、この機内でただひとり、完璧に満たされている。いまエリックの関心は彼女だけに向かっている。話している内容などミノウにとっては問題ではない。恋い焦がれてきた男性といっしょにいるだけでじゅうぶんに幸せなのだ。

「うまくいかないものね」わたしはつぶやいた。「エリックはわたしを慕い、わたしはマイクを愛している。かたやミノウはエリックに夢中。それも何年も前から」

「まったく、その通りだ。不幸に向かってまっしぐらだな」マテオはまるでひとごとだ。

「ずいぶん突き放したいい方ね」

「お子ちゃま億万長者の恋愛問題に同情して泣けというのか？」

「じゃあ、ミノウは？　彼女こそエリックにふさわしい女性よ。でも彼にはそれが見えていない。ミノウは一見、頑なタイプに見えるかもしれないけれど、ほんとうは勇敢でとても美しい。わたしたちの娘に少し似ている。ミノウのために、なにかできないかしら」

マテオはミノウのほうを見ていたが、すぐになにか思いついたらしい。「できそうだ」

「なに？」

彼が不敵な笑みを浮かべる。「きみの願いを叶えることができる人物はこの空飛ぶＲＶのなかでエリック・ソーナーだけではない」そこでスマートフォンを取り出した。「いい方法がありそうだ……」

その日の午後、わたしたち四人はランドローバーにぎゅう詰めになり、市街地を出てブラジルの田舎をひた走っていた。目的地はテラ・ペルフェイタ。「立入禁止」のコーヒー・プランテーションだ。

農園に到着し、チェーンがかけられた正面ゲートの前に車が停まると、やはり少し緊張してしまう。このプランテーションは近年〝オキシダード〟（ブラジルの麻薬）の密売組織に利用されていたとして、政府が閉鎖を決定した――マテオはどんな手を使ってそこに侵入しようとしているのだろう。

エンジンを切り（空調も切り）、マテオはわたしとミノウとエリックに車から「出るな」といい残すと、ひとりで車から降りた。そのまま農園の入り口を警備している四人の警察官のうちふたりのほうにちかづいていく。四人ともかなり物騒な機関銃で武装している。ゆうに十五分、マテオは彼らに話し続けた（流暢なブラジルポルトガル語で）。

窓をあけてみた。南半球はいま夏で、土埃の舞う泥道を太陽が容赦なく照りつけている。それでも、緑におおわれた丘から吹いてくるすずしい風は心地よく、かぐわしい。目を閉じて深く吸い込むと、花の香り、熟したパイナップル、バナナ、マンゴー、そしてこの地域ならではのエキゾチックなフルーツであるジャボチカバの香りを感じる。

「なにを話しているんだろう？」エリックがささやく。

「いくら払えばなかに入れてくれるのか、話をつけているのだと思うわ」

ミノウが目をまるくする。「賄賂？」

わたしはうなずく。「ポルトガル語でも何語でも、お金の交渉は万国共通よ」

ようやくランドローバーにもどってきたマテオは満面の笑みだ。「今日いっぱいプランテーションはぼくたちの貸し切りだ」

「あのデカい警官はなんて？」エリックがたずねる。

「麻薬カルテルの連中に気をつけろと警告された。やつらはまだこの一帯にうろついている」

「麻薬カルテル！　こんな辺鄙《へんぴ》な場所に？」ミノウが声をあげた。

「サンパウロとリオのギャングたちは、こういう閉鎖された農園を乗っ取ることがある」マテオはミノウに向かって説明をする。「地元の警察ではとうてい歯が立たないから、野放しの状態なんだ」

警察官が正面ゲートの重そうなチェーンをはずし、通れと合図した。

「テラ・ペルフェイタにようこそ。コーヒーのエデンの園へ……」マテオが高らかに告げる。彼がわたしを見たので、うなずいてこたえた（ほんとうにそうなってくれることを祈るばかりだ）。

プランテーション内の大きな家の前を通り過ぎて、コーヒー畑に向かう。ランドローバーのタイヤで土埃が豪快に舞い上がる。

「あの丘の上で最高のコーヒーがとれる」マテオが指さす。「まずはピクニックを楽しんで、それから木をさがすことにしよう。ランチをすませてから——」

突然、わたしたちの背後で銃声がした。ダダダダという長い発砲音に続いてパンパンパンという音。

マテオがハンドルを切り、車は土の道をはずれて浅い谷間に入った。そのまま谷間のでこぼこの地面を進み、石造りの小さな建物に着くと、彼はエンジンを切った。遠くではさらに発砲音が響き、爆発音もきこえた。正面ゲートと大きな母屋の方向で煙があがっている。

「食べ物と毛布を持って、あの小さな石造りの建物に入れ。そこから出るな！」マテオが叫んだ。「なにが起きているのか、確かめてくる」

マテオの姿は深い茂みのなかに見えなくなり、三人でランドローバーに積んできた荷をおろし、いそいで小屋に入った。なかは薄暗い。自然石でつくった素朴な暖炉の脇にたがいにくっつくようにして、わたしたちはなおも続く銃声音に耳を澄ました。

「ボディガードを同行させたほうがよかったかもしれない」ミノウがうめくようにいう。

「マテオがいっていたでしょ」わたしがささやく。「ボディガードをつけたら、進んで誘拐のターゲットになるようなもの。億万長者の一行とばれてしまうよりも、事情に疎《うと》いアメリカの観光客だと思わせたほうがいいのよ」

さらにひとしきり叫び声と発砲音がして、その後は不気味なほどしんとした。

数分後、わたしたちがいる石造りの小屋の木のドアを蹴破るようにしてマテオが飛び込んできた。はあはあと荒い息で、チノパンは血に染まっている。

「たいへん。撃たれたのね！」わたしは叫んだ。

「ちがう、大丈夫だ……ぼくの血ではない。無事だ。撃たれたのは、さっき話をしたふたりの警察官だ。死んだよ。麻薬のディーラーたちがプランテーションの母屋を占拠して道路を封鎖している。ランドローバーではここを出られない」

ミノウがしくしく泣き出した。エリックは青ざめている。

マテオがポケットに手を入れて銃を取り出した。「これを持っていてくれ、エリック。死んだ警察官から失敬してきた」

「なんてことを！」エリックがぎょっとするのも構わず、マテオはその手に銃を押し付けた。

「ぼくはこの地域のことをよくわかっているから、かならず全員そろって生きて脱出すると約束する。だから指示にしたがってくれ」

エリックとミノウがうなずく。

「よくきくんだ。ぼくは麻薬カルテルの連中をこの建物から遠ざけて、ランドローバーは乗り捨てる。それから徒歩でもどってきて道路のバリケードをすりぬけて外に出る。街までは歩いて二時間ほどかかるだろうが、運がよければヒッチハイクして車で行けるだろう。そしてSWATの部隊を同行して帰ってくる」

「それまでのあいだ、どうしたらいい？」泣きじゃくっているミノウの肩を抱きながらエリックがたずねる。

「じっとしていろ。この小屋の窓は板が打ち付けられているし、うまい具合に人目につかない。ギャングどもは大きな母屋を使っている。こんなちっぽけな小屋には見向きもしないだろう――物音を立てたり、やつらの前に姿をあらわしたりしない限りは。それから電話も電子機器も、いっさい使うな。麻薬カルテルの連中は警察の動向をつかむために無線を傍受して絶えず監視している。なにかを発信してやつらに見つかったら、きっとここにいるのを突き止めるだろう。覚えておくんだ。ここでは誘拐と脅迫は重要な産業だ」

そのまま立ち去ろうとするマテオにわたしは飛びついて、ぎゅっと抱きしめた。

「いっしょに行くわ。わたしの大事な娘の父親を、ひとりで行かせたりはしない。わたしだけが生き残るくらいなら、いっしょに死にましょう」

マテオに情熱的なキスをした。マテオもそれにこたえる。くちびるが離れると、わたしは元夫にひしとしがみついた。エリックは絶望的な表情だ。

「じっとしていろよ」マテオがいいきかす。「朝まで待て。毛布、食べ物、水、ワイン……すべてそろっている」

わたしとマテオが戸口のほうを向いて出発しようとすると、エリックがマテオの腕をつかんだ。「ぼくたちを無事に脱出させるために、ここまでやってくださることに感謝します」

「できることは、なんでもやる」マテオがきっぱりという。

マテオはわたしの手を取り、ふたりで小屋を出た。そしてふたたびランドローバーに乗り込んで石造りの小屋から離れ、麻薬のディーラーたちがいる方向をめざした。

「もう一杯どうだい、マテオ。クレアも、さあ」

ブラジル人のジョルジェがわたしたちに勧める。彼は麻薬のディーラーとの銃撃戦で殺さ れたはずの警察官だ。

もちろん、誰も殺されてなどいない。

殺されるどころか、彼らはうれしい臨時収入を得た（米ドルに換算すれば取るに足らない額だが）。〝パフォーマンス料〟と引き換えに、ジョルジェの同僚たちはプランテーションに残り、一時間に一回くらい銃を発砲している。エリックとミノウは凶悪なギャングに包囲されていると信じ込んでいるだろう。

わたしはあくびをしてプールサイドのラウンジチェアに寝そべり、ジョルジェに微笑みを返した。「ありがとう、でももうお酒はじゅうぶんよ。これ以上飲んだら気絶してしまう。ひと泳ぎしたらレストランに行くための支度をするわ」

プールに入って青い水を蹴って進んでいると、マテオの姿があらわれ、プールの縁に腰掛けた。彼のところまで泳いでいった。

「あのふたり、どうしているかしら？」

マテオは肩をすくめる。「朝になればわかるさ。それより、ぼくたちは今問題に直面している。この小さなホテルのスペースは限られている。ふたりで一室をシェアしなくてはならない」

濡れた髪を後ろに撫でつけながらこたえた。「その手は通用しないわよ」

「嘘じゃない。この建物にはベッドがたった一つしかない」

「よくきいて、今回芝居を打ったのは、一組のカップルの恋の仲立ちをするため。ついでにもう一組というわけにはいかないの。ベッドがひとつしかないのなら、あなたが使ってちょうだい。わたしはプールにぷかぷか浮かべるゴム製のマットレスでじゅうぶんですから」

マテオは顔をしかめ、負けを認めた。「わかった。部屋はきみのものだ」

「そんな渋い顔しないで。しわになるわよ」


翌朝、わたしたちは石造りの小さな建物の前に到着し、正面側の窓に打ち付けられた板の隙間からなかをのぞいた。ミノウとエリックは暖炉の前で固く抱き合ったまま毛布にくるまっていた。

「あなたのおかげよ」マテオの耳元でささやいた。

「ありがとう。しかし今回はおふくろのおかげだ」

「確かに、マダムは凄腕のキューピッドね。いつの間にマダムに電話してアドバイスを仰いでいたの？」

「それには及ばなかった。なにしろ息子だからね。おふくろの口癖をきいて育った」

「どんな？」わたしは首を傾げた。「愛は〝強烈な体験と接近〟から生まれる？　マダムがそういっていたの？」

「そうではない」マテオが微笑む。「〝正しいタイミングで正しく熱を加えれば、たいていのものはおいしくつくれる〟」

68

その夜、ブラジルを離陸した飛行機のなかでマテオはテラ・ペルフェイタで秘かに手に入れたアンブロシアの挿し穂について、熱っぽくエリックに語っていたが、億万長者はろくにきいていない。彼の情熱は、新しく発見した対象――ミノウ――にそそがれている。

翌朝、プライバシーが保たれている寝室からふたりが出てくると、わたしは新しくコーヒーをいれた。

「あと一時間もすればニューヨークに到着だ」マテオが腕時計を見ながら全員に告げた。

「そして仕事にもどるのね」ミノウは眩しいほどの笑顔をエリックに向ける。「メールの受信箱をチェックしておくわ」

ミノウがリュックからソーンフォンを取り出した。〝ソーンフォン〟？

「ミノウ、フロリダにその電話を持っていったの？」きかずにはいられない。

「もちろん」

「マンハッタンのアパートに、もうひとつの電話を置いてきたの？」

「わたしの電話はこれだけよ。防水で衝撃に耐える仕様で助かったわ。ポケットにいれたままブラドックのヨットから飛び込んだの！」

〝防水！　衝撃に耐える！〟

ダブルパンチを浴びたショックで、わたしはリクライニングチェアに倒れ込んでしまった。

第一にエリックの姉、イーデン・ソーナーに嘘をつかれていた！

フロリダからイーデンに電話したとき、彼女はミノウが確かにニューヨークにいるといった。なぜあんな嘘を？

「たいへん！」ミノウが叫んだ。

「どうしたの？」

「ダレン……ダレン・エングルが死んだ。ソーン社関連のニュースが届くように設定してあるの。わたしの部屋で強打されて死亡しているのが発見されたと報道されている。押し入った形跡はないらしい。頭を何度も強打されて殺害されている。殺害に使われたのはわたしの樹脂製のドラゴン・スレイヤーの像。事情聴取のためにわたしが捜索されている！」

二時間後、わたしたちは地上に降り立ち、エリックはミノウを車に乗せて直接ダウンタウンの弁護士事務所まで送っていった。

そして新しい恋人を救うため、高価なスーツを着込んだ弁護士の一団をポリスプラザ一番地に送り込んだ。彼らは警察に協力し、事件解決に向けてもつれた糸を解きほぐしていくことになる。

わたしがめざすゴールも同じだ。ミノウにかけられた嫌疑を晴らし、真犯人を一網打尽にする。けれども、わたしにはもつれた糸をほぐすだけの忍耐力はない。この混乱した事態を一気に片づけるつもりだ。ニューヨーク市警の本部で法律をよりどころとして糸を選り分けていくことなど、わたしには逆立ちしてもできない。

向かうはウエストビレッジ——ただし、ビレッジブレンドではない。マテオがつくるダブル・エスプレッソ・マティーニが飲みたい（こんな朝っぱらから）のは山々だけど。それを我慢して、ニューヨーク市警爆弾処理班をめざした。「危険人物」デニス・デファシオにぜひとも会っておかなくては。

「おやおや、コーヒー・クイーンじゃないか！」デファシオの声は明るいけれど、少し身構えているのがわかる。六分署内の彼の散らかった執務室でわたしたちは腰をおろした。「もう会ってもらえないかと思っていた。なにしろだいじな友人のネイト・サムナーを逮捕しているからな」

「こちらの捜査は進んでいますか、警部補？」

「進行中の捜査に関して話題にすることは禁じられている」彼がそこで声を落とす。「オフレコだが、捜査は完全に行き詰まっている。現段階で捜査官たちは別の線から事件をとらえようとしているんだ」

「別の容疑者がいる、ということ？」

「そういう存在は捜査線上には浮かび上がっていない。いまのところは」

「ようするにジョー・ポラスキーの線ね。あの夜、あんな大柄な人がハイラインから落ちた——あれは落とされたのね。彼の身体に麻酔銃の矢の痕はなかった？　野生生物の保護に熱心な活動家が使う銃から発射されるような矢の痕は？　彼らがワイオミングでオオカミの移動パターンをたどるときに使うような麻酔銃」

デファシオは驚きを隠せないように片方の眉をあげた。「なぜそんなことまで——」

「チェルシー地区のアパートで長身のダレン・エングルを失神させドラゴン・スレイヤーの像で頭を強打する際にも、同様の銃と矢が使われていたはず」

デファシオは長いこと黙り込んでいたが、ようやく口をひらいた。「マイク・クィンがきみに惚れ込むわけだ。物的証拠はつかんでいるか、コージー？」

「手に入れる方法はあるわ。というより、すでにあなたの手元にある。あとはそれを確かめるだけ」

飛行機のなかでミノウが電話を取り出したときの衝撃を思い出した。

アントン・アロンソはソーンフォンをわたす際に、これは耐火性で衝撃に耐えると説明した。ミノウの電話が大西洋にどぼんと落ちても無事だったとわかるまで、わたしはそのことを気にも留めていなかった。

デファシオに頼んでチャーリー・ポラスキーのスマートフォンを持って来てもらった。燃えたエリックの車の残骸から爆弾処理班が回収したスマートフォンだ。

チャーリーの電話がデファシオのデスクに運ばれてくると、いっしょに確かめてみた。やはりソーンフォンだ。焼け焦げて、バッテリー切れで、液晶画面は高熱で割れている。

「これをどうしようっていうんだ？　われわれはすでに、なかのデータは回収している……」

彼の説明によれば、デジタル鑑識の担当者は電話そのものを修理しようとは考えなかったという。ソーン社のバックアップ用サーバーからデジタル・ファイルの写しをダウンロードできたからだ。

「やらせて欲しい。この電話のなかになにがあるのかを確かめなくてはならないの」

「起動しないだろう、こんな状態では」

「いいえ。これはソーンフォンよ。ちょっとやそっとでは壊れないようにできている。外側は損傷しても、充電さえすればデータにアクセスできるはず――」

「なるほど、それも一理ある。しかしどうやって充電する？　このピン配置ではスタンダードな充電器は――」

「これで」わたしのソーンフォンの充電器をわたす。

「なんでもたちどころに解決だな」

「いちかばちかで試してみましょう」

「死亡した運転手の電話から新しい証拠が見つかると考える理由は？」

「チャーリーは単なる運転手ではなかった。それはご存じでしょう？」

「ああ、彼女は私立探偵として秘密裡に捜査していた」

そこで、ジョー・ポラスキーからきいたことをデファシオに話した――あの夜、彼がわたしをつかまえたときの言葉の意味が、ようやくわかった。チャーリーは毎日欠かさずに、ある作業をしていた。情報を収集し、暗号でメモして自分のソーンフォンにデータとして保存していた。あらかじめジョーと打ち合わせしておいて、そのメモをジョーに送信し、ジョーはそれを彼女のために安全に保管していたのだ。

情報を無事に転送すると、ソーン社のサーバーが日々のバックアックをおこなう前に、チャーリーはそのデータを削除した。こうすればその日のデータとしてアーカイブに保存されずにすむ。

「わたしのソーンフォンの案内によれば、バックアップがおこなわれるのは午前零時。だからチャーリーは自分の電話の一日の履歴を削除して、社内の誰も、たとえエリックであっても彼女がどんな情報を収集しているのかをファイルから突き止められないようにしていた」

「なるほど、そういうことか……」デファシオが興奮しているのが伝わってくる。「チャーリーが殺害されたのは、その日に得た情報を削除する前だった」

「ええ」

「ほんとうにこの電話がまだ動くと思うか？　データがまだ保存されていると？」

「そう期待しましょう」

「オーケー、さっそくやってみよう……」

デファシオに礼をいい、彼は戸口までわたしを見送ってくれた。立ち去り際、おずおずと彼が頼み事を持ち出した。「部下たちからきみにきいて欲しいと頼まれているんだ。例のベイリーズ・アイリッシュ・クリーム・ファッジのサンプルをもう少し味見させてもらえるだろうか？」

「爆弾処理班がネイト・サムナーとミノウの容疑を晴らしてくれたら、全員が酔っ払うくらい大量に届けます」

69

それから二日間、あまりにも多くのことが起きたので、ひょんないきさつからブラジルに行ったことが遠い昔のように感じられる。

デファシオはチャーリーのソーンフォンをフルに充電して調べた結果、犯罪の証拠となるデータを発見した。

わたしの予想は的中した。そのデータはエリックの姉イーデン・ソーナーの有罪を裏付けるものだった。

イーデンはどうやらなにかを察知したらしく、完全に消息を絶った。クレジットカードは捨てられ、電話の電源は切られ、当然ながらＧＰＳ追跡アプリも作動せず、煙のように消えてしまったのだ。

ブラジルから帰国したエリックはアントン・アロンソとともにマンハッタンのイーデンの自宅、夏に彼女が過ごすハンプトンの別荘、コネティカットの田舎の別荘をさがしたが、影も形もなかった。

「いったいどこにいるんだろう」

マテオはスマートフォンに視線を据え、小首を傾げた。「おそらく、犯罪人引き渡し条約をアメリカと締結していない国だろうな」

わたしたちはビレッジブレンドにもどり、ようやく平常運転が再開した——あくまでも店に関しては。

朝の混雑が一段落して、わたしは休憩に入った。カウンターの前のスツールに腰掛けているマテオの隣に座ると、エスターがエスプレッソのカップをふたつ、こちらに差し出した。

「どうぞこれを！　とにかく、黙って味わってください」

湯気が立ち上るデミタスカップをわたしとマテオの前に置いて、エスターはわたしたちの反応を見るために一歩後ろに退いた。

ひとくちエスプレッソを飲んでみると、濃厚でコクがあり、クルミに加えてアーモンドの芳しい香りが広がり、表面のクレマもたいへんすばらしい。冷めていくにつれて、ラズベリー、メープルシロップの香りが立ち上る——まるでパンケーキの生地のよう。

「すごいわ！」続けざまにゴクゴクゴクと飲んでから、わたしは声をあげた。

マテオがうなずく。「これはうまい」

「田園地帯で味わう朝食みたいなおいしさね。どんな工夫を加えたの？　もしかして、レッドフックの倉庫に押し入って、マテオがエリックのために輸入した希少な豆を手に入れてローストしたとか？」

「これはうちの店のいつものモーニング・ブレンドですよ、ボス。新しいスレイヤーに慣れるために、連日、日夜ぶっ通しで使ってみたんです。圧力と抽出時間の調整しだいで、いつものコーヒーから、いままでにない風味が引き出せたんです」

「FEI」ナンシーだ。「新しいスレイヤーを使い出してからというもの、週末の売上はものすごく伸びています。土曜日にはわたしとダンテは閉店時刻を一時間繰り下げなくてはならなかったんです。閉店ぎりぎりにいらっしゃるお客さまがとても多くて」

「FEI？　それをいうならFYI（ご参考までに）でしょう？　〝フォー・ユア・インフォメーション〟の略だから」エスターが諭す。

ナンシーはけろっとしている。「全員、つまり〝フォー・エブリワン〟に情報を伝えているの」

わたしは噴き出し、エスターは額をぴしゃりと叩いている。そこへ正面のドアからタッカーが飛び込んできた――彼といっしょに早春のそよ風が店内に吹き込み、ドアの鈴が鳴った。爆破事件で店がめちゃくちゃになったときにこの鈴は行方不明になっていたが、ニューヨーク市警の有能な警察官たちが発見してくれたのだ。

爆弾処理班の捜査官たちは証拠品を収めた容器からチャーリーの電話を取り出す際に、でこぼこになった真鍮の鈴を見つけた。スピネリ巡査部長がわたしたちにそれを返還し、わたしはベイリーズ・ファッジを山のように手渡した――両者にとってじつにハッピーな物々交換だ。

「出来立てほやほやの新聞ですよ！」タッカーは広げたままの《ニューヨーク・タイムズ》紙を、わたし、マテオ、エスター、ナンシーに放り、コートを脱いだ。

記事の見出しと最初の部分を斜め読みしてみたが、わたしは関係者のひとりとして、すでに知っている内容だった。

公式発表としては、イーデン・ソーナーは横領をした指名手配犯となった。逃亡する数カ月前から彼女は何百万ドルもの会社の金を着服していたのだ。非公式には、彼女はチャーリーとジョー・ポラスキー、ダレン・エングル――彼女のもとで働いていたインターン――の殺害に関して重要参考人だ。

わたしの推理では、ダレンはロケットづくりの知識を活かしてイーデンのために車に仕掛けるための爆弾をつくり、イーデンがジョーを殺害する際にはじっさいに手を貸した。

『承知しました、ミレディ。仰せのままに……』

ソーン社のアップランドできいた彼の言葉が、頭のなかで空しく響いた。

ダレンはイーデンに恋い焦がれ、彼女は目的を果たすために彼を利用した。ネイトが逮捕されてすべて目論み通りだったのに、弟のエリックはネイトに弁護士をつけるために動き出したので、イーデンはダレンに知られすぎているのではないかと不安になった。だから共犯者であるダレンを殺して、すべての殺人をミノウのしわざに見せかけようとした。

一連の殺人事件の発端は、若く華やかな女優――ビアンカ・ハイド――の死だった。アルコール依存症の問題を抱えていたビアンカは酔っ払ってよろけてテーブルに強打したため、ロス市警は事故死という判断をくだした。

エリックの姉がビアンカを殺した理由については完全にわかったわけではない。わたしなりに仮説は立てているが、これ以上調べるつもりはないので、仮説は仮説のままで置いておくことにした。

ミノウにかけられた容疑は晴れた。そしてネイト・サムナーに対する複数の告訴はすべて取り下げられた。ソーラー・フレアのリーダーは昼前には釈放される予定だ。

マダムは拘置所までネイトを迎えにいくことにしている。たぶん、今回もゴーゴーブーツを履いていくにちがいない。

マダムとネイト、エリックとミノウがそれぞれハッピーな結末を迎えたのは、なによりうれしい。

いっぽう、わたしの恋人（いまは刑事から司法省のGメンに転じている）からはいまだになんの連絡もないので、ハッピーエンドはまだお預けだ。

一時間後、ふたたびカウンターのなかに入って仕事をしていると、ドアの鈴が鳴った。よく知っている元気いっぱいの声がした――。

「やあ、コーヒー・レディ！」

エマヌエル・フランコ巡査部長のいかつい顔に満面の笑みが浮かんで輝いている。筋骨たくましい腕でスーツケースをいくつも引きずり、肩にバックパックもかけている。

「いったいなにごと？」心配になってたずねた。「まさか、街を出ていくの？」

「おおはずれだな、マダム捜査官。とっておきのお届けものだ」

スーツケースを置き、ピンク色のバックパックをおろした。ハローキティーのロゴがついているのを見て、心臓が止まりそうになった。

「あなたのではないわね！　そのバックパックは――」

フランコの筋骨隆々の肩の向こうから、わたしの娘がニコニコして顔を出した。

「ただいま、ママ！」

「ジョイ！」

あっという間に抱き合っていた。

「今度はわたしがいきなりあらわれて驚かせようと思ったの！」

ジョイとふたり、抱き合って涙ぐんでいると、フランコが咳払いをした。

「感動的な再会の邪魔をして申し訳ないが、これから分署に出なければならない」彼はジョイを見つめ、低い声で話しかけた。「今夜、会える？」

ジョイはとまどいがちにわたしのほうを見る。「どうかしら。帰ったばかりだし――」

「もちろん、今夜ジョイはあなたと会うわ。ただし、わたしとも積もる話がたっぷりあるから迎えにくるのは午後八時以降にお願いね」

ビレッジブレンドの上階の自宅に落ち着いたところで、ジョイに質問をぶつけた――。

「帰国する決心はついたの？」

ジョイの返事は明快で、しかも複雑だった。

ニューヨークにもどることはすでに決めている。しかし、いますぐには帰れない複雑な事情がある。

ジョイによれば、パリでの仕事の環境は格段によくなったそうだ。あの晩、〈ランブロワジー〉でジョイの独創的なメニューに感動したシェフから、自分のところで修業しないかという誘いがあったという。応じるつもりは端からなかったが、彼女はその誘いを有効に活用した（さすがマダムの孫娘だ）。〈レ・デュ・ペロケ〉の現在の上司に打ち明けたところ、彼は大いに憤慨したという。

ジョイの奮闘とメニューづくりへの貢献は、ミシュラン・ガイドのエスポワールに選ばれる大きな原動力となっていた。そんなジョイを引き留めるために、上司は彼女の要望を呑まざるを得なかった。取り消されていた休暇は即座に復活し、一時的だった昇進は正式のものとなり、押し寄せるお客さまにシェフたちがきちんと対応できるように――そして休暇を取得してリフレッシュできるように――厨房スタッフの増員についてもオーナーは承諾したのだ。

ミシュランの四つ星レストランでの修業のチャンスを見送って、それよりも劣るエスポワールの座にあるレストランでの勤務を続けるのはなぜかとジョイにたずねてみた。なるほどと思えるこたえが返ってきた。

「〈レ・デュ・ペロケ〉の人たちのために、そして第二の故郷モンマルトルの人たちのためにミシュランの星を獲得するお手伝いをすることのほうが、自分にとってずっと大切なことだから。あそこでいっぱい友だちができたわ……」

けれども、それはジョイ自身のためでもある。成功すればフランスに渡って修業をした成果を示すなによりの証となるだろう。晴れて帰国したあかつきには、どんな分野でも好きに選べる。新たな評判を打ち立てて、過去のつらいできごととはきっぱりと決別できるのだ。

「一年間待って、ママ。星を獲得できたら、わたしにとってこれほど強い味方はないわ。マンハッタンの厨房でのポストも見つけやすくなる。もしも失敗したら、帰国してえり好みしないで働く――ママが雇ってくれるなら、ここで働いてもいいと思っている」ジョイがにっこりする。「どちらにしても、これから十二カ月以内に帰国する。だから信じて欲しい。マニーとも同じ約束をしたわ」

涙をぬぐった拍子に、ミス・フォーンの合成音声がさらにすばらしい知らせを告げた――。

「クレア、着信があります。マイク・クィンからメールが届きました」

手のふるえを抑えながら電話をつかんでメールを呼び出し、それをジョイに読んできかせた。

午後は連絡がとれない。午後九時にウエストサイドのダイナスティ・ピアで待ち合わせて、ふたりきりのディナー・クルーズを楽しもう。

愛しているよ！

マイク

涙が止まらない。ようやく安心して溢れ出した涙だ。

「どうやらわたしもママも今夜はデートみたいね！」

わたしはうなずいて、すぐに返信を出した——。

すてきなデートを楽しみにしているわ。ダイナスティ・ピアで、今夜会いましょう！

「よかった」思わずつぶやいていた。「これでようやく、マイクとわたしも元通りね」

70

ダイナスティ・ピアでタクシーを降りると、正面のゲートは照明であかあかと照らされ、夜の闇のなかでボートハウスもきらきらと輝いている。

隣のチェルシー・ピアは百年前から大西洋航路の客船とクルーズ船が停泊するのに使われてきた。ダイナスティ・ピアはもっと小型の船舶が停泊できるように設計されている。桟橋はコンクリート製の通路に毛が生えたようなもので、ハドソン川の暗い水面に三十メートルほど突き出している。

入り口にちかづいていくと、打ち寄せる波の音がして心が弾んだ。暗い川面から吹いてくる風は冷たく、春とはいえ寒さが身にしみる。おろしたての黒いシルクのワンピースはレースがふんだんにあしらわれ、エレガントで可憐で、しかもセクシーだ——ただし防寒にはあまり適していないので、ウールのコートのベルトをぎゅっと締めた。

人の姿は見えない。けれども誰かいるらしく、ブザーの音とともに鉄のゲートのカギが自動的に解除された。ゲートを押してなかに入ると、背後でガチャッと閉まる音がする。そのままボートハウスに向かって早足で進む。ハイヒールのかかとがコンクリートに当たってカツカツと音がする。

ボートハウスのドアは施錠されているので、力を込めてノックした。反応はない。隙間からなかをのぞいてみる。机とラジオがあるが、仕切りのない内部には人の気配はなさそうだ。

そこで、桟橋に一艘だけ係留されている船にちかづいていった。全長十二メートルほどで、さほど大きな船ではない。乗船できるのは最大でも十五人ほどだろうか。

ふたりきりで食事をとマイクがいったのは、冗談ではなかったみたいね。彼が自腹でこの船をチャーターしたのかしら？　まるでＶＩＰのクルーズみたい。もしかしたら、ワシントンＤＣの彼の同僚がいっしょなのかもしれない……。

さらに数歩、船にちかづいてみると、船首に名前が描かれているのが見えた。

〈ブルー《青い》・ローズ《バラ》〉号。

その場で立ちすくんだ。黒い水面をはしけが一艘、警笛を鳴らしながら通過した。嫌な予感がする。ここにいるのはまずいのではないか。こんな名前の船にマイクがわたしを招待するはずがない。彼から贈られた詩を思えば、ありえないことだ。

〝バラはぜったい白と赤……〟

ここを立ち去ろうと、ぱっと向きを変えた――が、行く手を阻まれた。メーティス・マンことガース・ヘンドリックスだ。

フードつきのコートはアザラシの革製で、毛皮のトリミングがある。足元はロングブーツ。斜めがけしているのは弾薬帯だ。アラスカの先住民がクマ狩りに来ているみたいな出で立ちだ。手袋をはめた片手には巨大な銃が握られている。クマを射止めるための弾が装塡《そうてん》されているにちがいない。

出口をふさがれてしまい、逃げるとすれば水に飛び込むしかない。覚悟を決めたが、遅かった。

彼に撃たれた。

とがったものがコートを突き抜けて肩に刺さった。飛んできたのは注射器だった。よろめきながら、注射器の針が刺さってちくりと痛むのを感じた——ほんの一瞬だけ。すぐに右半身の感覚がなくなった。

刺さっている注射器を左手で力まかせに叩き落とした。空っぽの容器がコンクリートに当たって弾んだ。

「逃がすものですか」彼にいったつもりだが、じっさいには意味をなさない音しか出てこなかった。ろれつがまわらない。

呼吸も苦しくなり、陸に打ち上げられた魚のように口をパクパクした。ついに両膝に力が入らなくなり、冷たいコンクリートに倒れ込んだ。身体は麻痺しているが意識はある。

「これは麻酔銃だ」ガースは淡々とした口調だ。「呼吸に少々支障が出るだろう——エトルフィンは呼吸器系に作用する——が、死にはしない。少なくとも鎮静剤では死なない」

ガースはブーツでわたしの身体をそっと突く。そして銃身をわたしの額に当てた。

「イーデンはこの麻酔銃でワイオミングのオオカミを撃った」彼がにやりとする。「ジョー・ポラスキーを麻痺させるのにも使った。麻痺した状態の彼を、わたしはハイラインから放った。従順で愚かなダレンに手伝わせたんだ。ジョーはちょうどいまのきみと同じだ、クレア。意識はあったがまったく身動きができなかった」

ガースが視界から消えて、ガタガタという音がした。すぐに台車が視界にあらわれてわたしの横で止まる。彼はうなるような声とともにわたしを転がして台車に乗せた。

「こんな事態になったのは、イーデンが独断で動いたためだ。ダレンに手伝わせてきみを感電死させようとした。配線をいじって工作したことは、じきに労働安全衛生局《OSHA》が突き止めるだろう。その罪は死んだダレンが引き受けてくれる。いい子だったんだがな——人をよろこばせるために一生懸命な子だった。だが若くて熱心なインターンの替えなどいくらでもいる……」

そうでしょうよ。〝楽しい搾取工場〟が、あなたの哲学ですものね。

ガースは傲慢な調子でしゃべりながら、わたしを乗せた台車を押してタラップを渡り、デッキに乗り移った。

「知らないだろう？　エリックは父親の事業を受け継ぐと、すぐに姉に無断で売り払った。イーデンにはなすすべはなかった。父親は病気だった息子にすべてを残した。エリックはそれを資金にして億万長者になった……」

船を岸に係留していたロープをガースが解き、船が離れた。

「灰色の青春時代を送ったエリックはそれを埋め合わせようとして、頭のからっぽな美人や売り出し中の女優と次々にデートを重ねた。尻軽女のひとりと結婚したいとまでいい出した。相手の女はわたしのこともイーデンのことも嫌っていた――エリックは彼女のいいなりになって、わたしたちをないがしろにした。そんな勝手はゆるされない。だからイーデンとわたしは策を練った――そして協定を結んだ。エリックの交際相手を通じて彼をコントロールすることにした。そのためにビアンカ・ハイドをエリックの前にぶらさげた――案の定、彼は餌に食いついた。ビアンカは彼と深い関係になっても、あくまでもわたしたちの手先として動いていた……」

声を出そうとしてみたが、かすれた音が出るだけだ。

「なにかいいたいのか、クレア。ああそうか、ビアンカには麻酔銃は使わずにすんだ。あの愚かなあばずれ女は、イーデンの目の前でうまいこと自分で命を絶ってくれた。わたしは現場にはいなかったが、イーデンとわたしはひとつ学んだ。殺人は、すべての問題の解決となり得る――オッカムの剃刀として、人間同士のゴタゴタを打開してエレガントに完了させる」

ガースは台車を押して幅の狭いドアから室内に入る。メインキャビンから離れた部屋だ。彼はわたしの肋骨部分を強く蹴って台車からカーペット敷きのフロアに落とした。

「ビアンカはエリックを愛してなどいなかった。好意すら感じていなかったが、ひじょうに優秀な女優だった。うまく演じれば、それだけの代償が得られると彼女は考えていた――イーデンとわたしのいう通りにすれば……」

ガースの姿が視界から消えて、ファスナーの開閉の音がした。

「ひそかに監視カメラを数台設置して、エリックが管理していた複数の秘密の銀行口座を突き止めた。そしてわたしたちは金の移し替えを始めた。こちらの口座から数百万ドル、あちらの口座から数百万ドル。あっという間に巨額になった。銀行口座にアクセスできるようになると、ビアンカの死はたいした問題ではなくなった。そこへチャーリーがあらわれて嗅ぎ回るようになった。だから彼女にも消えてもらうしかなかった」

ガースが床に重たそうなものを置き、立ったままわたしを見おろす。手からは皮下注射の針がのぞいている。

「そして今度はきみだ。またもや、うろうろと詮索してまわる探偵さんだ。そうとも、クレア・コージーに関するエリックのファイルを読んで、ささやかな趣味についてなにもかも知っていた。警察かFBI、あるいは特定の個人の依頼を受けて嗅ぎ回っているんだろうが、そんなことは知りたくもない。これっきりエリックにつきまとうことはできないし、彼の身を守ろうとしたり、あれこれ質問したりすることもできない。エリックはここへきてミノウにのぼせあがっている。そちらも早いところ手を打たなくてはならない。しかし今は、きみの始末だ——」

針が腕に刺さった瞬間、かすかに痛みをおぼえた。ガースのニヤニヤとした顔が消え、目の前は真っ暗になった。

71

自分の悲鳴に驚いて、いきなりぱっと意識がもどった。

身を起こしてみた。腕に蜘蛛の巣が触れてくすぐったいので、じゃけんにふり払った。すぐそばのカーペットの上にガースが使った注射器が落ちている。『ジプレノルフィン』という文字が見える。

ジプレノルフィンにどんな作用があるのかは知らないが、ヒ素やストリキニーネではなくてよかった。ガースはなにか思惑があって、わたしを意識のある状態にしておきたいのだろう。嫌な予感がする。

口のなかが乾いて、ぼんやりした心地がするのは薬物のせいだ。立ち上がるのもやっとだ。ハイヒールを履いた足の下で船が揺れる。ゆっくりとした動きだが、バランスがうまくとれないので、ハイヒールを脱ぎ捨てて爪先にしっかりと力を入れて立った。ガースはわたしのコートとスカーフを脱がせてそのまま置いてあるので、そこに靴をのせた。

非常灯の薄暗い赤い光に照らされた船室には調度類はいっさいない。一つだけある丸窓からのぞいてみた（小さすぎてそこからは出られない）。暗い空と真っ黒な水のほかにはなにも見えない。

出口に向かって歩いていくとちゅう、床の上の大きな包みが足に触れた。気に留めずドアのところに行ったが、もちろんカギがかかっている。

床をドンドンと叩きガースにきこえるように叫んだが、気持ちが悪いほどしんとしてなんの反応も返ってこない。船体に打ち寄せる波の音が小さくきこえるだけで、低いエンジン音すらきこえない。

ああ、ここにはわたし以外誰もいないのだ。そう悟った瞬間、ぞっとした。

あわててコートのところにもどり、必死でバッグをさがした。けれど、影も形もない。なかに入っていた財布、カギ、身分証明書、クレジットカード、ソーンフォンもなにもかも。

あの電話だったのね！

アップランドでダレン・エングルに電話を「直して」もらったときのことを思い返した。確かに彼はマイク・クィンの番号に設定されていたブロックを解除してくれたが、そのときにアドレス帳のマイクの欄に別のメールアドレスを加えたにちがいない。

それを利用してガースはマイクのふりをして偽のメールを寄越した——そしてわたしはまんまとひっかかった！

激しい怒りで（そしてパニック状態で、おまけにふらふらしているので）、チクタクという時計の不吉な音は耳に入らなかった。すぐには。しかし、気づいたときには……。

まずい。

腹這いのまま、さきほどぶつかりそうになった包みににじり寄った――包みに見えたのは、くたびれたキャンバス地のナップザック。空港で貼られるステッカーとコミック雑誌のスーパーヒーローのシールがたくさんついている。フラップには『ダレン』と刺繍されている。二度も薬物を注射されたせいで両手がふるえているうえに、ファスナーは固い。ようやくなかをのぞいてみると、最悪の予想が現実のものとなった。

専門家ではないけれど、いま見ているものが爆弾であることはわかった。デジタル式の時計の数字は、夜中の十一時四十三分。目覚ましがセットされている時刻は深夜零時。かんたんな暗算だ。ほぼ三時間無駄にして、残された人生はあと十七分。

パニックのあまり爆弾を破壊して粉々にしてしまいたくなったけれど、必死にこらえた。時計からワイヤーが三本出て小さな黒い箱につながっている。その箱からさらにたくさんのワイヤーが出て緑色の瓶につながっている。瓶には透明な液体が入っている。

映画では、爆弾処理にあたる人物はかならずワイヤーを一本切断する。ただし、それはかならず正しいワイヤーでなくてはならない。いまは切断したくても、手元に道具がない。

冷えきった両手に息を吹きかけた。コートを着て手袋をはめよう――。

手袋！　そうよ。あの電話を使えばいい！

手袋はコートのポケットに入ったままだった。ふるえる左手にはめて耳に当てた。

「ミス・フォーン？」

もしかしたら圏外かもしれない。そんな思いが一瞬頭をよぎってぞっとした。

「はい。電話をかけますか？」

「もちろん」

デニス・デファシオ警部補は最初の呼び出し音で出た。

「いったい、いまどこだ？」彼が叫んでいる。「マイク・クィンは桟橋をしらみつぶしにさがしている！　きみが罠にはめられたといっている」

「その通りよ！」

「ＦＢＩ、国土安全保障省、それに沿岸警備隊の連中まで総出で街じゅうを捜索している。まったく冗談じゃない！　おれがどれほどＦＢＩの連中を――」

「あなたが置かれている状況には心底同情するわ。でもね、わたし、いま時限爆弾の解除をしなくてはならないの」

「なんだと！」デファシオはとんでもなく品のない悪態をぼそぼそとつぶやいてから、会話を続けた。「事情をきこう――」

いま陥っている窮地をごくごく手短に説明した。とちゅう一度か二度、デファシオはわたしにストップをかけて、誰かと話をした。〝三角測量、信号強度、沿岸警備隊〟などの言葉がきき取れた。

「爆弾について説明を」いきなりデファシオにうながされた。

「目覚まし時計と黒い箱が三本のワイヤーでつながっている。その箱は液体が入った緑色の小瓶九本にそれぞれワイヤーでつながっている。これはチャーリーを吹き飛ばした火炎瓶と同じもの？」

「残念ながら、ちがうな。やつは大学生レベルを卒業してメジャー・リーガーのレベルに達している」

「やつ？」

「ダレン・エングルだ。後でくわしく話す。まずは指示通りにしてくれ。ところで手元に軟質ゴムはあるか？」

「軟質ゴム――」

「コンドームのことだ。一部のレディはいざというときのために、バッグに常備して――」

「いいえ！　コンドームは持ち歩いていないわ！」

「わかった。では絶縁体になる布はあるか」

「ワンピースはシルクで、コートとスカーフはウールよ」

「それでは役に立たないな。スパークの発生を防ぎたい。ニトログリセリンは静電気でも爆発するおそれがある」

「ニトログリセリン!?」

「コットンはどうだ。きみのパンティはコットンか？」

「ええ」渋々こたえた。

「すばらしい。脱いでくれ」

泣けてくるわ。「コンドーム、パンティ――まるで爆弾処理班のテレフォンセックスみた

「気の利いたセリフは引っ込めてさっさとパンツを脱ぐんだ！」

「わかった、脱ぐわ……」

ワンピースの下に手を入れてストッキングを脱ぎ、下着を脱いだ。屈辱的だけれど（そして寒い）、ドカーンと爆発するまで、あと八分もない。ぐずぐずしている暇はないのだ。

「次は、どうすればいい？」

「パンツを破って細い紐状にするんだ。それを時計と厄介な黒い箱をつないでいる三本のワイヤーに巻き付ける。黒い箱が起爆装置だ。ワイヤーをコットンでくるんでしまえば、引き抜いたときに先端が触れてしまう可能性がなくなる」

「それから、片手で、できれば指一本だけで、慎重に作業するんだ。スパークさせないようにな、ワイヤーにはできるだけ振動を与えないように」

「右手で巻きながら左手を使ってあなたと話すわ。緊張をほぐすために、ダレン・エングルについてもっと話して」

「エングルはチャーリーの命を奪った爆弾をつくり、ネイト・サムナーに罪を着せた。あの卑劣な若造がソーラー・フレアの集会に参加していた証拠を捜査官はつかんだ。そして集会に参加するたびに、やつはサムナーが捨てたアイス・ティーの空き缶を回収していたんだ。サムナー教授の指紋がベタベタついている缶だ。ダレンはそれを利用して爆弾をつくっていた」

デファシオの話をききながら、一本目のワイヤーをくるみ終え、二本目に取りかかった。残された時間は六分。

「ダレンはメジャー・リーガーのレベルに達したといったわね？」

「彼は最初の爆弾にはロケットを組み立てる技術を利用した。アイス・ティーの空き缶ふたつに液体を満たし、それを三本目の缶のなかで混合して燃焼させ、爆発させた。ロケットエンジンと同じ仕組みだ。ただし目的は推進ではなく、爆発だ。液体を燃焼室に送り込むために、やつは圧縮空気を詰めたカプセルまで使っていた。たいしたものだ――」

「そろそろ、こちらの爆弾の話に移ってもらえるかしら」

「大丈夫だ、これからいよいよ本題に入る。ダレンのアパートでわれわれは少量のニトログリセリンを発見した。たったいまきみが処理している爆破装置はそこで組み立てられたものと考えられる」

「ダレンはもう死んでいるわ。いったいなんの目的でこの爆弾をつくったのかしら……」

デファシオは会話を中断して、誰かが話すのに耳を傾けている。

「朗報だ！」彼が叫ぶ。「きみの信号を特定できた。いまいる地点に沿岸警備隊のヘリが向かった。ボートもだ。どちらも五分以内に到着するはずだ――」

「爆発の二分後ということね」

「絶対に爆発はさせない、クレア」

「そう信じたいわ、デニス」

「爆発させるわけにはいかない。爆弾処理班は全員、もっとファッジを食べたがっている」

わたしはふうっと深呼吸した。「三本のワイヤー全部に巻き付けたわ。次はどうすればいい？」

「三本のワイヤーを、黒い箱からいっぺんに引き抜く。左手を箱の上部にあてて、右手でぐっと力を込めてワイヤー三本を引っこ抜くんだ。思い切り強く引け。それが済んだら、続きを話そう」

しばらく間を置いてから、わたしは口をひらいた。「デニス？」

「どうした？」

「もし、うまくやれなかったら、娘に伝えて欲しいの。愛している、そして幸せになって欲しいと。それからマイク・クインに、心から愛していると伝えてね。そして元の夫には——」

「自分で直接伝えろ、クレア。時間は二分を切ったぞ」

わたしは位置につき、目を閉じた。ガタガタふるえているのを感じながら息を止め、思い切り力を込めてワイヤーを引いた。

おそるおそる片方の目をあけ、もう一方もあけてみた。握りしめた三本のワイヤーに時計がぶらさがっている。ピチャピチャと波が船体を叩く音、遠くではヘリコプターの音。爆発は起きていない！

ピピピピピピピ！　目覚まし時計がけたたましく鳴った。

思わず悲鳴をあげ、時計を船室の壁に叩きつけた。気持ちを鎮め、デファシオに成功を伝えた。

彼の周囲で喝采があがるのがきこえる。

アイリッシュ・クリーム・ファッジでここまで熱くなれるなんて、すごい。

外の闇を切り裂くように汽笛が鳴り響いた。船窓からのぞくと白い船体のスピードボートが〈ブルー・ローズ〉号のすぐ隣に停まった。デッキを移動するたくさんの靴音。三十秒後、船室のドアを誰かが重たいもので叩いた。

「ここよ！」わたしは叫んだ。「爆弾は処理したわ。ここから出して！」

さらに大きな音がしてドアがたわむ。ダメ押しのキックでドアがあき、戸口には見慣れたシルエットが立っている。

「マイク！」

「クレア……」

ほんの一瞬、マイクは恐怖でこわばった表情のまま、棒立ちになっていた。次の瞬間、彼は両手を広げ、わたしは目にもとまらぬ速さで飛び込んでいった。

72

「マクベスそのものね」翌朝、わたしはまだベッドに入ったままだ。「なにもかも——王位をかけた争いだったのね」

マイクがあくびをする。「まったくその通りだ……」

「そしてその王冠はトゲだらけだった」

「痛い話だ」

「ガース・ヘンドリックスが逮捕されたときに、彼もそういったかしら」

「もっと多弁だったはずだ——そして黙秘した。無駄な抵抗だ。きみはまだぴんぴんしていて、彼を有罪に追い込む重要参考人だ」

「ニトログリセリンがぱんぱん詰まったナップザックみたいに威力があるわよ」

「そして、イーデン・ソーナーの遺体からは多くの物的証拠が得られるはずだ……」

船尾のそばで防水シートをかけられていたイーデンの死体は、警察が発見した。ガースはわたしといっしょに彼女も爆弾で吹き飛ばそうと画策していた——エリックの姉にすべての罪を着せようとしたのだ。

ガースとイーデン・ソーナーが結んでいた「協定」は、彼女が身勝手な行動をとり、アップランドでわたしを感電死させようとして（ダレンの力を借りて）失敗した日に、白紙にもどっていたのだ。

ガースはイーデンのしくじりを見逃さなかった。彼女とダレンはなおも失敗を重ね、さらにミノウを罠にはめようとした（これまた失敗した）。そこでメーティス・マンは見切りをつけた——イーデン・ソーナーにすべての罪を着せ、彼女の口を封じるために殺した。

「わたしが解体したニトロ入りのナップザック爆弾はダレンがつくったものだった。けれども彼はすでにこの世にいなかった。それでガースとイーデンがさらに罪深いことを計画していたのだと気づいたわ」

「彼らがなにを計画していたのかは、あきらかだな」

「エリックがわたしとマテオといっしょにコーヒーのワールド・ツアーに出かけたとき、彼らにしてみたらエリックが忽然と姿を消したのだから、よほどあわてたんでしょうね。またもやエリックをコントロールできなかった——女性がからんだ状況で。だから彼らは、もっともエレガントな解決法ですべての厄介な問題に一気に片をつけることにした」

マイクがうなずく。「若き億万長者を殺害することにした。あのサイズのナップザックにニトロを詰めたところを見ると、エリックが自家用機か、あのヨットに乗っているときに爆発させようとしていたんだろう」

「ドカンと爆発したら、エリックをコントロールする苦労から解放される」

マイクがつぶやくようにいう。「妻も子もいないとなると、イーデンが会社と全財産を相続する」

「ガースと彼女は犯罪のパートナーであり、おそらくベッドも共にしていたでしょうね。だからガースは会社の経営者の座につくつもりだった。もともと、自分のほうがエリックよりも経営手腕があると思っていたはずよ。ガースとイーデンはアップランドの王を暗殺した後でダレンに罪を着せることにしていた――そして殺してしまうと決めていた」

「きみのいう通りだ」マイクが手足を伸ばして、わたしのほうにごろりと転がった。「確かにシェイクスピアみたいだな」

「滑り台は出てこないけれど」

マイクがわたしの首に鼻を押しつけた。「きみの下着がコットンでよかった……」

「聴聞会から出てあなたがまっさきにメールチェックをしてくれて、よかった……」

ダイナスティ・ピアで会おうというメールにわたしが返信したとき、マイクは国会議事堂にいた。極秘でおこなわれた聴聞会は、外からの電波信号が遮断された部屋でおこなわれていた。彼が出てきた時刻にはすでにわたしは、極北の狩人みたいな格好のガースに鎮静剤を盛られていた。

わたしに連絡がつかない時点で、マイクは「自分とピアで会う計画」についてジョイに確認をとった――そして一刻を争う事態であると悟った。ベテラン警察官である彼は、罠であると即座に見抜いたのだ。

わたしがあっさり騙されたのは、ある単純な理由からだ。悪者——悪い女性——は、いなくなったと思い込んでいた。確かにイーデンは死んでいた。ガースによって早々とあの世に旅立ったのだ。ジョー・ポラスキーが警告しようとした悪い〝やつら〟はイーデンとダレンではなかった。それをわたしは理解していなかった。ほんとうはイーデンとガース・ヘンドリックスだったのだ。

「ところで……」マイクは甘く小さなキスをする合間にたずねる。「コーヒーのワールド・ツアー、サウスビーチのヨット、禁じられたプランテーションはこれですべて片がついたかな？」

「いまのところはね。あなたのほうこそ、極秘の会議は終わったの？」

「いまのところは」

「じゃあ、ふたりきりの時間を思いきり楽しめる？」

「億万長者と上司は引っ込め、か」

「そうです」

「よし、そうしよう」

エピローグ

「島国であるわたしたちの国の発展のために多大なる貢献をしていただいたことに対し、ミスター・エリック・ソーナーにコスタグラバスのゴールドクロスを贈ります」

演壇の向こうでエリックは島の大使から笑顔で賞を受け取る。続いて短いスピーチをした後、大使館のステージ上でエリックは拍手喝采を浴びた。

マテオ、マダム、わたしは最前列で授賞式を見守った。わたしの隣には凜々《りり》しいGメンの恋人、マイク・クインがさっそうとした正装姿で座っている(わたしはふたたびビーズがあしらわれたマダムのビンテージのシャネルを着ている——マイクの視線を釘付けにしているのがうれしい)。

授賞式の後は全員がレセプション・ルームに移動した。

エリックが姿をあらわすと、ふたたび拍手喝采の嵐となった。彼と腕を組んでいるパートナーは、ミノウだ。

ミノウが身につけている青いベルベットのドレスはめりはりのある彼女の身体の線をエレガントになぞっている。そんな彼女の美しさは多くの視線を引きつけ、マテオですら思わず二度見している。ボーイッシュなテクノロジー・オタクから自信に満ちたプリンセスへとシンデレラのような変身ぶりによほどびっくりしたのだろう。

アントン・アロンソがちかづいてきた。手にはわたしとマイクのためにシャンパンを持っている。若いカップルのために三人で乾杯した。

「じつは、あのロングドレスはあなたのためにつくらせたものでした」

「ミノウのほうがずっとよく似合うわ」マイクを気遣ってちらっと見ながらこたえた。「惚れ惚れするほど美しいわね。エリックはただただ彼女に見とれている。それに……独りぼっちだったケン人形たちのなかに、いまはバービーが登場したのではないかしら？」

「当たりです」アントンはこたえながら首を横にふる。「ただ、ミノウは確かにいいところがたくさんあるのですが、なにしろ場慣れしていないし、洗練されているとはいいがたい。まだまだ学ぶことがたくさんあります」

彼のフルートグラスにわたしのグラスをカチリと合わせた。「あなたならミノウの最良の教師になれるわ、アントン」

「いったいいつになったら教える時間がくるのやら」アントンは不満げだ。「エリックのゲーム部門はグレーソン・ブラドックの出版グループと合併したので、ミノウは新たに大量の知的所有権の管理を担うことになったのです。ご存じですか、エリックは彼女をブラドック＝ソーナーのデジタル・ゲーム・ユニット全体を率いる責任者に昇格させたのですよ」

「きっとなにもかもうまくいく。ミノウもあなたも、きっとすばらしい成果を出すわ」

アントンはうやうやしくわたしの手をとり、お辞儀とともに別れの挨拶を口にした。

「またいつかお会いしたいものです、ミズ・コージー」

「わたしもよ、アントン。かならずまた会いましょう……」

数分後、マイクが指し示した方向を見ると、もう一組すてきなカップルがいた——ネイト・サムナーとマダムが寄り添っている。ソーラー・フレアのリーダーも午後のレセプションに招かれていたのだ。ソーン社はスポンサーとしてソーラー・フレアの活動を後援することになった。

エリックはネイトの組織が今後も独立した立場で活動し発言していくと強調しているが、マテオはそれを嘲笑うようにマイケル・コルレオーネの名セリフを口にした——「友をちかくに置け、敵はもっとちかくに置け」

いっぽう、ネイト・サムナーを罠にはめてわたしを殺そうとしたガース・ヘンドリックスはいまや惨めな境遇だ。

ガースは複数の殺人疑惑で正式に告発された。いうまでもなく、彼は刑事事件専門の腕利きの弁護士を雇った。しかしいまだに保釈は認められていない。逃亡のおそれに加え、圧倒的に不利な証拠がそろっているためだ。今朝の《ワシントン・ポスト》紙では、司法取引は時間の問題だろうと報じられていた。それによりガースはひじょうに長い期間、刑務所に入ることになるだろう——本の執筆にあてられる時間はじゅうぶんあるはずだ。といっても、ビジネス哲学を説いても誰もふり向いてはくれないだろう。けっきょく、彼はなにひとつ手に入れられなかった。今後は犯罪小説でも手がけるのがよさそうだ。

シャンパングラスはもう空っぽだ。マイクはふたりぶんのおかわりを取りにバーに向かった。彼がその場を離れた直後、目の前にグラスがあらわれた。シャンパンの泡がきらめいている。エリック・ソーナーが差し出してくれたのだ。

「あなたはいつもこうして、与えてくれる。悪い習慣ね。これからはミノウをたっぷり甘やかしてちょうだいね」

エリックが愉快そうに笑う。「彼女にはゲーム部門をまるごと与えたところだ」

「ライフスタイル・アプリも？」

「それはまだぼくが責任者を務めている。ビリオネア・ブレンドはポットラック・パーティーでいよいよお披露目だ。同じ週に、億万長者向けの会員制のライフスタイル・アプリもリリースする。その第一号の商品はビリオネア・ブレンドだ」

夢みたいな話だ。金に糸目をつけず丹念に実験を重ねた末に、わたしたちのビリオネア・ブレンドはいよいよ市場に出ることになった。その価格はおそろしいほど高く、文句なしに世界一高いコーヒーとなる。それがエリックの狙いだった。ターゲットとなる人々について知り抜いているからこそ、そうしようと彼は決めたのだ。

世界でひと握りの飛び切り裕福な人々だけが手に入れられるコーヒーは、必ずしもわたしの価値観と重なるわけではない。けれども、このコーヒーの恩恵を受けるのはそれを味わう食通の億万長者よりも、選び抜かれた特別のコーヒー・チェリーを栽培する人々のほうだ。

それを知っているので、満足している。

「もちろん、いまどき責任者だからといって本社にべったり貼り付いているわけではない」エリックが説明する。「コスタグラバスにデジタル・インフラを整備している。生活の中心を向こうに置こうと考えているんだ。休耕地となっているプランテーションを買い取ることも決めた。そこでアンブロシアの豆を育てる」

「滑り台の支配からは解放されたの？」

エリックがあははと笑う。「たくさんのことから解放された。あなたのおかげで。ミノウという存在にあらためて気づくことができたのも――」

「強烈な体験と接近よ、エリック。あなたとミノウはこれまでずっとすぐそばで働いていたのだから、いずれそうなっていたでしょうね」

「そばにガースがいたら、無理だ……」エリックはしばらく押し黙っていた。ガースが、そして姉のイーデンがあれほど陰湿な罪を犯したという事実が、まだ心に重くのしかかっているのだろう。「こんなふうにはなっていなかっただろう」静かな口調だった。「あのときのままでいたら」

「わたしもそう思うわ――でももう終わったこと。ミノウといっしょにもう一度やり直せばいいのよ。彼女はあなたを深く愛している。それに身の安全を考えたら、彼女ほど心強い女性はいないわ」

「まるであなたみたいだ、クレア・コージー」

「そうね、だってわたしもミノウも元ガールスカウトだから」

「知っている」エリックがお茶目な表情で片方の眉をあげる。「ぼくのファイルにちゃんと記録されている」

「そのファイル――わたしの名前がついたファイルのことだけど、もしかして、過去にわたしが素人として捜査活動をしたという情報も入っているの？」

「かもしれない」とぼけたふりをして肩をすくめるエリックは、たいした役者だ。

「ビリオネア・ブレンドをつくるためにビレッジブレンドを選んだほんとうの理由は、じつはそこにあったのかしら？」

「ひとつの要因ではあった……とだけいっておきましょう」

会場に報道関係者がどやどや入ってきた。ようやく会場への入場を許可された彼らは、たちまちエリックを取り囲んで質問を浴びせている。

わたしはその場を離れてマイクをさがし、バーのそばにいる彼を見つけた。おそろしく美しい女性と話をしている。おそらく年齢は三十代。

長身ですらりとしなやかな身体にキラキラ光るグレーのシースドレスをまとっている。白い肌は滑らかで、ストロベリーブロンドの髪はねじってひとつにまとめている。わたしがちかづいていくと、マイクが気づいて話を中断し、微笑んだ。

「マイク？」マイクの関心がそれたと気づいた彼女が鋭く呼びかけた。

「ちょっと失礼」

マイクは彼女にそう断わり、わたしの頬にキスする。彼女の青みがかった目がわたしを睨みつけている。

「今夜のきみはとても美しい。これをいうのは二度目かな？」

「ええ。あの女性は誰？」

「上司だ」

「あれがカテリーナ・レーシー？　だって猛女だとあなたはいっていたわ」

「ああ」

「あんなに華麗な人だったのね――それに若い！」

「いまさら蒸し返すな。きみは億万長者の坊やと面白おかしく世界各地を巡っていた。それに比べれば、わたしの上司の性別や見た目など、たいした問題ではない」

「わたしはちゃんと事実を打ち明けていたわ。あなたはそうではなかった」

「わたしはきみを信頼した。時間的余裕と空間的余裕を与え、きみが目を覚ますのを待った。きみにききたい。わたしを信頼しているか？」

「ボスとのあいだには、ほんとうになにもないの？」

「ない。そんな可能性は今後もゼロだ」

「ちかくにいる時間がうんと長くても？」

　マイクがうなるような声を出す。「彼女を知らないからそんなことをいうんだ。レーシーは獣だ。抜け目なく策略をめぐらす本能の塊で、出世の階段をのぼることにしか関心がない。

そのためなら誰であろうと平気で踏みつけにする。そんな女性に一瞬たりとも心が動くことはない」

心という言葉を口にしながらマイクはわたしの手を取り——彼から贈られたクラダリングをはめた手を——そっと撫でた。

「マイク！」レーシーがいらいらした声で呼び、指を鳴らし、マイクを手招きする。

「クレア！」いきなりエリックの声がした。会場の反対側から手招きしている。

マイクがわたしの耳にくちびるを寄せた。「いっしょにここから脱出しよう。いますぐ。行くか？」

即座に決断した。彼の手を取り、先に立って大使館の正面のドアをめざした。外に出ると、さわやかな春の空気が心地いい。足を止めて大きく深呼吸をして、桜の花の香りを思いきり吸い込んだ——そして同じ文面のメールをたがいの仕事上のボス宛に送信した。

私的な用事で出かけます。では、また月曜日に。

ふたりそろってスマートフォンの電源を切り、インターネットの世界に別れを告げて（つかの間だけとはいえ）、現実の世界をこころゆくまで味わうことにした。

青いバラ

赤いバラと白いバラ
愛する彼女に花束を。
ところが彼女は目もくれない――
青いバラを摘んできて。

あちらの果てまでさまよい歩き、
どこに咲くのか青いバラ。
こちらの果てまでさがして歩き、
あきれた顔で笑われて。

帰ればすっかり冬景色、
愚かな愛は息絶えていた
最期に彼女がみつけたものは

死から受け取るバラの花。
墓の下ならあるのだろうか
彼女の望みをかなえるものが。
むなしくさがした日々は帰らず――
バラはぜったい白と赤。

ラドヤード・キップリング

クレア・コージーの
ビリオネア・バー

億万長者がひとりだけではなく、ふたりも絡んだ今回の事件をヒントにクレアはコーヒーハウスのお客さまのために新しいお菓子を考案した。たくさんの層でできているのが特徴だ。人生をショートカットされそうになったところから、お菓子のベースにはショートブレッドを選んだ。にっちもさっちも行かなかった状況をチョコレート・キャラメルの層で表現し、コーヒーをめぐるすったもんだを思い出してヘーゼルナッツ・ラテクリームを、最後に重ねたスイート・モカ・グレーズは娘のジョイと過ごした甘い時間の思い出をあらわしている。娘のいままでの苦労が（ほぼ）報われたと感じたひとときだった。クレアの冒険を楽しんでくれたのなら、それに着想を得たこの料理もきっと気に入るはず。

← 【材料】につづく

全レシピ1カップは米国の1カップ（約240ml）として記載

【材料】16本ぶん

ショートブレッドの層

無塩バター……大さじ6（室温でやわらかくしておく）

グラニュー糖……⅓カップ

ピュアバニラ・エクストラクト……小さじ1

中力粉……1カップ

コーシャソルト……小さじ½（または食卓塩　小さじ¼）

チョコレート・キャラメルの層

ソフトキャラメル……25個

ヘビークリーム……大さじ2

セミスイート・チョコレートチップ……½カップ

ヘーゼルナッツ・ラテクリーム

無塩バター……½カップ（室温でやわらかくしておく）

ライトブラウンシュガー（三温糖）……½カップ

グラニュー糖……¼カップ

ヘビークリーム……大さじ2

ピュアバニラ・エクストラクト……小さじ1

コーシャソルト……小さじ¼（または食卓塩　小さじ⅛）

中力粉……¾カップ

ヘーゼルナッツ……½カップ（細かく刻んでトーストしたもの）

スイート・モカ・グレーズ

セミスイート・チョコレート……1カップ

（細かく刻む、またはチョコチップ）

エスプレッソパウダー……小さじ½

ヘビークリーム……大さじ2

Clare Cosi's
Coffeehouse
Billionaire Bars

← 【つくり方】につづく

【つくり方】

1 **オーブンと焼き型の準備**

オーブンを175度に予熱する。23センチ四方の焼き型にオーブンシートを敷き、両端は長めに垂らして持ち手にする。

2 **ショートブレッドの層をつくる**

電動ミキサーでバターと砂糖をクリーム状になるまで混ぜる。バニラと塩を加えてさらに混ぜ、最後に粉を加えてざっと混ぜる。この生地を手で丸める。用意した焼き型に敷きつめる。生地の表面にフォークまたは串を軽く刺して浅い穴をあける。オーブンで15分ほど焼く。生地の端がきつね色になれば焼き上がり。オーブンから出して冷ます。

3 **チョコレート・キャラメルの層をつくる**

キャラメル、クリーム、チョコレートチップを小型のソースパンに入れて中火にかけ、かき混ぜながら溶かす。冷めたショートブレッドにこれをかけて同じ厚みになるようにならす。焼き型ごと冷蔵庫に入れて1時間以上冷やし固める。

4 **ヘーゼルナッツ・ラテクリームをつくる**
ヘビークリーム、バター、砂糖２種を電動ミキサーで混ぜる。ヘビークリームにはバニラ、塩を加えておく。さらに粉を加えて混ぜる。刻んでトーストしたヘーゼルナッツを加えて混ぜ、冷蔵庫で冷やしておいた3にこれをまんべんなくかける。スプーンの背でならすとよい。冷蔵庫に入れて、スイート・モカ・グレーズの用意に取りかかる。

5 **スイート・モカ・グレーズのトッピングをつくる**
すべての材料を鍋に入れ、沸騰している鍋にのせて湯煎(底が湯にふれないように)で時々まぜながら完全に溶かして滑らかにする。熱いグレーズを4で冷やしたヘーゼルナッツ・ラテクリームの層にかけ、固まるまで1時間ほど置く。オーブンシートの持ち手部分を持って全体を焼き型からはずし、カッティングボードに移す。小さな四角形にスライスして、おいしく召し上がれ！

グレーズド・パンプキン
スパイス・ラテ・マフィン

ニューヨークに秋が訪れ空気が冷たくなると、ビレッジブレンドのお客さまはパンプキンスパイス・ラテ・マフィンがメニューに復活するのを心待ちにする。アメリカの秋には欠かせない古き良き味わいを大事にしたくてクレアはこのマフィンを考案した——もちろん、コーヒーの風味が加わっている（マフィンを仕上げる甘いグレーズに）。

【材料】12個ぶん

無塩バター……大さじ12（室温でやわらかくしておく）
ライトブラウンシュガー（三温糖）
……1½カップ（ぎっしりと詰めた状態で量る）

卵（室温）……大2個
缶詰のカボチャ（ピューレ状のもの）……¾缶
中力粉……2¼カップ
パンプキンスパイス
（後述のレシピを参考に手作りしてもよい）……小さじ2
重曹……小さじ¾
パンプキンスパイス・ラテ・グレーズ（後述）

【つくり方】

1 生地をつくる

オーブンを175度に予熱する。マフィン型12個にカップケーキ・ライナーを敷く、またはバターやオイルを塗る、あるいはノンスティッククッキングスプレーでコーティングしておく。電動ミキサーでバターと砂糖がふわふわになるまで混ぜる。卵とカボチャのピューレを加えてよく混ぜ合わせる。粉、パンプキンパイ・スパイス、重曹を加えて粉が生地になじむまで混ぜる。混ぜすぎないように。

2 焼く

1で用意した型に生地をスプーンで落とし、18～20分焼く。仕上がりは、楊枝を指して生地がついてこなければ完成。

3 グレーズ

マフィンが冷めたらてっぺん部分をパンプキンスパイス・ラテ・グレーズに漬けてできあがり。

← このレシピのつづき

パンプキンスパイス・ラテ・グレーズ

【材料】

無塩バター……大さじ2
エスプレッソまたは濃いドリップコーヒー（または水）……大さじ4
パンプキンスパイス……小さじ1（つくり方は左頁）
バニラ・エクストラクト……小さじ1
アイシング用粉砂糖……2カップ

【つくり方】

1 中くらいのソースパンにバター、コーヒー、パンプキンスパイスを入れる。弱火で熱しながらバターが溶けるまで混ぜる。ぐつぐつ煮えたり沸騰しないように注意しよう。

2 火からおろし、粉砂糖を加えて全体が溶け合って液体状になるまで混ぜる。ダマが残らないように泡立て器で混ぜて滑らかで濃厚なグレーズにする。グレーズの濃度がつきすぎた場合には水を少量加える。グレーズが固くなってきたら火にかけて、混ぜながら加熱する。必要に応じて水を少量加えて、マフィンに振りかけるのにちょうどよい濃度のグレーズにする。

パンプキンスパイスを手づくりする場合

パンプキンスパイスはたいていの食料品店のスパイス売り場で手に入る。手づくりする場合は、次の粉末状のスパイスを混ぜる。

【**材料**】小さじ１杯ぶん

シナモン……小さじ½
ジンジャー……小さじ¼
オールスパイスまたはクローブ……小さじ⅛
ナツメグ……小さじ⅛

ジョイのフレンチ
アップルケーキ・スクエア

香り高いアップルバーはいれたての熱いコーヒーとともに、朝食にぴったり。ジョイ・アレグロは母親のコーヒーハウスのためにこのレシピを考案した。オーブンの錬金術でリンゴの層はカスタードのような口当たりとなり、表面は柔らかく、甘く、砂糖をまぶしたケーキのよう。そこにバニラとラムの香りが加わる。クレアはお客さまに「これをひとくち味わえば、ジョイのことがわかりますよ（そして彼女に感謝するはず）！」と声をかける。

【材料】

アップル・レイヤー

リンゴ（グラニースミスまたはゴールデンデリシャス）
……6個（約1.4キロ）
レモン果汁（絞り立て）……小さじ1
水……大さじ2
ライトブラウンシュガー（三温糖）……大さじ5
お好みでバニラビーンズ……1（ふたつに割る）

卵黄……大3個ぶん

基本の生地

中力粉……1¾カップ
グラニュー糖……1¼カップ（分けておく）
バーキングパウダー……小さじ3
コーシャソルト……小さじ1（または食卓塩 小さじ½）

卵……大2個（フォークで混ぜる）
キャノーラ油または、植物油
またはコールドプレスのココナッツオイル……1½カップ

ホールミルク……1カップ
サワークリームまたはクレームフレッシュ……¾カップ
バニラ・エクストラクト……小さじ2½

ダークラム……大さじ1
(またはラム・エクストラクト……小さじ1½)

← 【つくり方】につづく

【つくり方】

1 焼き型を用意する

13インチ×9インチの焼き型にオーブンシートを敷き、両端は長めに垂らして持ち手がわりにする（焼いた後にこれでバーを持ち上げる）。シートにノンスティッククッキングスプレーを軽く吹きかけておく。

2 リンゴの下ごしらえ

皮をむいて薄くスライスする。ソースパンに入れてレモン果汁、水、ブラウンシュガーを加える（お好みでバニラビーンズも）。中火にかけてそっと混ぜながらおよそ15分、リンゴがやわらかくなりキャラメル化するまで熱する。漉して余分な水分を取り除き、冷ましておく。バニラビーンズを入れた場合はここで取り除く。

3 基本の生地をつくる

オーブンを約160度で予熱する。ボウルに粉、グラニュー糖1カップ、ベーキングパウダー、塩を入れてスプーンで混ぜる。窪みをつくり、そこに卵、油、ミルク、サワークリーム、バニラ、ラムを入れる。全体をよく混ぜるが、混ぜすぎないように注意。グルテンができてケーキが固くなってしまう。

4 **アップル・レイヤーをつくる**

3のボウルから生地1½カップを別のボウルに移す。卵黄を入れて混ぜる（これでアップル・レイヤーはカスタードのような質感に近づく）。ここにリンゴをそっと入れる。それを用意しておいた焼き型に注ぎ、平らにならす。

5 **生地を完成させて焼く**

残りの生地（ケーキ・レイヤー）を4の生地の上に注ぐ。そのうえに残っているグラニュー糖¼カップを均等に散らす。焼いている間に表面がカリッとする。約1時間焼く（焼きが足りなければさらに15分ほど）。表面がきつね色になり、ケーキの中心部が固まり、中心に楊枝を刺しても生地がくっつかなければ焼き上がり。オーブンから出して完全に冷ます。熱いうちにスライスしようとすればバラバラに崩れてしまう。冷めてから四角にスライスして盛りつける（わくわくしながら！）。製菓用の砂糖を軽く散らしてどうぞ召し上がれ。

フライパンを使う
クレア・コージーのラザニア
(マイクのために)

爆発が起きた夜、クレアは子どものころに親しんだ懐かしくほっとする味に飢えていた。とりわけ、祖母ナナがつくってくれたラザニアの味が恋しかった。祖母のラザニアはキャセロールに何層も重ねていくレシピだが、時間的な余裕（と気力）がなかったクレアは、自分とマイク・クィン警部補のためにフライパンで手早くつくった。

その夜マイクは別の方法でほっとしたがっていたので、じっさいにフライパンのラザニアを食べたのはつくってから何時間も後だった。しかし、これがかえってよかった。放置されたクレア・コイルのフライパン・ラザニアはいっそうおいしくなっていた。「加熱と再加熱」は、フライパン・ラザニアをおいしくする秘訣で、クレアとマイクの長距離恋愛を充実させる秘訣でもある。

Clare Cosi's
Skillet Lasagna
(for Mike)

← 【材料】につづく

【材料】

ラザニア用パスタ……約170グラム
タマネギ……1個（細かくみじん切り）
ベビーベラ・マッシュルーム（お好みで）……1カップ（刻む）
ニンニク……2片（みじん切り）
牛赤身挽肉……約250グラム
豚挽肉（または鶏挽肉）……250グラム
ホールトマト缶（約800グラム入り）……1
（水分を切って刻む。フードプロセッサーを使ってもよい）
トマトペースト……¼カップ
イタリアン・ハーブミックス（または乾燥ローズマリー、
バジル、オレガノを混ぜたもの）……大さじ1
生のイタリアンパセリ……少々（刻む）
リコッタチーズ……¾カップ
モッツァレラチーズ……½カップ（刻む）
ロマーノチーズまたはパルメザンチーズ……最後に散らす

【つくり方】

1 ラザニア用パスタを茹でる

大鍋にお湯をたっぷり沸かす。パスタを約8センチに割って指示通りに茹でる。茹で上がったら、よく水気を切っておく。

2 肉と野菜を調理する

大きなフライパンにオリーブオイルを少量入れて、中火にかける。タマネギのみじん切りを入れる。およそ5分間、透き通るまで混ぜながら炒める。マッシュルーム、ニンニクを加えてさらに2分炒める。牛肉と豚肉の挽肉を加えてほぐしながら、肉の色が茶色になりピンクの部分がなくなるまで5～7分炒める。肉の色が変わったら、刻んだトマト、トマトペースト、イタリアンハーブミックスを加え、かき混ぜながら全体に濃度がつくまでおよそ6分加熱する。パセリを加える。

3 パスタとチーズを加えて仕上げる

茹でたパスタを加えて火が通るまでゆっくりと混ぜる。およそ5分間。スプーンを使ってリコッタチーズの大きなかたまりを全体にまんべんなく落とす。刻んだモッツァレラチーズを全体に散らす。ふたをして全体に火が通るまでさらに数分間加熱する。1人前ずつ盛りつけてロマーノチーズをまたはパルメザンチーズを削って散らし、パセリを少量添える。再加熱する際にはモッツァレラチーズを表面に散らして溶かす。とてもおいしい《モルト・ベーネ》ですよ！

アイリッシュ・カー・ボム

マイク・クィンとクレアがニューヨーク市警爆弾処理班を訪れた夜、マイクはデニス・デファシオ警部補——爆弾処理班を率いる人物——と初めて仕事をしたときのことを語った。無事に事件が解決した後でデファシオは同僚たちとともにマイクをパブに誘ってアイリッシュ・カー・ボム（飲める爆弾）を一緒に飲んだという。「アイリッシュ」とは、ギネススタウト、ベイリーズ・アイリッシュ・クリーム、ジェムソン・アイリッシュ・ウイスキーなど伝統的な材料を使っていることを意味している。「ボム」とは、有名な「ボイラー・メーカー」のような「ボム・ショット（爆弾酒）」であることを示している。一気に飲まなければベイリーズ・アイリッシュ・クリームが凝固してしまう。

これはアメリカの飲み物なのでダブリンのパブではお目にかかれない（もともとのレシピではコーヒーリキュールのカルーアが使われていた。いまでは必ずしも使われてはいない。クレアの手づくりのカルーアがあるときには、マイクはオリジナルのレシピを選ぶ）。

【材料】

アイリッシュ・クリーム（ベイリーズ）……½オンス
アイリッシュ・ウイスキー（ジェムソン）……¼オンス
アイリッシュ・スタウト（ギネス）……½パイント

【つくり方】

ショットグラスにアイリッシュ・クリームを注ぎ、その上にウイスキーをそっと注ぐ——ゆっくり注ぐとウイスキーが浮かぶ。つぎに背の高いビールグラスにアイリッシュ・スタウトを注ぎ、さきほど用意したショットグラスをそこに落とす。すぐに一気に飲み干す。家まで車で送ってくれる人物をかならず確保しておこう（または自宅までのタクシー代があることを確認しておこう）。

ベイリーズ・アイリッシュ・クリームとカラメル・ナッツ・ファッジ

クレアはニューヨーク市警爆弾処理班のデファシオ警部補と彼の部下たちへの賄賂として、こくのあるカラメル・ファッジ(アイリッシュ・クリームが効いている)を用意した。あの夜、クレアは20センチ四方の焼き型で焼いてひとくち大にカットした。一晩で食べてしまわないのであれば、ローフ型を使って焼くことをお勧めする。ファッジを型から取り出してラップでくるみ、冷蔵庫で保存する。食べるぶんだけブロックからスライスし、残りはふたたびラップでくるんで冷蔵庫にしまっておけば、いつでもおいしく味わえる。コーヒーとの相性は抜群だ。

【材料】40個ぶん

エバミルク……⅔カップ
ライトブラウンシュガー（三温糖）……1カップ
グラニュー糖……⅓カップ
無塩バター……大さじ2
粗塩（シーソルト）……小さじ½
（食卓塩での代用はできない）
ミニ・マシュマロ……2カップ
ピュアバニラ・エクストラクト……小さじ1
ベイリーズ・アイリッシュ・クリーム……¼カップ
ピュア・メープル・シロップ……大さじ2
（パンケーキのシロップは風味をつけた
コーンシロップなので代用できない）
ホワイトチョコレート・チップ……1½カップ
（または板状のホワイトチョコレート260グラム）
クルミ（刻んでトースト）……¾カップと⅓カップ

←【つくり方】につづく

【つくり方】

1 **焼き型を用意する**

20センチ四方の焼き型または約22センチ×11センチのローフ型を使う。焼き型にオーブンシートを隙間なく敷いて、両側に（または四方に）長めに垂らして持ち手がわりにする。これは焼き型からファッジをはずす際に使う。

2 **鍋で加熱**

大きなソースパンにエバミルク、砂糖類、バター、塩を入れる。中火にかけて、焦げないように時々混ぜながら加熱する。全体が沸騰したらタイマーで5分間計りながら、そのまま加熱して混ぜつづける。

3 **材料をさらに加える**

ミニ・マシュマロを加えて手早く混ぜて溶かす。火からおろしてバニラ・エクストラクト、ベイリーズ・アイリッシュ・クリーム、メープル・シロップを加えて混ぜる。ホワイトチョコレート・チップを混ぜて溶かす。刻んだクルミを¾カップ入れて全体に混ぜる。

4 **焼き型に入れ、飾り、冷ます**
用意しておいた焼き型に3を注ぐ。残りの刻んだクルミ⅓カップを飾り用に散らす。室温で完全に冷ます。

5 **注意**
ファッジが完全に冷めるまでは表面にラップをかけない（冷める前に覆ってしまうと蒸気がたまってファッジがびしゃびしゃに濡れてしまう）。ファッジが冷めたらラップまたはアルミホイルでふわっと覆い、焼き型ごと冷蔵庫にいれて固まるまで冷やす。冷蔵庫から焼き型ごと出し、オーブンシートでつくった持ち手を使ってファッジをはずす。食べるぶんだけスライスする。残りのファッジはラップでしっかりと包んで冷蔵庫で保存する。

ベイリーズ・アイリッシュ（バター）・クリーム・フロスティング

クレア・コージーがマイクのために素朴なカップケーキをつくるとき、このフロスティングが活躍する。とても華やかになるし、風味も加わる。

クレアのアイリッシュ・クリーム・・ケーキはこのフロスティングを使って美しく仕上げたファンタスティック（しかもかんたん）なケーキでパーティーにぴったり。レシピはクレオ・コイルのオンライン・コーヒーハウス、CoffeehouseMystery.com でどうぞ。

【材料】アイシング2カップぶん

無塩バター……1カップ（室温でやわらかくしておく）
ベイリーズ・アイリッシュ・クリーム……大さじ2
ピュアバニラ・エクストラクト……小さじ1
アイシング用粉砂糖……3カップ

【つくり方】

やわらかくしておいたバターをボウルに入れて電動ミキサーで混ぜてクリーム状にする。そこにベイリーズ・アイリッシュ・クリーム、バニラ・エクストラクト、粉砂糖1カップを加える。砂糖が溶けるまで混ぜる。ボウルの中身を均して粉砂糖を1カップ加え、それが溶けるまで混ぜる。残りの粉砂糖1カップを加えて滑らかになるまで混ぜる。フロスティングがぱさついている場合は少量のアイリッシュ・クリームを加えて好みの状態に調整する。

クレア・コージーの
クランチー・アーモンド・
ビスコッティ
（フードプロセッサーを使ったかんたんな方法）

クレアは敬愛する経営者、マダム・ドレフュス・アレグロ・デュボワにこの自信作を味わってもらった。シチリア島のジェラート職人のように材料の風味を最大限に引き出すことをクレアはめざした。２度焼きしたサクサクとした食感のビスコッティを噛んだ瞬間、アーモンドの香りと味に包まれる。チョコレートに浸せば、チョコレートをコーティングしたアーモンドを食べている錯覚に陥るだろう。

【材料】フィンガー・サイズのビスコッティ16本ぶん

皮つきのアーモンド……½カップ
中力粉……1カップ
グラニュー糖……⅓カップ
ベーキングパウダー……小さじ¼
重曹……小さじ¼
コーシャソルト……小さじ¼
(または食卓塩小さじ⅛)
卵……大1個
卵黄……1個ぶん
ピュアバニラ・エクストラクト……小さじ1
キャノーラ油(または植物油またはコールドプレスのバージン・ココナッツオイル)……大さじ1
アーモンドのスライス……½カップ
卵白……1個ぶん

←【つくり方】につづく

【つくり方】

1 生地をつくる

オーブンを約175度に予熱する。天板にオーブンシートを敷く。丸のままのアーモンドをフードプロセッサーにかけて砂状に細かくする。粉、砂糖、ベーキングパウダー、重曹、塩を加えよく混ぜる。卵、卵黄、バニラ、油を加えて生地状になるまで混ぜる。平らな場所に生地を移し、練って円盤状にする。アーモンドのスライス½カップを加え、生地にまんべんなく混ざるまで手でこねる。

2 スティック状に成形して焼く

生地を2等分してそれぞれを両手のひらで円柱状にする。用意しておいたオーブンシートに2本の円柱状の生地を間隔を広くあけて置く。それぞれを平たくつぶして長方形にする。卵白に少量の水を加えて溶いたものを生地の表面とサイドに塗る(こうしておくとスライスしたときに割れくくなり、パリッとした食感が出る)。約20分焼く。オーブンから取り出して5分間冷ます。生地がまだ温かいうちは割れやすいので慎重に扱う。天板に敷いたオーブンシートごとまな板、または平らな場所に移す。オーブンの温度を約150度に下げる。

3 スライスする

いちばん切れ味のいいナイフを使って削ぐように生地をスライスして厚さ約1.3センチのスティック状にする。ノコギリのようにナイフを押したり引いたりしないこと！　カリッとしたアーモンドごと、力を入れてすぱっと一気にスライスする。生地が割れやすいのでじゅうぶんに注意しよう。ナイフを押したり引いたり、あるいは力が弱すぎると、固いナッツに刃が当たったときに、ナッツが動いて周囲の生地が割れてしまう。だからスライスするときには、しっかりと力を込めて。

4 「ビスコッティ（イタリア語で2度焼いた）」にする

オーブンシートを再利用し、スティック状のスライスの切り口を上にして並べ、20分間焼く。裏返してさらに10～15分間焼く。オーブンから取り出す。冷めるとカリッとした食感になる。プラスティック容器に入れて室温で保存できる。完全に冷ましてから容器に入れよう。さもないと湿気ってしまう。

クレア・コージーのチョコレート・ボトム・バナナ・バー

焼きたてのこのお菓子をマテオは「オーブンからの愛」とみごとに表現した。昔ながらのバナナ・バーのレシピに一工夫して、チョコレートの層を加えてみた。クレアは一番下の段にエスプレッソパウダーも少量加えて香りを演出する。クレアはコーヒー中毒みたいなものだが、この香りはコーヒーではなくかすかなチョコレートの風味だ。レシピにチョコレートの風味を強めたいときの隠し技として、エスプレッソパウダーは便利だ。

【材料】 16個ぶん（約23センチ四方の焼き型）

完熟バナナ(つぶしたもの)
……2カップぶん(大約4本)
サワークリーム……¼カップ
キャノーラ油(またはコールドプレスのココナッツ・オイル)
……¾カップ
ライトブラウンシュガー
(三温糖）……½カップ
卵……1個(フォークで軽く混ぜる)
ピュアバニラ・エクストラクト
……小さじ1
ベーキングパウダー……小さじ1½
重曹……小さじ1
コーシャソルト……小さじ½
(または食卓塩 小さじ¼)
中力粉……1½カップ
ベーキングココア……¼カップ
エスプレッソパウダー
……小さじ½
チョコレートチップ……½カップ
お好みでクルミ(刻んだ状態)
……½カップ

【つくり方】

1 **生地をつくる**

オーブンを約175度で予熱する。焼き型にオーブンシートを敷いてバターを塗る。ボウルでバナナとサワークリームをフォークで混ぜ合わせる。そこに油、砂糖、卵、バニラ、ベーキングパウダー、重曹、塩を加える。滑らかになるまで全体を混ぜる。粉を加えて混ぜ、生地をつくる。

2 **チョコレートを加えて1番下の層をつくる**

1の生地から1カップを別のボウルに取り分ける。そこにココア、エスプレッソパウダー、チョコレートチップ、刻んだクルミ（お好みで）を加えて全体をよく混ぜる。混ぜ過ぎるとグルテンができて固い仕上がりになってしまうので注意。

3 **生地を成形して焼く**

1で用意した焼き型に2のチョコレートの生地を平らに敷く。その上に残りの生地をスプーンでのせてスプーンの背で平らにならす。約25分間焼く。まんなかあたりに楊枝を刺して生地がついてこなければ焼き上がり。ワイヤーラックにのせて冷ます。

クレアのトウィンキー・ビリオネア・カップケーキ

クレアとエリックのソース・クラブでの会食は散々な結末を迎え、ふたりはデザートを食べそびれた。ハーヴィー・シェフの《トウィンキー・ビリオネア》を味見する機会を逃してしまったのだ。金色のケーキのなかにふわふわの甘いマシュマロが入っているこのデザートを味わえなかったのがクレアは残念でならない。そこで以前に書いていた『クレアのキッチンから』というコラムのレシピのなかから〈トウィンキー・カップケーキ〉のレシピをさがして焼いてみた。これは億万長者とともにサイバー・スペースで活躍する社員への差し入れとなった。

【カップケーキの材料】 12個ぶん

イエロー・ケーキミックス……1箱

水……1 ¼カップ

キャノーラ油……⅓カップ

卵白……4個ぶん(室温にしておくとよい)

【フィリングの材料】

ミニ・マシュマロ……6カップ

コーンシロップ(またはバニラ風味のコーンシロップ) ……大さじ2

製菓用粉砂糖……½カップ

無塩バター……大さじ2 (室温でやわらかくしておく)

ミルク……大さじ1

バニラ・エクストラクト……小さじ½

【つくり方】

1 生地を混ぜる

オーブンを約175度で予熱する。マフィン型12個にノンスティック・スプレーをする、またはカップケーキ・ライナーを敷く。大きなボウルにケーキミックス、水、油を入れる。電動ミキサーで約1分、滑らかな生地になるまで混ぜる。ボウルの表面に粉が残らないように気をつける。生地はそのまま冷蔵庫に入れておく。

2 卵白を泡立てる

よく洗って水気のないボウル（ガラス、金属、セラミックのボウルを使う。プラスティックは油分がつくので使わない）に卵白を入れ、柔らかく角が立つまで混ぜる。

3 生地に卵白を混ぜる

電動ミキサーを低速にし、卵白を生地に混ぜ込む。混ぜすぎないように注意する——白い色が見えなくなり全体が黄色い生地になる程度に。

4 焼き型に生地を入れて焼く

カップの高さ¼まで生地を注ぐ。全部に注いだら、それぞれに大さじ1杯ずつ生地を加える。縁までいっぱいに注がないように注意する。

【フィリングの作り方】

1 **マシュマロ・クリームをつくる**

電子レンジ対応のボウルにミニ・マシュマロを入れる。コーンシロップを加えて電子レンジで約30秒加熱する（必要に応じてさらに15秒）。これはマシュマロをふわふわのやわらかい状態にするためで、完全に溶かしてしまわないこと。ボウルのマシュマロを混ぜる。マシュマロ・クリーム（またはフラフ）のできあがり。そのまま冷ましておく。

2 **フィリングをつくる**

粉砂糖、バター、ミルク、バニラ・エクストラクトを加える。電動ミキサーで全体がよくなじんで滑らかになるまで混ぜる。とちゅう、ボウルの側面についたものをこそげながら混ぜる。

3 **カップケーキを成形する**

冷ましたカップケーキを型に入れたまま、フィリングを詰める。しかし……詰める前に、カップケーキが焼き型からかんたんにはずれるかどうかを確かめる。カップケーキ・ライナーを使っていない（またはシリコン製の焼き型を使っていない）場合、型とケーキのあいだにそっとナイフを差し込んで一周し、金属製の型からカップケーキをそっとはずす。そしてもう一度型に入れる。

4 **穴をあける**

とがった小さなナイフを使い、カップケーキの上部から逆円錐形にカットし、その部分を取り除く。そこにトウィンキー（市販の菓子でクリームを詰めたケーキのこと）みたいにフィリングを詰める。フィリングはべとついているので、スプーンにノンスティック・スプレーをしてからすくって詰める。絞り袋を使ってもよい。ジップロックの袋にフィリングを詰めて隅を１カ所ハサミでカットすれば、絞り袋として使える。

5 **フィリングを詰めて仕上げる**

カットしてはずした円錐形の「底」に当たる部分をスライスし、フィリングの上にのせてふたをする。そのまま盛りつけても、フィリングでトッピングしてもよい。カットした円錐形の残りの部分を散らして飾ってもよい。フィリングをもっと固くして食べたい場合は、詰めた後に冷蔵庫で冷やす。

← 【フィリングのつくり方】につづく

マテオ・アレグロのウガンダ風「ピーナッツ」（ピーナッツバター）入りチキン・シチュー

　マテオとエリック・ソーナーのワールド・コーヒーツアーの最初の訪問地はウガンダだった。そこでマテオがエリックに食べさせたのが、鍋一つでつくれる香しいこのシチューだ。ウガンダは東アフリカに位置する内陸国で家畜は少なく、漁獲量も限られているのでピーナッツ（グラウンドナッツ）はウガンダ人にとって重要なタンパク源となっている。昔から女性がピーナッツをあつめて鞘を剥く。ピーナッツはウガンダのレシピの多くに使われ、客にもふるまわれる。

　マテオはアフリカ大陸を訪れるようになって早々、ウガンダ人の友人の家に泊めてもらったときに、シンプルで栄養たっぷりのこのシチューのつくり方を覚えた。クレアとの新婚時代にはよくこれをつくって若い妻の味蕾を楽しませ、アフリカの旅の醍醐味を語ってきかせた。

Matt Allegro's Ugandan Chicken Stew
with "Groundnuts" (Peanut Butter)

← 【材料】につづく

【材料】6人ぶん

鶏……1キロ～1.4キロ
塩……大さじ½
黒コショウ……大さじ½
無塩バター……1カップ
タマネギ（刻んだもの）……1カップ
ニンニク……5片（刻む）
チキンストック……2½カップ
ピーナッツバター……⅔カップ
卵黄……2個ぶん
飾り用のパセリ（刻んだもの）……大さじ3

【つくり方】

1 鶏の下ごしらえ

鶏を5～8センチ角に切る。小さな骨(肋骨、手羽、首の骨)は捨てるが、大きな骨はシチューに使ってコクを出す。カットした鶏肉に塩とコショウをまぶしておく。

2 煮込みを開始

大きな重いフライパンまたはシチュー鍋を中火にかけて、バターを溶かす。鶏肉とタマネギを入れる。ひたひたになるまでストックを注ぐ。火を弱めてとろ火で20分煮込み、合い間に何度かに分けてストックを全部入れる。

3 ピーナッツバターを加える

鍋のなかの液体½カップを別容器に移してそこにピーナッツバターを加える。混ぜてペースト状にする。それを鍋にもどして沸騰させ、火を弱めてぐつぐつと5分煮込む。

4 卵黄を加えて濃度をつける

さらに火を弱め、鍋から液体を½カップ別容器に移して5分ほど冷ます。少し冷めた汁を卵黄に加えて混ぜ、それをシチュー鍋にもどして混ぜる。

5 仕上げ

約15分間、弱火でぐつぐつと煮込む。この段階で火を強くすると卵が塊になって濃度がつかない。盛りつけはライス(白米、玄米、またはバスマティライス)にかけてパセリを飾る。

クレア・コージーの
ケソ・フォンディード
(メキシコ風チーズディップ)

アップランドのパーティーのケータリングのためにクレアは知恵をしぼった。乳製品とグルテンを受け付けない社員がいるいっぽうで、ジャンクフード中毒のような社員もいた。彼らは大学時代に週7日1日24時間コンピューター・ラボに寝泊まりしていたころと変わらず、キャンディバー、ピザ、ナチョスといった偏った食生活を続けている。エリック・ソーナーのプライベートジェットにもドリトスがちゃんと用意されていた。とろりとした食感のこのディップはエリックも社員も絶対に気に入るだろうとクレアは考えた。

「ケソ・フォンディード」とはスペイン語で「溶けたチーズ」を意味する。熱々のチーズのたまらない香りとメキシコのビールの強いモルト風味が特徴のこの料理は、メキシコ北部とアメリカ南部が接する地方で生まれた。

【材料】4人ぶん

プラムトマト……1個(刻む)
黄タマネギ……1個(刻む)
ハラペーニョ……1個(種を取って刻む)
乾燥オレガノ……大さじ1
シーソルト……小さじ¼
黒コショウ……少々
コロナビール
または他のペールラガー・ビール……½カップ
モントレージャックチーズ……170グラム
エクストラシャープ・チェダーチーズ……170グラム
トルティーヤチップス
チョリソー、お好みのソーセージ、ベーコンビッツ
(お好みでトッピングとして)

← 【つくり方】につづく

【つくり方】

1 **チーズをおおまかに切る**

それぞれのチーズを2.5センチ角に切っておく。

2 **野菜の準備**

トマト、タマネギ、ハラペーニョをみじん切りにする。ハラペーニョは緑の部分だけを使うのがクレアのお勧めだ。種となかの白い部分は風味よりも辛さが強い。

3 **野菜を加熱する**

こびりつかない加工がされ、オーブンに使用できるソースパンを中火にかける（または鋳鉄製のソースパンに油を敷く。6のステップを参照）。野菜を入れて、タマネギがやわらかく透明になるまで約6分炒める。

4 **煮る**

野菜がやわらかくなったらオレガノ、塩、コショウをソースパンに加える。時々混ぜながらぐつぐつと煮る。鍋肌にこびりつかないように注意する。水分が半分になるまで、3～5分ぐつぐつ煮る。

5 **チーズを加える**

刻んでおいたチーズを少量ずつ加えてよく混ぜる。加えたチーズが溶けきってなじんでから次のチーズを加える。チーズ全部を加えて全体が滑らかになれば、完成は間近だ。すぐに食べても、数時間おいてから食べてもよい。チョリソー、ソーセージ、ベーコンビッツをお好みで加える。

6 **仕上げ**

チーズが溶けて全体になじんだらオーブンに入れ、調理した鍋のまま食卓へ。鍋がオーブンに対応していない場合は、キャセロール、パイ皿、その他オーブンに対応している容器に移す。移す場合にはあらかじめ油を塗ってチーズがこびりつくのを防ぐ。オーブンに入れ、2～5分、表面がきつね色になれば完成。ぐつぐつと音を立てて熱いうちに召し上がれ。

［盛りつける時のコツとチョリソーのトッピング］トルティーヤチップスにつけて食べる。お好みで、チョリソー、ソーセージ、ベコンビッツをフォンディードに飾って仕上げてもよい。チョリソーとソーセージは皮をカットして中身だけを炒める。フォークでつぶしながら、挽肉のような状態にする。肉の汁気を切ってケソ・フォンディードに散らしてからオーブンに入れる。

クレア・コージーの
イタリア風ベニエ

アップランドの社員はこのお菓子を食べそびれてしまった。レシピはつぎの通り。クレアの祖母はこの基本の生地を使って甘いお菓子と伝統的な料理――アンチョビ・フリッターと呼ばれる香ばしいイタリアのスナック――をつくっていた。クレアの父親はフリッターが大好物だったが、クレアは祖母がこの生地でつくる甘い揚げドーナッツのほうが好きだった。ドーナッツの味わいで、もっとサクサクした食感だ。フランスのベニエのようにふくらみ、粉砂糖をまぶして仕上げるが、これはあくまでもイタリア風ベニエ。おいしければ、名前にこだわることはない。

【材料】 約1ダースぶん（個数はサイズによる）

ドライインスタントイースト……7グラム
ぬるま湯（熱湯ではない）……¼カップ
砂糖……小さじ1
小麦粉……3カップ
砂糖……小さじ1
塩……ひとつまみ
卵……1個
水……1¾カップ
油（キャノーラ油または植物油）……大さじ1、それ以外に揚げ油
製菓用粉砂糖（ふりかけるため）

【つくり方】

1 イーストを発酵させる

生地をつくる前にイーストが生きているかどうかを確かめる。小さなボウルにインスタントイースト、水、砂糖を入れる。5分たってもボウルのなかで泡が立ってこなければ捨てて、新しいものを使おう。

2 生地を混ぜる

生地をつくるボウルに粉、砂糖、塩、卵、水、油大さじ1を入れる。発酵した1を混ぜてよく混ぜる。粉っぽさがなくなったらひとつにまとめボウルをラップで覆い、約2時間、2倍にふくらむまで寝かせる。

3 生地を切る

生地が膨らんだら少しずつちぎり、粉をふって練り、のし棒で薄く平たく伸ばす。ピザカッターで帯状、リング状、四角などにカットする（クレアは長い帯状にするのが好きだ——サクサクとした歯ごたえがより楽しめるから。四角い形にすれば、よりやわらかく枕のような感触になる）。いろいろな形を試して、歯触り、柔らかさなどいちばん気に入るものを見つけてみよう。

4 生地を揚げる

深いフライパンに揚げ油を入れる。油の温度が高くなったら生地を入れる。生地は浮かび上がり、あわいきつね色になる（あまり濃い色になりすぎると風味がそこなわれるので注意しよう）。一度ひっくり返し、ペーパータオルにあげて油を切る。両側に粉砂糖をかけて、どうぞ召し上がれ。

コージーブックス

コクと深《ふか》みの名推理《めいすいり》⑬
億万長者《おくまんちょうじゃ》の究極《きゅうきょく》ブレンド

著者　クレオ・コイル
訳者　小川敏子《おがわとしこ》

2015年　9月20日　初版第1刷発行

発行人　成瀬雅人
発行所　株式会社　原書房
〒160-0022 東京都新宿区新宿1-25-13
電話・代表　03-3354-0685
振替・00150-6-151594
http://www.harashobo.co.jp
ブックデザイン　atmosphere ltd.
印刷所　中央精版印刷株式会社

落丁・乱丁本はお取り替えいたします。

定価は、カバーに表示してあります。

© Toshiko Ogawa 2015　ISBN978-4-562-06043-6　Printed in Japan